KARINA HALLE

LE PACTE

Édition originale : Metal Blonde Books Décembre 2014 utilisée de façon fictive.
Les autres noms, personnages, lieux et évènements sont issus de l'imagination de l'auteur, et toute ressemblance avec des personnages vivants ou ayant existé serait totalement fortuite.

Ce livre est une fiction. Toute référence à des événements historiques, des personnages ou des lieux réels serait utilisée de façon fictive. Les autres noms, personnages, lieux et évènements sont issus de l'imagination de l'auteur, et toute ressemblance avec des personnages vivants ou ayant existé serait totalement fortuite.

Ouvrage dirigé par Bénita Rolland
Traduit par Caroline de Hugo

Photo de couverture © plainpicture/Gallery Stocvk/Hilxia Szabo
Couverture : Ariane Galateau

34/36, rue la Pérouse
75116 Paris
www.hugoetcie.fr

ISBN : 9782755633863
Dépôt légal : mai 2017
Imprimé en Espagne

Pour plus d'information sur cette série :
http://authorkarinahalle.com/

KARINA HALLE

LE PACTE

Roman

Traduit de l'américain
par Caroline de Hugo

Hugo
Poche

NEW ROMANCE®

À Scott, mon mari,
qui a fait de mes trente ans
une aventure inoubliable – en avant !

PROLOGUE

– Alors, est-ce que tu veux te marier ?

Je suis tellement chamboulée par la tournure prise par les événements ce soir que j'arrive à peine à entendre ce que me dit Linden. Et ça en dit long sur mon trouble parce qu'habituellement, il obtient toujours mon attention, quoi qu'il dise. Je suppose que mon dîner avec monsieur Trouduc' a été la goutte d'eau qui a fait déborder le vase. Mais merde, quel genre de type faut-il être pour porter un foulard et se curer le nez devant tout le monde ?

– Steph… répète-t-il avec son léger accent écossais, et je finis par détacher mes yeux de la mousse de mon demi.

Parfois, je me demande pourquoi je m'intéresse aux autres, il est tellement canon.

C'est aussi mon meilleur ami. Et je suis quasiment sûre qu'il vient de me demander de l'épouser.

– Quoi ? je demande.

Est-ce que j'ai vraiment bien entendu ?

Il me sourit. Parfois, ses sourires me coupent le souffle. Et je n'exagère pas. C'est soudain, désordonné et violent, et j'aimerais mieux que ça n'arrive pas, parce que, putain, j'aime bien respirer !

– Je t'ai demandé si tu voulais te marier ?

Tout à coup, je réalise que nous avons peut-être eu une conversation super-importante sans même que je m'en rende compte. Bon, mais Linden… mariage… les deux trucs ne vont pas vraiment bien ensemble.

– Euh, fais-je en espérant ne pas sentir le rouge me monter aux joues, me marier ? Avec toi ?

Il hausse les épaules et siffle une gorgée de bière, de cette façon tellement cool qui est la sienne. À cette heure de la soirée, le bar est complètement silencieux, si on oublie la musique, cet agressif « King for a Day » de Faith No More que James met toujours pour signifier à sa clientèle qu'il va bientôt fermer et qu'il est temps de partir.

James Dupres, le propriétaire du Burgundy Lion, mon ex-petit ami et le meilleur pote de Linden, s'affaire. Il nettoie les tables en jetant des regards assassins au groupe de quatre personnes attablées dans un coin. Ce sont les derniers clients encore présents dans le bar, dix minutes avant l'heure de fermeture.

Linden finit par répondre, aussi négligemment que si nous étions en train de choisir le film que nous allons voir ce week-end :

– Ouais, avec moi. Mais je voulais dire aussi en général.

Je le dévisage pendant quelques secondes. Il a l'air sûr de lui, comme toujours, il passe ses doigts dans sa barbe, tout en m'observant. Linden et moi sommes très proches, autant qu'on puisse l'être dans une relation purement platonique. Pour autant, nous n'avons jamais abordé ce genre de sujet. Nos histoires de cœur merdiques, oui. Mais le mariage, l'avenir, nos réelles attentes ? Non.

– Attends que je comprenne bien, lui dis-je en essayant de trouver les mots. (J'inspire un bon coup.) Tu me demandes de t'épouser ?

Il soupire en reculant et en laissant tomber un de ses bras musclés derrière lui. D'une main, il joue avec mes mèches de cheveux noir de jais, que j'ai teints tout récemment.

– Baby Blue, répond-il, en me donnant le surnom qu'il m'avait trouvé à cause de cette teinture bleu turquoise que j'arborais la première fois que nous nous sommes rencontrés. Raconte-moi encore ton dernier rencard.

Je lui jette un coup d'œil.

– J'aimerais mieux pas, cow-boy.

J'ai choisi ce surnom parce qu'il a le même regard d'acier et le même haussement de sourcils que Clint Eastwood jeune. Et parce que, parfois, il réagit un peu comme un vrai enfoiré, le stéréotype même du bandit de grand chemin.

– D'accord. Moi non plus, je n'aimerais pas en venir aux raisons pour lesquelles je me suis retrouvé en train de m'activer sous la douche lors de mes cinq derniers rencards.

Je t'en suppliiiiiie, ne me fais pas penser à tes ébats sous la douche ou ça va devenir très vite franchement déplacé, du moins dans ma tête. Mais bon, c'est vrai, dans ma tête c'est en général toujours déplacé. Un peu comme sur une page de Pinterest[1] présentant des mecs super-sexy et à moitié nus, vingt-quatre heures sur vingt-quatre.

– Et donc, poursuit-il en me forçant à abandonner mes idées cochonnes pour m'intéresser à lui, tu ne commences pas à te demander si ça ne serait pas plus facile ? Tu es belle, intelligente, je suis beau, intelligent… (Il s'arrête et sourit.) C'est évident. Nous allons avoir vingt-cinq ans… Qu'est-ce qui va se passer si on continue comme ça ? À vivre ces trucs merdiques qui ne mènent nulle part ?

Je hausse les sourcils, un peu hésitante sur la réaction à avoir. Est-ce qu'il me fait marcher ou est-il sincère ? Il a toujours ce petit sourire narquois, quoi qu'il raconte, et je me suis fait avoir plus d'une fois.

– Eh bien, j'aimerais croire que ma vie va prendre une tournure plus positive.

Il sourit et hoche la tête en signe d'approbation.

– Et ça serait la moindre des choses. La moindre des choses, je le pense vraiment. Regarde-toi.

Me regarder ? Je me demande ce qu'il voit en moi exactement.

– Mais que peut-on faire si la Terre est remplie d'imbéciles ? Et que… (Il s'interrompt et jette un coup d'œil autour de nous avant de se pencher vers

1 Site US de réseau social et de partage de photos. (NdT, ainsi que pour toutes les notes suivantes)

moi. Alors seulement, je me rends compte, en plongeant dans ses yeux bleu foncé, qu'il est ivre.)... nous nous faisons du bien mutuellement. Tu sais que j'ai complètement raison.

Je ne sais pas quoi en penser.

– Tu es bourré, Linden.

– J'ai un plan.

– Depuis quand est-ce que tes plans de vie incluent l'idée du mariage ?

Il hésite, passe une main dans son épaisse chevelure acajou.

– Tu as beau être une de mes meilleures amies, Baby Blue, tu ne connais pas tout de moi.

– Apparemment pas.

Sa bouche se fend dans un demi-sourire.

– Mais quand nous serons mariés, nous aurons tout le temps pour ça. Et pour le sexe, aussi.

Ok, maintenant je comprends qu'il s'agit pour lui d'une sorte de blague, comme à peu près tout dans la vie.

– Et si je ne voulais pas me marier ? (En même temps, je visualise des images de nous deux en train de baiser sauvagement.) Quand est-ce que tu m'as entendu parler bébés ou mariage ?

– Jamais. Mais ça ne veut pas dire que tu n'y penses pas. Sans ça, pourquoi est-ce que tu collectionnerais les flirts ?

– Parce que j'aime baiser.

Il rit.

– Voilà une autre bonne raison pour que notre entente soit parfaite.

Je me pince les lèvres, tout en le fixant. J'ai besoin d'un autre verre.

Linden lit dans mes pensées. Il se lève de son tabouret et passe derrière le bar. James ne fait pas attention à lui, et quand bien même, il ne dirait rien. Nous avions tous les deux vingt et un ans, et James vingt-trois, quand nous avons commencé à travailler avec lui au Burgundy Lion. Linden et moi avons évolué vers des boulots plus intéressants, et James a fini par racheter l'endroit. Il nous considère encore un peu comme faisant partie de la maison, je crois qu'il ne nous a jamais fait payer un verre.

Linden prend deux bouteilles d'Anchor Steam[2] dans le frigo et me les passe. On est en pleine vague de chaleur automnale, comme chaque année à San Francisco, et Linden a remonté les manches de sa belle chemise grise, découvrant ainsi ses avant-bras bronzés et musclés, et les vers de Charles Bukowski qu'il s'est fait tatouer.

Il porte un bermuda kaki qui moule ses fesses bien fermes. Comme toujours depuis que je le connais, il a chaussé ses Ked's noires qui, je dois l'avouer, lui vont vraiment bien.

Si c'est mal de reluquer de temps en temps son meilleur ami, eh bien j'assume.

– Alors, tu en dis quoi ? demande-t-il en se rasseyant à côté de moi. Si on n'arrive pas à trouver quelqu'un, disons avant nos trente ans, on se marie ?

– Tu es vraiment sérieux ?

---

2 Marque de bière US.

– Oui. (Il hoche la tête, pousse du coude ma bière.) Finis-la, peut-être qu'ensuite tu diras oui. Je dois t'avouer que tu froisses un peu mon ego, là.

– Ça n'est pas un mal.

Je le pense vraiment.

Linden McGregor est drôle, gentil, intelligent, beau et ambitieux. Il a un doctorat en gestion des affaires, et il est sur le point d'obtenir son permis de pilote d'hélicoptère. Il représente le bon coup parfait pour n'importe quelle fille.

Mais il est également égoïste, présomptueux, arrogant et comédien. Il est difficile d'obtenir de lui une vraie réaction autre que l'intensité – il a une façon toute personnelle de vous regarder, de regarder la vie comme s'il allait vous manger toute crue.

Il est capable de se passionner pour quelque chose (ou quelqu'un) un moment et de devenir totalement indifférent l'instant d'après. C'est un type compliqué, et quelqu'un dont je suis fière d'être l'amie.

Mais le mariage, putain, une vraie relation – avec lui, c'est une tout autre paire de manches, et pas de celles que je suis prête à jouer. Oui, je le trouve magnifique ; oui, la façon qu'il a de me regarder parfois me fait des trucs bizarres à l'estomac ; oui, j'ai souvent pensé à coucher avec lui. Enfin, je veux dire, plus que je ne le devrais. Mais ce genre d'arrangement – l'épouser – ne fonctionnerait pas.

Heureusement, je sais que Linden plaisante.

J'avale une grande gorgée de bière pour le faire poireauter encore un peu et titiller son ego, avant de lui dire :

– D'accord.

– Tu es sérieuse ?

– Je suppose !

Il sourit assez pour faire apparaître ses fossettes secrètes qui se creusent.

– Tu viens de faire de moi le plus heureux des hommes, Stéphanie Robson.

Je lui fais les gros yeux.

– Nous verrons ça. Avec un peu de chance, à trente ans, nous aurons tous deux une relation sérieuse et je n'aurai plus à penser à faire ta lessive pour le restant de ma vie.

– Ou à me sauter, ajoute-t-il avec un clin d'œil. Cochon qui s'en dédie. Lève le petit doigt. Tu me connais, tu sais que je tiens toujours parole.

C'est vrai. Peut-être est-il plus sérieux que je ne le croyais.

Je déglutis et je lève mon petit doigt. Le sien s'enroule autour, sa peau est tiède et douce.

– Si à trente ans ni l'un ni l'autre nous ne vivons une relation sérieuse, dit-il en me regardant si intensément que j'en ai le souffle coupé, nous accepterons de nous marier. D'accord ?

Je murmure :

– D'accord.

Alors il me fait un baisemain. Et là, je n'arrive plus vraiment à respirer.

– Je crois que je viens de faire le meilleur plan B qui soit, dit-il pendant que ses lèvres effleurent ma peau, avant qu'il ne lâche ma main pour attraper sa bière et trinquer avec moi. À nous !

Je forme les mots, mais ils n'arrivent pas à sortir.

– Putain, ça leur a pris un temps fou pour s'arracher ! s'exclame James en s'avançant vers nous. Combien de fois je dois répéter on ferme avant qu'ils percutent ?

– Tu devrais peut-être sortir un colt, dit Linden. Ou, mieux encore, te mettre à chanter.

– La ferme, lui répond James. J'ai fait la deuxième voix une fois, c'est tout.

Linden et James ont fait partie d'un groupe de musique, Linden était le chanteur et le guitariste, et James faisait la basse. Ils étaient bons, mais pas assez toutefois pour percer. Il faut dire qu'à San Franscisco, la scène musicale est très compétitive.

– Oh, tu sais quoi ? lui demande Linden, les yeux brillants.

– Je dois deviner ? soupire James tout en essuyant pour la millième fois le comptoir du bar.

– Steph et moi allons nous marier, annonce-t-il gaiement.

James s'est figé, et me regarde pour vérifier la véracité de ces propos.

– C'est vrai, j'acquiesce sur un ton qui ne paraît pas tout à fait sincère.

– Quoi ?

À présent, il nous dévisage tous les deux à présent. J'aimerais pouvoir dire qu'il n'a pas montré le moindre chagrin, mais je n'en suis pas totalement sûre. Parfois, j'oublie que nous avons été amants, ce qui est franchement ridicule. C'était quelques jours après que j'avais débuté au Burgundy Lion, et ça a duré un an. Linden était son meilleur ami, c'est comme ça que je l'ai rencontré.

Notre rupture s'est passée assez naturellement. Du coup, James et moi sommes toujours bons amis, mais en y repensant, c'est bien moi qui ai rompu. Lui a fait comme si c'était d'un commun accord, au point que je me demande parfois si je ne lui ai pas fait plus de mal que ce que je pense.

– Tu sais que j'adore avoir des plans de secours, poursuit Linden. Alors nous avons conclu un pacte. Si aucun de nous n'est en couple quand nous atteindrons les trente ans, nous nous marierons.

James nous observe en silence. Il passe une main derrière son oreille, recoiffant sa chevelure noir ébène.

– C'est l'idée la plus idiote que j'ai jamais entendue.

Linden hausse le ton.

– Hé, ne sois pas jaloux, mon pote.

James se moque.

– Je ne suis pas jaloux. Vous deux, mariés ? La femme la plus chiante au monde avec le mec le plus salaud ? Allez-y, amusez-vous bien !

– Quand même, je m'écrie avec indignation, je ne suis pas aussi chiante que ça !

Linden, lui, ne le prend pas mal du tout :

– Oh, mais nous allons bien nous amuser. Pourquoi est-ce que nous n'ouvrons pas une bouteille de champagne pour fêter ça ensemble ?

James lui jette un regard noir :

– C'est toi qui paies ?

Il lui répond avec un haussement d'épaule :

– Disons que c'est ton cadeau de fiançailles.

James soupire violemment, comme s'il avait un poids sur les épaules, mais il se soumet.

Il se soumet toujours à Linden. Il sort une bouteille du frigo, fait sauter le bouchon et nous sert dans des verres en forme de bocaux.

Nous célébrons notre pacte encore une fois, puis la conversation dérive sur les sujets habituels, comme les nouveaux groupes, les films, les émissions de télé, le hockey. (James et Linden sont de grands fans des San José Sharks.)

Je sirote mon verre, je ne peux m'empêcher de me sentir légèrement soulagée. Dans cinq ans, tous les flirts et les aventures d'un soir pourraient prendre fin. Dans cinq ans, il y a une minuscule possibilité que j'épouse mon meilleur ami. Je me demande si cinq ans, ce sera assez long pour me faire changer d'avis.

CHAPITRE 1

26 ans

À travers la fenêtre, le soleil inonde ma chambre. Il met en évidence les poils noirs sur les bras et les jambes de l'homme qui est allongé à mes côtés. J'aime les hommes poilus, mais je ne m'étais pas rendu compte qu'il était velu comme un singe, dans le bar, hier au soir. Mais, encore une fois, j'étais bien bourrée. Je pense que j'ai dû agir comme un automate jusqu'à ce que Monsieur Gorille me chope.

Je gémis en me détournant pour m'éloigner de lui. Il ne bouge pas. J'ai un mal de chien à me souvenir de son prénom. Je ne suis même pas certaine que nous ayons fait l'amour, jusqu'à ce que j'aperçoive une capote jetée à mi-chemin entre le lit et la poubelle. Dégueu. Raisonnable, mais dégueu.

Hier soir, j'ai fêté mon anniversaire en ville, au Tiki Loundge, ce qui explique non seulement mon coup d'un soir et mon mal de crâne mais aussi les fleurs qui parsèment mon lit. J'éprouve soudain une grosse déception, j'aurais voulu commencer cette nouvelle année avec de bonnes résolutions (c'est-à-dire arrêter de boire autant le week-end, arrêter de me retrouver au lit avec des types improbables) mais, apparemment dès le premier jour de mes vingt-six ans, j'ai tout foiré.

Je me lève lentement, j'attrape une chemise de nuit dans un tiroir, je l'enfile et je passe une robe de chambre par-dessus. Le type plein de poils continue à dormir. Pendant un instant, j'ai peur qu'il soit mort, jusqu'à ce que je me rende compte que son dos monte et descend.

Une fois dans la salle de bains, je m'examine un bon moment, sous toutes les coutures. Je sais que bien que personne ne peut s'en rendre compte, mais quelque chose a changé en moi. Mon visage a encore un joli hâle de l'été, mais il est légèrement congestionné, mes yeux sont bleus et bien ronds, mais un tout petit peu ridés sur les côtés. J'ai fait couper mes cheveux roux foncés au carré l'autre jour, mais ils ont l'air gras et mous. Et, par-dessus tout, j'ai l'air fatiguée. Et pas parce que j'ai passé la plus grande partie de la nuit à boire des Maï Taï, à m'épancher sur l'épaule de mes amis et à danser avec de drôles de types, mais parce que je suis fatiguée.

Je suis vraiment crevée de chercher à atteindre un but sans jamais y parvenir. J'avais cru qu'à vingt-six ans, j'aurais enfin tout compris, mais je ne suis qu'au milieu du gué. J'avais espéré qu'à vingt-six ans, j'aurais enfin mon appart à moi, mais je vis toujours en colocation avec ma copine Kayla. Soyons réaliste, vivre à San Francisco est hors de prix, et sans la deuxième moitié de mon plan, je ne pourrai jamais m'installer seule.

Cette seconde partie, c'est de quitter mon boulot au magasin de prêt-à-porter All Saints pour pouvoir enfin me lancer et ouvrir mon propre magasin. Ça n'a pas encore eu lieu. En fait, mon rêve ne m'a jamais paru autant hors de portée qu'aujourd'hui. J'ai peur de sauter le pas – assurer le loyer, signer un bail, passer mes commandes, faire mon marketing, mes promos, embaucher mes employées. Bien que posséder mon propre magasin ait toujours été mon rêve – le truc que je ferais quand je serais plus vieille –, il me semble que plus je vieillis, plus j'ai peur d'affronter la réalité. Les rêves peuvent se transformer en dettes et il existe des millions de façons d'échouer. Mais vous aurez toujours à les rembourser. Je ne veux pas échouer. Mais je ne peux pas non plus continuer comme ça, en roue libre.

Je vais dans la cuisine préparer une énorme cafetière de café, bien que je sache qu'avec mon mal de crâne je ne pourrai pas en avaler plus d'une tasse, quand mon téléphone se met à sonner. Je réponds calmement et dès la première sonnerie, pour ne pas réveiller le monstre poilu.

– Salut ma vieille ! (J'entends l'accent délicieux de Linden à travers le téléphone.) Comment te sens-tu ce matin ?

– Euh, dis-je en souriant, comme une vieille merde.

– Je m'en doute. À propos de merde, c'est qui ce type avec qui tu étais hier soir ?

Je soupire en me prenant la tête dans les mains et en me penchant sur le comptoir.

– J'aimerais bien le savoir. Il est dans mon lit, il roupille comme si je l'avais shooté.

Il y a un silence, puis Linden poursuit :

– Qu'est-il arrivé à « plus de baise à droite à gauche » et « à vingt-six ans, je change du tout au tout » ?

– Bon d'accord, et toi, tu as fait quoi la nuit dernière ? Si je me rappelle bien, tu avais la langue collée à la bouche d'une petite minette pendant la moitié de la soirée.

– Langue dans la bouche, bite dans la chatte, c'est du pareil au même, dit-il pendant que je fais un « oh ! » désapprobateur devant son langage ordurier. (La vérité, c'est que c'est toujours sexy quand ça vient de lui. Peut-être est-ce de l'argot écossais ?) Quoi qu'il en soit, moi, je ne t'ai jamais fait de déclaration aussi débile le jour de mon anniversaire.

C'est vrai, mais voilà, Linden n'a jamais eu besoin de changer quoi que ce soit à sa vie. Il a maintenant sa licence de pilote d'hélicoptère et travaille sous contrat avec une compagnie locale de charters. Ses parents, des cadres sup très aisés, lui ont payé son appartement sur Russian Hill où il habite seul, et dormir avec quelqu'un a toujours été le cadet de ses soucis. En fait, c'est plutôt de ne pas dormir avec des filles qui semble en être un.

– Bon, tu veux prendre un mini-petit déjeuner ? Un brunch ? Un déjeuner ?

Avant de lui répondre, je calcule la vitesse à laquelle je peux me préparer.

– Bien sûr. Je peux être prête dans une demi-heure, mais je ne sais pas quand je vais pouvoir me débarrasser de ce mec.

– Je m'en occupe, répond Linden avant de raccrocher.

Et merde. J'ai peur de ce que prépare Linden. Il peut être diabolique.

Je retourne dans ma chambre où je jette un coup d'œil. Le type dort toujours, il ronfle légèrement. Je prends une paire de jeans noirs et un long tee-shirt épais avant de m'enfermer dans la salle de bains. Une fois sortie de la douche, je coiffe mes cheveux humides en chignon et je me maquille très légèrement. Je me sens toujours aussi mal, mais mes joues et mes lèvres ont repris un peu de couleur.

En sortant, j'ai la surprise de tomber sur le type debout, en boxer, qui regarde la rue par la fenêtre. Il est mignon, je dois le reconnaître, mais pas assez pour que j'aie envie qu'il reste.

– Oh, salut ! Tu as une super-vue ! fait-il en montrant la fenêtre de la tête.

Je fronce les sourcils. Ma fenêtre donne sur un restaurant mexicain un peu crade et un vélo rouillé attaché à un poteau électrique depuis des lustres.

– Euh, merci, je réponds, parfaitement consciente que je ne connais pas son nom.

– Tu as été démente la nuit dernière, dit-il avec un sourire salace en s'avançant vers moi.

Je recule d'un pas.

– Comme une vraie dingue ?

– Comme une super-baiseuse, corrige-t-il.

Charmant.

– Et si on remettait ça ? demande-t-il en essayant d'attraper ma main.

Ouah ! Surtout pas.

– Chérie, je suis là !

J'entends la voix de Linden avec un léger soupir de soulagement. Le type, lui, a un air super-confus quand Linden entre dans la chambre.

– Eh bien, c'est qui celui-là ? demande Linden en souriant, tout en dévisageant le type de haut en bas. Sa haute stature, sa poitrine large et ses épaules musclées remplissent le chambranle de la porte d'entrée, auquel il s'appuie. Il est décontract' mais hyper-masculin, dans son jean et son tee-shirt noirs. Comme d'habitude, il a ses Ked's aux pieds.

Je regarde le type en attendant qu'il se présente puisque j'en suis incapable.

– Drake, dit-il en nous regardant l'un après l'autre.

Il a peur. Le fait que Linden soit beaucoup plus grand que lui n'aide pas.

– Drake, répète Linden en se tournant vers moi. Alors, tu en as terminé avec lui ? Est-ce que c'est mon tour, maintenant ?

– Quoi ? crache Drake, l'air totalement paniqué.

– Ouais, dit Linden, en croisant les bras. Tu vois, Steph et moi avons ce truc que nous aimons bien partager. Elle tire un coup, ensuite, c'est moi qui tire un coup. Tu n'y vois pas d'inconvénient ?

Le type devient rouge écarlate et balbutie :

– Euh, euh, je crois que devrais y aller.

Linden lève les mains.

– Non, non, reste. On peut te baiser tous les deux en même temps, si tu préfères. Tant que tu es d'accord pour être en dessous.

Maintenant, Drake s'empare de son jean et saute dedans. Il ne ramasse même pas son tee-shirt, tellement il flippe.

– Linden ! je l'avertis.

Et Linden sourit en se poussant quand Drake passe devant lui en coup de vent. Je l'entends ramasser ses chaussures et claquer la porte d'entrée derrière lui.

– Dur, assène Linden. Ce branleur ne t'a même pas dit merci !

Je roule de gros yeux.

– Tu sais, j'aurais très bien pu le faire partir gentiment.

– Ouaip, mais où aurait été le plaisir ?

Le détail amusant, c'est que Linden n'a rien d'autre à faire que se montrer pour faire peur aux hommes que je rencontre. Pas mal de types avec qui je suis sortie ne supportaient pas que Linden soit mon ami. Ils ne pouvaient tout simplement pas comprendre comment nous pouvions être aussi intimes sans que rien ne se soit jamais passé entre nous.

Je ne peux pas me l'expliquer non plus, si ce n'est parce que je suis d'abord sortie avec James.

Bien que je bosse avec Linden, je ne l'ai vraiment connu que grâce à James, et bon, une fois que vous rencontrez le meilleur pote de votre petit ami, il reste dans cette case-là. Même maintenant, des années après mon histoire avec James, draguer Linden me paraîtrait pas correct.

Et bien entendu, c'est mon ami, et je ne pense pas à lui de cette façon-là. Juste une œillade de temps en temps, vous vous souvenez ?

J'attrape mon sac, en même temps que je jette le tee-shirt de Drake à la poubelle.

– On va où ?

– Un tour en hélico, ça te dirait ?

Je hoche la tête, prise au dépourvu.

– Est-ce qu'on prévient James, parce que si on ne le fait pas, il va vraiment nous en vouloir.

James passe son temps à se plaindre de ce que Linden ne l'a pas encore emmené avec lui. Moi non plus, mais je ne trouve pas ça sympa de le faire sans James. Nous sommes les trois meilleurs potes, bien que dernièrement, j'aie l'impression que nous nous éloignons un peu.

– Il travaille, Baby Blue, répond-il doucement. Tu sais qu'il travaille tout le temps. Ce sera juste toi et moi.

J'aimerais bien ne pas avoir de palpitations. Je m'éclaircis la voix.

– Ok.

Une heure plus tard, nous sommes dans le Marin County, là d'où décolle Linden.

Malheureusement, nous sommes cloués au sol. Il n'y a aucun hélico disponible pour un vol au pied levé. Du coup, nous échouons dans un bar à Sausalito. Je dois reconnaître que je suis un peu déçue de ne pas avoir pu voler avec Linden, mais je me console vite avec un Bloody Mary siroté en bonne compagnie, devant une vue splendide.

– Tu sais, quand on sera mariés, fait Linden au bout d'un moment, tout en regardant les vagues lécher la grève et la ville qui se découpe sur l'horizon, je t'emmènerai voler aussi souvent que tu voudras.

Je ne peux m'empêcher de sourire.

– Oh, on doit toujours se marier ?

– Trente ans, ça va arriver vite.

Je le regarde fixement.

– Eh, je viens tout juste d'avoir vingt-six ans. Lâche-moi un peu !

Il hausse les épaules.

– C'est juste un petit rappel. Un pacte est un pacte.

– Tu as raison, dis-je en avalant une bonne lampée de Bloody Mary. J'espérais être fidèle à notre pacte pour le restant de ma vie. (Je lui jette un regard appuyé.) Tu m'emmèneras dans les airs aussi souvent que je le voudrai ?

– Bien entendu. Tu seras ma femme. Et tu seras obligée d'aimer le H&Q.

– H&Q ?

– Hélicoptère et queue. Une queue dans la cabine. Une pipe en volant. Y'a rien de meilleur.

– Ne me dis pas que tu as déjà fait ça, dis-je en frémissant à l'idée qu'il se soit fait sucer par une bimbo dans les airs.

Il se penche vers moi et tapote ma main.

– Tu seras la première.

– Tu es tellement romantique, dis-je sèchement pendant qu'il éclate de rire.

Et voilà une nouvelle année de passée.

CHAPITRE 2
27 ans

Je crois que je suis amoureuse d'Owen Geary.

En fait, *je sais* que je suis amoureuse d'Owen Geary. Simplement prononcer son nom me fait un effet dingue, me chauffe le sang, me fait tourner la tête.

Vingt-sept ans, ça va être ma meilleure année.

Nous sommes mi-octobre, et une nouvelle vague de chaleur recouvre San Francisco. Je vais à mon boulot à All Saints en short de cuir noir, en essayant d'oublier les mini-traces de cellulite qui apparaissent sur le haut de mes cuisses quand la lumière est rasante. Je suis toujours dans ma vingtaine d'années, la vie est toujours belle. Je peux bien dépasser ces foutus problèmes de peau.

Parfois, je me demande si je ne devrais pas devenir végétarienne, privilégier le chou kale et les noix plutôt que les cupcakes et les cocktails aux fruits. Quand j'ai eu vingt-sept ans hier, j'ai pris la décision de commencer à utiliser une crème de nuit, des sérums et de la crème solaire de grande marque. J'ai hérité de la peau sombre de mon père due à ses origines méditerranéennes, mais je sais que je dois me protéger.

J'ai également décidé de commencer les cours de yoga et de m'entraîner au marathon. Celui de la ville a eu lieu il y a juste quelques semaines, et une foule de femmes fines et musclées s'entraînaient sans effort apparent dans le parc du Golden Gate ou piquaient un sprint dans les escaliers qui mènent à Twin Peaks. Avant, j'étais capable de jouir de la vie sans faire attention, mais dorénavant, je sens bien que mon corps commence à stocker de la graisse sur mes cuisses, mon ventre et mes seins. Les seins, je peux faire avec, mais si je ne réagis pas rapidement, je vais commencer à ressembler à une poire. Une poire aux gros seins.

Une partie de moi ne demande qu'à continuer comme je l'ai toujours fait. Mais je ne peux pas faire ça. J'ai un but à atteindre. Bien sûr, je suis toujours directrice à All Saints, mais j'espère avoir bientôt mon propre magasin. Et ma vie amoureuse est enfin ce qu'elle devrait être.

Bien sûr, chez Owen, tout n'est pas parfait. Il est comptable dans une grosse société locale, il a donc très bien réussi, mais il travaille énormément et il est très pragmatique. C'est un beau garçon, du genre propre sur lui, il est super, à part ses oreilles qui sont un peu trop grandes et légèrement décollées. Il aime parler golf, alors que je préférerais parler hockey. Mais hormis ces détails, il est difficile de lui trouver des défauts. En plus, il assure et nous avons plein de sujets de conversation en commun. Et par-dessus tout, il est fiable, et c'est ce dont j'ai vraiment besoin en ce moment, de quelqu'un qui soit fiable, surtout quand le restant de ma vie est dans un équilibre instable.

Mes parents sont en train de se séparer, ils vont sans doute divorcer. Encore un sale coup de l'année passée, et totalement imprévu. Je pensais toujours au divorce comme un drame réservé aux familles de mes copains de classe en primaire, qui avait perduré pendant les années de lycée. Mais jamais je n'aurais cru que ça puisse m'arriver après les années tumultueuses de mon adolescence.

Et voilà que soudain mon père voulait quitter ma mère. Il avait pris ses cliques et ses claques et s'était installé en Oklahoma.

Je ne sais toujours pas pourquoi. Ma mère non plus, enfin c'est ce qu'elle dit. Je lui ai demandé si Papa était tombé amoureux de quelqu'un d'autre, s'il avait rencontré quelqu'un, mais sa réponse a toujours été la même : le changement. Il avait besoin de changement.

Je ne comprends pas comment vous pouvez avoir été marié pendant trente-cinq ans et avoir soudainement besoin de changement. Pourquoi au bout de trente-cinq ans ? Pourquoi pas trente ? Ou vingt ? Après tout ce que ma famille a traversé à cause de mon frère Nate, toutes ces années à lutter pour aller de l'avant… pourquoi maintenant ?

Du coup, je me sens coupable, alors je passe mes week-ends avec ma mère à Pétaluma. Mon père appelle ou maile très rarement. Peut-être que lui aussi se sent coupable. J'ai horreur de voir ma mère si triste, la maison tellement vide, et elle semble si lasse de vivre.

Peut-être est-ce pour ça que j'ai craqué pour Owen, pour lui prouver que moi je pouvais avoir un homme avec qui ça marcherait. Un type fiable, qui reste fidèle, un homme qui vous épouse. Pas un play-boy. Pas un rêveur. Pas quelqu'un comme mon père.

Mais en fait, peu importe ce qu'elle peut penser. J'aime Owen Geary, voilà tout.

Depuis que nous sortons ensemble – quelques mois – je vois moins souvent James et Linden, et plus souvent mon amie Nicole Price. J'étais à l'école primaire avec elle, mais nous n'étions pas amies à l'époque. Nous nous sommes retrouvées cette année à l'Art Institute, où toutes les deux nous avons suivi un cours de « marchandising et mode ». Owen aime bien Nicole. Il n'aime pas James et Linden. James, je suppose que c'est parce que c'est mon ancien petit ami, et Linden parce qu'il est très proche de moi. Et que c'est Linden. Mais finalement, parce que c'était mon anniversaire, j'ai pu les réunir à dîner. Je bosse seulement quatre heures aujourd'hui, principalement à trier des vêtements et à faire de la paperasse, ensuite je cours à la maison, bien contente d'avoir pris ma voiture plutôt que le bus. Owen est déjà là, en train de se servir un verre de vodka. Je me demande pourquoi il la boit ainsi – un verre de vodka pure c'est quand même le pire des drinks – mais il a trente-trois ans, je suppose qu'il est assez grand pour savoir ce qu'il fait. Il porte une chemise à fines rayures, des pantalons slim et des chaussures bien cirées. Tout ça vient de boutiques de créateurs, et il a belle allure. Il est du genre sec, et j'ai comme l'impression que plus je grossis, plus il mincit. Mais pour l'instant, nous sommes à l'équilibre. Je m'habille moins sexy et je me surprends même à cacher les tatouages que j'ai aux poignets (le nom de mon frère d'un côté, le mot CROIRE de l'autre) sous des manches longues. Nous formons un beau couple, particulièrement depuis que j'ai teint mes cheveux dans un beau brun auburn qui ressemble au sien.

Nous sommes bien ensemble. Nous sommes fiables.

Je passe un débardeur en soie sur mon short et j'ai le temps d'arranger un peu mon visage juste avant que James et Linden n'arrivent. Je retiens ma respiration. Je me rends subitement compte que je suis super-nerveuse. J'aurais bien aimé que Kayla, ma coloc soit là. Kayla est très douée pour apaiser les tensions et j'ai comme l'impression que la soirée va être un peu bizarre.

Voire très bizarre.

Et ça l'est, du moins entre James et Owen. James entre, me fait un rapide coucou et me souhaite un bon anniversaire, puis il salue Owen. Sa mâchoire est crispée, tout comme celle d'Owen, il semble suspicieux et comme prêt à en découdre. Ils se dévisagent comme deux fauves autour des restes d'un festin, je suis assez étonnée par l'attitude d'Owen. Habituellement, il reste plutôt en retrait.

Peut-être est-ce parce que James a pris son air provocateur. Il a les cheveux noirs très drus, un corps pâle et filiforme et quelques piercings. Il n'est pas aussi dur et révolté qu'il paraît – en fait, c'est un bon géant tout doux pour qui l'opinion des autres compte au plus haut point – mais il faut le connaître pour pouvoir s'en rendre compte.

Je dois l'admettre, c'est ce qui m'a d'abord attirée chez James – son personnage. Mais en réalité, ça n'a pas vraiment fonctionné entre nous.

Et voilà Linden. Il fait irruption dans la pièce, se jette sur moi pour me faire un énorme câlin. Il sent bon la sauge et un truc boisé. Ses bras me serrent comme un étau. Je me sens tellement en sécurité, tout à coup, qu'une partie de moi se met à regretter de ne pas l'avoir vu depuis si longtemps.

– Joyeux anniversaire, un peu tardif, Baby Blue ! murmure-t-il à mon oreille.

Je ferme les yeux une seconde. Quand nous nous séparons, je me rends compte que James et Owen nous regardent fixement. Ils ont l'air encore plus suspicieux.

– Merci, je lui réponds en éclaircissant ma voix, un peu chamboulée, pendant qu'il s'avance pour serrer la main d'Owen.

– Content de te revoir, lui dit Linden.

Owen met un moment avant de réagir, puis lui serre la main rapidement.

– Moi aussi, répond Owen d'un air pincé.

Nous allons dans un bar très privé dans Chinatown. Linden « connaît » apparemment l'hôtesse, il a pu nous obtenir une réservation, alors que normalement nous aurions dû attendre des semaines. Nous trouvons la porte, très anonyme, à côté d'un resto miteux aux lumières verdâtres et rempli de visages tristes. Il n'y a aucun signe de reconnaissance particulier, vous êtes juste censés envoyer un texto à un certain numéro.

Au bout de quelques minutes que nous sommes plantés là, tous les quatre, devant la porte, pendant que des clochards passent devant nous avec leurs chariots pleins de couvertures et de packs de bière, la porte s'ouvre enfin.

L'hôtesse apparaît, toute en jambes.

– Salut Linden, dit-elle, en faisant papillonner ses yeux hyper-maquillés.

Son maquillage est bien fait, sensuel et pas vulgaire, et je ne sais pas pourquoi ça me gêne encore plus ou pourquoi ça me gêne, tout simplement.

Linden la déshabille du regard, avec cet air de voyou qu'il sait prendre et ce sourire aguicheur.

– Émilie, comment vas-tu ?

J'adore sa façon de dire « comment vas-tu ».

Elle pose une main sur sa hanche et dévoile la fente de sa robe sur ses cuisses fuselées. Pas trace de cellulite.

– Je vais bien. Je n'espère plus ton coup de fil.

Je pince les lèvres. Qui donc peut proférer de telles conneries ? Apparemment, Émilie le peut. Linden lui fait un grand sourire.

– Bon, est-ce que ça compte comme un coup de fil ?

Émilie plisse les yeux, pas du tout impressionnée.

– Suivez-moi.

Elle nous emmène à travers un long couloir sombre, si long que je commence à me demander si ça fait partie d'une de ses ruses pour séduire Linden grâce à ses appas très féminins, quand nous discernons enfin des conversations étouffées. Sur notre droite s'ouvre une petite pièce rectangulaire, remplie de crânes dorés et de bancs recouverts de velours blanc. Des jeunes barmaids au look steampunk[3] préparent des cocktails de toutes les couleurs.

Rien à voir avec le bar clandestin auquel je m'attendais, mais franchement cool.

Émilie nous guide vers une table à l'arrière, dans une alcôve, et Owen et moi nous nous installons.

Vous pouvez m'emmener dans le resto le plus minable du monde, du moment que j'ai un salon privé, je suis ravie. Je n'ai même pas besoin de boire. Y être assise est un des plaisirs les plus sous-estimés. Les banquettes en velours sont super-moelleuses, je me coule dedans directement, je jette ma tête en arrière contre le dossier rembourré, entouré par un mur de crânes. Et je me mets à sourire, je suis heureuse.

– Je savais que tu aimerais, dit Linden en s'asseyant en face de moi. J'ai tout de suite pensé que ces alcôves n'attendaient plus que toi.

– Les crânes, c'est chouette, commente James en regardant autour de lui.

---

3 Rétrofuturiste, un sous-genre de la science-fiction.

De toutes les personnes ici présentes, il est celui qui correspond le mieux à cet endroit, lui qui est un savant mélange de rockeur hyper-pointu et de hipster bien maîtrisé.

Owen reste silencieux un moment avant de désigner le bar.

– Ils ont de la vodka Perkele, dit-il en prononçant le nom de sa vodka finlandaise préférée.

C'est à peu près tout ce qu'Owen va dire. Cet endroit n'est clairement pas fait pour lui, et ses regards inquisiteurs passent discrètement de Linden à James.

Une heure plus tard, après que Linden m'a offert deux martinis (bien corsés) d'anniversaire, Owen part aux toilettes et James va fumer une cigarette à l'extérieur. Nous sommes seuls tous les deux. Ça m'a manqué.

– Je n'ai pas l'impression que ton petit copain m'apprécie beaucoup, dit Linden après avoir avalé une bonne lampée de bière en faisant rouler sa bouteille entre ses grandes mains.

– Owen ?

Ça me fait bizarre d'entendre dire que c'est mon petit ami, et particulièrement dans la bouche de Linden (qui, après deux martinis bien corsés, est bien plus belle que celle d'Owen).

– As-tu d'autres petits copains que je devrais connaître ? me demande-t-il en formant un arc de cercle parfait avec son sourcil.

– Non. De toute façon, aucun des types que je fréquente ne t'aime beaucoup.

Il sourit. Son fichu sourire narquois.

– C'est parce qu'ils savent tous que nous nous marierons un jour ?

Mon cœur a un raté.

– Non. Et tu n'en parles pas à Owen, ok ?

Il prend un air surpris.

– Pourquoi ? C'est la vérité pourtant.

Je pince mes lèvres et je plonge dans mon sac à la recherche de mon tube de rouge.

– C'est la vérité, Steph, répète Linden. (Pendant que j'étale mon rouge magenta, il fronce les sourcils en m'observant.) Ne me dis pas que tu comptes rester plusieurs années avec ce nase ?

Je lui jette un regard.

– Écoute, je sais qu'il ne paraît pas être… eh bien, un type pour moi, mais je l'aime, alors ouais, j'espère bien être encore avec lui dans quelques années. Ne le traite pas de nase.

Il cligne des yeux à plusieurs reprises, et le muscle de sa mâchoire se met à palpiter.

– Tu es amoureuse de lui ?

– Ne fais pas comme si c'était épouvantable, lui dis-je, même s'il a un air qui me fait craindre le pire. Il fallait bien que ça arrive. C'est bien. Vraiment bien. Je suis heureuse.

– Vraiment ?

Je penche la tête en avant pour pouvoir mieux l'observer. Devant mes yeux, son air triste disparaît comme par enchantement, le battement de sa mâchoire s'arrête. Il se calme. Il redevient mon meilleur ami, Linden. Je ne sais pas vraiment qui était cet autre type. Mais je crois que j'aurais aimé qu'il reste un peu plus longtemps.

– Ça ne fait rien, dit-il très vite. Tu es heureuse, je le vois. Et, putain, je suis heureux pour toi, Baby Blue, je le suis vraiment. Et il a une veine de cocu.

Je le regarde toujours.

– Tu voulais vraiment m'épouser ? je demande. Ou bien voulais-tu simplement te marier ?

Il esquisse un sourire :

– Maintenant, tu ne le sauras jamais.

Owen revient des toilettes, je me rassieds à ma place en lui faisant un grand sourire. J'ai le sentiment d'avoir fait quelque chose de mal, même si ce n'est pas le cas.

Linden frappe la table de la paume de la main, se lève et s'excuse. J'observe sa haute silhouette musclée pendant qu'il quitte la pièce, probablement à la recherche de James. Presque toutes les femmes présentes le suivent, elles aussi, du regard.

J'ai comme une brûlure dans la poitrine, mais je l'oublie vite et je tourne mon regard vers Owen.

Owen est un type adorable. Il est fiable. Il est solide comme un roc. Il ne va pas partir Dieu sait où.

Je suis amoureuse d'Owen Geary. Mes vingt-sept ans vont être la plus belle année de ma vie.

CHAPITRE 3
28 ans
Linden

– Hé, salut petit merdeux, gazouille la voix de mon frère dans mon téléphone.

– Hé, petit merdeux toi-même, je lui réponds en m'éclaircissant la voix.

Je suis franchement malade, ma gorge me fait un mal de chien. Ça tombe mal.

– Qu'est-ce que tu veux ?

– Eh ben, je voulais te souhaiter un putain de bon anniversaire, espèce de tête de nœud.

– Merci, dis-je en hochant la tête, ce qu'il ne peut pas voir.

Et je sors mes clés de mon pantalon. J'ouvre la portière de ma jeep. Non loin, une moto met les gaz. Je rentre vite dans ma voiture pour pouvoir entendre ce que dit Bram.

– Tu es à l'aéroport ? Ne me dis pas que tu travailles le jour de ton anniversaire !

– La plupart des gens sont bien obligés de bosser le jour de leur anniversaire.

Bien entendu, Bram, lui, ne fait rien de ses journées, il se contente de se balader dans Manhattan comme une espèce de play-boy hyper-privilégié. Certains peuvent penser que je lui ressemble, mais moi au moins, je bosse. Bram a vécu sur l'argent de nos parents toute sa vie. Le plus drôle de l'affaire, c'est que c'est l'aîné. Il aurait dû être un modèle pour moi. Sans doute l'a-t-il été, d'une certaine façon. Quand j'ai terminé le lycée, je me suis juré de devenir tout son contraire.

– Tu devrais prendre ta journée, dit-il.

Ses mots sont ponctués par un bâillement, je l'imagine parfaitement qui étire ses bras au dessus la tête.

– Tu as parlé à Papa et Maman ?

Je soupire en me renfonçant dans mon siège. On est en avril, il fait un froid de canard. J'ai déménagé à San Francisco quand j'avais vingt ans, mais je ne me suis toujours pas acclimaté à ces écarts de température. À New York, on avait quatre vraies saisons, dans l'ordre normal. En Écosse, à Aberdeen où j'ai grandi, c'était la même chose en plus doux. Ici, il fait chaud en automne et froid en été, et brumeux pratiquement toute l'année. Je suis tenté de démarrer la jeep pour mettre le chauffage en route, mais j'imagine Stéphanie en train de se moquer de moi.

– Non, je ne leur ai pas parlé depuis plusieurs semaines.

Ce qui signifie, nous le savons tous les deux, que je n'ai pas parlé à mon père depuis quelques semaines. Ma mère ne téléphone jamais, et c'est franchement une bonne chose.

– J'espère qu'ils ne vont pas oublier ton anniversaire, dit Bram d'une façon qui signifie tout le contraire. Au moins, tu as un vrai frère.

– Ouais.

– Écoute, poursuit-il sur un ton qui me fait immédiatement comprendre que mon anniversaire n'a rien à voir avec son coup de fil, je me demandais si tu pouvais me rendre un service.

De surprise, je tire sur mon oreille.

– Te rendre un service ?

– Ouais, Linden, c'est ce que font des frères l'un pour l'autre. Le week-end prochain je viens à San Francisco avec ma copine. Elle adore Alcatraz. Tu penses que tu pourrais nous y emmener ?

– Vous emmener là-bas ? je répète, complètement ahuri.

– Ouais, dit-il, comme s'il n'avait pas dit un truc complètement ridicule.

– Tu sais, en hélicoptère.

Je pousse un long soupir exaspéré en me pinçant le bout du nez pour essayer de rassembler mes esprits.

– Bram, écoute. Je travaille pour une compagnie charter. Je ne dispose pas d'un hélico personnel pour te trimballer là où tu veux.

– Alors nous en affréterons un.

– Et tu ne peux pas voler au-dessus d'Alcatraz. C'est un espace protégé. Tu ne peux pas y atterrir sans autorisation. D'ailleurs, je ne suis même pas sûr qu'il existe un terrain d'atterrissage là-bas.

– Eh bien, obtiens une autorisation.

Je soupire à nouveau.

– C'est hors de question. D'ailleurs, pourquoi tu veux venir ? Tu ne viens jamais sur la côte Ouest.

– Je m'ennuie. Et Azzura a de la famille dans ce coin de la baie.

– Azzura ?

– Ma copine.

– Bien sûr, elle s'appelle Azzura.

– Moi au moins, j'ai une copine.

– Super, Bram. Tu as quel âge, déjà, trente-deux ans ?

– Et toi, tu as quel âge ?

– Vingt-huit aujourd'hui. Mais il ne s'agit pas de moi.

– Tu peux nous emmener ou pas ?

– Attends, je lui réponds, exaspéré, en faisant défiler mon agenda sur mon portable.

J'ai un vol prévu le matin, mais rien l'après-midi. Je lui dis que je peux réserver le vol pour lui ce jour-là, et je l'assure que ce sera moi qui piloterai, pour un vol privé. Mais pas question d'aller à Alcatraz. Dès que j'ai raccroché, j'envoie un SMS à Stéphanie.

Tu fais quoi le week-end prochain ? Tu es partante pour faire un tour ?

Elle sait parfaitement ce que ça veut dire, elle est déjà venue plusieurs fois, elle adore ça. Mon autre meilleur ami, James, adore ça lui aussi, mais je n'éprouve pas le même plaisir à l'observer. Son visage à elle s'illumine, et elle gesticule sur son siège comme une môme. En plus, elle créera un parfait tampon entre mon frère et moi, et je suis sûr qu'elle trouvera quelque chose à raconter à Azzura. Steph s'entend avec tout le monde, la plupart du temps, alors que James peut être un vrai fouteur de merde.

Ça ne lui prend pas longtemps pour répondre.

Bien sûr, est-ce que James vient ?

Et voilà que je me sens un peu coupable de ne pas l'inviter. Mais c'est une question de place.

Non, mon frère vient avec sa petite amie, alors ce sera juste nous quatre.

Immédiatement elle répond :

Comme un double rencard ?

Je ne sais pas. Pourquoi, tu te lances ?

Tais-toi. Ok, ça me plaît. On se voit toujours ce soir au Lion ?

Je ferme les yeux et j'appuie ma tête sur le dossier de mon siège. Je ne peux absolument pas m'imaginer faire la fête en ce moment. J'ai juste envie de me mettre au lit. Finalement, je lui réponds :

Je ne crois pas que je vais venir.

Mais c'est ton anniversaire.

Je sais, mais je crois que je couve quelque chose. Je vais rester sagement à la maison, regarder un film et me reposer.

Tu te fais vieux, répond-elle.

Elle a peut-être raison. Avant, je serais sorti et j'aurais éclusé des bières, malade ou pas. Alors que maintenant, ça me semble complètement cauchemardesque. Ce que j'aimerais, en réalité, c'est l'inviter à venir regarder un film avec moi. Et normalement, c'est ce que je fais, mais en incluant

James et parfois sa bonne copine Nicole. Mais je ne veux pas qu'ils viennent, je veux qu'elle vienne toute seule.

Il y a quelques années, j'ai conclu un pacte avec Stéphanie : nous allions nous marier si nous n'étions toujours pas en couple à trente ans. Elle aura vingt-huit ans en octobre, nous avons encore quelques années devant nous, mais Steph a rompu avec Owen, son petit ami foireux, il y a environ un mois. Moi, je n'ai vu personne depuis plus de deux mois. Je voudrais avoir déjà trente ans et transformer mes paroles en actes.

Mais Stéphanie ne prend pas notre pacte au sérieux, elle croit que j'ai dit ça en rigolant et que je n'irai jamais jusqu'au bout. Et comment penserait-elle autrement ? Une histoire d'amour, ou même une simple relation sexuelle, n'a jamais été envisageable entre nous. Nous n'avons jamais été plus que de bons amis depuis que nous nous sommes rencontrés.

En fait, ce n'est pas vrai.

La première fois que mes yeux se sont posés sur elle, elle portait des jeans super-moulants et un débardeur lacéré qui laissait paraître juste ce qu'il faut de peau, ses cheveux avaient une teinte bleu pétrole démente. La dernière chose à laquelle j'avais pensé, c'était à devenir son ami.

J'ai eu une envie folle de la baiser.

Mais c'est James avec qui elle est sortie, et je suis devenu son ami.

Mon envie de la baiser n'a jamais complètement disparu, bien que j'essaie le plus possible de la garder pour moi. Draguer la copine de votre meilleur pote, c'est impossible. Ça ne se fait tout bonnement pas.

D'autant plus que nous sommes devenus tellement proches.

D'autant plus, que parfois, je pense que James est toujours amoureux d'elle.

D'autant plus qu'elle pense que je suis le plus grand comédien qui soit.

Elle n'a pas tort. Mais si je lui jouais la comédie, elle ne penserait plus ça du tout.

D'un certain point de vue, ce pacte est stupide. C'est juste repousser à plus tard quelque chose dont je pourrais m'occuper dès maintenant. Mais j'ai peur d'agir si James est vraiment toujours amoureux d'elle. J'ai peur qu'elle me rejette en me disant qu'elle ne m'a jamais considéré comme autre chose qu'un ami et qu'elle ne veut pas foutre en l'air notre amitié. J'ai peur de bousiller deux amitiés d'un seul coup. Alors, notre pacte est remis à plus tard. Encore deux ans et je devrai faire face. Juste deux ans avant que tout change, pour le meilleur ou pour le pire.

J'ai encore plus mal à la gorge. Je conduis jusque chez moi, et en arrivant je me mets à grelotter. Je me jette sous la douche, bien chaude, pour essayer de me réchauffer, puis je me roule dans un duvet que je sors de la commode. Il sent l'insecticide et les épines de pin. Ça me rappelle James et

Steph, et Kayla, sa colocataire. Nous étions partis camper à Muir Woods. Steph et moi étions en train de ramasser du petit bois pour le feu. J'étais bourré, assez pour être incapable de me censurer. La vérité s'étalait au grand jour et je n'étais pas sûr de pouvoir l'arrêter. J'étais dangereusement saoul et sur le point d'avouer à Steph mes réels sentiments.

Je pense qu'elle avait remarqué que quelque chose se préparait, parce que la conversation a brusquement dévié sur Kayla.

– Tu la trouves bandante, n'est-ce pas ? m'a-t-elle demandé.

J'ai haussé les épaules.

– Bien sûr.

Parce que c'est vrai que Kayla est bandante. Mince et petite, avec une peau de pêche de Japonaise et de longs cheveux noirs. En plus elle est sympa, même si ce n'est pas une flèche. Mais surtout, ce n'est pas Stéphanie.

– Je crois qu'elle t'aime bien, m'a dit Steph.

– Eh, on est plus à l'école primaire ! Elle t'a dit ça pendant la récré, ou quoi ?

Steph m'a observé en un moment avant de faire la moue.

– Bon, je crois qu'elle a envie de baiser avec toi. C'est mieux comme ça ?

Je ne comprenais pas ce qu'elle était en train de faire. Voulait-elle m'entendre lui dire que je n'étais pas intéressé ? Ou bien essayait-elle au contraire de nous coller ensemble ? Ça ne la dérangeait donc pas ?

– Je ne suis pas sûr que ce soit une bonne idée, lui ai-je répondu, parce que c'était la vérité.

J'ai fait un pas vers Stéphanie. Elle a de grands yeux bleus, grands comme des soucoupes. Ils se sont encore agrandis.

– Je trouve que vous feriez un joli couple, a-t-elle embrayé rapidement, avant de faire demi-tour vers le feu de camp.

Plus tard, cette nuit-là, j'ai baisé Kayla contre un arbre, et dans ma tente le lendemain matin, après que James s'était levé pour préparer le petit déjeuner.

Nous n'avons pas formé un joli couple.

Kayla et moi sommes sortis ensemble encore quelques semaines, avant que je rompe et que je sois obligé d'éviter l'appartement de Steph pendant un certain temps.

Outre Kayla, j'ai eu l'impression de baiser quelque chose d'autre. C'est à ce moment-là, je pense, que toute possibilité de relation entre nous a disparu. Après Kayla, j'ai décidé de me sortir Stéphanie de la tête. J'ai baisé d'autres filles, je suis devenu le comédien qu'elle avait toujours cru que j'étais. J'ai fait tout ce que j'ai pu pour penser à elle comme à une amie. Et ça a marché. Mais c'est alors que la vie s'en est mêlée. À vingt-cinq ans, j'étais déjà fatigué de collectionner des filles qui n'avaient aucune importance pour moi. Je ne voulais pas que ma vie ressemble à ça. J'avais grandi ainsi, avec une mère absente, accro aux médicaments, et un père froid, qui n'avait jamais montré le moindre amour ni pour mon frère ni pour moi. J'avais grandi dans la bonne société à la morale douteuse, aux ambitions démesurées. Je ne voulais pas devenir comme eux. Je voulais quelque chose de réel, de vrai et de pur, et je n'en avais rien à faire si ça sonnait comme une niaiserie fleur bleue, parce que j'avais besoin de quelque chose qui donne un sens à ma vie.

Je voulais Steph. Elle était ma meilleure amie. Elle était mon Baby Blue et j'étais son cow-boy.

Voilà comment ce pacte idiot et naïf était né.

J'emporte le sac de couchage sur le divan et je me love dedans. Je suis sur le point d'allumer la télé, mais la fièvre m'en empêche.

Quand je me réveille plus tard, c'est parce que mon téléphone sonne. Il y a de la bave partout. J'essuie rapidement ma bouche avant de répondre. C'est Steph.

– Salut Steph, dis-je d'une voix cassée.

– Linden ? Tu vas bien ?

– Ouais, désolé, je m'étais juste un peu endormi.

– Comment te sens-tu ?

– Malade comme un chien.

– Tu veux que je vienne ?

Oui, j'ai salement besoin que tu viennes. Je me redresse un peu.

– Tu viens en uniforme d'infirmière ?

Silence.

– Tu es un porc.

– Ok ! Non mais sérieusement, en costume d'infirmière ?

– Tu veux que je vienne ou pas ?

Je souris.

– Oui, oui, je t'attends dans le canapé.

– S'il te plaît, sois décent.

– Je ne te promets rien.

Quarante-cinq minutes plus tard, j'entends la clé de Steph dans la serrure, et elle apparaît, portant deux sacs de provisions. Elle a l'air énervée, le visage un peu rouge, ses longs cheveux blond cendré en bataille. On dirait qu'elle vient juste de faire l'amour, et j'ai une soudaine hallucination : elle jette ses sacs et vient vers moi, puis soulève sa jupe courte pour me chevaucher. Je tente de remettre mon pantalon en place sous mon sac de couchage pour ne pas que ça se remarque trop.

– Tu as une sale mine, me dit-elle avant d'emporter les sacs à la cuisine.

Je l'entends fourrager là-dedans comme si elle était chez elle. Elle range des trucs dans les placards, elle allume la bouilloire. Quand elle réapparaît, elle tient une petite tasse en plastique remplie d'un liquide bleu.

– Tu veux me droguer ?

– Oui, c'est du Nyquil[4]. (Elle l'approche de mon visage.) Bois-le ou tu es mort !

Je lui prends la tasse avec précaution.

– Si je me souviens bien, la dernière fois que j'ai pris du Nyquil, j'ai failli mourir.

– C'est parce que tu t'étais enfilé six cannettes de bière avec. Allez, bois.

---

4 Médicament très répandu aux USA pour le rhume ou la grippe.

J'avale le sirop bleu dégoûtant avant de reculer dans le canapé. Je dois dire que c'est bien agréable d'avoir quelqu'un qui prend soin de moi, particulièrement quelqu'un qui a un si beau cul. Il semble embellir de jour en jour.

Elle retourne à la cuisine et revient avec un mug rempli de thé bouillant.

– J'ai mis du citron et du miel dedans, dit-elle.

Elle est sur le point de retourner une nouvelle fois à la cuisine, mais je me soulève et je lui attrape le poignet. Le mouvement la stoppe net et elle baisse les yeux sur ma main qui entoure son poignet.

– Relax, Baby Blue, lui dis-je en l'attirant vers moi. Arrête de me materner comme ça.

Elle sourit et un peu de rose lui monte aux joues.

– Désolée. Ce sont mes vieilles habitudes.

Je lui fais un signe de tête plein d'empathie. Pauvre Steph. Quand elle était enfant, son petit frère a eu une maladie auto-immune. Elle en parle rarement, ce qui fait que je m'étonne qu'elle fasse ainsi allusion à leur relation. Ce que je sais, en revanche, c'est qu'il était le surdoué de la famille, un vrai génie, mais que sa maladie a empiré au fil des ans. Il est mort d'une pneumonie quand elle avait dix-huit ans et lui quatorze. Je suppose qu'elle a passé beaucoup de temps à s'occuper de lui.

Je lâche sa main, je suis conscient que je l'ai gardée dans la mienne trop longtemps.

– Assieds-toi, c'est un ordre.

– Tu sais, peut-être que ta commande de services d'une infirmière est mon cadeau d'anniversaire.

Je hausse un sourcil.

– Mais alors, où est l'uniforme ?

Elle soupire, se calme et s'assied sur le canapé à mes pieds. Une grosse mèche de cheveux couleur bronze lui strie la pommette, et je l'observe un moment en me demandant si elle va la repousser. Je n'aime pas cette façon de cacher son visage. Elle fait ça souvent, se cacher derrière ses cheveux. Son visage est tellement expressif qu'il est très facile de lire dans ses pensées.

– Qu'est-ce que tu veux faire ?

Je pose mes jambes en travers de ses genoux. Elle les détaille avec un mépris feint.

– Je ne te masse pas les pieds, si c'est à ça que tu penses.

– Je ne pense à rien. Qu'est-ce que tu veux regarder ? J'ai le DVD des Simpson, toutes les saisons, et *American Horror Store*, une sacrée daube avec Clive Owen.

Steph tourne la tête vers moi et me lance un drôle de regard. C'est seulement à cet instant que je me rends compte qu'elle sait parfaitement ce que j'ai – elle est déjà venue des milliers de fois chez moi et nous avons regardé des foules de DVD. C'est simplement que James n'est pas là et que, du coup, je meuble comme un imbécile. Je me jette alors sur le thé, histoire d'avoir quelque chose à faire. Si la bouteille de Nyquil était là, je m'en enfilerais probablement une autre dose.

– Regardons ce qu'il y a à la télé, dit-elle en ramassant la télécommande et en se mettant à zapper.

Moi je regarde ses mains petites et douces, son vernis à ongles vert foncé irisé, appliqué avec tant de précision. C'est un vrai caméléon avec ses cheveux, je me demande si j'ai jamais vu leur véritable couleur. Je la connais depuis des années et, pourtant, il y a encore tellement de choses que j'ignore à son sujet, et que je veux découvrir.

Au bout d'un petit moment, je lui demande :

– As-tu trouvé un lieu ?

Elle s'extirpe de la pub qu'elle regardait.

– Un lieu ?

– Pour ta boutique.

Elle cligne des yeux à plusieurs reprises.

– Oh ! Non.

– Steph…

– Quoi ?

– Laisse-moi t'aider.

Elle hausse tout doucement les sourcils.

– M'aider ?

Je me rassieds en poussant un soupir.

– Oui, t'aider. Qu'est-ce qui t'empêche d'avancer ? L'argent ? Le temps ? Je peux t'aider pour les deux.

Elle laisse échapper un petit rire acide.

– Non, tu ne peux pas. Et même si tu pouvais, ce n'est pas le problème.

– Alors, c'est quoi le problème ?

Elle regarde à nouveau vers la télé, en tournant et retournant la télécommande dans ses mains.

– Je ne sais pas. Mais je suppose que je dois le comprendre par moi-même. Pourquoi es-tu le seul à me parler de ça ?

Je dresse l'oreille.

– Ah bon ?

Elle hoche la tête.

– Ouais. Mes parents pensent toujours que c'est une espèce de rêve délirant, et tous les autres hochent poliment la tête quand je leur raconte que je veux ouvrir ma propre boîte. Tu es le seul qui continue à me demander où j'en suis, à me pousser à avancer.

– Je suppose que nous avons tous besoin de quelqu'un dans notre vie qui nous rappelle de quoi nous sommes capables, je lui réponds, honnêtement. Je sais que tu es capable de beaucoup mieux que d'être vendeuse dans un magasin de fringues que seuls certains androgynes de « Saturday Night Live[5] » peuvent porter. Tu devrais avoir ton propre magasin. Tu aimes les fringues, tu as un super-bon rapport aux autres, même avec ceux que tu détestes. Tu as très bon goût, tu as beaucoup de style… (Là, je fais une pause.) Je pense que ça te rendrait heureuse. Tu le mérites.

Elle déglutit en me lançant un long regard appuyé. J'espère que mon regard corrobore mes paroles, parce que je le pense vraiment. Stéphanie est ambitieuse, forte et intelligente, elle peut aller très loin.

---

5 Émission de divertissement très populaire de la chaîne NBC, basée sur une alternance de sketches humoristiques et de musique.

Elle a juste besoin d'un bon coup de pouce et de quelqu'un pour le lui donner.

Je veux être ce quelqu'un.

Mais c'est quand même étonnant que je sois le seul qui propose de s'en charger. C'est à la fois flatteur et inquiétant. Et James alors ? Quand ils étaient ensemble, il ne l'a donc pas encouragée à poursuivre ses rêves ? Après tout, il a réussi, lui, à devenir propriétaire de sa propre entreprise. Et ses autres petits copains, ses amis ? Est-ce qu'ils s'en fichaient ? Ne voyaient-ils pas ses capacités ?

Sans plus rien dire, elle s'intéresse maintenant à la télé. Au bout de quelques minutes, elle choisit *Là-haut*, le film de Disney. Il est clair qu'elle ne l'a jamais vu. Je me garde bien de lui dire que moi, si, et que ce n'est pas franchement gai.

Très vite, la scène tragique au début du film me fait de la peine, ça me rend malade pour les personnages. Marrant, non ? Je peux parfois être un supermacho, et pourtant, ce pauvre vieux dessin animé me fait toujours un effet bœuf. Cela dit, je surprends Steph qui renifle, et je me rends compte que de grosses larmes coulent sur ses joues.

– Oh mon Dieu, tu pleures !

Je sais que c'est assez désagréable de dire ça. Mais je ne l'ai vue pleurer qu'une fois depuis que je la connais, et c'était juste après sa rupture avec James, elle se sentait terriblement coupable. Elle se détourne et commence à essuyer ses joues nerveusement.

– Pas du tout.

– Mais si. (Je ne peux m'empêcher de sourire.) Et tu es trop mignonne !

Je l'attrape pour la serrer dans mes bras.

– Arrête, dit-elle, moitié riant, moitié pleurant, en s'appuyant contre ma poitrine. (Et me voilà en train d'essuyer ses larmes avec mes deux pouces.) C'était triste, marmonne-t-elle en craignant de croiser mon regard.

Elle est à la fois gênée et timide. Je ne réponds rien. Je me contente de l'observer. Putain, elle a l'air si vulnérable, mon cœur bat plus vite.

– Vraiment triste, poursuit-elle, en fronçant légèrement les sourcils comme si elle ne se doutait pas que je la regarde. Le vieux petit bonhomme a perdu sa femme, et maintenant il est comme une âme en peine.

– Ouaip, je réponds dans un soupir.

Mais je ne pense pas du tout au film. Ses yeux bleus sont immenses, comme le ciel le matin, ses lèvres délicieusement charnues. Je m'imagine en train de les caresser avec mon pouce, avant d'enlever le sel qui les recouvre dans un baiser.

Je devrais le faire. Je devrais sacrément le faire. Je déglutis difficilement, j'ai la gorge serrée et je sais que ce n'est pas à cause de la grippe. C'est à cause du désir et de la peur.

– Qu'est-ce que tu regardes comme ça ? me demande-t-elle alors dans un joli gazouillis.

Simplement l'embrasser, bordel !

Mais je romps le charme :

– Je vois double !

Elle a presque l'air soulagée.

– Oh, tu es complètement défoncé.

Je lui fais un sourire contrit.

– C'est à cause du Nyquil.

Elle se redresse et me repousse pour se réinstaller à l'autre bout du canapé.

– Eh bien, si tu tombes dans les pommes, je te laisse.

J'aimerais mieux pas, mais je ne le lui dis pas. Je m'appuie dans les coussins pendant que le film continue sur une note plus gaie. Bientôt, elle se met à rire et ça m'émeut également. J'aimerais avoir plus de drogues pour enfouir ces sentiments en moi, mais d'ici peu, je vais m'assoupir, de toute façon.

Encore deux ans.

Mais beaucoup de choses peuvent changer en deux ans.

CHAPITRE 4
29 ans

Stéphanie

J'ai réussi. J'ai finalement réussi. Fog & Clothes existe enfin. Il m'a fallu pratiquement une semaine pour me rendre compte que j'avais ouvert, que des clients étaient entrés et avaient acheté, vraiment acheté. Chez moi !

Je l'ai fait. Je possède et dirige mon propre magasin de prêt-à-porter. Et je l'ai fait juste dans les temps. Du moins, ceux que je pensais. Je me suis arrangée pour que l'ouverture coïncide avec mon anniversaire de vingt-neuf ans, en fait juste une semaine avant. L'année dernière, ça a été un peu comme si j'avais mis le booster, j'ai enfin fait bouger les choses. Sans les encouragements de Linden, je ne sais pas si j'y serais parvenue.

Je pense que le fait qu'il ait continué à me proposer de m'aider financièrement y a été pour beaucoup. L'argent n'était pas l'unique problème. J'avais mis pas mal de côté au fil des ans, et mon père m'avait fait cadeau d'une grosse somme à la fin de mes études secondaires, pensant que j'irais dans une université hors de prix. Au lieu de ça, je suis allée dans une école d'art pendant un an seulement, et j'ai gardé le reste de l'argent.

Mais les propositions de Linden étaient vraiment sincères et amicales. De temps en temps, il me semblait qu'il était le seul qui me rappelait mon rêve, je suppose que c'est parce que lui poursuit les siens si intensément. C'était bien d'avoir quelqu'un que je voulais rendre fier. Ma famille avait d'autres rêves pour moi, les mêmes que ceux qu'ils avaient eus pour mon frère. Ils semblent parfois oublier que c'étaient ses rêves à lui, et seulement à lui, et qu'ils sont morts avec lui. Un magasin de prêt-à-porter n'en a jamais fait partie. Mais c'est ce que je désirais, même si eux n'étaient pas d'accord. Et depuis le jour où Linden a commencé à me rebattre les oreilles avec ça, j'ai décidé de foncer, de blinder, et tout et tout. Je voulais lui prouver que j'en étais capable, sans son argent mais avec son soutien.

Je voulais montrer à mes parents que j'étais toujours vivante, toujours là, et que je faisais quelque chose digne d'intérêt.

Et je l'ai fait. Ça a été dur. Je travaillais à plein-temps à All Saints comme d'habitude, et je passais mes soirées à étudier, à faire des plans et des calculs. Je ne sortais pratiquement plus. Je suis devenue une sorte d'ermite asocial, et quand par hasard je sortais, c'était pour rencontrer des gens dans le business, des acheteurs, des créateurs, des pros du marketing, des fabricants, des mannequins. Je passais chaque seconde de ma vie avec des gens qui pourraient m'être utiles. Peu à peu, les journées de dur labeur se sont métamorphosées en semaines de travail acharné, puis en mois de travail acharné.

Et finalement, ça y était.

Je n'ai jamais eu aussi peur que le jour de l'ouverture. J'avais peur que personne n'entre, que tout le monde s'en fiche. Que les vêtements ne bougent pas des portants, que ma caisse enregistreuse reste muette, que les amuse-gueules et le champagne que j'avais préparés n'attirent même pas les passants.

J'avais l'impression que tout ce travail, tous ces rêves dépendaient de ce jour-là.

Bien sûr, ce n'est pas ça. La journée s'est bien passée, les gens sont venus, ils ont bu mes coupes de champagne et mes petits amuse-gueules bon marché. Ils ont acheté des vêtements, ils ont admiré les vitrines, ils m'ont félicitée. Ce n'était pas le jour d'ouverture dont j'avais rêvé, mais c'était le jour d'ouverture du début de mes rêves. C'était déjà beaucoup.

Linden et James sont venus, bien sûr. Linden a amené sa copine.

Ouais. Sa petite copine.

Nadine Collingwood.

Je n'y crois toujours pas, même si ce n'était pas la première fois que je la rencontrais. Elle est charmante, ce qui m'a surpris, et elle a l'air parfaitement normale. Le style de nanas avec qui Linden s'est acoquiné ces dernières années est toujours le même – grandes, extrêmement minces avec de longues jambes, des cheveux blonds dignes d'une pub pour du shampooing, des sourires aux dents parfaites, genre Ultrabrite.

L'opposé de moi, vraiment.

Et de Nadine également. Elle est de taille moyenne, mince mais sportive, elle est rousse, la peau très pâle constellée de taches de rousseur. Elle ne s'habille qu'en jeans et en chemise de flanelle, rien de très fun, mais ça correspond bien à son style garçon manqué.

En fait, elle a l'air écossaise. Peut-être que Linden regrette son pays d'enfance. Il est arrivé aux USA quand il était déjà au lycée, son père avait obtenu un poste aux Nations unies à New York.

Il a l'air heureux. Je suis heureuse pour lui. Vraiment, je le jure. Et comme elle est gentille, elle va prendre bien soin de lui. Je suppose que maintenant qu'il commence à vieillir, il comprend mieux l'intérêt de s'installer. Vous savez, avec quelqu'un qui n'est pas moi.

Tout compte fait, peut-être que ce pacte entre nous va devenir obsolète. Peut-être ce sera moi qui resterai célibataire, alors que Linden et Nadine vont faire un grand mariage et beaucoup de petits Gérard Butler[6].

Un coup sur la vitrine du magasin me tire de l'horrible mariage de contes de fées auquel je suis en train d'assister dans ma tête. Je lève les yeux pour découvrir James qui me fait signe de la main. Il porte un grand sac bien rempli et me sourit timidement.

Curieuse, je me dirige vers la porte. J'étais censée rentrer à la maison il y a une heure pour me

6 Acteur écossais.

préparer pour la soirée – James a prévu quelque chose au Burgundy Lion – mais le temps a filé sans que je m'en rende compte. Ça m'arrive souvent en ce moment. Parfois, je ne quitte pas la boutique avant dix heures du soir.

J'ouvre la porte et suis accueillie par une brise fraîche qui nous arrive de Sutter[7]. Le brouillard monte, les bâtiments de l'autre côté de la rue commencent à disparaître.

James me fait un grand sourire :

– Je me doutais que tu serais encore là.

Je suis un peu étonnée de le voir ici, mais j'ouvre plus grand la porte et lui fais signe d'entrer.

– Je sais, désolée. Un jour je vais m'y faire. Ou alors je vais devenir tellement célèbre que je pourrai engager des vendeuses pour fermer à ma place.

Il entre. Il sent la pluie et ses cheveux noirs mi-longs sont humides, ils collent à son cou et au col de sa veste en jean.

– Il pleut là-haut ? je lui demande.

Il habite dans le Haight, à côté du parc du Golden Gate, où le climat est un peu différent.

Il hoche la tête en faisant le tour de la boutique, avant de déposer son sac sur le comptoir, juste sur mes papiers.

– C'est quoi tout ça ?

Il ouvre le sac dont il sort une bouteille de vin rouge, le genre français, très cher, avec de la fausse

---

7 Comté du nord de la Californie.

poussière dessus, et un plaid, plus quelques petites boîtes en plastique.

– C'est ton anniversaire.

Je fronce les sourcils.

– Je ne comprends pas.

– Linden est avec Nadine. Ils ne viennent pas, dit-il en m'observant avec attention.

– Quoi ?

C'est comme si j'avais reçu un grand coup dans le ventre.

Il prend un air gêné.

– Elle a sans doute l'appendicite. Ils sont allés aux urgences pour vérifier.

– Oh. (La douleur se transforme en culpabilité.) C'est moche. Est-ce qu'elle va bien ?

Il hausse les épaules.

– Probablement pas, mais je suis certain que s'il y a un problème, ils le régleront vite. Alors, comme nous ne sommes que tous les deux, je me suis dit que ça serait plus sympa ici qu'au Lion.

Je jette un coup d'œil sur ce qui semble être les préparatifs d'un pique-nique en amoureux. Jamais, quand nous sortions ensemble, James n'a eu un geste aussi gentil. Je me demande ce qui l'a fait changer d'un coup.

– N'aie pas l'air si soupçonneux, lance-t-il en détournant le regard, troublé. C'est ton anniversaire, n'est-ce pas ? Je peux quand même faire quelque chose pour toi.

Ah, oui. Maintenant ça ressemble plus au James que je connais. D'humeur changeante et insaisissable.

– Bien sûr que tu peux. Je suis simplement surprise, c'est tout. Je ne me souviens pas de la dernière fois où nous avons passé un moment ensemble, juste tous les deux.

– Je sais. C'est pour ça que je me suis dit que ça pourrait être sympa.

Il prend la couverture et l'étale sur le sol sous le comptoir, juste à côté d'un présentoir à bijoux que j'ai galéré des mois pour obtenir et un panier d'articles rigolos pour achats coup de cœur, comme des pansements à imprimés moustache ou des chouchous léopard qui partent comme des petits pains.

Il débouche le vin, sort deux verres et ouvre les différentes boîtes. Il me montre la couverture :

– Tu peux t'asseoir, tu sais.

C'est ce que je fais, en découvrant le contenu des Tupperware. L'un d'eux est rempli de fraises nappées de chocolat, l'autre de fromage et de compote. Dans le troisième, il y a des coquilles Saint-Jacques enrobées de bacon. Tout ce que j'aime.

– Ouah, je suis impressionnée.

– C'est la dernière année avant tes trente ans. Il faut marquer le coup.

Je lui lance un sourire rapide.

Je n'ai pas l'habitude qu'il soit aussi prévenant. Il semble évident que nous avons une relation toute différente, James et moi, depuis que nous avons rompu.

– Merci beaucoup.

– Pas de problème. Les amis sont faits pour ça, non ? Attends.

Et il me sert un verre de vin, puis me tend une petite fourchette et pousse la boîte de Saint-Jacques devant moi. J'admire leur présentation.

– C'est toi qui les as préparées ?

Il secoue la tête, en prenant un air penaud.

– Non, je les ai achetées chez Whole Foods[8].

Je dois dire que je suis soulagée. Je suis sûre que James est un excellent cuisinier, mais l'idée qu'il prépare quelque chose spécialement pour moi, même en simple ami, ne correspond pas vraiment à notre relation actuelle, je trouve. Je savoure une coquille Saint-Jacques assaisonnée de vinaigre balsamique.

– C'est délicieux.

– Tant mieux, clame-t-il, joyeux.

Je bois mon vin à petites gorgées, en lui disant qu'il est très bon, lui aussi. Est-ce que je délire ou bien est-ce que la situation devient un peu bizarre ? Peu importe. Il n'y a rien de mal à ce que deux copains célèbrent un anniversaire ensemble. C'est juste de ça dont il s'agit, mais c'est quand même un peu étrange.

Et rapidement, tout devient plus facile. Peut-être à cause des verres de vin ou parce que je raconte à James mes problèmes de boulot, mais tout ça se met à ressembler de plus en plus au bon vieux temps. Quand nous avons terminé les Saint-Jacques et que nous attaquons le fromage, la conversation bifurque de la musique à des trucs plus personnels.

---

8 Chaîne américaine de magasins d'alimentation bio.

– Tu n'étais pas vraiment sérieuse au sujet de ce pacte que tu avais contracté avec Linden, n'est-ce pas ? me demande-t-il, avec son air de ne pas y toucher.

Mais quand je le regarde, je m'aperçois que sa mâchoire est crispée.

– Sérieuse ? Non, pas vraiment.

Du moins pas assez pour le lui avouer.

– Tant mieux.

– Pourquoi ?

– Parce que je ne voudrais pas que tu aies de la peine, au cas où tu prendrais les choses au sérieux.

– Pourquoi aurais-je de la peine ?

Il hausse les épaules.

– Linden est un joueur, tu le sais. Il t'aime bien, Steph, mais comme une amie. Je ne voudrais pas que tu commences, je ne sais pas moi, à penser à lui d'une façon qui risquerait de foutre en l'air votre amitié, uniquement parce qu'il aime flirter et jouer en permanence. Il n'a jamais pris ce pacte au sérieux, tu le sais. D'autant plus qu'il semble sérieusement accro à Nadine. Je ne serais pas surpris qu'ils se marient avant leurs trente ans.

J'ai soudain l'impression de manquer d'air. Je serre les lèvres en cherchant à reprendre ma respiration. Je suis sidérée par ma réaction.

– Ce serait plutôt rapide. Ils ne sont ensemble que depuis un mois, je crois.

– Ouais, mais ils baisaient ensemble depuis plusieurs mois déjà.

J'ouvre de grands yeux. Je l'ignorais complètement.

– Ah bon ?

Il hoche la tête, et me regarde comme si j'étais une véritable idiote.

– Elle bosse à la réception de la société de charter. Bien sûr qu'ils sortent ensemble. Depuis le premier jour.

Mon cœur bat lentement, à grands coups sourds. Je m'efforce de me calmer.

– Je n'en avais pas la moindre idée.

– Peut-être n'êtes-vous pas aussi proches que ce que tu crois, dit-il, et il me flanque un autre coup au cœur.

Il me sert rapidement un autre verre de vin.

– Allez, bois. Tu devrais sourire et te contrefoutre de Linden.

– Mais c'est mon ami.

– Autant que moi. Savoir avec qui il sort devrait être le dernier de tes soucis, tant que ce n'est pas avec une vraie psychopathe. Jusqu'à présent, elle a l'air très bien. J'approuve. (Il me jette un regard perçant.) Pas toi ?

– Si, bien sûr, je réponds sans réfléchir.

Je sais que James n'a pas voulu me faire de peine, parce que normalement, rien de ce qu'il a dit ne devrait me chagriner. C'est vrai. Linden est un ami, il l'a toujours été et le restera toujours. Savoir avec qui il sort ne me concerne pas, pas comme ça. Mais je dois bien reconnaître que je me mens à moi-même depuis trop longtemps, j'ai l'impression de saigner intérieurement, là devant James, tout en m'efforçant de ne pas le lui montrer.

Il m'observe avec attention, comme s'il soupçonnait quelque chose depuis le début. Puis il se penche en arrière, apparemment satisfait, et s'écrie :

– Maintenant, je me dis que le vrai mystère, c'est que tu es toujours célibataire.

J'éclate de rire, manquant recracher mon vin.

– Ce n'est pas un mystère, James. Tout le monde, et toi particulièrement, doit savoir pourquoi.

Quelque chose vacille dans ses pupilles.

– J'aimais bien quand nous étions ensemble.

Je l'arrête.

– Ce n'est pas ce que je voulais dire, enfin, pas exactement. Je veux dire maintenant que nous sommes tous les deux des patrons de PME. Je me souviens combien tu as travaillé dur pour acheter le Lion. Tu n'avais pas vraiment de temps à consacrer à Linden, ni à moi ni à quiconque. C'est la même chose pour moi. Je n'ai tout simplement pas le temps.

– C'est vrai. Mais même avant ça, tu semblais n'être… avec personne. Pas sérieusement en tout cas. À part de ce rabat-joie d'Owen.

Je ne prends pas la peine de le reprendre. Owen s'est révélé être un immense rabat-joie – et un tricheur – pas du tout le rocher solide sur lequel s'appuyer.

– Et toi ? je lui demande.

Il sourit et me voilà, l'espace d'une seconde, transportée à l'époque où nous nous sommes rencontrés pour la première fois. James était en train d'essuyer des bocs de bière, et je jure qu'un spot de la petite scène du Lion l'éclairait en direct. Il était exactement ce que j'avais recherché depuis la fin du lycée, sans jamais le trouver ou sans avoir eu le cran de m'en approcher – grand, mince et musclé, de longs cheveux noirs légèrement bouclés. Et pour parfaire le tout, il avait des gauges dans les oreilles, un anneau de nez et de superbes tatouages noirs. Tout chez lui respirait le mauvais garçon, et un bad boy, c'était le rêve pour une môme de Pétaluma comme moi. À cette époque, James, qui a deux ou trois ans de plus que moi, dirigeait le bar. Je venais de lui remettre mon CV et j'attendais là, maladroite, qu'il le lise. Je me rappelle que Linden est passé chercher un drink pour un client et que j'ai été totalement fascinée par ses muscles, son regard intense, sa démarche féline tellement masculine et son accent écossais super-sexy. J'étais une sacrée veinarde de tomber sur deux types tellement chauds, travaillant dans le même endroit !

Mais j'étais également certaine de ne pas décrocher le job, personne ne peut avoir autant de chance.

Mais James a simplement levé les yeux sur moi, a souri, et j'ai été cuite. Son sourire est presque trop grand pour son visage et transforme ses yeux bruns. Il les fait presque étinceler. Plus tard, j'allais me rendre compte que ça cachait une réelle incapacité.

Il a dit :

– Ça me paraît bien, quand peux-tu commencer ?

Et c'était parti. J'ai commencé le lendemain, et une semaine plus tard, James et moi sortions ensemble. Il était vraiment tout ce que j'attendais d'un petit ami. Outre les regards de braise qu'il me lançait et que je considérais à l'époque comme un honneur, il était musicien. Le groupe dans lequel il jouait avec Linden était vraiment bon, même s'ils se contentaient de jouer au Lion et de faire des reprises. Il était drôle et intelligent à sa façon. Il réussissait aussi très bien à me rendre folle. Il avait mauvais caractère et montait sur ses grands chevaux pour un rien. Il suffisait parfois qu'un type me regarde pour qu'il m'accuse de l'allumer. Plus tard, ce genre d'accusation a pris de l'ampleur, il s'est mis à avoir l'impression que je sortais avec la moitié de la ville.

Finalement, James était tout simplement trop jaloux et trop possessif. J'aime bien qu'un homme soit jaloux. Comprenez-moi bien. Mais il l'était même vis-à-vis de mes copines. La seule personne avec qui j'étais autorisée à être amie, c'était Linden, et uniquement parce que James nous avait constamment sous les yeux.

J'ai donc rompu avec James. Il avait certains traumatismes d'enfance qu'il devait dépasser – un père alcoolique et abusif qui l'avait abandonné – et je ne voulais pas être tenue en laisse.

Je voulais pouvoir vivre sans marcher sur des œufs en permanence. J'étais fatiguée d'être avec James. Eh oui, il faisait bien l'amour – il a un piercing sur la queue qui appuyait à chaque fois exactement au bon endroit – mais ce n'était pas suffisant.

Je l'ai blessé. Je le sais. D'ailleurs j'étais certaine qu'il allait me virer. Je ne pensais même pas à me défendre, parce que je me sentais coupable. Eh bien, il ne m'a pas virée, il faut mettre ça à son crédit. Il a agi comme si nous nous étions séparés d'un commun accord. Peut-être était-ce vrai, d'une certaine façon, car nous nous engueulions depuis un bon moment. J'ai donc gardé mon travail. Ça a été assez bizarre pendant quelques mois, mais Linden a fait tampon entre nous deux. Et il m'a envoyé une flopée de SMS et de messages très rigolos sur Facebook.

Le temps guérit toutes les blessures, ou du moins il permet qu'elles cicatrisent. James a réussi à passer à autre chose, et peu à peu nous sommes devenus, tous les trois, les trois mousquetaires. Le chagrin pouvait bien sûr réapparaître par moments. Je faisais très attention à ne pas mentionner d'autres types, et James faisait de même en ce qui concernait les filles avec qui il sortait (et il n'y en a pas eu beaucoup). Finalement, il a retrouvé son équilibre.

Ça fait presque sept ans que James et moi avons rompu et sommes devenus des amis. Il a fallu sept ans pour que nous puissions à nouveau nous retrouver en tête à tête.

James s'éclaircit la voix et se sert un verre de vin.

– Tu dis qu'il n'y a aucune raison cachée, mais je ne te crois pas.

– Ok, dis-je en m'asseyant sur une de mes jambes. Pourquoi as-tu été célibataire pendant si longtemps ? Il y a juste eu… c'était quoi son nom, Laura ?… C'est la seule dont je me souvienne.

Il passe une main dans ses cheveux en haussant les épaules.

– J'en sais rien. Trop de boulot.

– Même chose pour moi. Et peut-être que tu es un peu difficile ?

Il me jette un regard acéré.

– Toi aussi.

– Au fond, il n'y a rien de mal à ça.

– Non, dit-il en fixant la couverture. Pas si ça ne t'empêche pas d'avancer.

Je grimace.

– Je progresse, James. Finalement, ceci… dis-je en montrant le magasin, c'est tout ce dont j'ai toujours rêvé.

– Et l'amour ?

J'ouvre de grands yeux.

– L'amour peut arriver n'importe quand. Mais pour l'instant, je suis heureuse comme ça.

– Et le sexe ?

Je lui jette un regard.

– Quoi, le sexe ? Ça n'a rien à voir. Je ne suis pas coincée, James, tu le sais bien.

– Non, c'est vrai, répond-il en souriant. (Il lève les yeux vers moi, son regard s'est comme assombri.) On peut très bien baiser sans être amoureux.

Avant que j'aie eu le temps de répondre, il se penche vers moi en renversant son verre de vin et il m'embrasse.

Je suis trop choquée pour réagir, mais je le laisse faire. Ses lèvres et sa langue me sont à la fois familières et étrangères, ses mains sur mon visage me ramènent en arrière. Je dois bien admettre que même si je n'ai pas pensé à lui depuis des années, ce n'est pas du tout épouvantable.

C'est même assez agréable.

Mais j'aimerais bien savoir ce qui se passe.

Je me recule, maintenant consciente du vin qui tache mon jean. Je réussis à peine à articuler un « ouah » en reprenant mon souffle. Je m'empresse d'éponger avec des serviettes en papier la tache rouge qui grandit sur la couverture.

– On s'en occupera plus tard, dit James à toute allure, avant de reprendre mes lèvres.

Son baiser est follement passionné, causé par quelque chose que je ne comprends pas.

Ou peut-être que si.

La solitude.

– James. (Ses lèvres courent le long de mon menton, puis de mon cou.) Je ne suis pas sûre que ce soit une bonne idée.

– Bien sûr que si, marmonne-t-il contre ma peau. (Sa main enserre mon sein, sans aucune autre protection qu'un soutien-gorge de fine dentelle.) Je te veux, tu me veux.

Ce n'est pas tout à fait vrai. Je pose ma main sur sa poitrine et je le regarde dans les yeux. Ils sont remplis de désir, il a du mal à me regarder en face.

– James, je dis à nouveau, un peu plus fermement.

– Quoi ? répond-il en repoussant ses cheveux avec anxiété. Steph, écoute… c'est juste une baise. Rien de plus.

Je fronce les sourcils.

– Je t'assure, dit-il, tout en m'attirant à lui. Juste du cul. On le faisait bien ensemble, pourquoi ne pas recommencer juste une fois ?

– Parce que ça pourrait foutre en l'air notre amitié tout simplement, je rétorque.

C'est presque évident. Je me fiche de savoir si c'est habituel pour les autres de baiser avec leur ex, moi je trouve que ça fout la pagaille, particulièrement quand vous passez toute la semaine ensemble.

– Une nuit ne changera rien pour moi, dit-il alors. Ça changera quelque chose pour toi ?

Je n'en suis pas sûre. Je sais ce que je ressens pour James. Je sais aussi que baiser avec lui pourrait être comme enfiler un bon vieux sweater bien douillet. Et j'aime bien les sweaters douillets quand il fait froid.

Je me radoucis.

– Non. Ça ne changera rien pour moi.

Il me sourit, et son sourire illumine ses yeux sombres. En souvenir du bon vieux temps, alors.

Il se lève et va éteindre la lumière avant de me rejoindre sur la couverture.

Puis nous tombons à la renverse au milieu de la nourriture et du vin. Et malgré ce qu'on raconte dans les films, ce n'est pas aussi amusant que ça. Alors qu'il m'arrache ma chemise, je prie le Ciel qu'il ne la jette pas sur le vin. Alors qu'il suce mes tétons, je m'inquiète pour le bleu et le brie qui me collent aux fesses. Je crains que ma peau et mes vêtements soient tachés par ces délices venus de France. Ce n'est qu'une fois que je suis à quatre pattes, nue comme un ver, que je peux enfin me détendre. Sa bite qui glisse en moi comme une seconde peau aide beaucoup, bien sûr, ainsi que ce putain de piercing génial qui atteint tous les endroits qu'il faut. Aucun autre type n'a réussi à exciter mon point G comme lui, et même si ce piercing est une tricherie, je m'en fous royalement. Mais plus je grimpe au rideau, moins je pense à James…

… et plus à Linden.

J'ai un mal de chien à ne pas crier son nom, mais c'est son visage que je vois, ses mains viriles, fortes et douces à la fois sur ma taille, ses cuisses musclées et ses poils qui caressent les miens.

Alors qu'en réalité, il s'agit bien du mince, pressé et très frivole James. Toutes les femmes donneraient leur sein gauche pour être dans ses bras, pas moi.

Il n'y en a qu'un qui compte pour moi.

Et j'aimerais bien que ce ne soit pas le cas.

Après en avoir terminé, je récupère mes vêtements et je vais me laver dans la petite salle d'eau de l'arrière-boutique. J'avais acheté un savon de luxe à la lavande et à la sauge, et je rigole en pensant à ce pourquoi je l'utilise.

Je viens donc de baptiser mon magasin.

Je me tapote avec un essuie-main duveteux et je me rhabille. Ma chemise a une tache de vin qu'il faudra nettoyer avec une lessive aux enzymes dès demain matin. Pour l'instant, je suis encore assez ivre, de syrah et d'orgasmes. La réalité commence à refaire doucement surface. Je viens de baiser avec mon copain et ex-petit ami. Il a beau dire que c'est juste l'affaire d'une nuit, les coquilles Saint-Jacques, le fromage et le vin, les fraises (OGM, certes mais nappées de chocolat) racontent une tout autre histoire. Peut-être que je me fais des idées, mais j'espère vraiment que tout va redevenir normal, comme avant. J'ai besoin de normalité. Je n'ai aucun besoin de revenir à mes vingt et un ans. Je vais avoir trente ans l'année prochaine et je n'ai aucune envie de remonter en arrière, spécialement pas autour de la queue de James, même si elle possède un piercing du tonnerre.

En sortant de la salle d'eau, je me sens un peu comme un poulain qui vient de naître et qui ne sait pas très bien comment agir avec ce qui l'entoure. J'aimerais faire comme si rien ne s'était passé, mais James est si imprévisible que ça ne va sûrement pas être possible.

Il est debout sur la couverture, il a enfilé ses jeans mais pas sa chemise et il observe le bordel.

Il me jette un coup d'œil narquois.

– Je crois que je n'ai pas vraiment réfléchi.

– Je suis certaine qu'on parviendra à éliminer le fromage et le vin avec un bon lavage, lui dis-je en lui montrant l'arrière de mon bras. J'ai réussi à m'en débarrasser facilement.

Il a soudain l'air fier.

– J'imagine qu'on s'est laissé dépasser par les événements.

Ouais. Les événements… ou une véritable mise en scène bien arrosée. Ou l'un et l'autre.

Je hausse les épaules.

– Ces moments-là sont faits pour ça.

Puis je me racle la gorge et je m'accroupis sur la couverture pour pouvoir ramasser les différentes boîtes. Hélas, les fraises sont écrasées. Je mets tout à la poubelle en jetant un coup d'œil circonspect à James qui roule la couverture.

– Merci d'être passé. C'était sympa.

Peut-être est-ce un peu abrupt, mais mieux vaut ne pas laisser l'espoir s'installer. Il s'arrête, comme s'il se demandait si je dis ou pas la vérité. Eh bien non. C'était sympa. Mais je n'ai aucune envie de réitérer l'expérience avec lui. J'espère vraiment ne pas avoir besoin de le lui dire. Et merde. Il continue à me dévisager. Je savais que c'était une erreur. La solitude stupide et les vieux sweaters douillets.

– Ouais, c'était chouette, finit-il par répondre. Tu veux que je te dépose chez toi ?

– Ne me dis pas que tu es venu en voiture jusqu'ici.

– Non, en taxi. Allez, ça nous coûtera moins cher si on partage.

Je fais semblant de réfléchir un instant avant de lui répondre :

– J'ai encore un peu de boulot qui m'attend. Je prendrai le dernier bus.

– Je peux attendre.

Non, tu ne peux pas.

Je lui fais un sourire apaisant.

– J'en ai encore pour un certain temps. La paperasse, tu sais ce que c'est. On s'appelle demain.

C'est comme si, soudain, un gros nuage noir s'était installé dans le magasin. Ses yeux ne brillent plus du tout et ses lèvres se crispent.

– Ok. On se parle plus tard.

Ses mots ont jailli comme des pierres.

Et c'est ainsi que James, son cabas, sa couverture, son piercing de pénis et ses désirs inavoués quittent Fog & Cloth.

La porte se referme sur lui.

Je pousse un énorme soupir de soulagement.

Qui fait bien vite place à des regrets.

CHAPITRE 5

Pendant la première semaine de mes vingt-neuf ans et la deuxième en tant que propriétaire de ma boutique, je me demande si j'ai foutu en l'air une de mes plus belles amitiés.

Non, pas celle entre James et moi, même si c'est lui qui en aurait été responsable.

Je veux parler de Linden et moi. Juste après le départ de James, je lui ai envoyé un texto pour avoir des nouvelles de Nadine et je me suis endormie sans avoir eu de réponse. Puis ce fut lundi, et j'ai encore essayé. Pas de réponse. Facebook – ce bon vieux Facebook – m'a appris qu'il était connecté et occupé à répondre à des posts, et la page d'accueil de Nadine m'a confirmé que l'opération s'était bien passée, (*je suis débarrassée de cette fichue appendicite*, disait son statut), mais je n'ai obtenu aucune réponse.

Alors, j'ai commencé à m'inquiéter. J'ai commencé à imaginer que James avait peut-être raconté à Linden ce qui s'était passé, qu'il avait peut-être tourné l'histoire de façon à lui faire croire que c'était moi qui l'avais dragué, qui avait détruit notre amitié et que, par solidarité, Linden n'avait plus le droit de m'adresser la parole. Bref, que tout était devenu complètement merdique.

Mais le mardi, Linden m'a appelée comme si de rien n'était pour me proposer d'aller au cinéma avec James et lui, et d'aller ensuite manger un morceau. Il s'est excusé à propos des textos quand je lui en ai parlé, en m'expliquant que son téléphone était à plat et qu'il avait passé tout son temps auprès de Nadine ces derniers jours. Et elle utilise Android.

Lui a un iPhone.

Moi aussi.

Ils ne peuvent pas échanger leurs chargeurs de batterie. Mais nous, nous le pouvons. Bien que ça ne veuille rien dire du tout.

Je suis super-tendue quand Linden arrête sa Jeep devant chez moi. Alors que je descends l'allée, la vague de chaleur automnale me saisit et je me mets à transpirer dans mes bottes à boucles en cuir vert olive (des nouveautés du magasin), mon jean et ma veste à manches kimono. J'épie James de loin. Ça va être très bizarre. À ma grande surprise, il sort et me laisse le siège passager pour s'installer à l'arrière quand j'arrive à la voiture.

– Merci, je lui lance, en essayant de ne pas le dévisager pour essayer de discerner ce qu'il pense ou deviner si quelque chose a changé entre nous.

– De rien, répond James, et c'est typiquement le genre de réponse qu'il m'aurait faite la semaine dernière, avant que nous ayons baisé ensemble.

Est-ce que ça veut dire que ça va ? Je veux dire, que tout va bien ?

Je grimpe, je boucle ma ceinture et regarde Linden. Il me sourit, ses fossettes se creusent sous sa barbe de trois jours, ses yeux brillent comme ceux de ce cow-boy d'Hollywood quand ils veulent sous-entendre qu'il a une vie secrète inavouable en dehors des tournages.

– Baby Blue, dit-il avec cet accent scottish si craquant qui me fait fondre. Joyeux anniversaire. Désolé de ne pas avoir pu être là.

Je lui tapote la cuisse :

– Ne t'en fais pas pour ça. Je suis contente que Nadine aille bien.

Il tressaille et fait démarrer la Jeep.

– Ces derniers jours ont été durs, c'est vrai. Mais elle rentre chez elle demain. Elle m'a presque forcé à la laisser.

Je souris, malgré ces nouvelles.

– C'est chic de sa part. Tu as besoin de te détendre pour être au top quand elle va rentrer, et elle doit avoir besoin de repos.

C'est une énorme connerie, mais qui à l'air de marcher puisqu'il acquiesce de la tête. Il jette alors un coup d'œil à James dans le rétroviseur.

– J'espère que tu t'es bien occupé de notre bébé pour son anniversaire.

Pendant une seconde, mes yeux s'élargissent, je me rends compte que je retiens ma respiration en attendant ce que va dire James.

Mais il répond tranquillement :

– Ouais, je m'en suis occupé. Putain mec, c'est une vraie galère quand tu n'es pas là.

Alors, je comprends que tout va bien. Linden ignore que nous avons fait l'amour. James ne me tient rancune de rien. Nous avons été capables de baiser ensemble et de passer ensuite à autre chose.

Tout est redevenu normal.

C'est bien dommage que la normale, ce soit que Linden est épris de quelqu'un qui n'a plus d'appendice.

Mais je suis assez grande pour ne pas en faire toute une histoire.

***

Quand, à dix heures moins le quart, j'entends un coup frappé à la porte de la boutique, je ne peux retenir un grommellement. Je suis toujours en plein boum à cette heure matinale et j'accepte rarement d'ouvrir aux clients avant l'heure. Mais quand je lève les yeux de mes comptes, je ravale ce mouvement d'humeur. Il se transforme en quelque chose de bien plus sexuel. Devant ma porte, il y a un mannequin. Du moins, quelqu'un qui en a tout l'air. À vrai dire, je n'ai jamais été aussi sûre du métier de quelqu'un. Je jette un coup d'œil rapide au miroir orné de pierreries qui est accroché au mur (325 dollars seulement, à ce prix-là, c'est une affaire) et j'en déduis que bien que j'aie l'air encore un peu endormie, je ne suis pas si mal. Je me suis fait teindre les cheveux d'une belle couleur ombrée, mes racines sont blond platine et mes pointes rose bonbon, et tous les cours que j'ai suivis pour essayer de limiter l'expansion trop rapide de mon popotin m'ont donné belle allure.

Je me dirige vers la porte et l'entrouvre.

– Nous ouvrons dans un quart d'heure, dis-je au type en reculant la tête pour mieux le voir.

Ses grands yeux verts plongent dans les miens.

– Désolé, je le sais, je suis là sacrément trop tôt, mais je voulais pouvoir vous parler avant l'ouverture.

Sacrément, euh ? C'est sans nul doute un Californien du Nord.

Je prends soin de ne pas sourire comme une folle en détaillant rapidement ses cheveux blond cendré qui lui tombent sur les yeux, comme un halo doré. On dirait un mélange entre Chris Hemsworth[9] et Matthew McConaughey[10].

– Ok. En quoi puis-je vous aider ? Nous ne vendons pas de vêtements pour hommes.

– Mais vous y songez peut-être ? demande-t-il.

Je hausse les épaules.

– J'aimerais bien. Je viens juste d'ouvrir il y a une semaine et je ne suis pas encore vraiment fixée. (Puis je me mets à flirter un peu. En lui jetant un regard appuyé, je poursuis.) Mais ne le dites à personne.

Il sourit. Son sourire est tordu, mais c'est très mignon.

---

9 Acteur australien, célèbre pour son rôle dans *Thor* de Kenneth Brannagh.

10 Acteur américain, célèbre pour son rôle dans la série *True Detective*, Oscar du meilleur acteur 2014 dans *Dallas Buyers Club*.

– Ne vous inquiétez pas, je serai muet comme une tombe. (Son sourire s'évanouit et il se met à se frotter le bout du nez avec une certaine inquiétude.) Eh bien voilà. Mon frère Mick a lancé une ligne de vêtements pour hommes en début d'année, je lui file un coup de main en lui cherchant un diffuseur.

Il attrape derrière lui un sac en cuir d'où il sort une enveloppe kraft. Il veut me la tendre, mais il la laisse tomber par terre. Il semble un peu nerveux, assez maladroit, j'aime bien ça. Il la ramasse, et cette fois-ci je l'ôte de sa main tremblante avant qu'il la laisse retomber.

– Alors comme ça, votre frère vous implique dans son business ? je lui demande en sortant un catalogue et en commençant à le feuilleter. (Il a été maquetté à la va-vite, mais les photos sont de qualité professionnelle. C'est lui qui pose.) Vous êtes mannequin. Je le savais.

Il hoche la tête, un peu timidement.

– Ouais, du moins j'essaie de le devenir. Je fais ça pour nous deux, en fait. Il pense que si je trouve un magasin intéressé, ils pourraient lancer ensemble une ligne exclusive. Et moi, je serais le mannequin.

Le truc marrant quand vous allez sur vos trente ans, c'est que des petits instants d'âge adulte font peu à peu leur apparition dans votre vie. Peut-être parce que vous mettez de l'argent de côté sur un plan épargne retraite, que vous restez à la maison le samedi soir parce que vous voulez vous lever tôt pour aller à votre cours de gym, que vous avez des réunions avec votre comptable, que vous prenez des compléments alimentaires à base d'Omega-3 et de calcium, que vous avez intégré à vos soins quotidiens une crème de jour hyper-chère, etc.

Ça n'arrive pas d'un seul coup, mais quand ça arrive, vous êtes frappé par un « putain, je crois bien que je suis devenu adulte, regardez-moi ça ! ».

C'était un de ces moments-là.

Je vous l'accorde, c'était probablement une queue de comète de mon ouverture de magasin, mais ce beau garçon tout ensoleillé me demandait si je voulais vendre une ligne exclusive de vêtements pour hommes dans ma toute nouvelle boutique. Je me suis dit que j'avais enfin réussi.

– Alors, je lui réponds en cherchant mes mots, vous poseriez pour les vêtements, les vêtements que je diffuserais en exclusivité ?

– Ça dépend de la réponse des autres boutiques, en fait.

Mon cœur a eu un raté, à l'idée d'une concurrence.

– Quelles autres boutiques ?

Il hausse les épaules en se grattant la tête, d'une façon adorable.

– Je ne sais pas vraiment. Je leur ai laissé mon dossier, c'est tout. Mais je dois dire que les gérants n'étaient pas aussi jolis que vous.

J'ai soudain le feu aux joues, je me mets à fixer bêtement le sol.

– Au fait, je m'appelle Aaron, dit-il en me tendant la main. Aaron Simpson.

Je lui serre la main. Elle est chaude, ses doigts sont longs et minces.

– Stéphanie Robson.

– Aaron et Stéphanie, ça va bien ensemble.

Je hausse un sourcil. Mais qui est au juste ce garçon étrange, nerveux et pourtant hardi en face de moi ? Je n'en sais rien, mais j'ai vraiment envie de le découvrir.

Et ça implique de prendre sa proposition au sérieux.

– C'est vrai, j'acquiesce lentement. (Pendant que le côté « tu es une vraie adulte » et le côté « tu n'as pas idée de ce que tu fais » s'affrontent en moi, j'ouvre grand la porte et je lui fais signe d'entrer.) J'ai encore quelques minutes à vous accorder. Entrez donc pour que nous puissions en discuter.

Son regard s'éclaire.

– Vraiment ?

– Bien sûr. Ça m'intéresse toujours de faire de bonnes affaires.

Sur ce, nous échangeons un regard lourd de sous-entendus et il entre dans la boutique.

J'ai comme l'impression que les affaires courantes vont prendre une tout autre signification.

CHAPITRE 6
30 ans

Linden

– Tu sais à quelle heure tu es né ? me demande Nadine, tout en sirotant son gin tonic.

– Aucune idée. Si je le savais, ça voudrait dire que ma mère fait attention à ces petits détails sans importance, bref, qu'elle s'intéresse à moi, tout simplement.

Je recule dans mon siège et remplis mes poumons d'air salé. C'est un temps d'avril, le mélange d'air frais et des chauds rayons du soleil est super-agréable. Pas trace de brouillard aujourd'hui, la baie scintille sous nos yeux, l'eau semble éclairée de l'intérieur.

Je n'ai pas l'impression que c'est mon anniversaire. Tant mieux. Ça fait maintenant un an que je redoute le compte à rebours de mes trente ans et j'ai l'impression qu'on m'y a traîné sans ménagement, à mon corps défendant.

– Peut-être que tu pourrais le lui demander demain, poursuit-elle.

Je me contente d'observer les mouvements des voiliers. Je n'ai aucune envie de penser à mes à parents qui arrivent demain matin, il est prévu que je brunche avec eux. Je ne veux pas me rappeler que je ne les ai pas vus depuis des années et que c'est la première fois qu'ils viennent me rendre visite sur la côte Ouest. Je ne veux pas entendre parler de leurs espoirs et de la façon « minable » dont je les ai déçus.

Je veux juste être assis dans ce patio, à boire des bières en compagnie de ma ravissante petite amie et entrer dans la trentaine comme si ça n'était pas important. Voilà pourquoi j'ai refusé toutes les fêtes de « dirty thirties[11] » et toutes ces conneries. Je veux qu'aujourd'hui soit un jour comme tous les autres. Et je me demande si ça n'en est pas un. En fait, le simple fait de passer de vingt-neuf à trente ans ne devrait rien changer, mais je ressens un chamboulement, une transformation intérieure, un peu comme si je me métamorphosais lentement en loup-garou ou en vampire des ténèbres.

Ça n'a rien à voir avec le petit pacte que j'avais conclu avec moi-même. Non, cette connerie, c'est du passé. Je suis en couple avec Nadine, et c'est du sérieux. Quant à cette fichue clause, « si nous n'avons pas de relation amoureuse sérieuse à trente ans », eh bien, j'ai trouvé ma relation amoureuse sérieuse. C'est Nadine.

– Ouais, je lui réponds tout en sachant que je ne demanderai rien à ma mère.

---

11 Aux USA, on appelle comme ça les femmes de trente ans sans enfants qui draguent en boîte ou dans des fêtes.

Nadine m'observe d'un air intrigué, sourcils froncés, et je sens poindre une question, la question autour de laquelle elle tourne depuis que je lui ai annoncé leur visite.

– Donc, vous serez tous les trois ? demande-t-elle.

Je hoche la tête et je vide le restant de ma bière.

– Je t'aurais bien invitée, mais tu sais, c'est compliqué.

Je sais qu'elle s'attendait à ce que je l'invite ou au moins que je lui explique pourquoi, alors que nous sommes ensemble depuis six mois, elle ne peut pas rencontrer mes parents. Mais c'est pourtant la seule chose à faire. La vérité, c'est que je ne sais pas ce qui est le plus compliqué, mes relations avec mes parents ou ma relation avec elle.

Peut-être que ce n'est pas aussi sérieux entre nous que j'aime à le penser.

– Je sais gérer les situations compliquées, répond-elle.

Je comprends que je l'ai blessée. En fait, elle est très facile à comprendre, elle ne sait pas cacher ses sentiments.

Je me penche sur la table et lui prends la main.

– Bébé, je t'en supplie, c'est juste plus simple comme ça. Crois-moi, tu ne rates rien.

Elle croise les bras en signe de colère.

– J'aimerais quand même bien rencontrer tes parents, tu sais, en apprendre un peu plus sur toi, savoir d'où tu viens.

Je m'applique à lui répondre patiemment :

– Tu sais d'où je viens. Je suis né à Aberdeen, en Écosse, mon père était diplomate. Ma mère élevait épisodiquement des chevaux. Quand il a été nommé à l'ONU, nous avons déménagé à New York. Fin de l'histoire.

– C'est parce qu'il faut que je l'appelle Votre Excellence ?

Je lui jette un regard en coin. J'ai entendu ça toute ma vie, surtout au lycée. On s'est foutu de ma gueule plus d'une fois à cause du boulot de mon père, jusqu'à ce que j'aie enfin appris à me défendre.

J'explique :

– Il n'est pas ambassadeur de Grande-Bretagne. Il est quelques crans en dessous. Personne ne doit l'appeler Votre Excellence, Dieu merci.

Elle ouvre de grands yeux.

– C'est tout de même impressionnant.

– Je suppose. (Et je me mets à chercher des yeux la serveuse. J'ai bien envie d'une autre bière.) Je m'y suis habitué. Il faisait partie d'un conseil de sécurité ou était directeur adjoint d'un truc ou d'un autre, avant ça.

– Un truc ou un autre ?

Je pousse un soupir, passe la main dans mes cheveux. Il suffit que je parle d'eux pour avoir la gorge serrée. Je ne sais pas comment je vais faire demain.

– Je ne sais pas. J'ai passé le plus clair de mon adolescence à prendre des cuites, à baiser et à faire de la moto. Les différents postes de mon père, c'était du pareil au même pour moi. Nous ne vivions pas dans le même monde.

– Et ton frère ?

– Il a fait comme moi. Finalement, c'est lui qui a réussi à s'échapper. Et il continue. (Je la regarde discrètement, elle attend visiblement la suite.) Allez, on en reprend une ? La bouffe était super, mais la bière est encore meilleure.

Peut-être est-ce à cause de cette discussion sur ma famille, ou à cause des deux autres pintes que je me suis enfilées, mais quand nous sortons du restaurant et que nous descendons Pier 49 pour rejoindre l'Embarcadero[12], je n'ai plus du tout envie de rentrer à la maison.

Mon téléphone se met à sonner, le numéro de James s'affiche. Je suis sauvé.

– Quoi de neuf, mon frère ? dis-je sur un ton plus enjoué que je ne le voudrais.

– Eh, tu as déjà dîné ?

Il parle fort et j'entends la musique qui hurle derrière lui.

– Ouais, je viens de terminer. Tu es où ? Au Lion ?

– Ouais, mais on va partir au Kozy Kar. Tu devrais venir. Putain, c'est quand même ton anniversaire aujourd'hui !

Je me tourne lentement vers Nadine. Elle me lance un regard plein d'espoir, peut-être même un

12 L'Embarcadero est une artère construite sur des remblais qui longent le front de mer, le long de la baie de San Francisco.

peu coquin. Elle était extrêmement contente quand je lui ai dit que je voulais passer mes trente ans juste avec elle, et je sais que si je change d'avis, ça ne va pas le faire.

Mais j'ai l'habitude, et ça ne m'empêche que très rarement de faire ce que j'ai envie de faire.

– D'accord, je lui dis. On rentre un moment à la maison et on te retrouve là-bas. Vers huit heures ?

Je sais que cet endroit est très vite bondé, je ne veux pas me retrouver coincé dehors.

Nadine se penche et m'envoie un bon coup de poing dans l'estomac. Je pousse un léger « Pfff » que James ne semble pas relever.

– À tout à l'heure, alors. Joyeux anniversaire, vieille branche !

– Va te faire foutre, James.

Je raccroche et je la regarde, interrogateur.

– Quoi ?

– C'est quoi ce bordel ? s'exclame-t-elle. Tu m'avais dit que nous passerions la soirée en tête à tête

Je passe ma main dans ma barbe en évitant son regard.

– Ben ouais, dis-je. Les choses ont changé. Maintenant, j'ai envie de sortir.

– C'était censé être notre nuit, siffle-elle entre ses dents.

Je la regarde en fronçant les sourcils.

– Lâche-moi un peu, c'est censé être *ma* nuit. On vient de faire un dîner mémorable, maintenant on va chez moi pour une mémorable partie de jambes en l'air, avant de sortir rejoindre mes amis formidables.

– Tu peux faire une croix sur la partie de jambes en l'air.

Je lève les mains, immédiatement sur la défensive.

– Bon, attends. Pas de baise d'anniversaire ? Ce n'est pas juste.

– C'est toi qui choisis. Le sexe ou tes copains.

Elle a pris une voix mielleuse, comme si elle jouait, mais je sais très bien qu'elle est sérieuse. Elle bouffe du sexe comme un môme italien boufferait du Nutella.

– Ça n'est vraiment pas juste, je répète. Tu sais que je perds tous mes moyens dès qu'il s'agit de sexe.

– C'est pour ça que tu veux passer par la case « jambes-en-l'air ? »

– Comment est-il possible que tu aies vécu toute ta vie ici sans jamais mettre les pieds au Kozy Kar ? C'est une véritable institution à San Francisco, comme Pete et les Giants[13] et Kirk Hammett[14]. On s'y installe sur des vieux waterbeds[15] dans des voitures ou des combis Volkswagen. Le sol est entièrement tapissé de magazines porno. Des magazines porno, tu imagines !

– Ça a l'air charmant, répond-elle sèchement.

– Ça l'est ! Je viens d'avoir trente ans, j'ai envie de déconner !

---

13 Pete's Tavers est un bar célèbre à San Francisco où se retrouvent les fans des Giants pendant leurs matchs.

14 Guitariste du groupe de heavy métal Metallica.

15 Lits à eau.

– Tu peux t'éclater, mais ce sera sans moi, siffle-t-elle.

Arghl ! Parfois, avec elle, j'ai envie de m'arracher les cheveux. Mais je ne veux pas en arriver là. J'ai de très beaux cheveux et j'ai entendu dire qu'à mon âge, on pouvait les perdre facilement.

– Parfait.

Je cède, mais je sais que je vais quand même essayer de la convaincre, une fois que nous aurons fait l'amour.

Et ça marche. Une fois arrivés à la maison, je lui arrache ses fringues et je lui fais l'amour. J'ai envie de l'enculer, comme toujours, je me dis que je vais peut-être y parvenir puisque c'est mon anniversaire, mais elle fait de la résistance et je finis par éjaculer partout sur son dos. Bon, c'est sympa aussi. Une heure plus tard, alors que nous sommes vautrés devant la télé et que je lui masse les pieds, mon téléphone se met à sonner.

– Ne réponds pas.

– C'est peut-être mes parents ».

– C'est leur numéro qui s'affiche ?

Je sens qu'elle est contrariée.

– Ça pourrait être une urgence.

Et je réponds.

Je l'entends marmonner « pourquoi n'envoie-t-il pas tout simplement un texto ? » et je lance un « salut mon pote ! » à James.

James m'annonce qu'il y a toute une bande qui m'attend et que j'ai intérêt à rappliquer, sans ça c'en est fini de notre belle amitié. Il profère autant de menaces que Nadine, mais comme c'est un vrai copain, je sais qu'il ne le dit jamais sérieusement.

Je jette un air suppliant à Nadine :

– Est-ce qu'on peut y aller ? Mon meilleur ami voudrait fêter mon anniversaire avec moi. Il va fondre en larmes si je ne viens pas. Et moi aussi.

– Et ton autre meilleure amie ? demande-t-elle d'un air un peu pincé.

Nadine n'aime pas beaucoup Steph qui, pourtant, s'est toujours montrée amicale avec elle, lui offre des réductions sur les fringues et fait de réels efforts pour mieux la connaître.

Je demande à James :

– Steph est avec toi ?

– Pas encore, mais elle va arriver.

– D'accord, je viens.

– T'as intérêt, je l'entends dire avant de raccrocher.

– Linden ! hurle Nadine et, retirant ses pieds comme si j'étais soudain radioactif : Je te déteste.

Je gémis.

– Mais non, et tu n'es pas obligée de venir. Si tu veux, je te dépose chez toi au passage.

– Comme si j'allais te laisser sortir sans moi !

Je la regarde en coin, je sens ma mâchoire qui se contracte. Je m'efforce de garder mon calme. Je la regarde fixement, jusqu'à ce qu'elle se radoucisse.

– Nadine, tu n'as pas à me laisser faire quoi que ce soit. C'est moi qui décide, ok ?

– Désolée, marmonne-t-elle.

Mais je me rends bien compte qu'elle est en pétard. Peut-être que d'autres ne réagiraient pas ainsi, mais moi, ça m'énerve au plus haut point. Nadine a tendance à vouloir tout contrôler, et je n'aime pas ça.

– D'accord, allons-y.

Victoire.

Un peu plus tard, notre taxi nous dépose dans Van Ness Avenue, devant un petit groupe de gens qui font la queue. L'air s'est rafraîchi, mais je suis bien au chaud dans ma parka et ça ne m'ennuie pas d'attendre un peu. Dans le passé, j'aurais soudoyé le portier ou fait semblant d'être un étranger en exagérant mon accent pour gratter la file, mais je ne suis plus aussi pressé. Je me contente d'attendre.

Peut-être que j'ai vraiment pris de l'âge !

Quand nous atteignons la porte, le videur me souhaite un bon anniversaire. À l'intérieur, j'aperçois James et Steph installés au bar. Ils se tournent vers moi, lèvent leurs verres avec des sourires complices et, subitement, tout redevient parfait.

Ces deux-là, ce sont vraiment ceux qui comptent le plus pour moi.

– Il était temps ! s'exclame James.

Il devient très drôle quand il est bourré. Et il l'est, sans le moindre doute. Il devient aussi hypersentimental, il vous prend dans ses bras, vous répète qu'il vous aime. C'est ce que j'attends de lui ce soir. Je serais vexé si ce n'était pas le cas.

J'attrape sa main et lui donne une claque dans le dos, mais comme il est saoul, il me serre dans ses bras pour me faire un vrai câlin. Je sens sa bière qui me coule dans le cou.

– Tu as enfin le même âge que moi, murmure-t-il.

Je m'écarte :

– Oui, mais le truc chouette, c'est que tu seras toujours plus vieux.

– Va te faire foutre !

– Toi aussi, mon pote.

Mais, bien sûr, je dis ça en souriant.

Je m'aperçois que Stéphanie me regarde avec ses grands yeux de biche. Une des choses que je préfère chez elle, c'est qu'elle ne se rend pas compte à quel point elle est unique. Même maintenant, debout dans ce bar, les épaules tranquillement rejetées en arrière, dans son pantalon moulant délavé et ce haut complètement dingue (on dirait qu'il a été cousu dans une peau de requin), elle est tellement plus belle que ce qu'elle imagine.

– Joyeux anniversaire, dit-elle avec un doux sourire.

Normalement, elle aussi me serrerait dans ses bras mais là, elle semble timide, elle montre une certaine retenue. Je fronce les sourcils et je me rends compte qu'elle regarde Nadine derrière moi. Nadine qui ne se montre pas vraiment sous son meilleur jour.

– Merci.

Je lui réponds chaleureusement, mais ça me paraît bizarre d'en rester là. Je prends Nadine par le bras et je la fais rentrer dans notre cercle de force. Elle leur dit bonjour, leur fait un sourire, mais il est clair qu'elle n'a pas envie d'être là. Elle aime bien montrer aux autres que ça ne va pas, surtout quand c'est à cause de moi. C'est tout juste si elle ne s'attend pas à être sacrée « meilleure petite amie de l'année » parce qu'elle m'a permis de sortir ce soir.

James se met subitement à hurler :

– Tu connais Penny ?

Eh bien non, et ça fait plusieurs semaines que j'attends ça, depuis que James m'a annoncé qu'il voyait enfin quelqu'un. Il devrait s'en souvenir, mais il est rond comme une queue de pelle et vu la façon dont il dévisage Steph, j'ai l'impression que c'est plutôt à elle qu'il s'adresse.

Avant que quiconque ait pu lui répondre, James se met à brailler « Penny ! » à travers tout le bar.

Ce type n'est peut-être pas une bête de chant, mais il sait crier, ça c'est sûr. Toutes les têtes présentes se figent en un instant dans notre direction.

Et, surgissant de l'obscurité, entre les magazines porno et les vieux combis VW, apparaît une nana qui me semble tout de suite être la femme idéale pour James.

D'abord, elle est couverte de tatouages, elle porte un anneau à lèvres rouge foncé, des cheveux de feu à la Betty Page[16] et un côté très féminin malgré son look « dure à cuire », couverte de cuir de la

16 Mannequin américain célèbre dans les années 50 pour ses photos de pin-up et ses clichés fétichistes.

tête aux pieds. En plus, elle porte des lunettes de secrétaire sexy qui mettent en valeur son trait épais d'eye-liner. Les verres semblent épais, eux aussi, elle doit donc réellement en avoir besoin, contrairement à tous ces hipsters qui se baladent en ville.

Elle accourt vers James et lui donne une bonne tape sur les fesses en lui lançant :

– Eh, dieu du sexe, je t'ai manqué ?

James hésite entre embarras et fierté. Je crois qu'il éprouve un peu des deux. Il nous jette un coup d'œil rapide.

– Linden, Steph, Nadine, voilà Penny.

Elle mâche un chewing-gum, la bouche grande ouverte. Elle sourit tout en nous évaluant. Elle me détaille jusqu'aux bouts des orteils. J'approuve.

– Contente de te rencontrer, dit-elle.

Elle a l'accent de Jersey. Encore un bon point. Je suis tout à fait certain que cette bombe rockeuse sera capable de faire entrer un peu de plomb dans la cervelle de James en mon absence.

– Pareil, je réponds.

– C'est toi, l'anniversaire ?

– C'est bien moi.

Soudain elle se met à hurler : « Les shots sont pour moi ! » et elle flanque son poing sur le bar pour attirer l'attention du barman. Il la regarde avec prudence, pendant qu'elle crie quelque chose à propos de Jaegermeister.

Je tremble. Cette boisson devrait être interdite aux plus de vingt ans.

– Elle est chou, dis-je à James en prenant mon accent bourge.

– Elle est bandante, admet-il en se frottant le cou.

– Je vois.

Je me dis que tout compte fait, ma promesse de ne plus boire de Jaeger peut attendre mes trente et un ans. Nous nous enfilons tous un shot de ce liquide diabolique avant d'aller nous asseoir dans le bus VW qui jouxte le bar.

À ma grande surprise, une amie de Steph, Nicola, est là. Aaron, le petit copain de Steph, lui, est invisible.

Je recule et l'attrape par la manche :

– Où est Aaron ?

Son visage délicat se crispe une seconde, avant qu'elle réponde :

– Il est à Los Angeles pour le week-end, tu sais, pour des trucs de mannequin.

– Oui, bien sûr, je sais tout ça, je réponds d'un ton moqueur. Après tous ces jours que j'ai passés dans le circuit à montrer mes couilles à des inconnus.

Elle me regarde de travers, pas amusée du tout.

– Il est mannequin, pas acteur porno.

– Bien sûr, bien sûr.

J'adore la titiller au sujet d'Aaron, c'est un de mes nouveaux passe-temps favoris. C'est un type bien, je suppose, mais je trouve qu'il n'a pas inventé le fil à couper le beurre. En fait, il a trois ans de moins que Steph et a encore beaucoup à apprendre pour grandir. Non que je sois parfait, moi aussi je suis assez immature parfois, mais honnêtement, il ne lui arrive pas à la cheville. D'ailleurs, je me demande bien qui y arrive.

Mais là, c'est mon côté copain hyper-protecteur qui parle. Elle a l'air heureuse.

Au moment où elle me donne un coup de poing sur le bras, je lui demande :

– Qu'est-ce que Nicola fait là ?

Steph baisse la voix et tourne le dos à sa copine qui est en train de dire bonjour à Nadine pendant que tout le monde s'assied.

– Elle avait besoin de se changer les idées.

Nicola n'est pas uniquement une fille hyper-classique et un peu guindée, elle est aussi la mère célibataire d'un petit garçon de deux ans. Quand elle s'est fait larguer pour une minette par son ex-copain, j'ai passé pas mal de temps avec elle, même si nous ne fréquentons pas le même milieu.

Comme Steph s'est penchée en avant vers moi pour chuchoter, je hume une bouffée de son parfum frais et fleuri.

– En plus, elle sort avec son gynéco. Alors, je lance une frappe préventive avant qu'il arrive quelque chose, j'essaie de lui montrer qu'il existe d'autres hommes qui, eux, ne sont pas payés pour vous examiner la chatte.

Je jette un coup d'œil à Nicola dans sa robe de soie noire et ses cheveux relevés. Elle a l'air complètement décalée dans ce baisodrome, mais je suis content que ce soit elle qui soit présente plutôt qu'Aaron.

– Dois-je être moi-même et briser tous ses espoirs concernant l'existence de types bien ? je lui demande en me penchant un peu plus pour tenter de respirer encore une fois son putain de parfum.

Steph me fait les gros yeux.

– Essaie juste d'être gentil, cow-boy.

Je ne peux m'empêcher de sourire. Cow-boy, elle ne m'a pas appelé comme ça depuis des mois. Ça me fait chaud au cœur, et même un peu bander. Je veux me laisser envahir par cette sensation avant de me rendre compte que c'est impossible.

Je m'installe à côté de Nadine en ignorant la flamme qui brûle dans ses yeux noirs. Elle veut que je sache qu'elle est en pétard pour une raison que j'ignore, probablement parce que je parle avec Steph. Peut-être qu'elle m'a surpris en train d'essayer de la sentir. Ce ne serait pas la première fois.

James me tend une bière venue d'on ne sait où, et je l'engloutis. L'alcool coule à flots ce soir, mes trente ans commencent à la mettre un peu en sourdine.

C'est un sacré soulagement pour moi de sortir avec mes copains. Nous ne le faisons plus très souvent. Comme James est avec Penny et Steph avec Aaron, et bien sûr moi avec Nadine, je commence à trouver que les choses sont en train de changer. Au fur et à mesure que nous vieillissons, nous nous impliquons davantage avec nos moitiés, dans nos vies personnelles, tout en essayant de profiter le plus possible de ces années qui défilent. Les liens qui nous unissent sont en train de se détendre.

Mais je ne veux pas arriver à mes quarante ans, marié avec Nadine, deux ou trois morveux sur les bras et plus personne autour de moi, juste le souvenir de deux personnes que j'aimais, que je connaissais jadis. Je ne veux pas les perdre.

Mais en faisant le tour de la table, je me demande si ça n'est pas dans l'ordre des choses. L'âge nous a réunis, l'âge va nous séparer.

Ok, je commence à être bourré et à tout dramatiser. Je suis sur le point de suggérer une autre tournée de shots – pas cette merde de Jaeger, cette fois-ci, désolé Perry – quand Nadine se tourne vers moi.

– Linden, j'ai mal au crâne.

Elle souffre parfois de migraines, donc je ne peux pas savoir si elle joue la comédie pour que je la ramène à la maison.

– D'accord, je murmure.

Je suppose qu'elle m'évite une bonne gueule de bois pour demain matin. Je jette un regard circulaire aux autres en m'arrêtant juste un instant sur Steph.

– Désolé les amis, on va devoir rentrer.

James pousse un cri de dépit.

– Quoi ? Mais vous venez juste d'arriver !

– Ça fait plus d'une heure qu'on est là.

De toute façon il est trop saoul pour remarquer le temps qui passe.

– J'en ai trop fait ? demande Penny à James en essayant de parler doucement sans y parvenir.

– Personne n'en a trop fait. Je dois voir mes parents demain, donc il faut que je dorme un peu avant.

– Tes parents sont en ville ? me demande Steph, surprise.

Je lui jette un coup d'œil rapide et reconnais immédiatement son expression. C'est presque la même qu'a eue Nadine quand je lui ai annoncé que je les verrais seul. Merde, est-ce que Steph aussi a envie de les rencontrer ? Après avoir rencontré mon emmerdeur de frère, elle veut voir le reste de la famille ? Voilà que mes parents deviennent subitement les gens les plus populaires qui soient. Enfin, pour tout le monde, sauf pour moi.

– Ouais, ça c'est décidé à la dernière minute. Pour mon anniversaire.

– Et bien, tiens-moi au courant, dit-elle.

Pendant un instant, c'est comme si nous étions à nouveau chez moi, vautrés sur le canapé à nous raconter nos histoires de famille. Elle sait pratiquement tout de la mienne et de nos relations difficiles, tout comme moi, je sais tout sur la sienne.

Ça me manque. Je me suis rendu compte ce soir que beaucoup de choses me manquaient.

Nadine me pousse du coude, elle insiste pour que nous partions maintenant.

– Je le ferai, dis-je à Steph en lui lançant un regard entendu.

Si j'ai besoin de faire des confidences à quelqu'un, ce sera à elle en priorité.

Avant que James puisse faire le tour de notre table pour me serrer dans ses bras, je passe un des miens autour de la taille de Nadine et la pousse vers la sortie. En me retournant pour faire au revoir de la main à tout le monde, j'entends James me traiter de « p'tite bite ».

À peine rentré chez moi après avoir déposé Nadine en taxi, je me mets au lit. Ça sent encore le sexe. J'ai un goût de bière dans la bouche et un début de mal au crâne. Je ne me sens pas prêt pour demain. Allongé dans le noir, mes pensées se mettent à tourner en rond. Tout est en train de changer autour de moi. Je ne suis nulle part, en tout cas pas là où je voudrais être.

Je ne sais pas vraiment ce que je veux.

Mais je sais que je ne l'ai pas.

CHAPITRE 7

Linden

– Linden Stewart McGregor.

Eh oui, mon père, avec son accent prononcé d'Aberdeen, vient de me donner mon nom en entier. Je ne crois pas l'avoir entendu le faire depuis le jour où, comme un petit saligaud que j'étais, j'avais détruit consciencieusement ses maquettes de bateau en cassant tous les mâts, juste pour le plaisir.

Je lui décoche un grand sourire, tout aussi faux que le sien, j'en suis certain, et je lui donne du « Papa », en toute simplicité.

Il a beau vouloir représenter le symbole de l'autorité, celle d'un quasi-homme politique, pour moi il représente simplement mon emmerdeur de père. Je ne fais pas comme Bram, je ne m'adresse pas à lui comme il aimerait que je le fasse, comme tous les autres le font.

Mon père avance sur le sol de marbre de l'hôtel, il a l'air mince et en bonne santé. Il a arrêté de fumer il y a quelques années et a opté pour un style de vie composé de beaucoup de tennis, de racquetball et de parties de golf, le tout arrosé par de grandes rasades de scotch. J'ai hérité de sa haute taille, mais il n'est pas aussi musclé que moi. Et comme il court tout le temps comme un dératé, je doute fort qu'il puisse prendre du poids.

Il me serre la main avec fermeté, et je lui réponds encore plus fermement. Il ne tressaille même pas, il se contente de sourire comme s'il était très heureux de me voir.

– Ça fait plaisir de te voir, mon fils.

Ses yeux bleus scintillent presque. Sa peau est couleur cuivre, ce qui signifie qu'il est allé plus souvent encore que d'habitude à Saint-Barth et dans ces autres villégiatures branchées où se presse la jet-set en prétendant ne pas attraper de cancer de la peau. Je me demande s'il emmène maman avec lui dans ses voyages ou s'il la laisse à la maison.

Après un rapide tour du hall, je m'aperçois qu'elle n'est pas là. Je suis soulagé, mais je suis immédiatement assailli par un sentiment de culpabilité bien connu, comme chaque fois que son absence me fait plaisir.

– Où est maman ?

Sa mâchoire se crispe l'espace d'un instant.

– Elle se repose, répond-il trop vite, avant que ces traits retrouvent une expression de calme absolu.

Toujours ce fichu politicien.

– Tu veux dire qu'elle dort ? C'est encore le matin.

Il pose une main sur mon épaule et me dirige vers les ascenseurs.

– Brunchons ensemble, ok ? Nous avons beaucoup de choses à nous dire.

Ma poitrine se serre de plus en plus. C'était ce que je craignais, que mon père veuille avoir une discussion sérieuse avec moi et qu'il soit venu pour ça. Je n'ai pas la moindre idée de ce qu'il va me dire, mais je sais que je ne vais pas apprécier, et que, pour je ne sais quelle raison, mes relations avec mes parents sont toujours conflictuelles.

C'est une des raisons, ou peut-être même la raison principale, pour laquelle j'ai déménagé à San Francisco.

L'ascenseur nous dépose devant un restaurant situé au dernier étage. De cette hauteur, on a une vue hallucinante, non seulement sur Nob Hill mais sur toute la ville. Aujourd'hui, le brouillard gagne depuis le Golden Gate. Il recouvre les collines de Marin, mais partout ailleurs le soleil brille, il fait un temps splendide. Nous nous asseyons au milieu de cette clientèle huppée qui se délecte d'œufs Bénédicte à trente dollars pièce, et je me rends compte que je ne suis pas assez habillé. Je porte un jean gris et une chemise noire à col, avec des fermetures Éclair aux poches de poitrine, un truc que Steph m'a donné un jour en prétendant qu'elle en avait trop en stock et qu'il était trop tard pour les retourner.

Elle mentait, et j'adore ça. Elle voulait simplement me l'offrir. C'est ma chemise préférée.

– Tu as l'air heureux, s'étonne mon père, et je réalise que je suis en train de sourire.

Je m'arrête instantanément et me racle la gorge.

– J'ai une belle vie ici.

Il hausse un sourcil perspicace.

– Tu es sûr ?

Il n'avait pas besoin de poser la question, je sais parfaitement ce que signifie ce mouvement de sourcil.

Je hoche la tête tout en fixant mon café noir sans sucre.

– Ouaip.

– Et tu as une petite amie ?

– Ouaip.

– Nadia ?

– Nadine.

– J'ai connu une Nadia, dit-il l'air soudain rêveur.

Je n'ai jamais vu mon père avec ce regard. C'est assez perturbant.

– Ouais, Nadia, dis-je sans prendre la peine de le reprendre.

– Tu l'aimes ? me demande-t-il, à nouveau sérieux.

– Bien sûr que je l'aime, je lui réponds, la gorge complètement serrée. (Ça doit être le café qui m'a brûlé. La vérité, c'est que je n'ai jamais dit à Nadine que je l'aimais, parce que je n'en suis pas sûr.) Nous sommes ensemble depuis six mois déjà.

– Ça ne veut rien dire.

Je jette un coup d'œil à mon père, je ne sais pas où il veut en venir. Depuis quand est-ce qu'il me questionne sur ma vie amoureuse ? Si quelqu'un a besoin d'être ainsi questionné, c'est plutôt Bram.

– Bon, quoi qu'il en soit, je suis heureux.

– Et comment se fait-il qu'elle ne soit pas là ?

– C'est… ça me paraissait un peu… déplacé.
– Je vois.
Je trouve qu'il s'y intéresse bien trop. Puis il secoue la tête.
– Où sont passées mes bonnes manières ? Je ne t'ai pas encore souhaité ton anniversaire. Joyeux anniversaire, dit-il en sortant une enveloppe de sa veste. (Il la fait glisser sur la table.) C'est de la part de ta mère et moi.
Les cadeaux d'anniversaire ne sont pas censés vous remplir de suspicion, pourtant j'ai un mauvais pressentiment. Je regarde l'enveloppe, je devine une forme à l'intérieur. Je ne pense pas que ce soit de l'argent, ce serait bien la première fois qu'ils m'en donnent.
– Vas-y, dit-il en la poussant vers moi. (Ses boutons de manchette scintillent dans la lumière.) Ça ne va pas te mordre ! Tu viens d'avoir trente ans, tu sais !
Dieu merci, me dis-je. Je ramasse l'enveloppe et l'ouvre avec précaution.
Une clé tombe sur la table.
– Qu'est-ce que c'est ?
– Ton nouvel appartement.
Je ne me démonte pas facilement, mais cette fois, mon père me prend vraiment au dépourvu. Je commence à me demander s'il a toute sa tête.
– Je ne pige pas.
Il glousse en avalant avec classe une petite gorgée de son thé, qu'il a surchargé de lait et de sucre.
– C'est ton cadeau d'anniversaire. Ta mère et moi avons décidé de faire quelques investissements,

dont un appartement, pour toi. Il est situé dans l'Upper West Side, sur Broadway, tout près du théâtre Beacon. Tu peux y emménager le mois prochain.

Je sens ma confusion se métamorphoser en une sorte de colère sourde.

– Je suis désolé, mais… j'habite ici. Ici, je suis chez moi, tu vois.

Il me dévisage un moment avant d'asséner d'un ton est sec :

– Tu pourras toujours le vendre ou le louer, ce n'est pas définitif.

– Ouais, mais moi je suis définitivement d'ici. C'est ici que je travaille. Sais-tu combien j'ai dû me battre pour obtenir mon poste ? Tu penses que c'est facile de trouver un job de pilote d'hélicoptère ?

– Il existe une foule d'endroits de ce genre à Manhattan, répond-il d'une façon si douce, si condescendante, que je dois me retenir pour ne pas lui balancer la table à la figure avant de foutre le camp. Tu n'aurais aucun problème à trouver un autre job, mieux payé. Je m'en chargerais. (Il fait une pause pour boire une gorgée de thé, puis il se pince les lèvres.) Et si tu changeais de voie, ça serait encore mieux. Là-bas, le monde entier attend le fils de Stewart McGregor.

Ma mâchoire est tellement serrée que j'ai du mal à articuler :

– Je suis certain que Bram te rendra très fier.

– Allons Linden, répond-il brutalement avec sa langue de vipère et les yeux remplis d'éclairs, tu sais que c'est un bon à rien. C'est toi le fils en qui nous croyons. C'est toi notre seul espoir.

– Quel espoir ?

– Que tu sois notre fils.

Je suis complètement abasourdi.

– Mais je suis votre fils !

– Pourtant, on ne le dirait pas. Allez mange, ton plat va être froid.

Je n'ai pas faim. J'ai juste envie d'être à des kilomètres d'ici. Je n'aurais pas dû venir.

– Bon, maintenant avant que tu montes sur tes grands chevaux, poursuit-il calmement, rends-toi compte de la chance que tu as. On t'a aidé pour ton appartement ici, quand tu étais en formation. En fait, on t'a aidé tout le temps, jusque très récemment. Tu ne nous as jamais remerciés, mais je sais que tu as apprécié. Et maintenant, nous t'aidons encore. Un grand et bel appartement à Manhattan, juste pour toi. Combien de jeunes peuvent dire qu'ils ont cela ? Quelques rares privilégiés, dont tu fais partie.

Je me racle la gorge, en essayant de contrôler les battements de mon cœur.

– Je ne partirai pas. J'apprécie énormément tout ce que vous avez fait pour moi et je te remercie pour l'appartement, mais je n'étais pas au courant de vos projets. Je ne désire pas changer de vie. C'est ici ma maison.

Ses yeux brillent d'un éclat sombre.

– Parfait. L'appartement est à nous – à toi si jamais tu changes d'avis. Maintenant, je trouve qu'il serait correct que tu viennes remercier ta mère d'avoir fait le voyage pour t'annoncer cette nouvelle.

Et voilà que point à nouveau ce fichu sentiment de culpabilité totalement injustifié et hors de propos.

– Quoi ?

– Quand nous aurons terminé, nous monterons dans sa chambre, et tu la remercieras. Tu peux également lui dire que tu es profondément touché par son geste et que tu songes sérieusement à déménager.

Je manque tomber de ma chaise.

– Mais c'est un mensonge !

– Nous mentons tous, répond-il en repoussant ses œufs à peine entamés.

Un peu plus tard, je me retrouve étrangement coincé dans un ascenseur pour monter saluer ma mère dans leur chambre d'hôtel. Comme je m'en doutais, ses lourds rideaux sont fermés, seule une lampe est allumée. Mais, au moins, elle n'est pas dans son lit. Au lieu de ça, elle est assise, tirée à quatre épingles, et joue avec un verre rempli d'un liquide sombre. Ça ressemble à du café, mais je sais que ça n'en est pas. Mes relations avec ma mère ne sont pas meilleures que celles que j'ai avec mon père. En fait, je pense qu'elles sont pires. C'est ma nurse qui s'est occupée de moi pendant que ma mère passait son temps à élever des chevaux et à lever le coude.

Quand nous sommes arrivés à Manhattan, elle a remplacé les chevaux par encore plus d'alcool et de comprimés, et c'est devenu son quotidien depuis lors. Mon père au moins a fait des tentatives pour m'élever, pour s'intéresser à la personne que je devenais, pour vouloir que je lui succède, même si c'était juste pour l'apparence. Ma mère… je ne suis même pas certain qu'elle sache que j'existe la moitié du temps. Je ne pense pas qu'elle m'ait jamais serré dans ses bras.

– Maura, dit mon père en s'avançant vers elle pour lui cacher le point qu'elle regardait fixement au milieu de la pièce. Linden est là.

Ça lui demande un certain temps pour tourner la tête vers moi et encore un peu plus longtemps pour qu'une vague lueur élargisse un peu ses pupilles. Bien qu'elle soit ivre, elle est belle. Peut-être un peu trop mince, mais pâle, avec son long cou, et élégante, même en pyjama de soie.

– Linden, mon garçon, dit-elle, joyeux anniversaire. (Elle sourit et prend la pause.) Quel âge as-tu déjà ?

– Trente ans, Maman. Et merci.

Elle hoche la tête poliment et prend une petite gorgée de sa boisson. Ses yeux redeviennent vitreux. Croyez-moi, elle est bien mieux comme ça, dans ce léger abrutissement matinal plutôt que quand, bourrée comme une queue de pelle, elle rentre dans des rages folles, hystériques, comme possédée par le démon.

– J'étais juste en train de parler de l'avenir avec Linden, ajoute mon père en sortant la clé qu'il lui agite devant les yeux comme à une enfant. Tu te souviens ? L'appartement ? Il est très intéressé.

Tous mes scrupules s'évanouissent. Dès ce soir, elle ne se rappellera même plus ce que je lui ai dit.

– C'est merveilleux, dit-elle de sa voix agréable mais totalement monocorde.

Elle prononce les mots, elle joue son rôle, sans se soucier réellement de rien, moi y compris.

Je ne reste pas beaucoup plus longtemps. Ce bavardage insipide se transforme vite en adieux un peu gênés, ponctués par des promesses de rester en contact, de « réfléchir à tout ça. » Sur le pas de la porte, mon père me lance sobrement :

– Fils, rappelle-toi. Si tu veux prendre racine quelque part, il faut au moins que tu saches ce que tu es capable de faire pousser.

Je ne prends même pas le temps d'y réfléchir. Quand je rentre chez moi, je suis complètement effondré, et il n'est qu'une heure de l'après-midi.

J'ai besoin de m'échapper mentalement de ces putains de chaînes rouillées qui m'enserrent depuis ce matin. Je tourne en rond, en détaillant les objets qu'ils m'ont offerts dans le passé. J'envoie un SMS à James et, une seconde après, je l'appelle mais je tombe sur sa boîte vocale.

En tapotant mon téléphone contre ma cuisse, je pense soudain à Nadine. Mais je n'ai pas envie d'avoir à répondre à ses questions, je n'ai pas envie de passer la journée avec elle, à faire semblant d'être celui qu'elle croit que je suis, ce pilote endurci qui ne se soucie de rien. Je ne veux pas qu'elle voie mon visage et les marques qu'y ont laissées, j'en suis sûr, mes parents, même lors d'une si brève rencontre. Je vais lui envoyer un SMS.

Je réfléchis encore et j'appelle Steph.

Elle répond à la troisième sonnerie.

– Hé ! dit-elle joyeusement, et le son de sa voix semble mettre du baume sur mes blessures.

– Hé ! je réponds. Tu fais quoi en ce moment ?

– J'étais sur le point de partir au magasin faire un peu de rangement pour demain.

– Oh.

Ouah. Même le dimanche, elle bosse. Je suis à la fois fier d'elle et désappointé.

Silence.

– Tu veux venir avec moi ?

Je déglutis.

– Non, non, ça va.

– Tu ne m'aurais pas appelée si tout allait bien. Je sais avec qui tu étais ce matin, dit-elle. Allez, je passe te prendre dans une demi-heure.

Je n'ai pas envie de m'imposer, pourtant je me surprends à lui dire oui et je me retrouve dans la rue, à l'attendre avec une certaine anxiété. Mes doigts tambourinent contre ma cuisse. Sa Mazda 6 rouge arrive, un truc qu'elle a acheté le jour où elle a obtenu son prêt pour sa boîte. Elle se met à klaxonner bruyamment bien que je sois juste à côté. Je crois qu'elle aime bien le son que ça fait.

J'ouvre la portière passager pour monter. Je suis saisi par son parfum familier, avant de découvrir une bouteille de Wild Turkey posée sur le siège.

– Euh, dis-je, je ne savais pas que quelqu'un était blessé !

– C'est pour toi, cow-boy, je suis sûre que tu en as besoin.

Je lui fais un grand sourire.

– Tu es la meilleure copine du monde.

– Je sais.

Je monte, elle attend, puis elle dévisse le bouchon et se siffle une bonne rasade au goulot avant de me tendre la bouteille, et elle démarre. Le crâne poilu qui pend à son rétroviseur oscille dans tous les sens pendant qu'elle conduit en experte dans les rues à sens unique de San Francisco. Il n'existe rien de plus sexy que la vue d'une femme au volant. Le fait qu'elle porte une jupe plissée très courte qui met en valeur ses cuisses fuselées aide aussi. Mes couilles se tendent quand j'imagine ce que ça me ferait de glisser la main dans son sexe soyeux. Je sens qu'elle m'épie, je relève les yeux au moment où elle regarde à nouveau la route. Un large sourire agrandit sa bouche. Sans aucun doute, elle m'a surpris en train de la reluquer. Et, apparemment, elle aime ça. Mais je me rappelle que tout ça n'est pas correct. Vous comprenez, elle est en couple avec Aaron, et moi avec Nadine. Et nous sommes des amis. Mais je suis quelqu'un de résolument incorrect.

– Tu veux en parler ? me demande-t-elle, et pendant un instant je pense qu'elle mentionne le fait que je l'ai matée, eh oui, pendant un instant, je voudrais bien en parler. Et puis je réalise qu'elle parle de mes parents. Je fixe la bouteille entre mes mains.

– Peut-être un peu plus tard.

– Mais, au moins, tu t'es bien amusé la nuit dernière ?

– Oui, quand j'étais là-bas.

Elle ouvre la bouche comme pour dire quelque chose, mais la referme. Ses lèvres ont un éclat rose tendre qui me donne envie de les mordre. Elle est belle et rayonnante, malgré le fait qu'elle ait bu et fait la fête la nuit dernière.

– Tu as bonne mine, je me surprends à lui dire.

Je suis prêt à parier qu'elle a rougi, et ça suffit à me donner envie de lui dire d'autres trucs gentils. Mais si je commence, j'ai peur de ne plus pouvoir m'arrêter. Je clarifie ma pensée rapidement :

– Tu sais, malgré les excès de boisson et l'âge qui avance.

– Ha ha ! Alors, ça fait quoi d'être plus vieux ?

Je hausse les épaules.

– Ça craint.

– Mal au dos ? Fracture du col du fémur ?

– Quelque chose dans ce goût-là.

– Je suppose que je dois moi aussi m'y préparer.

Je me renfonce dans mon siège et regarde par la fenêtre les maisons basses et la suite de devantures qui défilent.

– Le mois d'octobre arrive à grands pas. Tu sais que tu as encore, voyons, six ou sept mois pour changer d'avis à propos d'Aaron.

Ça attire son attention. Elle tourne la tête et me jette un coup d'œil incrédule.

– Quoi ?

– Le pacte. Tu te souviens ?

Elle fait la moue en clignant des yeux, elle a l'air vraiment adorable.

– Bien sûr que je me souviens… je…

Je prends l'air le plus détaché que je peux.

– L'offre tient toujours, Baby Blue. Tu vas bientôt avoir trente ans, comme moi. Si tu te décides à filer un coup de pied au cul à ton petit minet, tu sais que je suis là.

Elle me cherche du regard aussi longtemps qu'il est possible avant d'emboutir l'arrière du camion devant nous. Quand elle se remet enfin, elle me demande :

– Et Nadine ?

– Je la laisserai tomber pour toi, lui dis-je en la fixant si intensément qu'elle est obligée de me regarder dans les yeux à nouveau, pendant une seconde. Je laisserais tout tomber pour toi.

Bien que je pense être parfaitement sérieux, je ne suis pas certain que ça joue en ma faveur. Du coup, je lui souris, un grand sourire faux-cul, jusqu'à ce qu'elle me rende la pareille.

Maintenant, elle croit que je plaisante. Si seulement c'était vrai. Mais, au moins, je suis en sécurité.

Nous sommes en sécurité.

– Et si tu te mettais tranquillement à boire ton whisky, cow-boy ?

Et je comprends tout de suite que notre conversation est close. C'est mieux comme ça.

C'est ainsi que ça doit être.

J'étais heureux, je le jure devant Dieu, avant que mon père ne sème le doute en moi. Parce que ce qu'il a dit au sujet de mes racines et d'avoir quelque chose à faire pousser, eh bien, c'est un peu vrai. Pourquoi rester à San Francisco à moins d'y entrevoir un certain potentiel ? Pas uniquement pour ma carrière mais pour la grande affaire de la vie – l'amour, le mariage, les enfants, tout ce bordel que vous ignorez jusqu'à ce que vous soyez obligé d'y faire face.

Un peu plus tard, nous nous retrouvons dans son magasin. Je suis vautré sur le comptoir et j'avale de petites lampées de whisky délicieusement brûlantes, je me détends enfin en feuilletant un catalogue de vêtements pour hommes. Hélas, on retrouve Aaron le mannequin à chaque page. Après tout ce temps, je ne comprends toujours pas ce qu'elle lui trouve. Enfin, je sais bien qu'il est joli garçon, assez en tout cas pour faire du mannequinat. Mais il s'habille comme un ado, comme s'il était en permanence sur le point de monter sur sa planche de surf. Il est presque toujours pieds nus et il a un rire de hyène.

Steph est une bosseuse, une femme intelligente. Ils n'ont sûrement rien à se dire au quotidien, leur relation est principalement basée sur le sexe. Je sais que de ce côté-là, tout va bien, mais le simple fait d'y penser me donne la nausée.

– Alors, comment ça s'est passé ? Comment allaient tes parents ? demande Steph en me regardant à travers un portant plein de vêtements.

Elle a vu que je grimaçais et elle a cru que je pensais à ça.

– Oh, c'était horrible.

Elle prend un air inquiet.

– À ce point ?

Je soupire en glissant les mains derrière la tête.

– Tu sais le plus drôle ? C'est que quand j'étais plus jeune, je pensais que mes relations avec mes parents allaient évoluer. Tu vois, arrêter d'être aussi merdeuses. Et bien non.

Je lève le regard vers elle, je sais que je peux à peu près tout lui raconter.

– Maintenant, je les vois différemment. Ma façon de penser à eux, d'être en relation avec eux a complètement changé. Mais ils me traitent toujours comme un môme de quinze ans. Ils pensent encore que je ne sais toujours pas quoi faire de ma vie, que j'ai constamment besoin d'eux, qu'ils ont le droit d'interférer et de me contrôler.

– Qu'est-ce qu'ils ont encore essayé de faire ?

– De me faire déménager.

– Où ça ?

Elle ouvre de grands yeux.

– À New York. Ils ont acheté un appart et veulent que je m'y installe.

– Mais pourquoi ?

– Je suppose que Bram ne tourne pas comme ils l'auraient voulu. Je ne sais pas. Mon père est quelqu'un de très préoccupé par l'image que donne sa famille, par l'héritage et toutes ces conneries. Il peut te réciter par cœur notre arbre généalogique et tous les nobles Écossais dont nous descendons. Tout le monde, dans cette lignée de McGregor, semble avoir fait de la politique ou joué un rôle proche du pouvoir. Il est clair que mon père avait l'espoir que Bram suive sa voie, puisque c'est l'aîné, mais il est en train de déchanter. Du coup, il réalise qu'il n'y a plus que moi. Il veut que je devienne comme lui.

Elle repose une veste sur son portant et revient vers moi, bras croisés sur sa poitrine généreuse. J'essaie de ne pas fixer ses seins.

– Tu sais, la plupart des parents seraient absolument ravis d'avoir un fils pilote d'hélicoptère.

– Eh bien, je n'ai pas la plupart des parents. Pour être honnête, ils ne trouvent pas ça glorieux. Ce n'est ni assez distingué ni assez intello.

– Dis-moi si je me trompe, mais je pense que tu as sacrément besoin de ton cerveau pour pouvoir piloter ces engins.

– Steph, est-ce que tu insinues que je suis intelligent ?

Elle me lance un sourire narquois.

– C'est dingue, non ? Tu as intérêt à en profiter tant que ça dure. À ce propos… commence-t-elle en disparaissant dans la réserve.

Pendant qu'elle farfouille, je me laisse aller à imaginer que je la suis, que je ferme la porte à clé et que je la coince contre une des étagères. Je veux me coller contre elle pour qu'elle comprenne l'effet qu'elle me fait, je veux glisser les mains sous son petit haut délicat et attraper ses seins, les presser jusqu'à la faire gémir, puis lui enlever sa chemise et sucer ces tétons roses qui sont, j'en suis persuadé, absolument parfaits. Je veux lui dire tous les trucs cochons auxquels je pense, être brut de décoffrage. Je veux la faire rougir et se tordre de désir.

Jésus Marie. Je recule derrière le comptoir pour cacher mon érection en essayant de me calmer. Il faut que j'arrête d'avoir ce genre de pensées la concernant, mais ça fait des années que je me dis ça. J'ai peur un jour de ne plus pouvoir me retenir et de foutre en l'air la plus belle relation que j'aie jamais eue. Mais merde, si jamais elle pensait la même chose que moi ? Si jamais elle a envie de moi aussi violemment que j'ai envie d'elle, qu'elle y pense vingt-quatre heures sur vingt-quatre et sept jours sur sept, comme moi ?

Pendant un instant intense, je jure que je vais le faire. Je vais entrer dans cette réserve, l'embrasser follement, la baiser contre le mur et lui faire comprendre ce que je ressens pour elle.

Je prends une profonde inspiration et je me prépare.

Je peux le faire.

Elle sort de la réserve avec une grande boîte dans les bras et un sourire penaud. Le moment s'est volatilisé. Je ne ferai rien.

Je suis un lâche.

Un vrai nase, un gros lâche.

– Et voilà, dit-elle en posant la boîte sur le comptoir. Ton cadeau d'anniversaire.

Je la soupèse. Elle pèse lourd.

– Tu n'aurais pas dû, lui dis-je, en me sentant mal qu'elle se soit donné la peine d'y penser, tout en étant ravi qu'elle l'ait fait.

Elle hausse les épaules en prenant un petit air mutin.

– T'inquiète. C'est arrivé au magasin il y a quelque temps, et j'ai tout de suite pensé à toi. Je l'ai juste rangée dans le stock en attendant ton anniversaire. (Je la regarde, elle tapote le couvercle.) Dépêche-toi, ouvre-le.

J'ouvre la boîte. C'est une veste en cuir noir.

– Putain de merde ! je m'écrie en la sortant comme si elle était en or.

Je la pose devant moi. C'est une sacrément belle pièce, et pourtant je ne suis pas un type hyper-branché par les fringues. C'est le style veste de motard, avec des bandes de cuir le long des bras, juste assez pour en faire quelque chose de vraiment intéressant.

– Regarde le dos, dit-elle.

Je la retourne. Sous le col, en petites lettres argentées est brodé « L. McGregor ».

Je la regarde, estomaqué.

Elle rougit et détourne le regard.

– Ne me regarde pas comme ça.

– Comme quoi ? je chuchote.

– Comme si c'était un truc hyper-important. Ça ne l'est pas. J'ai vu cette veste et je me suis dit qu'elle serait parfaite pour un pilote d'hélico un peu macho. Donc, je l'ai fait broder à ton nom. Je ne sais pas, je voulais lui donner un petit air « Top Gun ». Maintenant, on va pouvoir t'appeler Iceman[17] !

Elle essaie de jouer la comédie, peut-être devrais-je la laisser faire, mais je suis super-ému. Mon cœur

---

17 Iceman est un des personnages de *Top Gun*.

bat plus fort dans ma poitrine. Ça valait la peine, finalement, de vivre ce jour de merde. Comment faire pour prendre de la distance avec cette femme ? Je déglutis en cherchant quoi lui répondre. Seule la vérité me semble être de mise.

– Merci. Ça me touche énormément.

Elle avance et me donne une légère tape sur le bras.

– De rien.

J'enfile la veste, en appréciant la façon dont elle me va comme un gant, puis je m'enfile un shot de Wild Turkey pour me remettre les idées en place.

J'espère pouvoir y parvenir.

CHAPITRE 8
30 ans

Stéphanie

Vous savez, votre anniversaire ne peut pas bien se passer quand vous commencez votre journée avec de l'eau qui vous coule sur le front, comme dans une sorte de supplice chinois.

J'ouvre un œil au moment précis où une autre goutte me frappe.

– Mais qu'est-ce que c'est ?

Je m'essuie vite le visage en me redressant pour échapper aux gouttes. Je lève les yeux vers le plafond, là où une énorme poche s'est formée, d'où l'eau goutte directement sur mon lit. C'est le pompon. J'ai acheté ce minuscule appartement dans le quartier de Mission il y a à peine deux mois, et il tombe déjà en ruines. Avant, lorsque j'étais locataire, j'aurais juste eu à appeler le propriétaire pour qu'il s'en occupe. Mais à présent, mon appartement c'est mon problème, et je vais devoir gérer moi-même toutes les inondations qui vont survenir.

Super-anniversaire, vraiment ! Voilà une nouvelle décennie qui s'annonce, remplie de nouvelles responsabilités, mais je ne me souviens pas d'avoir donné mon accord pour ça.

Je pousse un soupir en sortant de mon lit. J'aurais bien aimé qu'Aaron soit resté avec moi cette nuit, il aurait pu m'aider. Mais je me rappelle aussi sa tendance à prendre ses cliques et ses claques dès qu'un pépin s'annonce. (En fait, pour n'importe quoi d'autre que poser devant un appareil photo.) Je sais qu'appeler Linden serait une meilleure idée. Lui au moins, il assure en cas de coup dur. Mais je ne le fais pas. Sa petite copine me déteste, et mon SOS serait mal compris. En outre, c'est mon appart, c'est ma responsabilité.

J'ai trente ans maintenant. Il faut que j'enfile mon costume d'adulte et que j'assume.

Le truc étonnant quand on vient d'avoir trente ans, hormis le fait d'être réveillée en sursaut, c'est que ce n'est pas aussi catastrophique que ce qu'on imagine. Vingt-neuf, c'était bien pire. Quand cette année charnière magique et terrible arrive enfin, alors que vous l'avez tellement redoutée, vous avez déjà fait la paix avec elle.

En revanche, je n'arrive pas à faire la paix avec l'idée d'avoir acheté un appartement plein de fuites. Je suppose que c'est un peu de ma faute, j'ai choisi le modèle le plus petit et le moins coûteux dans un coin un peu pourri de ce quartier, mais acheter à San Francisco est tout simplement démentiel. Si ma mère ne s'était pas portée caution (apparemment les banques n'apprécient pas les travailleurs indépendants) et si ça n'avait pas été un de ses neveux qui vendait, je n'aurais jamais réussi à acheter.

Mais c'est chez moi, bien que ce ne soit pas exactement le genre de chez-moi que j'avais imaginé pour mes trente ans. C'est un deux-pièces de cinquante-cinq mètres carrés avec un salon minuscule et un balcon plus minuscule encore, qui donne sur une petite église et sur les SDF qui squattent les bancs du parc, bien loin de l'image d'Épinal de la maison victorienne peinte aux couleurs pastel, avec un jardin à l'arrière, dont j'avais rêvé. J'avais également rêvé que j'aurais une flopée d'enfants qui courraient dans la maison, un mari et des voisins qui passeraient tout le temps. Et peut-être même que le beau-frère super-sexy de mon mari répéterait avec son groupe underground des morceaux des Beach Boys dans le garage. En y réfléchissant un peu, je me dis que mes trente ans rêvés étaient entièrement basés sur des épisodes de *La fête à la maison*[18]. Pas très réaliste.

J'attrape une bassine sous l'évier et je la pose sur mon lit. La première goutte tombe dedans en faisant un *ping* rassurant. Ça devrait faire l'affaire pour l'instant.

De toute façon, mon réveil allait sonner dans une demi-heure. Je passe sous la douche et je me pomponne pour cette journée particulière. Je passe un temps fou à me faire un brushing puis à faire boucler mes cheveux, mais puisque je vais aller

---

18 Série télévisée US.

plus tard au Lion pour fêter mon anniversaire, ça vaut la peine de me donner du mal. J'ai enfin trouvé la bonne coupe et la bonne couleur pour mes cheveux, quelque chose de sophistiqué et j'espère un peu sexy. Ils tombent sur mes épaules et cette teinte chocolat profond avec quelques mèches rouges fait paraître mes yeux plus grands et plus bleus.

Ça me vieillit un peu, mais c'est très bien, même si j'ai un peu l'impression que ça accentue mon côté pimbêche renfrognée.

Nous sommes jeudi, donc je me jette dans le travail en épluchant ma liste des choses à faire. Un an après l'ouverture du magasin, j'ai enfin décidé d'embaucher quelqu'un pour m'aider. Je l'aurais bien fait plus tôt si j'avais pu, mais c'était impossible, je devais économiser pour acheter mon appartement. En outre, je crois que j'ai du mal à déléguer.

Mais si je continue à vouloir tout faire moi-même, je vais y laisser ma santé. Je réussis à peine à faire de la gym après le boulot, et maintenant mon corps balance entre le rond et le trop rond, je déjeune trop souvent sur le pouce au magasin. J'engloutis du fastfood pas franchement sain, et quand je rentre à la maison, je suis tellement éreintée que je n'ai plus envie de baiser. Et j'aimais énormément ça, baiser, c'est pour vous dire !

Aaron est toujours mannequin. Et il est, comme dit ma copine Nicola, tellement « hot » qu'on s'y brûlerait.

Il me tape aussi pas mal sur les nerfs ces derniers temps, mais je pense que c'est dû au stress et que l'excès de travail me fait rabrouer tout le monde. C'est sacrément difficile, quand vous bossez comme une folle pour gérer votre business et votre vie personnelle (c'est peut-être la même chose, finalement) et que votre compagnon n'a pas la moindre idée de ce que signifie un travail acharné. Il va à des shootings photo, environ une fois par semaine, et le reste du temps, il se goinfre et picole dans des soirées privées, et il montre son joli minois et son corps dénudé sur Instagram. La plupart du temps, il dort jusqu'à onze heures du matin. Merde, il a vingt-sept ans, pas dix-sept !

Mais je mets mes récriminations de côté et je m'efforce de me composer un visage serein quand j'essaie d'appâter mes clients avec les remises que j'ai instaurées pour la collection d'automne. Je pinaille sans doute parce que je suis fatiguée, et que personne n'aime travailler le jour de son anniversaire.

Heureusement, j'ai reçu une flopée de posts sur mon mur Facebook. Des textes et des messages, envoyés par toutes sortes de gens qui me font un bien fou. Il y en a un de Penny, la copine de James, et un autre de James lui-même. Linden ferme la marche en disant qu'il voulait me téléphoner mais qu'il ne voulait pas déranger. Je ne sais pas s'il veut dire pendant que je travaille, ou bien en général. Vu le peu de fois où nous nous sommes vus ces derniers temps – et c'est en partie à cause de mes horaires de dingue – j'espère vraiment que c'est la première raison qui est la bonne.

Maman m'a appelée avant l'ouverture du magasin, mais mon père n'a pas donné signe de vie. Je ne lui en ai pas parlé, parce que je sais que ça la chagrine, mais ça me fait de la peine. Je me souviens comment Papa avait l'habitude de me surveiller quand j'étais plus jeune, parce qu'il était surprotecteur et tellement inquiet pour Olivier, et combien ça avait le don de me foutre les boules. Marrant que, maintenant, ça me manque.

Je suis presque de retour à mon appartement. Il est déjà tard, comme d'habitude, j'espère avoir le temps de me remaquiller et d'enfiler quelque chose avant d'aller au bar, quand Aaron m'appelle.

– Hé, sexy girl. Tu es déjà rentrée chez toi ?

– Presque, je réponds en passant au feu orange sur Guerrero Street.

– Ne va pas au Lion, dit-il rapidement. Viens chez moi.

J'essaie de ne pas avoir l'air désappointée. Il vit loin, du côté du zoo, dans une maison qu'il partage avec deux autres mannequins. Ça sent le linge sale, je déteste aller là-bas, bien qu'il me faille envisager de m'y incruster plus souvent si je n'arrive pas à faire réparer la fuite dans mon appartement.

– Aaron…

– Juste pour boire un verre. Les copains veulent te souhaiter ton anniversaire.

Je roule de gros yeux. Tous ses potes n'en ont qu'après mes seins et mon cul. Ils veulent probablement m'offrir un tour de manège gratuit.

– Pourquoi ne peuvent-ils pas venir au Lion, comme tout le monde ?

– S'il te plaît, Stéphanie, dit-il en prenant sa voix de petit garçon. (Il insiste.) Je ne te vois plus jamais, ce serait chouette de t'avoir pour moi tout seul avant de devoir te partager avec les autres.

Je soupire, je ne suis pas habituée à ce qu'il joue à me culpabiliser alors même qu'il vient de mentionner la présence de ses colocataires.

– Bon. Je serai là dans trois quarts d'heure, je dois juste me refaire une beauté.

– Tu es toujours en beauté, Bébé, dit-il.

– Ouais, ouais.

Je raccroche. Je rentre à la maison, vérifie la bassine sur le lit pour m'apercevoir qu'elle est pratiquement pleine. Je la vide et la remets en place. C'est la seule chose que je puisse faire pour l'instant.

Ensuite, j'enfile une chatoyante robe jaune vif qui met en valeur mon bronzage et je m'arrange pour camoufler les parties de mon corps qui sont trop claires à présent. Mes cheveux ont conservé leurs boucles, je vaporise dessus un grand jet de laque, je m'applique vite une paire de faux cils discrets mais sombres, et un coup de rouge à lèvres magenta. Je me prends à espérer qu'Aaron ne veuille pas me sauter, sans ça je devrai me pomponner à nouveau. Cette pensée me fout la honte.

Putain, je croyais que les pulsions sexuelles d'une femme étaient censées augmenter plus elle prenait de l'âge. Je frémis en y pensant, mais je me fraye un chemin jusqu'à ma voiture et je roule dans les embouteillages vers Sunset. Je m'arrête entre la 46e Rue et Vincente. La maison d'Aaron a deux étages sans ascenseur et un garage souterrain. C'est tout simple, surtout depuis que ce sont des garçons qui y habitent, mais comme elle est proche du zoo et de la plage, je sais que le loyer est démentiellement cher, comme partout à Sunset. Avant d'acheter mon appartement, il m'est arrivé une ou deux fois d'imaginer mon avenir avec lui et de me demander si je devais lui proposer d'emménager chez moi. Ça m'aurait aidée pour l'emprunt et ç'aurait été moins cher pour lui, mais très honnêtement, je crois que je ne pourrais pas. Ce n'est pas que je veuille vivre seule pour toujours, mais je ne pense pas que je pourrai jamais vivre avec lui. Cette pensée me dégrise un peu et me fait faire une pause en bas de chez lui.

Parfois, quand je me surprends à avoir ce genre d'idées, je me demande pourquoi je continue avec lui si je ne nous vois pas de futur commun. Mais l'idée d'être à nouveau une célibataire sur le marché, surtout maintenant, me fiche des angoisses et je déteste penser à moi comme quelqu'un qui largue son mec. Je prends une profonde inspiration, me force à avoir des pensées plus gaies, comme ce verre de vin qui m'attend et mes amis que je vais voir plus tard. Je monte l'escalier.

Je frappe et il vient m'ouvrir, une bière à la main.

– Tu es super-bandante, dit-il en me déshabillant des yeux.

Il passe un bras autour de moi et m'attire plus près. Il est déjà ivre, et ça m'énerve parce que du coup, je vais devoir être le conducteur désigné pour mon anniversaire. Prendre un taxi d'ici reviendrait bien trop cher et je ne pense pas qu'il accepterait de payer. Il m'embrasse légèrement sur les lèvres, puis prend ma main et m'entraîne à l'intérieur. Il fait sombre, les seules lumières allumées sont celle du couloir et de la cuisine.

– Pourquoi fait-il aussi sombre ? je lui demande en regardant le salon. Et où sont Chuck et Adam ?

– Assieds-toi, me répond-il, en me poussant littéralement dans le canapé. Je te prépare un drink.

– Rien de fort, puisque je suppose que c'est moi qui vais devoir conduire.

– Mais non ! se met-il à hurler.

Il fait vraiment trop noir, même les rideaux sont tirés et aucune des lumières de la rue ne peut entrer. Je me penche sur le canapé et j'allume la lampe à côté de moi.

Pendant une fraction de seconde, mes yeux s'acclimatent à la lumière, mais je ne peux pas croire ce que je vois.

On dirait que tous les gens que je connais sont là, certains accroupis, d'autres appuyés contre le mur. Linden, James, Nicole, Kayla, Penny. Ils sourient tous sans bouger.

Et soudain Linden s'écrie « Surprise ! » Et tous les autres hurlent « Joyeux anniversaire ! » Et je suis soudain entourée par tous mes amis. Et je manque de faire une petite crise cardiaque. Il me faut un moment pour me rappeler que je dois respirer, puis pour pousser un cri de surprise.

– Mais c'est quoi ? je hurle en les regardant, une main sur la poitrine.

Je me suis aperçue que Chuck et Adam sont là aussi, tout comme Ben, le nouveau petit copain de Nicola, Caroline et Dan, qui bossent pour James au Lion, et Aria, qui travaillait avec moi à All Saints.

C'est un des trucs les plus incroyables qui me soit arrivé. C'est pourtant tout simple – rassembler un groupe de gens dans une pièce –, mais ça compte plus que tout.

Nicola m'embrasse.

– Ton expression était juste dingue !

James me donne une tape sur les fesses.

– C'était tellement dur de ne rien dire, je n'arrive pas à croire que tu te sois fait avoir !

Mon cœur bat trop vite, c'est l'émotion. Linden s'avance.

– Joyeux anniversaire, Baby Blue.

Avant qu'il ait pu m'enlacer – mais peut-être n'en avait-il pas l'intention –, Penny m'attrape par les poignets.

– J'espère que tu n'as pas pissé dans ta culotte, dit-elle en m'embrassant, et j'éclate de rire.

– C'était limite.

Aaron me tend un verre de vin. Je le regarde, les yeux brillants. Je n'arrive pas à croire qu'il ait organisé tout ça pour moi. Je me sens soudain coupable des pensées que j'ai eues un peu plus tôt. Je dois me comporter mieux avec lui – apparemment, il est plein de surprises.

Quelqu'un met « Trampled Underfoot » de Led Zeppelin, un de mes morceaux préférés, et la soirée commence. On oublie le Lion, la fête se déroule ici même, là où en réalité ça a toujours été prévu.

Je vais aider Nicola et Aaron à sortir les amuse-gueules du frigo, à la cuisine. Pendant que Nicola part avec un bol de sauce aux artichauts et aux épinards, j'attrape Aaron par la taille et je le serre fort en le regardant dans les yeux.

– Merci, du fond du cœur. Merci, merci, tu n'as pas idée de ce que ça représente pour moi.

Il me fait son sourire de petit garçon timide.

– Ce n'est rien. J'ai trouvé que c'était une bonne idée. C'est Linden qui l'a proposée.

Est-ce que j'ai bien entendu ?

– Quoi ?

– Ouais, il m'a appelé il y a une ou deux semaines, il m'a dit qu'il avait une idée géniale pour ton anniversaire et qu'il avait besoin de mon aide. Il voulait utiliser mon appart parce que comme ça tu serais moins soupçonneuse, et j'ai trouvé que c'était super. C'est lui qui a eu l'idée. (Il se recule et me pince les fesses.) Mon cadeau à moi viendra plus tard, ne t'en fais pas, Bébé.

Je suis trop surprise pour prêter la moindre attention à cette promesse. C'était l'idée de Linden ?

Linden a fait tout ça… pour moi ?

Je m'écarte brusquement d'Aaron et je le regarde avec un regard neuf. Il n'est même pas jaloux ou honteux qu'un autre garçon ait préparé tout ça. En fait, je n'ai jamais vu Aaron être jaloux de Linden, pas une seule fois. J'aimais bien ça avant, mais maintenant, je commence à croire qu'un minimum de jalousie, c'est assez sain.

– Encore un peu de vin ? demande-t-il. (Il sort la bouteille du frigo et remplit mon verre avant que j'aie eu le temps de répondre.) À tes trente ans, espèce de cougar, dit-il en plaisantant.

Je lui lance un regard noir jusqu'à ce qu'il s'éloigne pour rejoindre les autres.

Je reste là une bonne minute, accoudée au comptoir, à boire mon vin à petites gorgées tout en tentant de comprendre.

Linden a fait ça pour moi. Je ne doute pas que, pour certaines personnes, ça ne signifie pas grand-chose que leurs amis leur organisent des fêtes tout le temps, et il est mon ami. Mais pour une raison inconnue, ça me touche profondément.

Je décide d'aller aux toilettes et, sur le chemin, je rentre pratiquement dans l'homme de la soirée. Linden.

C'est dingue comme, dès que mon corps effleure le sien, des nuées de papillons prennent leur envol dans mon ventre.

– Désolé, dit-il avec un sourire taquin.

Je saisis son avant-bras. J'aime les bons vieux avant-bras musclés chez les hommes, et le sien est exactement comme ça. Sa peau est encore bronzée de cet été, il est juste assez poilu pour paraître mâle sans ressembler à un gorille, il a ces phrases tatouées à l'intérieur (« Elle est folle mais elle est magique. Il n'y a aucun mensonge dans son délire ») et des muscles capables de fendre des bûches sans le moindre effort ou de vous maintenir par les hanches pendant qu'il vous baise par-derrière.

Je commence à penser que lui attraper l'avant-bras était une mauvaise idée. Je le lâche, et pour la première fois, je ne sais pas quoi lui dire.

– Linden…

Et je m'arrête en me mordant la lèvre comme une écolière débile. Ses yeux bleu foncé cherchent les miens. Ils peuvent être parfois si intenses, et j'ai peur de ce qu'il va trouver et de ce qu'il va en déduire.

– Est-ce qu'Aaron t'a dit ? demande-t-il prudemment.

– Ouais.

– Je ne voulais pas qu'il le fasse, dit-il sans me quitter des yeux.

– Pourquoi ?

– Je ne sais pas. Ça ne me paraissait pas correct. Je préférais que tu penses que c'était lui qui avait eu cette idée.

Je hoche doucement la tête.

– Pourquoi ?

Il déglutit, sa pomme d'Adam fait le yo-yo et je me prends à imaginer comment ce serait de le mordiller à cet endroit précis, juste une ou deux petites morsures. Je parie que ça a un goût de sauge et de testostérone. Il a les yeux rivés sur mes lèvres.

– Parce que je trouve que c'est le genre de chose que l'homme de ta vie devrait faire pour toi. Pas ton pote.

Je sens une chaleur intense envahir ma poitrine. Je ne sais pas si c'est dans ma tête ou quoi, mais quelque chose est en train de changer dans ce couloir sombre. L'air autour de nous devient électrique, comme avant une tempête d'été, et la tension est soudain assez épaisse pour nous étouffer. Je murmure :

– Mais alors, pourquoi l'as-tu fait ?

Quoi qu'il soit en train de se passer, j'ai peur qu'en parlant trop fort, ce quelque chose vienne à disparaître et que la magie s'évanouisse.

Il me regarde si intensément, il doit lui aussi le sentir. Il regarde mes lèvres comme s'il voulait les dévorer. Peut-être a-t-il autant envie d'y goûter que moi de le goûter.

Bien sûr, c'est impossible.

Mais il cherche à nouveau à atteindre mon visage.

Oh mon Dieu, pitié !

Avec toujours ce même regard, il glisse les doigts le long de mes pommettes et replace lentement mes cheveux derrière mes oreilles. Ma peau renaît à son contact qui m'électrise.

– C'est vraiment dommage pour notre pacte, murmure-t-il en faisant rouler mes mèches entre ses doigts.

Je suis bien contente de m'être pomponnée ce matin, parce que son sourire taquin au coin des lèvres me prouve qu'il apprécie.

Je tousse un peu pour m'éclaircir la voix en prenant enfin conscience de tout ce qui nous entoure – à quel point nous sommes proches l'un de l'autre, la façon dont il caresse mes cheveux, la façon dont je me perds dans ses yeux.

– Pourquoi ?

Il sourit tristement et enlève sa main. Mais il ne recule pas et continue à me dévisager.

– Tu as trente ans aujourd'hui. Et tu es en couple avec quelqu'un d'autre.

– Toi aussi. D'ailleurs, où est Nadine ?

Et je regrette immédiatement d'avoir posé question. À la simple mention de son nom, Linden se raidit.

– Elle n'a pas pu venir. Elle avait d'autres plans. Je suis désolé.

Pas moi. Elle n'avait pas pu venir non plus pour mon précédent anniversaire. Ok, elle était à l'hôpital, mais quand même. Il pousse un long soupir en passant sa main dans ses cheveux.

– Écoute Steph… dit-il en se rapprochant encore.

La chaleur entre nous augmente encore et la tension devient palpable.

– Qu'est-ce qui se passe ? demande une voix derrière nous.

Nous tournons la tête en même temps pour découvrir James debout dans le couloir, les bras croisés. Il n'a pas l'air content. En fait, on dirait qu'il veut nous tuer tous les deux.

Immédiatement, j'ai l'impression de faire quelque chose de mal. Peut-être parce qu'au plus profond de moi, c'est ce que je désire faire. Ou bien parce que James a l'air à la fois blessé et dégoûté.

– Rien, mon pote, répond Linden. Je souhaite juste un joyeux anniversaire à la reine de la soirée.

James continue de nous observer. Je fais volontairement un pas en arrière.

– Aaron m'a dit que c'était Linden qui avait eu cette idée. Tu sais, pour la surprise. Je voulais juste le remercier.

Linden me lance un regard assassin, et sur le moment je ne sais pas du tout ce que ça veut dire.

Alors James hausse les sourcils,

– C'était ton idée ?

Oh. Alors, comme ça, James aussi pensait que c'était celle d'Aaron. Je me demande bien pourquoi Linden ne lui a rien dit.

Linden lui lance un regard exaspéré.

– Ça ne vaut pas la peine d'en faire tout un plat. (Puis il me jette un regard rapide.) On se parle plus tard.

Et il retourne à la fête. Maintenant je suis seule avec James et je ne peux m'empêcher de penser à ce qui s'est passé entre nous, il y a exactement un an. J'espère vraiment qu'il ne va pas y faire allusion.

– De quoi parliez-vous ? me demande James.

Il essaie de prendre un air décontracté, mais il y a encore du soupçon dans sa voix. Il me dévisage si intensément que je lui demande :

– Qu'est-ce qu'il y a, James ?

– Je ne sais pas, dit-il en passant devant moi pour aller à la salle de bains. (Je me souviens tout à coup que j'étais venue pour ça.) Il m'a semblé qu'il s'agissait de bien autre chose que d'un simple remerciement.

Je lui jette un regard affolé.

– Bon, et alors ? Arrête d'être si bizarre.

– Je ne suis pas bizarre, rétorque-t-il, sur la défensive.

Je me rends compte qu'il gamberge à toute vitesse. Il pense à mon anniversaire de l'an dernier, j'en suis sûre.

– Bon, je lui lance avant qu'il ait la moindre chance d'amener le sujet sur le tapis.

Je sais que ça donnerait quelque chose du genre « t'es toujours aussi veinarde le jour de ton anniv' ». Nous n'avons jamais parlé de ce qui s'est passé cette nuit-là, et je veux que ça continue.

Je lui laisse la salle de bains, je fais demi-tour vers la cuisine où je me ressers de vin avant de regagner la fête qui bat son plein. Quand je le termine, je commence à me sentir tout à fait à l'aise avec l'idée d'avoir trente ans et je fais tout ce que je peux pour oublier le reste.

Je ne pense pas à James.

Je ne pense pas à Linden.

Enfin, j'essaie de ne pas penser à Linden. Mais quand, plus tard, je réalise qu'il a également concocté la playlist avec tous mes morceaux préférés (un maximum de Led Zeppelin), je ne peux plus m'en empêcher.

Je n'arrête plus de penser à lui.

Je ne peux m'empêcher de penser à notre pacte.

***

Le lendemain matin, je me réveille avec une sévère gueule de bois. Je n'imaginais vraiment pas passer la trentaine de cette façon, mais c'est ainsi. Avant, j'étais capable de m'enfiler une bouteille de blanc et quelques cocktails en plus sans être malade, mais c'est fini. Peut-être que les gueules de bois sont plus sévères quand on a trente ans. Le côté positif, c'est que je ne me réveille plus à côté de n'importe qui. C'est Aaron qui dort à poings fermés à côté de moi, il ronfle doucement. Je passe un moment à le contempler, les yeux vaseux, tout en essayant de me réveiller.

Il est vraiment super-beau. C'est comme si Dieu avait décidé de créer un homme spécialement pour faire de la planche à voile et porter des maillots de bain, et que c'était lui que j'avais rencontré. Il est bronzé et doux pratiquement partout. Il ne se décolore même pas, bien que ce soit la mode chez les mannequins hommes, parce que ses cheveux blond foncé sont généralement éclaircis par le soleil et ses poils ont des reflets dorés parfaits. Ses yeux verts attirent tous les regards, ils brillent avec l'éclat du jade.

Il a un charme fou, plein de décontraction. Il aime jouer. Il est plein de jeunesse et de possibilités. J'ai de la chance, beaucoup de chance.

Mais est-ce normal que je doive passer mon temps à me le répéter ?

Je me lève lentement et je vais à la salle de bains. Notre chambre est la seule qui ait la sienne dans la maison. Je m'asperge le visage à l'eau froide et j'examine ma tête quelques minutes avant d'avaler deux Advil. J'ai rangé quelques produits de beauté dans l'armoire à pharmacie, donc je me mets une crème hydratante teintée et je me passe une crème blush sur les joues et les lèvres. J'ai toujours aussi mauvaise mine.

Après avoir enfilé une chemise à carreaux et un short, je me fraye un chemin jusqu'en bas des escaliers. Surprise, tout le monde s'est endormi n'importe où, sur place. La dernière chose dont je me souvienne, c'est que j'ai expliqué à Penny à quel point j'aimais Michael Keaton dans *Batman*, avant que quelqu'un me porte jusqu'à mon lit.

Penny dort sur un des canapés, avec James à ses pieds, sur un tas de manteaux. L'autre canapé est occupé par Dan. Je ne vois pas Linden, et je me demande comment il a fait pour rentrer chez lui. Je ne me rappelle pas vraiment l'avoir vu partir, mais juste d'avoir ressenti une certaine déception quand il l'a fait.

Je dois dire que je suis un peu soulagée. Vu l'étrange tension qu'il y avait entre nous, ça aurait été bizarre s'il était resté dans le coin. Peut-être lui aurais-je parlé de Michael Keaton au lieu d'en parler à Penny, et que se serait-il passé ensuite ? À trente ans passés, cette bonne vieille Steph peut encore s'avérer redoutable.

À la cuisine, je prépare un énorme pot de café. J'en suis à ma première tasse, accompagnée de morceaux de bananes séchées, quand les autres refont surface. Ils se jettent tous sur moi comme des zombies, en tendant les bras vers les tasses de café tout en marmonnant des paroles incompréhensibles, le visage livide.

L'épais mascara de Penny a coulé sur ses joues, mais elle est la plus vaillante de la bande.

– Alors, quand est-ce qu'on va camper ? me demande-t-elle.

– Quoi ?

Mon esprit se remet lentement en marche, j'essaie de comprendre ce dont elle parle. Ça prend du temps.

– Hier soir, on s'est raconté à quel point on adorait le camping et combien ça serait chouette de faire une virée entre couples. (Elle regarde James.) Tu ne te souviens pas ?

Il hoche la tête tout en fronçant les sourcils, un peu comme moi. Je devais être sacrément bourrée pour parler camping.

Penny continue.

– En fait, j'étais en train d'y penser ce matin…

– Tu viens juste de te réveiller, lui rétorque James.

– Et je crois que j'ai l'endroit qu'il nous faut, poursuit-elle. Tu as déjà entendu parler de Sea Ranch, au sud de Mendocino ?

– Ouais, bien sûr.

Sea Ranch est une station balnéaire bon enfant au bord de l'océan Pacifique. Je ne m'y suis jamais arrêtée, mais j'y suis passée à plusieurs reprises quand j'ai emprunté la route n° 1[19].

---

19 Célèbre route qui longe la côte pacifique et relie, entre autres villes, Los Angeles à San Francisco.

– Une de mes collègues y possède un bungalow qu'elle loue, et je pourrais très facilement lui emprunter pour le week-end. Je pense que c'est assez grand pour nous tous. (Elle jette un coup d'œil rapide à Dan.) Toi excepté, Dan, parce que tu es célibataire et que je ne te connais pas. Mais tous les autres. Toi et Aaron, moi et James, et Linden et Nadine.

Dan hausse les épaules et se verse une tasse de café, apparemment ravi de ne pas faire partie de ce projet.

– Je ne sais pas, répond prudemment James, les cheveux en pétard.

– Oh, allez ! dit Penny, en lui donnant un coup de coude. Ça ne sera pas luxueux, mais tranquille et sympa.

– Mais ça n'est pas vraiment du camping, je remarque, moi-même pas très sûre d'en avoir envie.

– On est tous passés à autre chose, c'est comme ça que les adultes campent.

– Et le boulot ? demande James.

– Dan va te remplacer, pas vrai Dan ?

Et Dan le silencieux acquiesce.

– Mais la boutique de Stéphanie ? ajoute James.

Et il a parfaitement raison. Je suis seule, impossible d'embaucher quelqu'un pour me remplacer au pied levé. Non seulement, j'aurais sur les bras quelqu'un qui ne ferait sûrement pas l'affaire mais, en plus, je devrais lui confier la responsabilité du magasin. Hors de question.

– Désolée, lui dis-je. James a raison. Je suis ma propre employée, je dois travailler.

– Eh bien, ferme la boutique pour le week-end, répond-elle. C'est quand la dernière fois où tu t'es réellement arrêtée ? Même juste pour un week-end ?

J'essaie de ne pas y penser parce que je connais la réponse. Certains dimanches, je vais voir ma mère. En dehors de ça, je ne suis allée nulle part depuis un an. Toute une putain d'année.

– Je sais. Mais c'est comme ça. Le travailleur se fait toujours pigeonner.

Quelques jours plus tard, je suis sur le point de fermer la boutique quand je reçois un texto de Linden. Je n'ai pas eu de ses nouvelles depuis mon anniversaire, pas même le lendemain. J'ai appris que Nadine était venue le chercher pendant que nous faisions tous un karaoké, et je suppose qu'elle l'a surveillé de près ensuite.

Hé, Baby Blue. Penny vient de me demander si Nadine et moi voulions aller à Sea Ranch avec elle et James le week-end prochain. Je pense que tu devrais venir.

Voilà qui est nouveau. Je n'avais pas pensé une seconde qu'ils iraient quand même faire du camping sans moi.

Salut à toi, cow-boy. J'ai dit à Penny que je ne pouvais pas. Boulot.

Elle me l'a dit. Mais je pense quand même que tu devrais. Ferme la boutique pour le week-end. Ferme tard vendredi, comme ça, tu ne perds que le samedi.

Samedi, c'est le jour où il y a le plus de monde. Je vais perdre beaucoup d'argent.

Il n'y a pas que l'argent qui compte. Tu dois quand même vivre un peu.

Facile de dire ça pour toi.

Je sais, mais c'est moi qui ai choisi. Je savais que je devrais faire des sacrifices.

Tu vas finir par te rendre malade, Steph. S'il te plaît. Je suis inquiet pour toi. Tu as vraiment besoin de faire un break, de te reposer.

Il y a une pause, et je vois qu'il est en train d'écrire autre chose. Je retiens ma respiration en attendant. Ça arrive :

Ça me ferait vraiment plaisir que tu viennes. S'il te plaît. Tu me manques.

J'en ai le souffle coupé. Habituellement, Linden n'est pas comme ça. C'est un roc, solide, froid et tout sauf sentimental. Pas le genre à dire à quiconque qu'il lui manque.

Après ça, il n'écrit plus rien. Du coup, je sais qu'il attend ma réponse. Je n'ai pas vraiment le choix.

Ok, je réponds. Je vais fermer la boutique pour le week-end. Mais seulement parce que tu as raison, j'ai besoin d'un break.

C'est ce que j'avais envie d'entendre.

Je pousse un profond soupir en voyant le dernier client quitter la boutique les mains vides. C'est sûr, ça va me faire mal de fermer une journée, mais moins que si je travaillais jusqu'à me rendre malade.

Si seulement j'arrivais à dépasser ce sentiment de culpabilité, peut-être bien qu'une pause me fera beaucoup de bien, finalement.

Je me dépêche d'envoyer un message à Aaron pour le lui dire, sans même savoir s'il peut se libérer. Mais naturellement, il est libre. Il doit juste renoncer à une fête de plus. Le pauvre !

Donc, je vais finalement participer à cette virée en couples. Une boule d'angoisse me saisit tout à coup, et je réalise que ça n'a rien à voir avec l'idée de devoir fermer le magasin, c'est autre chose.

C'est presque comme si ce voyage n'était pas un simple voyage. Mais plutôt un week-end où tout, absolument tout, peut arriver.

CHAPITRE 9

Linden

– On est déjà arrivés ? On y est ? On y est déjà ?

– Oh mon Dieu, c'est si joli !

– Merde, il faut s'arrêter les gars. Les gars ! Des huîtres ! Il nous faut des huîtres ! James, pourquoi est-ce qu'on ne s'arrête pas ?

– Linden, rappelle-moi pourquoi déjà tu as refusé de nous amener en hélicoptère ? On aurait pu s'épargner cet interminable trajet de merde. J'ai l'impression d'être Chevy Chase[20] responsable d'une bande foireuse digne de *National Lampoon*[21].

Voilà comment Aaron, Nadine, Stéphanie et James se hurlent dessus pendant que nous remontons la côte vers Sea Ranch. Jusqu'à présent, le voyage a été merveilleux, plus encore que quand je l'ai fait par les airs. Mais la route est longue, sinueuse et fatigante, elle longe le bleu profond de l'océan Pacifique à la rencontre des collines

20 Acteur et humoriste américain.

21 Le *National Lampoon* (ou « Parodie nationale ») était un magazine mensuel humoristique, ensuite décliné à la TV et à la radio.

balayées par les vents dans les environs de Sea Ranch.

Nous n'avons pas beaucoup de chance avec le temps, mais il fallait s'y attendre. Sur la côte, la fin octobre peut être ensoleillée ou brumeuse. Nous avons à peine le temps de décharger nos valises de la voiture pour les ranger dans le petit bungalow au pied de la falaise qu'un brouillard à couper au couteau nous enveloppe.

– Putain, ça caille !

Steph jure quand le vent glacé lui fait dresser les cheveux sur la tête. Et son nez devient tout rouge, c'est vachement mignon.

– Heureusement qu'on ne campe pas sous la tente ! hurle Penny en serrant sa veste en cuir contre elle pendant qu'elle se précipite pour décharger la voiture.

Ma propre veste en cuir, merci Stéphanie, me tient bien chaud, même si j'ai l'impression de plonger dans un épais nuage d'hiver.

Je suis tenté un instant de l'enlever pour en envelopper Steph, mais Aaron sort de la maison au même moment et lui annonce qu'il va s'occuper du reste des bagages. Pendant un court instant, je suis impressionné, parce que c'est bien la première fois que j'entends ce petit con dire quelque chose de courtois, mais ça ne dure pas.

Je trouve toujours que ce n'est pas le compagnon qu'il lui faut et je crois bien que ce week-end va confirmer mon sentiment. Je ne sais pas pourquoi ça me tracasse. Je ne peux absolument rien y faire.

Une fois que nous avons rentré toutes nos affaires, c'est la bagarre pour le choix des chambres. Aaron en prend une tout de suite. Je suis sur le point de m'approprier l'autre, quand je me dis qu'il serait normal qu'elle revienne à Penny et James. Après tout, c'est elle qui a organisé notre week-end. Le bungalow appartient à une de ses collègues qui nous le prête pour le week-end. Nadine se met à ronchonner.

– Je ne peux pas dormir dans un canapé, gémit-elle en montrant ce qui ressemble à un clic-clac très confortable, sous un Velux qui donne sur l'immensité du Pacifique enveloppée de brouillard. Mon dos.

Elle a parfois mal au dos. Ses douleurs sont apparues après qu'elle s'est fait enlever l'appendicite, je n'ai donc aucune raison de croire qu'elle nous baratine pour obtenir ce qu'elle veut. Vous savez, comme pour éviter de laver la vaisselle ou de descendre les poubelles, voire d'aller au boulot. Je ne compte plus les fois où je suis parti bosser alors qu'elle restait à la maison. Bien entendu, ça a foutu le bordel dans notre boîte de charters, parce qu'elle est *ma* petite amie et qu'ils ont dû embaucher une réceptionniste remplaçante.

En fait, Nadine ne voulait pas venir.

Quand nous nous sommes rencontrés, elle était baroudeuse et hyper-sportive. Nous sommes souvent partis en voiture pour aller randonner ou faire des descentes en kayak, nous nous étions même inscrits à un cours d'escalade hebdomadaire à notre salle de gym. Mais, ces deux derniers mois, elle s'est mise à changer.

J'aimerais pouvoir dire que c'est pour le meilleur, mais non, c'est pour… le pire. Elle me soupçonne tout le temps, contrôle ce que je fais, surtout quand ça implique la présence d'une autre femme, et encore plus s'il s'agit de Stéphanie. Là, elle a le trouillomètre à zéro. Elle me prend la tête avec notre avenir commun, et plus cet avenir approche, moins je suis sûr de vouloir le vivre.

Pourtant, j'ai envie que ça marche entre nous. Je ne veux pas avoir perdu tout ce temps pour rien. Je suis arrivé à un âge où on est censé avoir trouvé l'âme sœur. Putain, en dehors de mon groupe d'amis intimes, tout le monde est marié et a déjà des enfants. Je ne veux pas rompre avec Nadine pour m'apercevoir ensuite qu'on aurait pu continuer ensemble, que c'était juste un mauvais moment à passer, qu'elle aurait pu redevenir comme avant, à l'époque bénie où nous étions heureux. Je ne veux pas laisser tomber.

Sans avoir une bonne raison pour ça.

Mes yeux se posent sur Stéphanie et je sais ce qu'elle va répondre aux jérémiades de Nadine. J'ai envie de lui dire que non, elle n'a pas besoin de faire ça.

– Pas de problème, dit Stéphanie à Nadine en souriant. Aaron et moi pouvons très bien dormir sur le canapé, il n'y a aucun problème.

Et même si c'est Aaron qui avait choisi la chambre, il n'a pas l'air d'y tenir outre mesure.

Il se contente de hausser les épaules de façon très décontractée et ajoute :

– Ouais, pas de « blème », mec.

– Merci, fait Nadine sans la regarder en face.

Stéphanie sait que Nadine ne l'aime pas. J'aimerais lui expliquer que Nadine est jalouse de notre relation privilégiée et que quels que soient les efforts qu'elle peut faire pour être gentille avec elle, ça n'y changera rien.

Le truc marrant, c'est que Stéphanie s'en fout un peu. Elle veut juste que les gens l'apprécient. C'est un truc que j'ai remarqué chez elle au fil des années, une habitude dont elle n'arrive pas à se débarrasser. Elle se fait confiance pour tout un tas de choses, mais elle a sans cesse besoin qu'on la rassure dans ses choix. Parfois, j'ai envie de la prendre entre quatre yeux pour lui expliquer qu'elle n'a pas besoin de jouer le rôle de la fille parfaite par procuration, qui prend la place de son frère disparu, ou celui de la meilleure femme d'affaires du quartier, ou de la plus jolie fille du coin. Elle est déjà tout ça et bien plus encore, et sa propre approbation est la seule qui compte.

Je cherche son regard, mais elle est occupée à étaler son sac de couchage sur le canapé. Elle se jette dans les coussins et rebondit en souriant à Aaron comme pour lui signifier que le canapé est le meilleur choix qui soit. Ses seins, qui sont plus spectaculaires de jour en jour, tressautent légèrement, et je baisse vite les yeux avant que quiconque ne remarque mon regard. Une fois que nous

nous sommes tous installés, nous nous retrouvons autour de la grande table de cuisine pour fêter ça avec du vin et de la bière. Il fait déjà nuit, nous n'avons pas pu quitter la ville avant dix-sept heures trente parce que Stéphanie devait fermer sa boutique. L'épicerie la plus proche est à Gualala, à dix minutes environ, mais personne n'a envie de sortir dans cet épais brouillard glacé. Heureusement, on a tous grignoté sur la route, et nous nous contentons des pots de sauce maison de Nadine avec des paquets de chips.

Pour une raison incompréhensible, peut-être parce que nos trois couples n'ont pas l'habitude de se retrouver ensemble comme ça, c'est un peu bizarre d'être assis à cette table pour picoler. D'habitude, James et moi savons très bien rompre la glace, mais là, il est étrangement calme. Peut-être est-il juste fatigué, ou inquiet. Il laisse rarement le bar tout un week-end et je sais qu'il pense à son personnel à qui il l'a confié.

– Que diriez-vous d'un strip-poker ? je suggère soudain.

Nadine fait les gros yeux.

– Personne n'a envie de te reluquer tout nu.

– Pardon ?

C'est nouveau.

– Si, moi, j'ai envie ! lance Jenny, impétueuse.

– Je souris en penchant ma bière vers elle.

– Ça, c'est sympa, merci Jenny.

– Tu n'as rien à craindre, dit Stéphanie à Nadine avec un sourire désabusé. Linden est un maître au poker. C'est lui qui va te déshabiller.

Nadine n'a pas l'air heureuse pour autant. Je sais pourquoi. Elle pense qu'elle devrait mieux me connaître que Steph.

– Je suis pour ! dit James en cherchant parmi les jeux de société empilés sur l'étagère qui jouxte la cheminée. Ou alors on tente un Monopoly ?

– Seulement si tu veux qu'on s'engueule tous, lui répond Penny sous un murmure d'approbation collectif.

Tellement de querelles entre amis ont été initiées par les mouvements de ces petites maisons en plastique.

Je hausse les sourcils en lançant à Steph :

– Dommage qu'il n'y ait pas de jeu de *Happy Days*.

Elle attrape un fou rire. Quand nous avions vingt-trois ou vingt-quatre ans, elle s'était cassé la cheville et avait dû garder le lit un certain temps. J'avais passé avec James et elle plusieurs nuits par semaine pendant lesquelles nous nous étions enfilé toutes les saisons de *Friends* que nous avions déjà regardées religieusement quand nous étions ados. Un de nos épisodes préférés, c'était celui dans lequel Joey suggère de faire un strip-*Happy Days* parce qu'ils n'ont pas de cartes à jouer.

Hélas, James a trouvé des cartes. Il les jette sur la table en manquant de renverser une bière et nous regarde en disant :

– En fait, on est un peu comme dans *Friends*. Trois filles, trois mecs. La plupart d'entre nous sont de vrais potes.

– On sait tous que Steph et James ont eu une aventure quand ils étaient encore jeunes et stupides, poursuit Penny sans être gênée le moins du monde. (Elle leur lance son grand sourire aux dents du bonheur et se tourne ensuite vers moi, les yeux brillants.) Et toi Linden ? Tu y es passé aussi ?

Normalement, quand quelqu'un remet en cause le caractère platonique de ma relation amicale avec Steph, je m'en sors facilement en riant. Mais là, ce soir, c'est vachement bizarre. Je sens les yeux de Nadine qui me sondent, Steph rougit en détournant le regard et James a le même regard assassin que quand il nous a surpris, Steph et moi, en train de discuter pendant sa soirée d'anniversaire.

– Tu veux dire avec James ? j'arrive à lancer en plaisantant.

Une vanne facile.

Penny n'est pas impressionnée pour autant.

– Non, bien que je me pose des questions parfois sur vos tête-à-tête au milieu de la nuit, dit-elle en agitant son doigt dans la direction de James, avant de se tourner à nouveau vers moi. Vous n'êtes jamais sortis ensemble, Stéphanie et toi ?

– Non, dis-je en me donnant une contenance. Elle est bien trop moche.

– Ta gueule ! me renvoie Steph. Même pas en rêve !

Ok, maintenant je suis tenté de jouer à ce petit jeu avec elle.

– Ah bon ?

Steph pointe son menton en direction de Penny.

– On n'est jamais sortis ensemble. J'ai quand même certaines exigences, moi.

– Aïe ! (J'en rajoute en me tenant la poitrine de façon mélodramatique.) « Cuts like a knife[22] ».

– J'aime bien Bryan Adams, remarque Aaron. Tu m'étonnes !

– Peut-être que tu n'es pas son genre, lance sournoisement Nadine. Tu n'as jamais pensé à ça ?

Steph entrouvre alors brièvement la bouche, mais parvient à la refermer sans prononcer un mot. Ma petite amie a réussi à montrer qu'elle tient à moi, tout en instillant une nuance vacharde dans ses paroles.

– Je ne suis absolument pas son genre, dit doucement Steph avant d'avaler une gorgée de vin, comme si elle voulait y noyer ce qu'elle pourrait ajouter.

Je croise son regard et il se passe quelque chose entre nous, quelque chose qui ressemble à des excuses de ma part concernant Nadine. Je regrette aussi de ne pas pouvoir lui dire qu'elle est tout à fait mon genre. Mon seul et unique genre. À la place, je me concentre sur le jeu de cartes.

– Eh bien, ça aurait pu être potentiellement louche.

James renifle, mais je l'ignore.

– Alors, pourquoi ne pas rendre les choses encore plus louches en faisant un petit strip-poker ?

22 Ce titre d'un morceau de Brian Adams est un jeu de mots intraduisible, qui signifie : « Ça fait mal comme un coup de poignard ».

– Hors de question, dit Nadine. Nous sommes tous adultes, nous ne devrions plus jouer à des jeux de société.

– Ce n'est pas parce que tu es une « adulte » que tu dois renoncer à t'amuser avec des « jeux de société », lui répond Steph. Putain, moi je n'ai pas l'impression d'avoir trente ans. Et pourtant, je viens de les avoir. J'ai l'impression d'en avoir vingt-cinq. En fait non, j'ai plutôt l'impression d'avoir un âge indéterminé. Et c'est super. Je détesterais me sentir de mon âge si ça devait signifier que je ne puisse plus m'amuser.

– Tu dirais sûrement autre chose si tu avais des enfants, lui répond Nadine.

Steph se met à rire.

– Non. Ce n'est pas parce que je suis une des seules filles que je connaisse qui n'ait pas encore d'enfants que je suis plus immature que les autres. L'âge ne veut plus dire grand-chose de nos jours. Trente ans, c'est comme vingt auparavant, quarante ans ce sont les nouveaux trente ans, et ainsi de suite. Nous sommes simplement des êtres humains qui apprennent à tout âge. (Puis elle fait une pause pour reprendre sa respiration.) Je suis très différente de celle que j'étais il y a dix ans et, pourtant, il y a beaucoup de choses qui ne changent pas. Mon cerveau est le même, mes pensées aussi parfois. Je suis sûre que dans vingt ans, je repenserai à mes trente ans en me disant que d'une certaine façon, je n'ai pas grandi. Et je suis certaine qu'il me semblera que je n'étais qu'une sorte de grand enfant.

– Nous ressentons tous la même chose, lui assure Penny. J'ai trente-trois ans et je ne me comporte pas comme quelqu'un de cet âge-là. C'est ainsi. Et ça n'a rien à voir avec le fait que je n'aie pas d'enfants ou que je ne sois pas mariée.

– Et ce n'est pas comme si toi, tu en avais, dis-je à Nadine, en pointant l'évidence, gêné que je suis par la façon dont elle harcèle Steph.

Elle me jette un regard lourd de sous-entendus.

– Pas encore.

Oh putain de merde !

– Super, maintenant ça devient vraiment glauque, dit James en jubilant.

Je suis totalement d'accord avec lui. Nous attrapons tous nos verres, et c'est grâce à ce tête en l'air d'Aaron (qui n'a pas arrêté de fredonner « Cuts of the Knife ») que la tension redescend quand il demande ingénument :

– Ok, alors on joue au Monopoly ou pas ?

Une fois n'est pas coutume, je me surprends à répondre que c'est une excellente idée, et bientôt nous nous retrouvons tous dans la peau de ces requins de promoteurs immobiliers. Comme la plupart des parties de Monopoly, celle-ci se prolonge pendant des heures. Penny est la première à être lessivée, elle se contente alors de boire des coups et de commenter la stratégie des autres. Nadine est la première à abandonner.

– Je vais me coucher, annonce-t-elle en se levant et en étouffant un bâillement.

Je regarde toutes les maisons qu'elle a alignées sur ses terrains et sa pile énorme de billets colorés.

– Mais c'est toi qui gagnes. On dirait Donald Trump !

– Je suis fatiguée, répond-elle brusquement, tout en bâillant à nouveau.

Elle a vraiment l'air fatiguée. Ses cheveux cuivrés contrastent avec sa peau très pâle. Il doit bien être onze heures du soir.

– Est-ce que je peux reprendre tes immeubles ? Je veux dire, comme dans la vraie vie…

– Mais c'est la vraie vie. Et tu viens te coucher. Maintenant, Linden.

Et elle lance un regard noir à Steph en appuyant sur ce dernier mot.

Ça me dérange toujours qu'elle me donne des ordres, et plus particulièrement devant mes amis. Je sais que c'est sans doute un peu macho d'avoir ce genre de fierté mal placée, sans doute ai-je hérité ça de mon père.

Je sens qu'ils me dévisagent tous, ils se demandent si je vais me lever et suivre ma compagne. Je déglutis et je la fixe, droit dans les yeux.

– Moi, je ne suis pas fatigué. Je vais rester un peu. Je te rejoins plus tard.

Je soutiens son regard. Je ne suis pas du genre à m'écraser, mais franchement, elle rend les choses difficiles. Sa mâchoire inférieure est tellement crispée que je suis certain qu'elle va me mordre.

– Très bien, finit-elle par dire, et elle quitte la pièce.

À sa décharge, elle s'abstient de claquer la porte.

James me regarde, l'air de dire « mais qu'est-ce qui lui arrive ? » Ces derniers temps, Nadine et moi ne l'avons pas vu beaucoup, il n'a donc pas été témoin de la détérioration de notre relation.

C'est la fin, non ? Putain, je n'en sais rien, en fait. J'attends la fin de la partie et je me prends la tête entre les mains pour tenter de réfléchir.

Mais je suis trop bourré pour y parvenir.

Quand je relève la tête, je m'aperçois que Steph m'observe. Elle ne détourne pas le regard. Je n'arrive pas à lire dans ses pensées, même à travers ses immenses yeux bleus qui me supplient d'essayer de la comprendre. Peut-être qu'elle a pitié de moi, qu'elle me plaint d'être en couple avec quelqu'un comme Nadine. Ou peut-être qu'elle se rend compte à quel point tout ça me rend malheureux.

Ou c'est peut-être autre chose. Du regret. Elle éprouve peut-être des regrets pour elle et moi.

Je sais que c'est un vœu pieux, mais c'est ce que j'ai envie de croire.

Je veux qu'elle réalise qu'elle et moi ne sommes pas avec la personne qu'il nous faut.

Et si elle s'en rend compte, je veux qu'elle réalise qu'il n'est pas trop tard.

Ou bien est-il trop tard ?

***

Le lendemain matin, quand nous nous réveillons, le soleil perce les nuages, c'est la promesse d'un jour meilleur.

Particulièrement pour moi, parce qu'au petit matin, Nadine s'est fait pardonner son comportement de la veille. Il est difficile de refuser une bonne pipe, et plus encore des excuses qui viennent du fond du cœur. Elle ne s'est pas vraiment étendue là-dessus, mais nous avons tous les deux notre fierté.

Malheureusement, bien que le brouillard se soit dissipé et qu'un beau soleil brille sur le Pacifique, la bonne humeur ne dure pas. Stéphanie et Penny veulent aller faire des courses à l'épicerie, à Gualala, et je propose de les accompagner. C'est un peu loin, et sans doute suis-je un peu trop protecteur envers les filles.

Nadine ne veut pas venir, et c'est là que commencent les problèmes. Elle ne veut pas y aller et pense que, du coup, je ne le devrais pas moi non plus.

– Pourquoi est-ce que tu veux tout le temps être avec elle ? me demande-t-elle dans un murmure alors que Penny et Steph quittent la pièce.

J'ignore le sentiment de culpabilité qui m'assaille.

– Ça n'est pas ça du tout.

– Tu sais, en général, les garçons ne sont pas copains comme ça avec les filles.

Je plisse les yeux

– Comme *quoi*, exactement ?

Elle me regarde fixement un instant, puis détourne le regard.

– Rien. Vas-y. Amuse-toi bien.

Je prends le volant, c'est moi qui suis le plus habitué à conduire le 4x4 de James. Steph s'assied à mes côtés et Penny monte à l'arrière. Elle passe sa tête à travers la vitre, comme un chien fou avide de soleil.

Pendant un court instant merveilleux, j'ai l'impression qu'il n'y a plus que Steph et moi au monde. Je peux même imaginer que Penny n'est pas là. Il n'y a plus que le beau visage de Steph qui dodeline et ses grands yeux curieux qui scrutent les collines autour de nous. Dans une autre vie rêvée, j'aurais stoppé la voiture et je l'aurais baisée au milieu des champs, en laissant la côte sauvage nous posséder et révéler ainsi tous nos désirs secrets.

Mais ceci n'est pas un rêve, et mes fantasmes doivent rester des fantasmes.

Nous restons plus longtemps que prévu à Gualala. L'endroit n'a rien de particulier, c'est juste un conglomérat de bâtiments de part et d'autre de la route n° 1, mais il s'en dégage cette atmosphère de tranquillité désuète qu'ont la plupart des villages de cette côte balayée par les vents. Nous achetons de quoi préparer un dîner, deux déjeuners et un petit déjeuner, plus une provision de bières et d'amuse-gueules, avant de pousser plus loin. La plupart des magasins sont fermés pour l'hiver.

J'ai à peine petit-déjeuné, vu que nous n'avions que du pain et du beurre. Penny commence elle aussi à se plaindre de la faim quand nous tombons sur le « Restaurant de Bones ». Nous y dévorons quelques tranches de poitrine fumée arrosées de bière. Même à travers les fenêtres sales, mouchetées de sel, la vue sur les maisons et les falaises qui dominent l'océan est splendide. Du coup, nous ne nous rendons absolument pas compte du temps qui passe. Lorsque nous rentrons au bungalow, l'atmosphère a légèrement évolué. Les sacs bourrés de provisions et les packs de bière que nous déposons sur le comptoir de la cuisine semblent satisfaire Aaron, qui se met à fouiller dedans comme un écureuil affamé, mais James et Nadine sont très énervés.

– Qu'est-ce qui vous a pris si longtemps ? demande James.

J'ai d'abord pensé qu'il parlait à Penny, mais en fait il s'adresse à moi.

– Nous avons mangé un morceau, j'explique dans un haussement d'épaules, sans comprendre pourquoi il est tellement en colère.

Est-ce que c'est parce que sa petite copine était avec nous ?

– Vous auriez pu prévenir.

Il me regarde en coin, comme si je mentais.

– D'accord Maman ! Mais il n'y avait aucune réception de prévue ici. Putain. On vous apporte à boire et à manger, alors servez-vous et arrêtez de faire chier.

Il tend la main et attrape une cannette de bière, comme si sa réaction était normale.

– Je me renseigne, c'est tout.

Pendant tout ce temps, Nadine est restée muette, ce qui est assez terrifiant. Je sais qu'elle peut péter un câble d'un instant à l'autre. Je sais également qu'elle ne le fera pas tant que les autres sont là.

Alors moi aussi, je me prends une bière et je m'installe sur un tabouret avec la ferme intention de ne plus jamais en descendre.

Je supporte son silence pendant une heure environ. Aaron fait griller des hot-dogs pour lui et James. Mais je finis par avoir besoin d'aller aux toilettes, après avoir ingurgité deux bières. J'attends que Nadine soit en train de bavarder avec Penny dans la cour, leurs visages tournés vers le soleil, pour me lever. Je peux pisser très rapidement. Vous apprenez ce genre de truc quand vous grandissez avec un frère comme Bram qui passe des heures à la salle de bains, mais la voilà, main sur la hanche, sa chemise rose et blanche nouée à la taille, ses cheveux roux tirés en arrière, qui m'offre un mélange de mine renfrognée et d'air dédaigneux.

– Hé Bébé ! je lui lance, avec mon plus beau sourire.

Ça l'énerve encore un peu plus. Elle me lance assez fort que je l'évite, que j'agis comme si elle était devenue un fardeau pour moi et que je ne lui montre aucun respect. Je ne sais pas ce qui est faux dans tout ça, mais il doit y avoir du vrai. Et du coup, je me sens très merdeux. Et je ne proteste pas trop.

– Il faudra qu'on parle en rentrant, m'assène-t-elle en faisant demi-tour.

Sa queue de cheval manque me gifler.

Je ne peux pas le nier. Nous devons avoir une discussion, même si je ne sais pas où ça va nous mener ni ce que je vais dire. Je me demande combien de temps encore je vais pouvoir vivre dans le déni.

Ce que je sais, c'est que j'ai besoin de m'évader un moment. J'attrape une autre bière et je sors. Mes pas me mènent le long d'un petit sentier caillouteux, à travers des champs remplis de graminées et de fleurs sauvages à moitié mortes, jusqu'à une dune où l'herbe atteint mes genoux et le vent me soulève presque. Me voilà sur une large bande de sable gris qui semble infinie et se perd dans la brume océanique, comme une apparition.

Je m'assieds sur un rondin et j'ouvre ma cannette. J'entre dans un état de quasi-méditation en regardant les vagues mourir les unes après les autres sur le rivage. Leur bruit, leur force, tout me relaxe et me pose là où j'ai envie d'être.

– Est-ce que je vais au-devant de problèmes si je te dérange ?

Une voix connue rompt le silence de mes pensées éthérées.

En levant les yeux, j'aperçois Stéphanie à côté de moi. Le soleil tombe à l'horizon derrière elle. Elle est nimbée de lumière et irradie comme un ange. Je ne peux m'empêcher de sourire en voyant ça.

– Probablement. (Je lui fais signe de la tête de s'asseoir à côté de moi.) Qu'est-ce que tu fais par ici ?

Elle lève la main pour me montrer son smartphone.

– Je prends des photos. Tu sais, pour le magasin. Pour me donner des idées pour mes futures vitrines.

Elle s'assied et se met à regarder ses photos. Je contemple la sélection de coquillages et de flaques d'eau qui défile sur son écran, puis je me mets à détailler son profil autour duquel des mèches de cheveux bruns volettent au vent. Je crève d'envie de les repousser derrière ses oreilles pour pouvoir mieux l'observer.

Elle est tellement belle. C'est une femme extraordinaire. En un sens, c'est bizarre de penser ça alors que je la connais depuis que nous avons vingt-trois ans. Nous étions encore des mômes, elle et ses cheveux bleus et moi et ma connerie. Maintenant, elle est dans sa plénitude, avec de véritables courbes que vous avez envie de serrer entre vos mains et un visage plus ciselé et plus paisible qu'alors. Chaque jour, chaque année semblent l'avoir fait évoluer vers la personne qu'elle est aujourd'hui, cette femme assise à mes côtés. Je n'arrive pas à croire qu'elle fait partie de ma vie depuis si longtemps.

Elle lève les yeux vers moi en les plissant à cause de la lumière.

– Tu en penses quoi ?

Je sais qu'elle parle des photos, mais je réponds :

– Je pense que j'ai de la chance de te connaître depuis si longtemps.

Elle se recule légèrement en souriant.

– Vraiment ? fait-elle.

– Vraiment.

– C'est surprenant.

– Pourquoi ?

Elle hausse les épaules.

– Je ne sais pas. Parfois je me demande si tu te rends compte de la chance que tu as.

Je fronce les sourcils et elle continue :

– Je ne parle pas de moi. Je veux dire, tu sais, ta vie. Tout quoi.

– Et ma copine ?

C'est une question piège.

Elle frotte ses mains l'une contre l'autre et se penche pour jouer avec le sable en le faisant couler entre ses doigts.

– Peut-être. Si tu es heureux, alors tu as de la chance.

– Et si je ne suis pas heureux ?

Elle s'arrête pour réfléchir.

– Alors, tu peux changer.

– Je ne suis pas sûr de le vouloir.

Elle lève les yeux vers moi.

– Je sais que Nadine ne m'aime pas. Mais je sais également que je vous vois très rarement ensemble. Et toi et moi… eh bien, j'ai été très occupée. Toi aussi. Je ne sais pas vraiment ce qui se passe dans ta vie. Je ne sais pas comment elle est avec toi. Nous avions l'habitude de parler de ce genre de trucs ensemble… mais maintenant, j'ignore tout de votre relation. Ce que je sais, par contre, c'est qu'il ne faut pas juger les gens trop vite. Certaines personnes peuvent sembler être de vraies salopes alors qu'elles s'avèrent pleines de compassion, gentilles et loyales envers ceux qu'elles aiment. Si Nadine est comme ça avec toi, je ne peux pas le savoir, et ça explique pourquoi tu es encore avec elle.

Une fois qu'elle a fini, elle se remet à regarder l'océan.

– Ou peut-être que je parle de trucs qui ne me regardent pas.

– Non, je lui réponds doucement. Ça a du sens. Mais… je ne sais pas quoi répondre à ça. J'espère simplement que c'est une phase passagère, tu vois. Une phase difficile. Et que nous nous en sortirons. Je sens que… à un moment, on doit être prêt à arrêter de jouer et à devenir sérieux. Que quand quelqu'un entre dans ta vie, tu dois savoir si c'est pour longtemps ou pas.

À ces mots, elle semble se tétaniser.

– Tu es sérieux à son propos, le mariage et tout et tout ? demande-t-elle doucement.

– Non, je me surprends à lui répondre.

Et je ne peux pas revenir dessus, parce que c'est l'entière vérité.

– Même si tu te rends compte que ce n'est qu'un mauvais moment à passer ?

Je prends une profonde inspiration, comme si j'avais un poids énorme sur la conscience, une grande décision à prendre.

– Je ne sais pas, je lui réponds en me relevant. (Je ressens le besoin de m'éloigner d'elle et du tour que prend notre conversation.) Mais je sais que tout irait mieux si les choses avaient pris un tour différent. (Je déglutis et je la regarde dans les yeux.) Pour nous deux.

Et je la laisse sur le rondin, sur la plage, avec le vent dans ses cheveux, avant de faire quelque chose que je pourrai regretter.

CHAPITRE 10

Stéphanie

– Si je te donne un penny, tu me dis à quoi tu penses ? demande Aaron avant d'éclater de rire. (Il regarde Penny en tombant quasiment à la renverse sur la table de pique-nique.) Désolé Penny, on a dû te la faire souvent, non ?

– Pas autant que ça, répond-elle d'un air désabusé, et je vois bien qu'elle se dit qu'il est complètement débile.

Je dois reconnaître que je suis assez souvent d'accord avec elle.

Nous sommes tous assis dehors autour de la table, devant un feu d'enfer. Il fait nuit, la bière et le vin coulent à flots, les restes du pique-nique sont dispersés un peu partout. Le vent s'est mis à souffler fort par intermittence, et dès qu'on s'éloigne du foyer, on ressent immédiatement la morsure du froid de cette fin d'automne qui vient du Pacifique.

Je devrais être parfaitement détendue, je suis dans mon élément. J'adore l'océan. J'aime l'effet régénérant, apaisant de ses vagues, la façon dont elles vous nettoient à chaque fois. J'aime sentir le vent dans mes cheveux et l'air frais dans ma poitrine, et cette impression presque irréelle de bonheur et de liberté qu'on ressent quand on est dehors sous la voûte céleste piquetée d'étoiles.

Mais je ne suis pas détendue, pas le moins du monde. J'avais cru que pendant tout le week-end, je serais distraite par le boulot, par la culpabilité d'avoir fermé boutique et par le manque à gagner que ça représente. Mais ça ne m'a pas traversé l'esprit une seule seconde. Enfin presque.

Au lieu de ça, j'ai l'esprit accaparé par Linden. J'attends le moindre geste, le moindre signe, le moindre mot qu'il m'adresse. Voilà pourquoi, pour rien au monde je ne raconterais à quoi je pense à Aaron, même si, pour la peine, il me donnait une pièce d'un penny ou un tas de dollars. C'est mal, j'ai tort, mais je n'y peux rien. Je ne peux plus regarder mon meilleur ami en face.

Parfois, quand lui me regarde, je parierais que quelque chose a changé en lui. Son regard est plus intense, plus lourd et plus acéré. Sexuel.

Et j'aime ça. J'adore ça. Je désire ça. Je désire ce changement, parce que peut-être ainsi je vais réussir à agir. Peut-être vais-je saisir ma chance et en faire autre chose qu'un simple copain.

Mais voilà où est le problème. Comment être sûre que quelqu'un ressent la même chose que vous sans le lui dire ? On n'est plus au lycée. Je ne peux pas passer le message à James et lui demander de se renseigner. D'abord, j'ai l'impression que James est un peu jaloux de notre relation, en outre, je sais que jamais il n'accepterait de jouer ce rôle.

Et si j'avoue à Linden ce que je ressens sans que ce soit partagé, ça va foutre en l'air notre amitié. Tout ce que nous avons en commun, sans parler de nos relations communes.

À bien y réfléchir, je ne suis pas sûre de pouvoir faire le premier pas. Je dois sans doute m'imaginer ce que j'ai envie de croire, je vis dans un monde fantasmé. La réalité est toute différente.

Ma réalité à moi, c'est Aaron, ce tendre et idiot Aaron à la peau dorée, aux mèches décolorées et au style d'éternel estivant. Quant à la réalité de Linden, c'est Nadine…

Et je ne trouve rien de positif à dire sur cette fille, donc je me tais. Mais je me demande si Linden va rester avec elle, s'il s'avère qu'elle le rend malheureux. Je n'arrive toujours pas à croire qu'il me l'ait presque avoué. Jadis, nous discutions ensemble de nos histoires d'amour, mais tout a changé l'année dernière. À présent, c'est devenu totalement impossible, ce qui accroît la distance entre nous.

Ce n'est pas que j'aie envie de l'entendre me parler de lui et Nadine, surtout s'ils sont heureux ensemble. Et je ne veux surtout pas entendre parler de leur vie sexuelle. Linden est connu pour être extrêmement branché par ça, et pas plus tard que ce matin, j'ai entendu des bruits de baise qui venaient de leur chambre et qui se sont terminés par un gémissement de Linden, ce qui m'a complètement chamboulée, au point que j'ai dû courir à la salle de bains avant de tremper mes sous-vêtements.

Bien que je n'aie pas envie d'entendre parler de leur relation, j'aimerais qu'il soit heureux. Qu'il soit bien. Je voudrais me sentir à nouveau proche de lui. Et je suppose, savoir également s'il a jamais pris au sérieux tout ce truc à propos de notre pacte. Je me demande si ça sera encore d'actualité si nous nous retrouvons seuls tous les deux, à trente ans passés. Si je me sépare d'Aaron et lui de Nadine, est-ce que ça signifie que notre pacte peut encore être honoré ?

Envisagerait-il encore sérieusement de m'épouser ? Et moi, pourrais-je l'envisager ? Pourrions-nous au moins baiser ensemble avant de savoir ce qu'il convient de faire ?

Parce que ça, ça me paraît être le meilleur des pactes.

– La Terre appelle Stéphanie, me lance James en passant sa main devant mes yeux.

Il est assis en face de moi, Jenny et Linden sont installés à ses côtés. Aaron est à côté de moi, puis vient Nadine, en face de Linden. Leur bout de table semble un peu coincé, ce qui est à l'image de leur relation. Pourtant, la plupart du temps, j'ai évité tout contact visuel avec Linden. Depuis que nous sommes allés ensemble à Gualala, elle nous surveille comme le lait sur le feu. Je m'étonne qu'elle ne nous ait pas espionnés quand nous étions sur la plage.

– Désolée, j'ai un peu la tête dans les nuages.

– Tu penses au boulot ? me demande-t-il gentiment.

– Ouais.

Je n'aime pas mentir à James, mais pour l'instant c'est plus simple comme ça.

Penny se penche sur la table et lance :

– Si on jouait au jeu Action ou Vérité ? Vous êtes d'accord ?

Je hausse les sourcils en avalant une gorgée de trop de ma bière.

– Écoute, je sais que ça n'a rien à voir avec l'âge, mais…

– Oh, ce serait rigolo ! répond-elle.

Tout paraît amusant à Penny. J'espère vraiment que ça durera entre elle et James. Ils feraient des mariés vraiment rock and roll.

Je hausse les épaules.

– D'accord, j'espère juste qu'on a assez de bière pour noyer notre honte.

Linden tapote le pack de bières posé par terre à côté de lui.

– Ne t'inquiète pas pour ça.

Nos regards se croisent l'espace d'un instant, avant que je détourne le mien. C'est encore plus gênant de faire ça que de fixer son visage songeur dans l'obscurité et sa mâchoire vaguement éclairée par les flammes vacillantes.

Comme tous les jeux d'Action ou Vérité, celui-ci commence de façon tout à fait innocente. Quand nous choisissons un gage, il s'agit pour moi de caqueter comme une poule, pour Penny de boire une bière cul sec, pour James de montrer son cul à tout le monde. Quand nous choisissons la vérité, nous nous racontons que nous avons été chopés en plein vol à l'étalage en seconde (moi), que nous avons simulé des orgasmes quand nous étions trop faits pour aller jusqu'au bout (Aaron, ce qui ne m'étonne pas) et que nous avons triché à la fac (Nadine).

C'est alors que le jeu prend un tour différent.

– Aaron, demande James, si tu devais baiser une fille ici présente, mais pas ta copine, qui est-ce que tu choisirais ?

J'écarquille les yeux. Je suis curieuse de savoir ce qu'il va bien pouvoir répondre. C'est quand même très indiscret.

Mais Aaron se met à rire en posant sa main sur ma cuisse pour me rassurer et s'écrie :

– Putain, c'est dur, mec. Ta copine est une sacrée bombe. Vraiment.

Penny se met à rougir, l'air gênée. Je ne crois pas l'avoir jamais vue gênée comme ça jusque-là.

– Mais Nadine est vraiment très hype.

Quoi ? Eh, attendez un peu. Depuis quand le fait de s'habiller comme un bûcheron signifie qu'on est hype ? Et je sais de quoi je parle, moi qui dirige une boutique de fringues.

– En plus, son petit côté salope est vraiment excitant, ajoute-t-il.

Nadine qui avait été assez fière de sa sortie sur la mode, le regarde tout à coup plus froidement.

– Je ne suis pas une salope, lance-t-elle, je sais simplement ce que je veux.

– C’est sûr, dit Aaron. Mais tu pourrais peut-être être un peu plus sympa.

C’est plus fort que moi, je jette un coup d’œil à Linden pour voir comment il réagit. Eh bien, il sourit. Non, il rit ! Aaron a touché juste pour une fois.

– Tu n’as pas répondu à ma question, dit James.

– Est-ce que je peux répondre que je les prends toutes les deux, de préférence en même temps ?

James fait les gros yeux.

– Bien joué.

– Ok, à mon tour, dit Nadine très vite, bien que ce ne soit pas le cas. J’ai un gage pour toi, Aaron. Je veux que tu embrasses Penny. Avec la langue.

Les yeux de James lancent des flammes.

– Ouah ! s’écrie-t-il. Tu y vas un peu fort, non ? Et ce n’est pas comme ça qu’on joue, d’habitude.

– Tu as peur qu’elle prenne son pied ? lui répond-elle avec dédain.

– Je suis partante, dit Penny en donnant un coup de coude à James. Hé, grandis un peu. C’est juste une petite partie d’amygdales.

– Le niveau de maturité de cette table m’étonne, remarque alors Linden.

Maintenant, tout le monde me regarde, je devine qu’ils attendent que je proteste ou au moins que je trouve ça bizarre et inacceptable. Mais voilà, quand j’imagine qu’Aaron embrasse Penny ou Nadine, comme il l’a mentionné plus tôt, je ne ressens pas de pincement au cœur. Pas la moindre jalousie, rien.

– Pourquoi est-ce que vous me regardez tous comme ça ? Je m’en fiche. (Ce n’est sans doute pas la meilleure façon de prouver mon amour pour lui, mais bon.) Embrasse-le. Il est doué pour ça, j'ajoute en m'adressant à Penny avec un clin d'œil, pour énerver James.

Penny commence à se pencher au-dessus de la table, mais Nadine glapit soudain,

– Non, vous devez le faire correctement. Levez-vous.

Penny et Aaron soupirent. Ils se retrouvent au bout de la table, juste devant moi, je suis donc aux premières loges. Aaron l'attrape par la taille, et Penny lui prend la figure entre les mains. Ils rient tous les deux un peu nerveusement, nous regardent timidement, avant de s'embrasser.

Ça commence lentement et maladroitement, pour se poursuivre plus activement quand leurs langues entrent en action, avant de se terminer tout en douceur.

– Pas mal, dit Penny en s'essuyant les lèvres du revers de la main. Ferme et tendre à la fois.

– Alors embrasser Aaron, c'est comme embrasser un steak ? ironise Linden.

Aaron lève le pouce en direction de James.

– C'est une vraie lady que tu as là !

– Une lady ? répète Penny. Seigneur !

Puis ils se rasseyent et le jeu reprend.

James ne semble plus être dérangé, et moi, je n'ai rien senti en les regardant. C'était étrange, un peu comme si j'observais une sorte d'expérience sans obtenir les résultats que j'en attendais.

Est-ce que je voulais qu'il apprécie, qu'il ait envie d'embrasser Penny ? Est-ce que je voulais m'en servir comme d'une excuse pour rompre avec lui, pour lui dire que nous ne sommes pas faits l'un pour l'autre ?

Je suppose qu'à cause du côté un peu extrême du dernier gage, le jeu se poursuit par quelques tours de Vérité. On y va tous mollo, en posant des questions faciles, du genre de celles auxquelles ça ne pose aucun problème de répondre quand vous êtes entre amis.

Puis vient le tour de Penny.

Elle jubile et frappe dans ses mains en se trémoussant sur son siège.

– Oh, ça va être super ! dit-elle en me regardant fixement. Je peux voir les flammes se refléter dans ses lentilles.

– Stéphanie, je veux que tu embrasses Linden, dit-elle en le désignant du doigt.

Je suis trop sidérée pour lui répondre, mais pas Nadine.

– Pas question ! s'écrie-t-elle, écœurée.

– Hé oh !

Je ne peux m'empêcher de protester. J'en ai marre de la façon dont elle me traite ces derniers temps.

– Et au risque de me répéter, ce n'est pas la règle du jeu, poursuit James.

Penny donne un coup sur la table en se penchant pour pouvoir mieux regarder Nadine dans les yeux.

– Pourquoi est-ce qu'elle ne peut pas l'embrasser ? Tu m'as forcée à embrasser Aaron, son copain. Je trouve qu'elle a bien le droit d'embrasser le tien.

Je sais ce que Penny est en train de faire. Elle est en train de rééquilibrer les choses tout en essayant de faire chier Nadine. J'ai envie de l'embrasser mais également de la battre pour m'avoir défiée d'embrasser Linden. Parce que, eh bien… c'est impossible.

Je ne veux même pas y penser.

Mais soudain, quelqu'un me tapote l'épaule. C'est Linden. Il s'est levé et se tient derrière moi, il attend.

– Attends, je dis, et je regarde Aaron qui va sûrement protester, tout comme Nadine. Mais il se contente de me regarder en souriant avec ce sourire idiot, en penchant la tête comme si c'était l'idée la plus cool du monde.

– Vas-y, me dit-il en me poussant du coude.

Merci bien, me dis-je, et je me lève lentement en essayant de ne pas regarder Linden.

Mais je ne peux pas non plus regarder Nadine, qui a croisé ses bras sur sa poitrine. J'ai peur qu'elle me balance une bouteille de bière à la tête. Je sais que si elle le faisait, Penny se jetterait dans mon dos en un quart de seconde, mais tout de même. Elle pourrait me péter le nez, qui est quand même très mignon.

Linden me prend la main, comme si c'était tout à fait naturel, et m'attire vers lui.

– Viens, dit-il avec son sourire de publicitaire. Je ne suis quand même pas si horrible ?

Non, je pense en examinant son visage et en sentant la chaleur de sa main envahir mon bras, puis ma poitrine, puis tout mon corps. Non, tu n'es pas si horrible que ça. C'est justement ça le problème.

Penny se met à applaudir avec une certaine excitation.

– Bon, bon, allez-y.

Je ne peux pas la regarder, mes yeux sont prisonniers de ceux de Linden. Il me regarde avec une telle sincérité que j'ai du mal à savoir où est la vérité. Est-ce un gage et sommes-nous juste de bons copains ? Alors, nous ne pouvons pas faire ça, malgré le nombre incalculable de fois où j'en ai rêvé en me masturbant. Ça ne se fait pas.

Mais ses mains s'avancent sur mon visage et enserrent mes joues. Elles sont si larges et chaudes que je sens mes nerfs s'électriser et incendier tout mon corps. Il est là et il me tient de la façon la plus tendre, la plus désarmante, comme s'il voulait me protéger, s'occuper de moi. Mais ses yeux, ses yeux eux, sont tout sauf tendres. Ils sont noirs, sauvages et même inquiets, peut-être se dit-il que tout ceci est une mascarade et que nous ne devrions pas le faire. Ou peut-être, au contraire, se font-ils du souci en pensant que nous allons découvrir que nous devons le faire.

Et derrière toute cette inquiétude, on sent le désir et un millier d'autres sentiments bouillonnants, dont j'ai eu besoin, envie, que j'ai désirés. Je me demande s'il peut lire la crainte dans mes yeux. Je me demande s'il peut y voir la vérité.

Il se penche vers moi, plus près, ses yeux quittent les miens pour regarder ma bouche vers laquelle se dirigent ses lèvres.

Je ne sais pas quoi faire de mes mains. Je ne sais pas quoi faire du tout.

Alors je reste là, je ferme les yeux et j'attends de sentir les lèvres de Linden sur les miennes.

Elles se posent. Contact. Elles sont douces, si douces, comme un oreiller sans fond dans lequel je m'enfoncerais. Les lèvres de Linden me supplient, elles me supplient littéralement d'aller plus loin, de leur en donner plus. Et alors sa bouche s'ouvre et je lui rends son baiser, je le goûte. C'est épicé et sauvage, comme son parfum, et délicieusement doux.

Nos bouches vont parfaitement bien ensemble, nos lèvres bougent en cadence, dans une caresse humide et voluptueuse, peau contre peau. Ça attise mon désir.

Et j'en obtiens plus. Sa langue darde dans ma bouche, glisse lentement le long de la mienne, et nos bouches s'ouvrent plus encore, nos lèvres s'affermissent, notre baiser se fait plus vorace, plus mouillé, plus violent.

Je veux continuer de l'embrasser, de le sentir, de sentir ça. Des nuées de papillons dorés s'envolent dans mon estomac, mes cuisses se contractent, ça me donne envie de mordre sa lèvre inférieure, de tirer sur ses cheveux, de sentir la tension de son corps entre mes mains.

Ce baiser me coupe la respiration, il me donne envie de tout ce que je ne peux pas avoir.

Tu ne peux pas être à moi, me dis-je en essayant de revenir sur Terre, revenir au présent, à ce que nous sommes réellement l'un pour l'autre.

C'est juste un gage.

Soudain je suis violemment tirée en arrière par de petites mains qui s'agrippent à ma poitrine. Je lâche

Linden en poussant un cri et je manque tomber par terre.

– Ôte tes sales mains de lui, me hurle Nadine.

Pendant un instant, je suis en colère de ne plus voir que son visage au-dessus du mien, mais ensuite je suis horrifiée par ce qu'elle a pu voir. C'était tout sauf correct.

Penny se lève et accourt vers moi en s'écriant :

– Hé, calme-toi, c'était juste un gage.

Je regarde vers Aaron. Il ne sourit plus. Il fronce les sourcils, sans doute un peu perturbé, mais il n'a pas l'air fâché pour autant.

James, lui, a l'air fâché. Et Linden me regarde fixement avec tant de chagrin que je ne sais pas quoi faire.

J'ai l'impression d'avoir détruit quelque chose, d'être allée trop loin.

– Excusez-moi, dis-je en me dégageant pour courir vers la maison.

Je ne peux pas rester là en leur compagnie. Ils m'ont tous vue embrasser Linden, ils ont tous vu à quel point j'aimais ça. J'espère que je vais trouver une excuse assez convaincante, dire que j'étais bourrée et que c'était pour rire, ou simplement glousser en disant que Linden embrasse super bien et que c'était plus fort que moi, ou bien que c'est marrant de rendre son petit copain jaloux, tout en faisant un clin d'œil à Aaron.

Mais il faut d'abord que je me compose une attitude avant de leur servir une de ces excuses.

J'ai besoin de reprendre mon souffle, de mettre mes idées au clair et d'enterrer ce baiser dans le passé, là où il doit être.

C'était simplement un baiser osé. Il ne voulait rien dire de plus. Je rentre dans la maison et je me sers un grand verre d'eau. Je bois deux verres l'un après l'autre, et j'ai soudain envie de vomir.

J'entends s'ouvrir la porte d'entrée et je me tétanise. Je ne reprends ma respiration qu'en voyant que c'est Penny.

– Est-ce que ça va ? me demande-t-elle, inquiète.

Qu'est-ce que je peux répondre à ça ?

– Est-ce qu'elle t'a fait mal ? ajoute-t-elle.

– Oh ! je m'exclame en regardant ma poitrine, là où Nadine m'a attrapée. Non, non, ça va.

– Putain, j'ai failli lui filer une beigne, dit Penny en s'appuyant au comptoir de la cuisine tout en m'observant. Tu es sûre que ça va ? Tu as l'air vraiment bouleversée.

J'avale difficilement ma salive. Toute cette eau ne m'a été d'aucune utilité. Je me sens toujours aussi sèche, aussi paniquée et malade.

– Ça m'a surprise, c'est tout. Je ne pensais pas que ça la mettrait tellement en colère.

Je regarde Penny avec circonspection.

Elle hausse les épaules.

– Elle ne t'aime pas. C'est pour ça que je voulais que tu l'embrasses. C'est de ma faute. En plus, je pensais que ça serait rigolo de voir deux potes qui n'ont jamais baisé ensemble se rouler une pelle. Tu es sûre que tu n'as jamais fait l'amour avec Linden ?

Je secoue violemment la tête.

– Jamais de la vie.

– Eh bien, c'est dommage. C'était un sacré baiser.

– Vraiment ?

– Ouaip, dit-elle. Je te parie que même James était jaloux. Il fulminait. Mais c'était également un gage. Je veux dire, Nadine m'a forcée à embrasser Aaron, alors ça n'est que justice. Cette fichue nana aime bien parler, mais quand il faut agir, il n'y a plus personne.

Elle plonge la main dans son soutien-gorge et en sort un bâton de rouge. Elle se refait les lèvres avant de me le tendre. Je refuse poliment.

– Je crois que je vais aller faire une petite balade.

– Ok, mais ne va pas trop loin. Et ne nous oublie pas trop longtemps. Nous sommes tous tes amis. Sauf Nadine. Mais elle ne compte pas, alors ignore-la comme nous le faisons tous d'ailleurs.

Je hoche la tête et je sors. Le vent souffle fort, je boutonne ma veste jusqu'au cou. Je ne sais pas du tout où aller, en fait je vais me diriger vers le 4x4 et m'y appuyer, de l'autre côté pour me protéger du vent. J'entends au loin le crépitement des flammes et le rire d'Aaron. Je devrais me sentir moins seule, du coup, mais pas du tout.

Mais qu'est-ce qui a bien pu m'arriver ? Est-ce que ce baiser a vraiment eu lieu ou bien l'ai-je imaginé ? Penny s'est clairement rendu compte qu'il se passait quelque chose entre nous, et Nadine également, mais à quel point me suis-je laissé emporter ?

Quelle part de ce baiser correspondait à ma volonté, à mon désir, à mes actes ?

Et qu'est-ce que Linden va bien pouvoir penser de moi à présent ?

Je ferme les yeux et penche la tête en arrière contre la portière du passager. J'ai juste envie de rentrer chez moi. J'ai envie de monter dans la voiture et de rouler jusqu'à San Francisco, jusqu'à ma boutique, et de reprendre mon petit train-train. Je travaille dur, je n'ai rien le temps de faire, mais je suis en sécurité. Aaron est sûr. Tout ce bordel est tellement sûr. Ici, sur cette falaise, sur cette côte, auprès de Linden, je suis tout sauf en sécurité.

J'entends le crissement du gravier de l'autre côté de la voiture et je comprends que c'est Linden avant même de le voir.

– Hé ! dit-il en faisant le tour du véhicule.

Il est là devant moi, le vent joue avec ses cheveux faiblement éclairés par les lumières à l'entrée du bungalow.

J'essaie de lui répondre, mais c'est impossible. Je croise mes bras contre ma poitrine et je fixe mes bottes. Elles sont chouettes, je les ai reçues la semaine dernière au magasin. Talons mi-hauts, jambes en python noir de jais. Ces bottes sont sans danger, et vraies, et je les connais.

Je ne connais pas cet homme qui me regarde.

Qui s'avance vers moi.

– Stéphanie, dit-il avec un accent si prononcé et une telle gravité que je n'ai pas d'autre solution que de le regarder. Il faut qu'on parle.

Je retiens mon souffle en essayant de désamorcer cette bombe.

– C'est ta nana, Linden, pas la mienne.

Il me regarde fixement un moment, puis son expression se radoucit.

– Oui, je suis désolé. Est-ce qu'elle t'a fait mal ?

– Je ne suis pas en porcelaine, tu sais.

Mais alors, pourquoi suis-je sur le point de m'évanouir ?

– Je le sais. Elle est devenue dingue, mais ce n'est pas une excuse pour t'avoir poussée comme ça.

Je soupire en détournant le regard, je ne sais pas si j'ai envie d'en parler. J'ai envie de faire comme si rien ne s'était passé, enfin, je ne sais pas ce que je veux. Je ne suis plus sûre de pouvoir être amie avec Linden comme avant, maintenant que je sais comment c'est d'être autrement avec lui.

– C'est bon, dis-je calmement, je suppose que je me suis un peu laissé emporter. Je suis bourrée. Je suis désolée si ça t'a paru… hum… différent de d'habitude. Je n'étais pas moi-même.

– Ça n'était pas toi ? demande-t-il en faisant un autre pas vers moi.

La pointe de ses chaussures touche les miennes à présent.

Je baisse les yeux pour regarder le sol. Je ne peux pas le regarder, pas de si près, pas alors que sa proximité fait renaître le souvenir de notre baiser. Mes lèvres tremblent, je voudrais les toucher pour les faire arrêter.

– C'était bien toi, Baby Blue. Et c'était bon.

Ma respiration s'arrête, mon cœur se met à battre plus fort, plus lentement.

Il me tend la main, et je le laisse prendre la mienne parce que je suis faible et que je n'ai aucune volonté. Pas avec lui. Aucune.

Je murmure,

– Je ne sais pas ce que c'était, c'était juste un gage.

Il me serre la main très fort et commence à entrelacer ses doigts avec les miens. J'ai les yeux rivés sur nos deux mains emmêlées, la sienne si grande autour de la mienne si petite, et je suis frappée par le naturel de la chose, par la facilité avec laquelle nous faisons ça. Je suis faite pour prendre cet homme par la main. Je suis faite pour l'embrasser.

– Regarde-moi, dit-il.

Mais je ne le fais pas. Il tend son autre main et attrape mon menton. Il me lève la tête jusqu'à ce que je sois obligée de le regarder en face, dans ses yeux bleu foncé, couleur d'orage. Mes genoux sont en compote et le bruit des battements de mon cœur me remplit la tête.

– C'était plus qu'un simple gage, murmure-t-il d'une voix si grave et basse que je ne peux réprimer des frissons dans les reins et l'entrejambe. C'était réel. C'était quelque chose. Dis-moi que tu l'as senti, comme moi je l'ai senti.

– Qu'est-ce que tu as senti ? je chuchote.

Il me caresse les lèvres avec son pouce.

– Je t'ai sentie. Toi que je désire depuis toujours.

Oh, mon Dieu. Que dit-il ? Il me regarde fixement avec une telle passion, et je désire tant ce regard qu'un autre baiser devient inévitable. S'il ne fait pas le premier pas, c'est moi qui le ferai.

Mais en arrière-plan, par-dessus le bruit du crépitement des flammes, j'entends les voix de nos amis. J'entends le rire d'Aaron. Ce n'est peut-être pas l'homme qu'il me faut, mais il est gentil, agréable, il a bon cœur, je ne peux pas le tromper. Je ne peux pas lui faire ça, alors qu'on me l'a déjà fait à moi autrefois.

– Ça me va si tu me désires, tu sais, dit Linden avec force.

Mon estomac se tord. Je réussis à secouer la tête, mais ses doigts s'égarent maintenant dans mon cou, ils courent dans ma nuque et un nouveau frisson me traverse le dos.

– Depuis quand c'est normal de désirer son meilleur ami ? dis-je doucement, en butant presque sur chaque mot.

Parce que c'est bien ce qu'il est, ce qu'il a toujours été. Il sourit gentiment, en plissant les paupières.

– N'est-ce pas la meilleure personne qu'on puisse désirer ? La personne qui te connaît sur le bout des doigts. La personne qui t'a vu dans tes pires moments comme dans les meilleurs, et qui veut quand même être avec toi. La personne qui croit en toi et qui te défend, quoi qu'il arrive. (Puis son sourire disparaît.) Tu as toujours été plus qu'une amie pour moi, Steph. Toujours. Tu n'as pas idée de ce que j'ai ressenti pour toi, de ce que je ressens encore.

Je cligne des yeux en essayant d'intégrer ce qu'il dit. Comment ai-je bien pu être plus qu'une simple amie pour lui ? Comment est-ce que ça a été possible, pendant tout ce temps ?

– Tu n'as pas idée d'à quel point j'ai envie de toi. (Il s'avance encore d'un pas, mon dos est collé à la voiture et son corps, fort et dur, est collé contre le mien.) Tu sens ça ? (Sa voix se casse pendant qu'il se presse contre moi en me coupant le souffle.) Tu sens comme tu me fais bander ? Tout le temps.

Il est dur comme de l'acier, son sexe en érection s'écrase contre ma cuisse, je ne peux plus ni avaler, ni penser, ni agir. Je ne suis plus qu'une tendre conque au cœur battant, avec des hormones en bataille. Je ne crois pas avoir jamais désiré autant qu'en ce moment qu'un homme me prenne et me saute sauvagement, qu'il me pénètre, qu'il fasse de moi sa chose, totalement, entièrement.

Je ferme les yeux quand ses lèvres touchent mon cou. Il m'embrasse, c'est doux et tendre, humide et chaud. J'en veux plus encore. Mais c'est impossible.

Je réussis à prononcer « je ne peux pas faire ça ». Mes paroles s'évanouissent dans la nuit. Une partie de moi espère que Linden n'entendra pas, qu'il continuera à m'embrasser et à écraser sa queue contre moi. Je veux que ses mains, ses doigts longs et puissants disparaissent dans mon jean, sous ma culotte, qu'ils découvrent à quel point je mouille, puisque c'est pour lui que je mouille. Je veux qu'il mette sa langue dans ma bouche, sur mes seins, qu'il baisse mon pantalon, je veux l'entourer avec mes jambes pendant qu'il me baise contre le capot de la voiture.

Ça serait tellement simple. Ça serait tellement bon.

Mais il a entendu mes paroles.

Et il s'arrête.

Il fait un pas en arrière et je peux voir son pouls qui bat vite et fort dans son cou. Sa respiration est profonde et instable.

– Tu ne peux pas le faire ? demande-t-il, ou tu ne veux pas ?

Je me lèche les lèvres, et le sang redescend dans mes jambes. Je me sens un peu plus forte.

– Les deux. Aaron. Je ne peux pas lui faire ça. Ce serait dégueulasse.

– Alors, quitte-le.

– Tu es toujours avec Nadine.

– Je ferai pareil. Écoute Steph, si tu as ressenti la moindre chose pour moi, le plus léger pincement entre les jambes, alors tu sais que tu ne devrais plus être avec lui. Tu sais que c'est terminé.

Ça me prend un certain temps pour ne plus penser à la façon cochonne qu'il a eue de prononcer le mot « pincement » et pour comprendre qu'il a raison. Je ne devrais pas être avec Aaron si c'est ce que je ressens pour Linden. En fait, peut-être n'aurais-je jamais dû être avec lui. Mais je pensais que la vie était ainsi faite. « Que si tu ne peux pas être avec celui que tu aimes, celui avec qui tu es. » C'est bien ce que dit la chanson, non ? Est-ce que ce n'est pas comme ça qu'on prend de l'âge, en réalisant que parfois, il est temps de se poser, qu'on ne peut pas toujours avoir ce qu'on veut ? Putain, pourquoi est-ce que je pense tout le temps à ces chansons des années 70 ?

– Stéphanie ?

C'est Penny qui m'appelle.

Je regarde Linden comme si on m'avait soudain ramenée à la réalité.

– Où est Nadine ? je lui demande, soudain inquiète de la voir apparaître et m'étrangler avec sa queue de cheval.

– Elle est allée se coucher tôt, explique-t-il, en fixant le bungalow des yeux.

Le gravier crisse, et Penny apparaît bientôt derrière le capot de la voiture.

– Oh, fait-elle, surprise, en nous dévisageant l'un après l'autre. Est-ce que j'interromps quelque chose ?

Je secoue la tête en passant en coup de vent devant Linden pour m'avancer vers elle.

– Non, nous étions en train de discuter du fait que j'embrasse très mal.

Elle sourit d'un air satisfait.

– Ah bon. Quoi qu'il en soit, je vais me coucher, je voulais juste savoir si tu allais bien. (Puis elle jette un regard à Linden.) Je suppose que tu t'occupes bien d'elle.

– Parfaitement, lui répond Linden.

Je ne me retourne pas. Je ne peux pas. Je dis à Penny que je suis crevée, que j'ai trop bu et que, moi aussi, je vais aller me coucher.

James et Aaron sont toujours dehors en train de boire quand je me pelotonne sur le canapé-lit et que je me glisse sous les couvertures. J'entends Penny qui se prépare à se coucher, puis Linden qui rentre. Je sais que c'est lui, je sens sa présence. Toujours.

Il s'arrête dans le salon à quelques mètres du canapé. J'essaie de respirer aussi profondément et régulièrement que possible, pour lui faire croire que je dors déjà. Je ne veux pas qu'il parle ou fasse le moindre geste. Je veux juste qu'il parte. Il finit par le faire. J'entends la porte de sa chambre se fermer. Mais je n'arrive pas à m'endormir. Même quand James va se coucher et qu'Aaron se glisse sous les couvertures à mes côtés. Je ne peux toujours pas dormir. Je peux juste sentir le corps de Linden contre le mien, ses lèvres sur les miennes et me demander ce qui va se passer ensuite.

CHAPITRE 11

Stéphanie

– Tu as embrassé Linden ? hurle Nicola, si fort que sa fille, l'adorable petite Ava, se tourne vers elle en faisant la grimace.

– Est-ce que je dois te rappeler qu'il s'agissait d'un gage ? dis-je en poussant un tas de ce qui ressemble à des Barbie super-stylisées avec d'énormes têtes, pour pouvoir m'asseoir dans son canapé.

– Quand même, dit-elle en faisant rouler machinalement un camion devant Ava qui est passée à autre chose, c'est une sacrée nouvelle.

– On n'est plus au lycée.

– C'est une sacrée nouvelle.

Nous sommes dimanche soir. En rentrant du bungalow, je ne me sentais pas capable de passer la soirée avec Aaron, ni toute seule. Le chemin du retour en voiture avait déjà été une épreuve, plein de tension sexuelle et de mauvaises vibrations, et j'avais un besoin désespéré de parler à quelqu'un.

Penny étant trop proche de James, je ne peux pas lui faire confiance au sujet de Linden, et impossible évidemment d'aller voir Linden qui vient de quitter Nadine.

J'ai eu un peu honte de faire irruption comme ça, d'autant plus que son petit copain était là, mais il a eu la gentillesse de descendre boire un verre au bar du coin pour que nous puissions être seules un moment. Avec sa fille, bien sûr, mais Ava est trop mignonne, c'est le genre de môme qu'on n'a pas besoin de surveiller en permanence, le genre qui vous fait croire qu'être mère sera une vraie partie de plaisir. Je poursuis :

– Quoi qu'il en soit, ça m'a vraiment remuée. Et maintenant, je ne sais plus quoi faire.

– Mais si, tu sais très bien ! dit-elle sur un ton catégorique.

– Non, je ne sais pas, je ne comprends pas ce qui se passe… Je veux dire, est-ce que j'ai simplement le feu au cul parce qu'il y a un bon moment que je n'ai pas baisé ? Ou bien est-ce que je m'intéresse à Linden parce que c'est nouveau et excitant ?

Elle replie sa jambe sous elle et répond :

– D'abord, Linden n'a rien de nouveau, mais c'est vrai qu'il est excitant. Et je ne crois pas une seconde que tu es une folle de la bite. Je pense que ces trucs arrivent parfois quand un homme et une femme sont amis depuis trop longtemps. Et puis, merde, Stéphanie, vous saviez parfaitement tous les deux que ça allait arriver un jour.

– Il ne s'est rien passé, je répète.

– Si, il s'est passé quelque chose. Quelque chose a changé. Tu es assise là, en face de moi, comme si nous étions à nouveau au collège. Tu te souviens de Joey Pines ? Tu étais super-accro. Eh bien, tu fais exactement la même tête.

– Nous avions très peu parlé ensemble au collège.

– Et pourtant, je me souviens à quel point tu étais dingue de lui.

– Mais ce n'est pas toi qui as fini par l'embrasser ?

Elle ignore ma remarque.

– Là n'est pas la question. Le truc, c'est que tu es attirée par Linden et qu'il est flagrant que lui aussi est attiré par toi.

– Qu'est-ce que tu entends par flagrant ? je demande, en me rappelant à quel point il bandait dur contre ma hanche.

Elle fait les gros yeux.

– Je crois que j'ai grand besoin d'un verre de vin pour faire face à tes trous de mémoire, Steph. Linden ne t'a jamais considérée comme un vrai ami le ferait, comme un frère regarde sa sœur. Il te regarde comme un homme qui désire une femme. Si tu acceptes de lui donner sa chance, je te parie qu'il sera plus que partant.

Je ne sais plus trop. Il m'a dit qu'il allait rompre avec Nadine. Mais que va-t-il se passer ensuite ? Si nous rompons tous les deux, que va-t-il nous arriver ? Allons-nous faire l'amour ensemble, et si oui, où est-ce que ça nous mènera ?

Est-ce que nous serons prêts, l'un comme l'autre, à sacrifier notre amitié au sexe ?

Malheureusement, je pense que c'est déjà le cas. Jamais, jamais je n'oublierai la sensation de ses lèvres sur les miennes. Je vais être incapable de passer à autre chose, de le voir comme un simple copain, même si ça n'a jamais été vraiment le cas.

Et je sais que, quoi qu'il arrive à présent, je dois rompre avec Aaron. C'est la meilleure chose à faire, et j'aurais dû le faire depuis longtemps.

J'annonce la nouvelle à Nicola, en m'attendant à ce qu'elle me hurle dessus, elle qui pense qu'Aaron est tellement « hot », mais elle se contente d'acquiescer de la tête.

– Je crois que c'est mieux comme ça. C'est un type sympa, mais il n'est pas vraiment fait pour toi. Pas face à quelqu'un qui te correspond tellement plus.

– C'est un dragueur.

– Je suis prête à parier qu'il sera différent avec toi.

– Ça pourrait très mal se passer.

– C'est vrai, tu as raison, ça peut arriver. On peut même dire que ça a été mon cas avec Phil. Mais sans ça, je n'aurais pas eu Ava. Ça en valait la peine.

Je ne suis pas sûre d'apprécier que Nicola compare Linden à l'enfoiré qui fait fonction de père à Ava, mais je dois reconnaître qu'elle a marqué un point.

– Écoute, poursuit-elle, en prenant Ava sur ses genoux et en se mettant à tresser ses longs cheveux, tu ne crois peut-être pas en l'existence de l'être élu, mais moi, j'y crois. Je sais que ça existe. Tu ne t'es jamais mise en couple et tu ne vas pas commencer maintenant, uniquement parce que la société ou

Dieu sait qui raconte des conneries comme quoi on doit immédiatement atteindre la perfection. Donne sa chance à Linden. Ça ne veut pas dire que tu vas t'installer avec lui. Ça risque juste de t'ouvrir à quelque chose d'incroyable. Tu le sais bien, c'est le rêve de toute femme de s'apercevoir que l'homme dont elle est secrètement amoureuse l'est aussi d'elle, depuis toujours.

Je secoue la tête.

– Je n'ai jamais dit que j'étais amoureuse de lui.

– Mais pourtant tu l'aimes, et lui t'aime également. Et cet amour peut se métamorphoser en un putain de truc qui va t'halluciner.

– Et si ça ne marche pas ?

– Au moins, tu sauras à quoi t'en tenir. Vis sans regrets, comme je dis toujours.

– Si ça ne marche pas, je vais le regretter. Beaucoup.

Si ça foire, je vais perdre l'un de mes plus proches amis. Je vais me briser en mille morceaux comme du cristal et Linden ne sera plus là pour me remettre sur pied.

Plus tard, cette nuit-là, je rentre chez moi et je me mets à préparer une semaine qui va être bien chargée. Je suis vraiment décidée à embaucher quelqu'un. J'ai également décidé de suivre les conseils de Nicola.

Mais toute chose en son temps. Je dois d'abord m'occuper d'Aaron. Je n'ai jamais très bien su rompre. J'ai horreur d'avoir le mauvais rôle. Je l'ai déjà fait, bien sûr, avec James et ensuite avec Owen, mais la trahison d'Owen avait rendu les choses plus faciles. Pour tous les autres, c'était plutôt du genre « tu les ignores et ils vont finir par foutre le camp ».

Mais Aaron n'est pas comme ça. Bien sûr, en théorie, ça pourrait marcher. J'ai même l'impression qu'Aaron ne remarquerait pas plus que ça mon absence. Mais je lui dois mieux. Le mardi soir, je lui demande de venir chez moi parce qu'« il faut qu'on se parle ».

Dieu merci, mon coup de fil ne semble pas l'inquiéter, et quand il arrive à ma porte avec un pack de bières à la main, il est évident qu'il ne se doute de rien.

Et quand je lâche ma bombe, c'est encore plus flagrant. Ça me rappelle un épisode de *Seinfeld* dans lequel les personnages réexaminent leurs motifs de rupture, tellement ça se passe bien. Aaron rend les choses si faciles que j'en arrive à me demander pourquoi je quitte un mec capable de si bien gérer les situations imprévues de la vie.

Puis je réalise que j'attendais quand même une réaction de sa part, des cris, de la colère, une petite larme, ou même un « on peut s'en sortir, donnons-nous une autre chance » bien senti. À la place, j'ai droit à un « Aïe, tu vas me manquer, Bébé ! » et c'est tout !

Je lui dis que je passerai récupérer mes affaires dans la semaine – bien que j'aie très peu d'affaires à récupérer chez lui – et il me répond :

– D'accodac ! Je les laisserai à Chuck si jamais je ne suis pas là, je dois aller à L.A.

Et voilà, c'est tout.

Maintenant, je suis seule dans mon appartement, allongée dans mon lit, et je me sens incroyablement vide à l'intérieur. Je fixe au plafond le rafistolage merdique que j'ai fait au plâtre l'autre jour, quand j'ai essayé de réparer la fuite moi-même, avec le secret désir que tout le plafond me tombe dessus.

Je ressens pourtant un certain soulagement, j'ai l'impression d'avoir fait ce qu'il fallait faire. J'en suis certaine, et c'est mieux pour Aaron également. Puisque notre rupture ne lui a fait ni chaud ni froid, nous n'avions vraiment rien à faire ensemble. Je me demande combien de couples vivent ensemble et se marient parce que c'est plus confortable. Parce qu'ils pensent que c'est ce qu'on attend d'eux.

Ça expliquerait bien des divorces, c'est sûr.

Et je me surprends à me dire que quoi qu'il arrive à l'avenir, avec Linden ou un autre, jamais je ne m'engagerai si je ne suis pas raide dingue amoureuse.

Je ferme les yeux et je me pelotonne dans mes couvertures. Je me rejoue sans cesse ce baiser, ce regard, ces mots. Maintenant que je peux le faire sans culpabilité, je glisse mes doigts dans ma culotte. À défaut de vibromasseur, mes doigts font l'affaire, et je me fais très vite jouir en mordant mon oreiller. Il m'a suffi de me rappeler combien sa bite en érection était dure et grosse quand il l'écrasait contre moi, enivré du désir de me montrer à quel point je l'excitais. Moi aussi, je veux lui montrer à quel point il m'excite, comment le simple souvenir de ses lèvres et de sa langue se mêlant à la mienne, de sa main dans mon cou et la façon dont il me disait qu'il avait envie de moi me liquéfient complètement.

Tellement de choses ont changé en si peu de temps, et voilà que je me touche à nouveau.

***

L'heure du déjeuner n'existe pas vraiment quand vous êtes travailleur indépendant. En réalité, rien de ce qu'on considère habituellement comme normal, du genre présence au boulot de neuf à dix-sept heures, n'existe. Il n'y a pas d'horaires définis. Quand je ne suis pas au magasin, je travaille à la maison. Je n'ai même plus le temps de faire du shopping sur Internet – et ça, c'est très dur, tout tourne à présent autour de mon magasin.

Au moins, je peux compenser la perte de ma garde-robe, c'est déjà un avantage. Mais les heures des repas et les pauses ? Pas question.

En l'état actuel des choses, voilà comment se passe ma pause déjeuner : debout derrière le comptoir, à dévorer des frites. Je sais pertinemment que je devrais manger plus sainement, je m'étais promis de prendre soin de mon corps après trente ans, de me faire des jus de kale et des salades aux graines de courge et au kombucha, et tout et tout. Mais j'avoue que ce n'est pas franchement pratique, que quand j'ai juste quelques minutes pour manger un morceau et que j'ai une faim de loup, ce sont les frites qui l'emportent.

Dommage que mes fesses n'apprécient pas les frites autant que ma bouche.

Aujourd'hui, il fait froid, il pleut, il n'y a pratiquement personne dans la boutique. Ce genre de journée me fait paniquer, je me dis que personne ne viendra demain non plus, que je vais faire faillite, que je vais tout perdre, mais alors je me rappelle que c'était déjà comme ça l'année dernière. En fait, j'ai ouvert au pire moment et ça s'est très bien terminé. J'ai déclaré une perte annuelle minime. Et cette année s'annonce déjà bien meilleure.

Je pense à la fuite dans mon appartement. Est-ce que la pluie va encore aggraver les choses ? Peut-être que je devrais prendre mon courage à deux mains et appeler Linden, juste pour voir s'il peut venir réparer mon toit, peut-être pour savoir s'il a rompu avec Nadine, quand quelque chose attire mon regard sur Facebook.

Il s'agit de Nadine. Pendant une seconde, je me dis, au vu du nombre de points d'exclamation, que ce doit être un truc du genre « Je déteste Linden ! Les hommes sont nuls ! » Bref, la mise au point que j'attends. Peu de filles rompent sans déverser leur haine sur Facebook.

Mais à mieux regarder, ce n'est pas ça du tout, vraiment pas. En fait, je manque laisser échapper mon téléphone et m'étouffer quand je réalise ce dont il s'agit :

Merci, mon Dieu, de m'avoir donné un ange gardien ! Je savais déjà que Dieu prenait soin de moi quand il m'a offert un homme comme Linden

McGregor !! Et grâce à lui, je m'installe avec mon doudou dès demain ! Je déménage dans Russian Hill !!! Alors, les filles, si vous voulez ma nouvelle adresse, envoyez-moi un message.

C'est quoi ce plan foireux ?

Non, sérieusement.

C'est.

Quoi.

Cette.

Merde.

Je finis par laisser tomber mon téléphone, mon cœur bat bien trop fort. La pièce se met à tourner, je suis comme assommée par la colère et l'humiliation.

Se séparer de Nadine ?

Ce salaud vient tout juste de lui demander de s'installer chez lui !

Je suis livide. Je traverse la boutique comme un zombie pour aller suspendre le panneau FERMÉ sur la porte d'entrée. La boutique est vide, et je veux que ça continue comme ça. Je me sens totalement incapable que croiser le moindre être humain sans immédiatement lui arracher la tête.

Je retourne à mon téléphone et je reprends ma lecture. Les gens ont posté des commentaires du genre « Yes ! Veinarde ! » Et d'autres conneries du même style. Je suis vraiment tentée de lui envoyer « il était censé t'envoyer balader, qu'est-ce qui s'est passé ? », mais je ne le fais pas. J'ai au moins encore un minimum de savoir-vivre, j'ai intérêt à le préserver.

Mais je ne suis pas parfaite. Au lieu d'écrire ça à Nadine, j'envoie un texto à Linden.

Va te faire foutre.

Ensuite j'éteins mon téléphone et je le fracasse contre le mur.

CHAPITRE 12

Linden

Je savais que c'était une erreur. Je l'ai su dès que j'ai ouvert la bouche, et plus encore quand j'ai reçu le message de Stéphanie : Va te faire foutre. Elle était au courant. J'avais merdé dans les grandes largeurs.

Tout ça parce que j'essaie d'être correct.

Tout a commencé avec ce foutu gage. Quand j'ai embrassé Stéphanie, je me fichais bien de savoir si quelqu'un nous regardait. J'étais ailleurs. C'était juste entre elle et moi. C'était la seule chose qui comptait, juste nous deux, juste ses lèvres douces et roses au goût de cannelle, la soie de ses cheveux et la façon dont son corps s'emboîte si bien avec le mien, comme s'il était conçu pour être collé contre moi.

C'était tout ce que je voyais et tout ce que je désirais au monde.

Et puis je me suis mis à bander, et c'était normal, incontrôlé, et tout à coup ma petite amie s'est jetée sur Stéphanie pour la repousser.

Je ne pouvais pas en vouloir à Nadine d'avoir agi ainsi, mais j'aurais préféré qu'elle s'attaque à moi.

C'était moi le porc, le salaud dans l'histoire. Rien de tout ça n'était de la faute de Stéphanie. C'était moi qui désirais si désespérément qu'elle m'en donne plus que ce qu'elle pouvait m'offrir. Là au moins, elle m'offrait quelque chose qui hantait mes rêves les plus secrets. Stéphanie était partie en courant, suivie par Penny. Nadine me hurlait dessus que c'était allé trop loin, ce que je ne pouvais pas nier, mais je mettais ça sur le compte de l'ivresse – parce que j'étais ivre et que ça m'avait sûrement poussé à aller plus loin que je n'aurais dû. Puis elle m'a balancé une claque – là encore, méritée – et elle est partie se coucher. Je suis resté seul avec Aaron et James.

Bizarrement, Aaron n'avait pas l'air plus secoué que ça quand je suis retourné à la table et que je me suis assis à côté de lui en lui disant :

– Désolé, je suis un peu bourré.

Il s'est mis à rire et a répondu :

– T'inquiète, mon pote !

Puis il m'a demandé de lui passer une bière.

Mais James… Je pouvais lire dans ses yeux : tue, tue, tue, meurs, meurs, meurs, on aurait presque dit qu'il se métamorphosait en Jason et qu'il allait me découper en deux à l'épée. Ça ne m'a pas complètement surpris, mais ça m'a inquiété. Était-il possible, bien qu'il soit avec Penny et qu'il ait l'air heureux, que James soit encore amoureux de Steph ? Et si c'était le cas, qu'est-ce que ça signifiait pour moi ? Je n'en savais rien, et je ne le sais toujours pas. Si Steph et moi étions ensemble et que James me disait qu'il l'aimait encore, je devrais laisser tomber. Je ne veux pas être le mec qui sort avec l'ex-petite amie de son meilleur pote. Mais bien que James m'ait jeté des regards assassins, plein de furie, il ne m'a rien dit.

Je n'allais quand même pas le forcer à le faire. Je suis plus à l'aise avec le déni.

Je suis donc parti à la recherche de Steph et je l'ai trouvée à côté de la voiture, elle semblait se cacher. De moi ? De Nadine ?

J'ai lu dans ses yeux qu'elle regrettait ce qui s'était passé, qu'elle aussi s'était laissé emporter. Il fallait que je lui montre que tout allait bien. J'avais envie de lui raconter tous mes fantasmes de cul avec elle, que je trimballais depuis des années.

Mais c'est une fille bien. Elle a pensé à Aaron. Et j'ai pensé à Nadine.

Je savais qu'il fallait que j'arrête avec elle. Je ne pouvais pas revenir vers elle tout en sachant combien je préférais être avec Steph. Elle avait tout illuminé avec un seul baiser.

Le lendemain matin et pendant tout le trajet de retour, j'ai réfléchi au meilleur moment pour le faire, et à comment le faire. Nadine n'allait pas bien le prendre, elle allait immédiatement m'accuser d'être sorti avec Stéphanie, même si les choses n'allaient pas bien entre nous depuis un bon moment.

J'ai conçu un plan. J'allais aller la voir chez elle lundi soir avec une bouteille de vin pour l'attendrir, et j'allais lui expliquer que je pensais qu'elle était à la recherche de quelque chose que je ne pouvais pas lui offrir, que j'avais besoin d'être célibataire pour me trouver, moi et toutes ces choses qui sont enfouies en moi.

Mais quand elle est arrivée au bureau le lundi matin, après avoir passé le dimanche soir seule « pour avoir le temps de réfléchir » comme elle dit, elle était en larmes.

Elle venait d'apprendre le matin même, par une lettre recommandée, que son immeuble était voué à la démolition et qu'elle devait quitter les lieux immédiatement. Elle vit au fin fond de Emeryville[23], dans une ancienne maison victorienne divisée en six appartements.

Elle est locataire, la surprise fut donc la même pour elle que pour ses propriétaires. Malheureusement, on ne pouvait rien y faire, du moins pas tant que l'on n'avait pas examiné l'ensemble de la structure du bâtiment pour voir si on pouvait éventuellement entreprendre des travaux de consolidation.

Et voilà, je ne pouvais quand même pas rompre avec elle maintenant qu'elle était potentiellement à la rue. Alors je lui ai caressé le dos pendant qu'elle pleurait à son bureau, jusqu'à ce qu'on m'appelle pour emmener un type d'Oakland jusqu'à Redding. À mon retour, elle m'a annoncé qu'aucun de ses amis ne pouvait l'héberger, qu'elle n'avait pas assez d'argent de côté et que s'installer chez ses parents était hors de question, puisqu'ils habitaient trop loin, à Livermore.

Pour ainsi dire, elle était coincée, et moi aussi.

---

23 Petite ville dans la baie de San Francisco.

J'ai donc dû faire ce que n'importe quel petit copain aurait fait, pour ne pas dire n'importe quel homme correct, je lui ai dit qu'elle pouvait emménager chez moi jusqu'à ce que sa situation s'améliore.

J'ai insisté sur les termes « jusqu'à ce que », mais ça lui est passé au-dessus de la tête. Soudain, elle s'est mise à téléphoner à toutes ses connaissances pour leur raconter qu'elle s'installait avec moi. J'ai voulu l'empêcher de l'annoncer sur Facebook, mais elle l'a fait quand même. Et c'est à ce moment-là que j'ai reçu le texto de Steph.

Elle doit croire que tout ce que je lui ai dit à propos de mon désir de vivre avec elle était un mensonge absolu. Je fais mon possible pour la contacter, je lui envoie des textos comme Parle moi et Laisse-moi t'expliquer, mais ils s'affichent tous comme non lus.

Au milieu de la semaine, Nadine s'est installée chez moi, elle prend un peu trop ses aises. La moitié de mes photos en noir et blanc d'hélicoptères ont été remplacées par des posters Ikea d'Audrey Hepburn et des ponts de Brooklyn. Je réussis tout juste à m'éclipser pour aller boire un verre au Lion. James est super-occupé, mais Penny est au bar, et je finis par lui faire la causette.

– Alors, comme ça, elle s'est installée chez toi, hein ? dit-elle sèchement tout en suçant une cerise au marasquin.

– Je n'avais pas vraiment le choix, dis-je en soupirant. Elle n'avait nulle part où aller.

– Comme c'est noble de ta part !

Elle fait une pause.

– Tu as appris que Steph a quitté Aaron ?

Mon cœur s'arrête de battre.

– Elle a quoi ?

– Ouaip. Elle l'a foutu dehors dimanche soir. Apparemment, notre petit week-end lui a porté le coup fatal. Bien sûr, je l'avais vu venir, mais je ne pense pas qu'Aaron ait été chagriné par votre petite représentation. Ou peut-être que ça n'a rien à voir…

Je me penche en avant pour attraper une bouteille derrière le bar, n'importe quoi. Mon verre est vide et je n'arrive plus à réfléchir.

Penny me glisse son Manhattan.

– Tiens, tu sembles en avoir besoin.

Je m'en envoie une grande rasade et je tente de reprendre ma respiration.

– Elle a vraiment rompu ?

Elle hoche la tête.

– Voui. Est-ce que vous n'aviez pas conclu un genre de pacte ?

Ce putain de pacte.

Elle me reprend son verre.

– Mais je pense que ça ne compte plus, puisque tu es toujours avec Nadine, hein ? C'est drôle comme la vie vous baise parfois.

Puis elle se lève et va aux toilettes. James est occupé à bavarder avec des clients, alors je me lève et je pars en vitesse. Je ne peux pas lui parler. Je ne peux parler à personne.

Mais je sais que je dois le faire, même si ça fait de moi un encore plus gros enfoiré.

Le lendemain soir, je casse avec Nadine, après lui avoir trouvé un endroit où habiter. C'est à côté de Marin, du coup elle sera tout près du boulot. J'ai réglé un mois de loyer, comme ça, elle n'a pas à s'en faire et je lui dis que j'ai retenu un camion de déménagement pour emporter ses affaires ce week-end.

Je reçois un coup de poing dans la figure. En plein sur ma putain de pommette.

Je suppose que je l'ai bien mérité, mais je ne sais pas quoi ajouter d'autre. Je sais que je suis un vrai salaud de rompre avec quelqu'un qui vient de se faire expulser. Je le sais, mais je n'y peux rien. Je ne peux pas laisser passer Stéphanie. Pas maintenant, après toutes ces années de ratages et d'occasions manquées.

Nadine n'a aucune honte à exprimer ce qu'elle ressent. Ses paroles sont encore plus dures que son poing.

– Tu crois que tu peux m'acheter ? crie-t-elle en empoignant un cadre avec une de nos photos. Tu crois que parce que tu es un sale gosse de riche, tu vas pouvoir m'acheter un petit appart et me ranger dans un coin ?

– J'essaie juste de t'aider, lui dis-je en levant la main pour me protéger.

J'ai comme l'impression que la photo va atterrir sur moi.

– Aider ? ironise-t-elle avec un rire amer. Tu es incapable d'aider quiconque, à part toi. Pauvre petit garçon riche qui fait semblant de s'intéresser à ceux qui l'entourent. Tu sais, tu m'as dit que tes parents n'avaient pas été là pour toi, qu'ils étaient froids et sans cœur, et je le vois. Je vois cet air de famille sur ton visage. Tu seras comme eux, qui rejettent toute relation quand les choses deviennent sérieuses, en pensant qu'un bijou ou un peu d'argent feront l'affaire.

Ses mots me font vraiment flipper.

– Non, ce n'est pas ça du tout. Je ne suis pas comme ça.

Et, pourtant, je suis effrayé parce que c'est exactement ce que je crains, d'être en train de foutre en l'air une relation.

Mais le mal est fait. J'esquive le cadre qui vient s'écraser contre le mur derrière moi. Elle se met ensuite à détruire toutes les photos de la pièce, même les siennes, en les fracassant contre les murs ou en les jetant par terre.

C'est vrai ce qu'on dit des filles rousses, vous savez, qu'elles ont un petit grain.

Il semble que Nadine en a à revendre.

Je m'en sors difficilement vivant et je ne vais pas travailler pendant les quelques jours qui suivent, parce que je ne supporte pas l'idée de la voir là-bas, même brièvement. Le dimanche suivant, les déménageurs emportent le reste de ses affaires et la voilà partie, hors de ma vue et de ma vie.

Du moins jusqu'à lundi prochain, quand je vais la croiser au bureau.

Assis dans ma cuisine, je bois du jus d'orange directement à la bouteille et je laisse le silence s'installer. Ça commence à nouveau à ressembler à chez moi. Je me sens toujours un immonde salaud de l'avoir quittée à un moment pareil, mais au moins, j'ai fait ce que j'ai pu pour l'aider.

Étonnant d'ailleurs de voir à quel point ça me rassure. Je me demande si mes parents ont ressenti la même chose, ce semblant de culpabilité pour ne jamais avoir été là, ne jamais avoir été tendres, et qu'ils ont ensuite essayé de régler le problème avec de l'argent.

C'était moi le problème, bien sûr, et je ne pense pas que l'argent comblera jamais tous ces trous béants qu'ils ont creusés à l'intérieur de moi. Ça ne comblera jamais le sentiment de manque que j'ai ressenti à cause de leur manque d'amour.

Je suis en train de plonger dans un épisode d'auto-flagellation, mais je me ressaisis et je me dirige vers ma porte. Je cours longtemps sur l'Embarcadero, jusqu'au Presidio. Lombard Street manque me détruire les cuisses et les genoux, sur le chemin du retour, je pousse des cris de douleur, mais je cours pour oublier que je suis en train de couler.

Je prends une douche, je m'habille et j'appelle un taxi. Je vais au Burgundy Lion pour me prendre une bonne cuite.

***

– Mais qu'est ce que tu fais là ? me demande James quand je m'assieds au bar.

Je hausse les épaules et j'enlève ma veste.

– Je suis un homme libre maintenant, je peux aller où bon me semble.

– Elle est donc vraiment partie, hein ? demande-t-il en me versant une pinte machinalement.

C'est le fond, la meilleure partie du tonneau.

Je prends la bière avec reconnaissance et je lève mon verre.

– Merci pour ça.

J'en vide la moitié et laisse sortir un profond soupir.

– Ouais, elle est vraiment partie.

Il essuie son comptoir qui n'en a pourtant aucun besoin. Il pense pouvoir me faire croire qu'il bosse mais il est juste en train de m'engrainer, nous sommes dans son foutu bar et il peut faire tout ce qu'il veut.

– Je pensais que tu irais peut-être l'aider à déballer et tout et tout, je veux dire, tu as été irréprochable sur le sujet, jusqu'à présent.

Je hausse un sourcil.

– Tu trouves ? Je pense plutôt que j'ai été un vrai salaud.

James hausse les épaules.

– Elle aurait dû le savoir dès le début. En plus, tu n'as pas été un salaud. Peut-être aurait-il mieux fallu que tu attendes un peu avant de la quitter, mais en même temps, je comprends. Quand c'est fini, c'est fini.

– Ouais, et je n'ai jamais très bien su faire semblant.

– Non, dit-il en me regardant soudain fixement. Tu n'as jamais su.

Je me demande ce qu'il entend par là, mais je me tais. Je finis mon verre et je lui demande

– Où est Penny ?

Son corps paraît se crisper et il regarde ailleurs.

– J'en sais trop rien. Elle a une soirée entre filles.

Je hoche la tête, j'hésite à lui demander si tout va bien. À la place, je l'interroge avec précaution :

– Où est Steph ?

– Ici…

– Quoi ?

Je me raidis un peu sur mon siège.

– Au bar ?

Il incline la tête en fermant un peu les yeux, et me montre l'autre côté du bar. Je me penche pour mieux voir. Elle est dans un salon privé dans le coin, avec Nicola et Kayla.

Oh putain. Je sais que Kayla ne m'aime pas et je ne suis pas certain que Nicola soit une de mes plus grandes fans non plus. Pour couronner le tout, Stéphanie semble me détester cordialement en ce moment. Voilà une table dont je n'ai pas intérêt à m'approcher. Mais je ne peux pas m'en empêcher. Peut-être parce que je suis un idiot ou un maso, mais je demande un autre verre à James avant de m'approcher.

– Qu'est ce qui se passe ? me demande-t-il en me passant une pinte. Tu t'es engueulé avec Stéphanie ?

Je lui jette un regard acéré.

– Qu'est-ce qui te fait dire ça ?

– Eh bien, quand j'ai mentionné ton nom devant elle, elle a eu l'air de vouloir planter quelqu'un à la fourchette, et quand j'ai mentionné son nom devant toi, tu as eu l'air de quelqu'un qui s'attendait à être planté à coups de fourchette. Il est arrivé… quelque chose ?

– Non, je réponds rapidement. Qu'est-ce que tu lui as dit tout à l'heure à propos de moi ?

– Je lui ai dit : « Tu as vu Linden ces derniers jours ? » et elle s'est mise à trembler comme si je lui avais parlé d'un revenant.

– Je n'ai pas beaucoup de chance avec les filles en ce moment, dis-je en plaisantant.

James ne sourit pas.

– Steph n'est pas une fille, Linden. C'est ton amie.

Seigneur, depuis quand est-il devenu un tel rabat-joie ? Je n'ai pas besoin que tout le monde soit en colère contre moi.

Je décide de l'ignorer et je traverse le bar en direction du salon d'angle. C'est Nicola qui m'aperçoit la première, ses yeux lui sortent presque de la tête. Kayla prend un air venimeux.

Puis Steph tourne la tête et James avait raison, elle va prendre une fourchette et me la planter juste entre les deux yeux. Je sais que je mérite sa colère en m'approchant ainsi, mais j'espère qu'elle prendra quand même le temps de m'écouter. Et putain, elle est super-sexy quand elle est hors d'elle.

– Va-t'en, s'écrie Nicola en me montrant la porte.

– Et ne reviens jamais, trou du cul ! ajoute Kayla.

– Attendez une minute, dis-je en me plantant, bras croisés, au bout de la table.

Je remarque que Steph jette un coup d'œil rapide à mes biceps et je ressens ça comme une petite victoire.

– Pourquoi êtes-vous toutes en colère contre moi ?

Toutes deux, elles regardent Stéphanie. Moi aussi, je regarde Stéphanie. Elle soupire et dit :

– Les filles, vous pouvez nous laisser seuls un moment ?

Kayla et Nicola échangent un regard qui dure, et elles ne bougent pas.

– S'il vous plaît, je vous assure, ça va bien.

La voix de Steph est lasse.

– Non, ça ne va pas, dit Kayla, et elle me dévisage.

Elle se souvient de l'époque où je l'ai aimée et où je l'ai larguée, j'en suis sûr.

– Je veux juste lui parler, j'explique à ces gorilles féminins. Finalement, elles se lèvent. Quand Nicola passe devant moi, je lui glisse : « peut-être que tu veux emporter les objets contondants ? », mais elle se contente de rire.

Maintenant que nous sommes seuls, je ne veux pas rater mon coup.

– Tu veux bien qu'on se parle ? je demande à Steph.

– Tu es la dernière personne que je désire voir, répond-elle en secouant la tête.

– Est-ce que je peux au moins t'expliquer ce qui s'est passé ?

Elle boit une petite gorgée en disant :

– Qu'est-ce que ça peut bien faire ?

Je m'assieds rapidement, je me penche et je lui prends la main. Elle essaie de l'enlever, mais je m'accroche, je la tiens serrée, en savourant la sensation de sa peau si douce, si chaude entre mes doigts.

– C'est fini. J'ai rompu. Elle est partie. C'est terminé.

Elle déglutit avec peine et détourne le regard vers les peintures vieillottes de chasse à courre au renard accrochées au mur, des curiosités décoratives qui font la renommée du Lion of Burbundy. Sa bouche se tord de cette façon triste et très prononcée qu'elle a quand elle est bouleversée. Je dois me retenir de l'embrasser.

– Pourquoi me dis-tu ça ?

– Parce que je veux que tu saches que tout ce que je t'ai dit, je le pensais. Je te veux, et je t'ai toujours désirée. Et personne d'autre.

Alors, elle se raidit et me lance un regard furtif.

– Je me suis séparée d'Aaron.

J'incline la tête en espérant avoir un air compatissant et pas concupiscent.

– Je sais. Penny me l'a dit. J'allais rompre avec Nadine en rentrant, mais j'ai appris qu'elle était expulsée de chez elle. Elle n'avait nulle part où aller. Je ne savais pas quoi faire. Je ne pouvais pas la larguer comme ça.

– Mais pourtant, maintenant tu l'as fait.

Je grimace.

– Oui, je l'ai fait. Je ne pouvais plus attendre. Je ne pouvais plus faire semblant.

– Faire semblant de quoi ? demande-t-elle, et j'entends à peine sa voix douce dans le brouhaha du bar.

– De désirer autre chose que de te basculer sur cette table et de te montrer ce que c'est d'être vraiment baisée.

Elle ouvre grand la bouche et elle manque éclater de rire. Je l'ai prise par surprise, mais il va falloir qu'elle s'y habitue.

– Linden, gronde-t-elle.

– Embrasse-moi, lui dis-je.

Je suis tout excité maintenant. J'ai tellement envie d'elle.

Elle est troublée. Elle retire sa main de la mienne et recule pour s'éloigner de moi.

– Attends, tout ça va trop loin.

– Ça va là où ça doit aller, je lui réponds en me levant pour m'asseoir à côté d'elle. (Je plonge ma tête dans ses cheveux et je respire l'odeur fraîche de son crâne avant de poursuivre en murmurant.) Ne fais pas comme si tu n'avais pas pensé à ce baiser chaque jour depuis que c'est arrivé. Ne me fais pas croire que tu ne t'es pas demandé comment ce serait de recommencer. D'en faire plus.

Je pose la paume de ma main sur sa cuisse et je remonte doucement, mais elle me repousse.

– On ne peut pas, dit-elle.

– Bien sûr qu'on peut, je lui réponds.

J'attrape son lobe d'oreille si délicat entre les dents et je le tète jusqu'à ce qu'elle pousse un petit gémissement.

– Pas maintenant, pas ici, dit-elle, un fond de panique dans sa voix.

Elle a raison. Pas ici. Je me rassieds et je me recule de quelques centimètres avant de regarder vers le bar. Elle faisait sans doute référence à Kayla et Nicola, mais moi, je pense à James.

Quoi qu'il arrive entre nous, il vaudrait mieux que James l'ignore. Du moins au début. Si je me disais qu'il est peut-être encore amoureux d'elle, je ne pourrais pas être avec elle, alors je me sors ça de la tête et je m'assure que quoi qu'il se passe entre nous, ça restera entre nous.

– Est-ce que ça peut rester secret ?

– Il n'existe aucun secret, répond-elle avec malice.

– Pas encore, dis-je en la regardant dans les yeux. Mais d'ici à demain matin, il y en aura un.

Alors elle lève rapidement les yeux et regarde derrière moi. Je comprends que quelqu'un approche. Je me relève tranquillement, l'air de rien, juste à temps pour voir Nicola et Kayla qui approchent avec plusieurs bouteilles de cidre.

– Je vois que tu es toujours vivant, dit Nicola avant de regarder la table. Et les couverts n'ont pas de trace de sang.

– Tout baigne, dit Steph avec un sourire en biais. (Elle croise mon regard un instant avant de regarder les autres.) Nous sommes à nouveau bons copains.

– Juste bons copains ? demande Kayla, suspicieuse.

Avant que Steph puisse répondre, je lance :

– Juste les meilleurs amis qui soient.

Puis je hoche la tête en direction de Steph avant de me lever pour regagner l’autre extrémité du bar.

CHAPITRE 13

Stéphanie

– C'était quoi, tout ce bordel ? demande Kayla.

– Il a intérêt à avoir eu une sacrée bonne excuse pour te faire une saloperie pareille ! ajoute Nicola en cognant son verre sur la table.

Y'a pas à dire, les mères célibataires sont de vraies guerrières.

– Il en avait une. C'est la vérité. En fait, après avoir découvert le changement de statut de Nadine sur Facebook et lui avoir envoyé mon texto « Va te faire foutre », j'ai parlé à Penny qui m'a éclairée. J'ai compris, vraiment, même si ça m'a laissé un goût amer dans la bouche. Bien que Linden se soit bien comporté dans cette histoire, j'ai soudain eu atrocement peur que tout soit fini entre nous. Après ça, nous n'aurions plus aucune chance. Elle allait vivre avec lui pour toujours, il allait retomber amoureux et il oublierait tout ce qu'il m'avait dit.

J'ai passé toute la semaine seule, au fond du trou, tiraillée entre le désespoir et l'envie de maudire le Seigneur, le destin et Nadine.

Bien entendu, comme j'étais une véritable épave, uniquement capable de passer mon temps à engloutir de la glace en sous-vêtements, j'ai dû mettre Kayla et Nicola au courant. Je n'avais pas vraiment envie de raconter à quiconque que j'étais amoureuse de Linden, et surtout pas à Kayla qui y avait déjà goûté, mais dans ces moments-là, ça fait un bien fou d'avoir des copines autour de soi. Kayla venait juste de rompre un mois plus tôt, du coup elle avait tendance à détester la gent masculine tout entière, et particulièrement Linden qui, après avoir baisé avec elle plusieurs fois, ne lui avait plus donné signe de vie.

Nous avions prévu que le samedi serait notre soirée « bourrons-nous la gueule et dégotons-nous un mec pour la nuit ». Du coup, j'ai proposé d'aller au Lion en me disant qu'il n'y avait aucune chance que Nadine y montre le bout de son nez, surtout après ce qui s'était passé le week-end dernier. Nous étions là depuis seulement une heure, et nous étions déjà pompettes, à papoter et ragoter, quand j'ai senti que Linden était là. J'en ai eu la confirmation simplement en regardant les visages de Kayra et Nicola.

Linden s'est avancé vers moi, comme sorti d'un rêve. Il portait une chemise grise cintrée qui mettait en valeur ses bras musclés et ses larges épaules, des jeans noirs qui moulaient ce qu'il fallait mouler et sa veste en cuir négligemment jetée sur l'épaule, façon Marlon Brando. Et ça le faisait. Il portait même, une fois n'est pas coutume, des bottes de combat en cuir noir, qui le grandissaient encore, lui qui fait déjà plus d'un mètre quatre-vingt-cinq.

J'ai juré intérieurement en passant en revue tous les pires gros mots que je connais. J'étais furieuse qu'il soit là, et plus furieuse encore qu'il soit si sexy que j'ai eu un mal de chien à détourner le regard de son corps.

Et même si je voulais lui en vouloir, si j'avais envie d'être fâchée contre lui, je n'y arrivais pas. C'était Linden, malgré tout. Il était toujours l'homme qui me connaissait le mieux. Je ne pouvais rien lui refuser ni lui garder rancune.

Donc Nicola et Kayra nous ont laissés seuls et j'ai immédiatement été submergée par cette force de la nature.

Il m'a pris la main, c'était comme si je retrouvais soudain mon intégrité. Son haleine tiède a effleuré mon cou, j'ai pensé que j'allais spontanément prendre feu. Il m'a dit des choses que je ne pensais pas qu'il me dirait un jour, et j'ai supplié qu'il recommence.

Et puis il m'a dit que c'était un secret, Kayla et Nicola sont revenues et il s'est barré à l'autre bout du bar.

C'est là qu'il est maintenant. C'est là que j'ai envie d'être. Rien de plus. J'ai envie d'être sous lui, à sa table, exactement comme il me l'a dit.

– Tu es sûre que tu vas bien ? me demande Nicola pour la centième fois. Je ne comprends pas ce qui se passe sur ton visage.

– Qu'est ce qu'il y a avec mon visage ?

– Ben, tu as l'air un peu plus garce que d'habitude, dit Kayla pensivement, et elle tend la main à travers la table pour lisser la profonde ride qui est apparue entre mes sourcils.

– Tu es trop renfrognée et tu as l'air un peu inquiète.

– Elle a peur de Linden, murmure Nicola pour elle, mais à voix haute.

– Nous allons te protéger, mon chou, ajoute Kayla en bombant ses biceps, qu'elle a étonnamment musclés. Je dois à Linden quelques bons coups de pied dans les couilles.

– Personne ne donne de coups de pied à personne, je leur réponds. Je peux très bien avoir besoin un jour de ses couilles. Vous êtes bourrées toutes les deux.

– Tu as raison, soupire Kayla en se penchant violemment en arrière. Tu sais bien qu'il me suffit de deux verres pour être HS. Ah, ces fichus gènes asiatiques !

Je ris.

– Alors peut-être que tu devrais rentrer chez toi.

Nicola me lance un regard inquisiteur.

– J'ai comme l'impression que tu essaies de te débarrasser de nous.

J'ouvre la bouche pour protester, mais aucun son n'en sort.

Nicola soupire et jette quelques billets sur la table avant de pousser Kayla hors du salon privé.

– Viens ma poule, de toute façon tu ne trouveras aucun mec ici prêt à te sauter sur les genoux ce soir.

Puis elle étouffe un fou rire :

– Enfin, un peut-être, mais je parie que tu t'es déjà retrouvée à genoux devant lui.

– Ce n'est pas drôle ! je hurle, pendant que Kayla devient cramoisie.

Puis elles s'en vont et je reste assise toute seule, à siroter du cidre tiède, sans bulles et sans aucun goût. Je sais pertinemment qui m'attend de l'autre côté du bar.

Je finis par ramasser les billets et je les colle dans le pot à pourboires le plus proche. Dan me remercie en levant le pouce. Kayla et Nicola n'ont jamais rien à payer parce qu'elles sont avec moi, mais elles le font toujours, et chaque fois, je laisse leur argent en pourboires. Ce qui fait que le personnel est toujours content de nous voir.

– Salut Steph, me lance James alors que je me dirige de l'autre côté.

Il est en train de servir une pinte à Linden qui est assis à sa place habituelle. À notre place habituelle. En un instant, je suis transportée à l'époque de notre anniversaire des vingt-cinq ans quand, ivres tous les deux, nous avons promis de nous marier si nous n'avions personne d'autre dans nos vies.

Le regard sombre de Linden croise le mien, et il me fait un lent sourire carnassier, comme s'il savait exactement à quoi je pense. Tout à coup, je suis trop paniquée pour continuer, mais mes pieds avancent tout seuls. Ils marchent jusqu'à lui et je m'assieds sur le tabouret à côté du sien. Nos épaules se touchent.

– Tu l'aimes à nouveau ? me demande James en me tendant une Angry Orchard sans me demander mon avis.

– Je suis parfois d'humeur changeante, dis-je avant de m'en enfiler une grande gorgée.

– Sans blague, dit-il en courant vers l'autre côté du bar où un client tape sur le comptoir avec impatience.

Et voilà, malgré le bar et les gens autour de nous, je me retrouve seule avec Linden. J'ai l'impression qu'il n'y a plus personne à des kilomètres à la ronde. La chaleur que dégage son corps me grise, je suis parfaitement consciente que si je bouge un tout petit peu, mon bras nu va effleurer le sien. Rien que d'y penser, j'ai déjà la chair de poule.

Linden se penche en avant, son haleine chaude pénètre dans mon oreille.

– Chez moi ou chez toi ?

J'écarquille les yeux. Ça va beaucoup trop vite. Je ne sais pas encore quoi penser de tout ça.

– Laisse-moi finir mon verre et y réfléchir.

Ma voix est aussi rauque et étouffée que si j'avais avalé un seau entier de sciure. Je me tourne légèrement pour pouvoir le regarder dans les yeux.

– Tu ne trouves pas ça un peu… bizarre ?

Il me fait un sourire charmeur.

– Baby Blue. (La façon lente qu'il a de prononcer ce mot attire mon regard sur ses lèvres, et le bout de sa langue qui pointe.) Ce sera tout sauf… bizarre.

Je n'en suis pas certaine.

Il continue, en se penchant à nouveau vers moi.

– Tu sais que je ne peux pas m'empêcher de penser à toi en permanence.

Je me sens rougir.

– Là, tu deviens lourd. Tu n'as pas besoin d'être lourd avec moi.

– Ouais, je sais. Mais c'est la vérité. Tu sais combien de temps j'ai attendu pour te dire la vérité ? J'ai passé mon temps cette semaine à imaginer tes lèvres parfaites autour de ma bite.

À ces mots, mes yeux s'écarquillent encore un peu plus.

Oh mon Dieu.

Putain.

– Ça te laisse sans voix, dit-il au bout de quelques secondes. J'aime ça.

Je tourne la tête pour vérifier que personne ne peut nous entendre. J'ai beau avoir l'impression que nous sommes seuls, je sais que ce n'est pas vrai. James est toujours à l'autre extrémité du bar, et j'ai l'impression que c'est surtout à cause de lui que Linden veut que nous gardions le secret sur tout ça. Je ne sais pas vraiment pourquoi.

Mais je me doute que Linden va me l'expliquer et le faire sans pitié.

Je déglutis avec peine, mon ventre est rempli de bulles et de crampes qui me donnent envie de rire ou de pleurer, bref de faire quelque chose. De crier, peut-être.

– Et notre pacte ? je lui demande.

– Eh bien quoi ? On n'a qu'à dire que c'est la première phase.

Il se penche un peu plus, et je me dis que si quelqu'un nous observe, il se rendra compte qu'il ne s'agit pas d'une simple messe basse.

– Comme un genre d'essai avant d'acheter la marchandise, je plaisante.

– Oh, il faut essayer, murmure-t-il. (Son souffle chatouille mon cou et me fait dresser les poils. Je ferme les yeux et il m'embrasse très vite derrière l'oreille.) On aura droit à de nombreux essais. (Il m'embrasse un peu plus bas.) Nombreux. (Encore plus bas.) Plein de fois.

Oh Seigneur ! Je n'ai qu'une envie, c'est qu'il continue, mais je me recule en tressaillant pour essayer de me préserver un minimum, ou au moins de ne pas tremper ma petite culotte.

Je pose la main sur son avant-bras en serrant fort ses muscles pour qu'il comprenne que je suis sérieuse. Il finit par reculer et il me regarde. Son regard devient très doux.

– Je suis trop grivois ? demande-t-il.

Soudain soulagée, je ne peux m'empêcher de me mettre à rire. Voilà le Linden que je connais.

– Un peu, lui dis-je.

Il masque légèrement, alors j'ajoute très vite :

– Mais c'est juste parce que tout ça est… énorme. C'est énorme, n'est-ce pas ?

Il se penche et hoche la tête en souriant :

– C'est ce que pensent les dames en général.

Je lui fais les gros yeux, bien que je sache qu'il a une grosse queue. Je le sais, j'ai pu m'en rendre compte quand il l'a écrasée contre moi.

– Je suis sérieuse. Nous étions juste amis et l'instant d'après…

– L'instant d'après, je t'embrasse. Et je réalise que j'étais fou de ne pas avoir essayé plus tôt.

Je hoche la tête, je comprends parfaitement ce qu'il ressent.

– Je ne sais toujours pas ce que tu veux de moi, ce que tu veux pour nous.

Il fronce les sourcils.

– Et toi, tu veux quoi de moi ?

Qu'est-ce que je veux de lui ? Réellement ?

Je réponds lentement, en réfléchissant bien.

– Je veux… (Je prends une petite gorgée et je la fais tourner autour de ma langue. Je n'ai pas d'autre choix que celui d'être honnête.) Je veux comprendre pourquoi ce baiser était si bon. Je veux savoir ce que j'ai raté d'autre.

– Moi aussi, dit-il.

– Et ça vaut la peine de mettre en péril notre amitié ?

Il prend un air grave et baisse les yeux un instant.

– Je crois qu'on l'a déjà mise en péril, Baby Blue. À l'instant où nous nous sommes embrassés, c'est devenu plus important qu'un simple baiser, ça a scellé la fin de notre amitié. Maintenant, nous explorons l'étape suivante. (Il me remet une mèche de cheveux en place, d'un geste doux et ferme à la fois.) Tout ça, toi et moi, c'est tout nouveau, tu as raison. Allons-y doucement, pas à pas, voilà tout.

– Ces petits pas incluent la baise, n'est-ce pas ?

Je plaisante et je me mets à rougir encore plus. Je n'arrive pas à croire que c'est moi qui parle ainsi. Bien sûr, j'ai déjà plaisanté sur ce sujet avec lui, mais à présent il s'agit de lui, de nous, et c'est réel. Ce que je dis prend une importance nouvelle.

Il se mord la lèvre inférieure et poursuit :

– Je t'embrasserais bien sur-le-champ si nous n'étions pas sous le regard de tous ces gens. Sur la bouche. Ce serait si fort et si doux que tu penserais que c'est du miel. Je ferais en sorte que tu veuilles t'y noyer.

Je dois reconnaître que je n'ai jamais été jusque-là avec un mec qui parle si bien et j'apprécie. Beaucoup.

– Ouais ? je réponds assez sobrement.

On ne peut pas tous les deux jouer à ce jeu. Je lui laisse volontiers la priorité et décide de le laisser parler. Il se penche comme s'il allait me dire un secret :

– Il n'y a rien que je désire plus au monde que de te sortir d'ici et de te ramener chez moi, murmure-t-il d'une voix dangereusement basse. Je vais prendre tout mon temps, je vais très lentement t'enlever ta chemise, ton soutien-gorge, embrasser tes tétons jusqu'à ce qu'ils soient si durs que tu me supplies de les mordre. Alors, je baisserai ton jean, centimètre par centimètre, pour jouir du spectacle de tes cuisses avant t'atteindre ton slip. Je parie qu'il sera à tordre. Même maintenant, je suis sûr que tu mouilles. Je parie que ça a bon goût. Alors je vais embrasser ta chatte humide, si bien que tu vas te demander comment tu as fait pour vivre sans moi pendant tout ce temps.

Je reste muette.

Excitée comme une dingue.

Et muette.

Oh mon Dieu, qu'est-ce qui m'arrive ?

Je ne sais pas si je suis plus étonnée par ce qu'il vient de dire ou par le fait que c'est lui qui l'a dit. Sans doute les deux. J'ai eu l'habitude de le voir parader avec des filles aux longues jambes et de l'entendre parler très crûment de sexe, du coup ce n'est pas ça qui m'étonne le plus. C'est juste un choc de l'entendre me le dire à moi.

Oh, et c'est un véritable tournant entre nous. Mais ça, je l'ai déjà dit, non ?

Je me tortille sur mon siège et je me rends immédiatement compte qu'il a parfaitement raison à propos de l'état de ma culotte.

– Tu te contractes déjà à cause de moi ? demande-t-il avant de se redresser sur son siège et de retourner à sa bière, comme tout le monde.

En attendant, moi je me contracte comme une folle, je palpite alors que ses mots tournent encore dans ma tête et me font serrer les jambes l'une contre l'autre. Je ne pense pas avoir jamais eu envie de baiser quelqu'un à ce point.

Mais il est vrai que j'ai eu des années et des années de préliminaires.

– Quelle nuit animée, hein ! dit Linden, et je dois me secouer pour revenir à notre petit jeu.

Il parle à James, qui est à nouveau face à nous et qui lui sert une autre pinte. J'ai l'impression que la queue de Linden tient très bien l'alcool.

– Ouais, répond James, ça marche bien.

Puis il tourne les yeux vers moi :

– Tu te sens bien, Steph ?

– Oui, pourquoi, je demande en paniquant un peu.

Il me montre mon visage.

– Tu es toute rouge, comme si tu avais de la fièvre.

Je me redresse un peu et réponds, histoire de jouer le jeu :

– Oh, c'est vrai, je ne me sens pas très bien.

– Je te l'ai déjà dit, tu travailles trop, me taquine-t-il.

– Je sais, je sais.

Je manque lui dire que j'ai décidé de prendre mon week-end, que je pourrai venir avec eux à Sea Ranch et que je vais embaucher quelqu'un pour me soulager, mais tout à coup, je n'ai plus envie d'engager la conversation.

Je ne veux parler qu'avec Linden, pour découvrir quelle sera la prochaine étape, si j'ai le courage de l'affronter et s'il tient ses promesses.

Peut-être que Linden en a conscience, parce qu'il pose sa main sur mon épaule et me dit comme au bon vieux temps,

– Ok, Baby Blue, James a raison, tu n'as pas l'air bien. On va t'appeler un taxi.

– Je m'en occupe, dit James en décrochant le téléphone.

Il me tend mon manteau qu'il avait rangé derrière le bar. Je l'enfile et je lui fais au revoir de la main pendant qu'il est en ligne, puis Linden m'attrape par l'épaule et m'entraîne vers la sortie.

Dehors, quelques personnes fument et rient en crachant des volutes de fumée, et je sais que nous allons devoir attendre le taxi quelques minutes. Je ne peux m'empêcher de me demander s'il va me renvoyer chez moi, mais Linden lâche mon épaule et glisse sa main dans la mienne. Il la serre et ne la lâche plus.

– Je viens avec toi, dit-il, et ses yeux brillent sous les réverbères. Nous allons d'abord chez moi. Juste pour que tu saches.

– Et James ?

Il penche la tête, comme pour réfléchir.

– Je ne veux pas que James soit au courant de ce que nous allons faire. Je ne veux pas foutre en l'air notre sainte trinité. Mais ça, moi qui t'accompagne à un taxi que nous partageons ensuite, on l'a déjà fait des centaines de fois. Rien n'a vraiment changé, Steph. Ça va juste devenir bien mieux.

Rien n'a vraiment changé, mais mon bon vieux pote Linden, lui, ne m'aurait pas sauté dessus à l'arrière d'un taxi.

Bien que ce ne soit pas du tout ce qui se passe. Quand le taxi arrive enfin et que nous montons à l'arrière, il s'installe une énorme distance entre nous. Je pensais qu'il saisirait cette opportunité pour terminer ce qu'il avait commencé, mais il se contente de regarder par la fenêtre les rangées de maisons et le rougeoiement orangé des lumières de la ville qui se reflètent dans le brouillard.

Cette course en taxi s'avère limite gênante, et je n'aime pas me sentir gênée avec lui. Je réalise à quel point mes paumes de mains sont moites et combien je suis nerveuse à l'idée de ce qui peut bien nous arriver. Suis-je vraiment sur le point de faire l'amour avec Linden ? Je me sens comme une môme, pas comme une femme.

Je me demande si lui aussi se sent nerveux. Il a l'air tellement tranquille et calme, comme si pour lui, ce n'était pas différent de d'habitude.

Quand le taxi s'arrête devant chez lui, il le paie et attrape ma main pour m'emmener en haut des marches, jusqu'au hall d'entrée. Il n'est pas si tard que ça et pourtant nos pas résonnent dans la nuit. Pendant qu'il passe sa clé magnétique devant le portier automatique, je regarde la rue derrière moi. C'est d'un calme étrange, la brume assourdit les bruits de la ville. Tout semble irréel. Peut-être qu'en cet instant précis, tout est vraiment irréel.

CHAPITRE 14

Stéphanie

Linden m'entraîne à travers le hall d'entrée jusqu'à son appartement au premier étage en me tenant par la main. Bien que je sois déjà passée un millier de fois devant ces murs blancs et ces plaques dorées numérotées, ça me paraît différent aujourd'hui.

Ça semble neuf.

Tout me semble tellement neuf.

Nous nous arrêtons devant sa porte, il glisse la clé dans la serrure et je lance à brûle-pourpoint :

– Et si c'était une erreur ?

Il s'arrête et se retourne lentement pour me regarder.

– Tu penses que c'est une erreur ?

Je me mords la lèvre un moment et j'essaie d'écouter mon cœur. Est-ce que je pense que c'est une erreur ?

– Non, dis-je lentement, alors que mon cœur bat fort dans ma poitrine. Mais ça ne veut pas dire que je n'ai pas peur.

Il ouvre la porte, la pousse légèrement et se retourne à nouveau vers moi. Son regard est tendre et préoccupé.

– Baby Blue… c'est moi.

– Je sais. Mais qu'est-ce qui se passera si ça ne marche pas entre nous ?

– Ça marchera, répond-il.

Mais j'ignore si je partage cette confiance.

– C'est que je ne veux pas que ça nous pète à la figure, que ça foute tout en l'air entre nous. Je ne veux pas te perdre.

Il cherche ma main et m'attire à lui.

– Tu ne vas pas me perdre, je te le promets, dit-il en me regardant dans les yeux.

J'ai tellement envie de le croire. J'ai besoin de le croire.

– Et si c'était toi qui me perdais ?

Il me sourit et me serre plus fort.

– Eh bien, je m'agripperai encore plus fort.

Il me serre de plus près, ouvre la porte en grand et me pousse à l'intérieur.

Toutes les lampes sont éteintes à l'exception d'une seule dans la cuisine, à gauche. L'appartement baigne dans une douce lumière, avec ses parquets en bois marron foncé et ses murs gris souris. Tout me paraît plus mystérieux, plus dangereux aussi. Ce n'est plus l'appartement de mon ami, c'est celui d'un homme que je ne connais pas encore parfaitement.

Il ferme la porte derrière lui et avance vers moi jusqu'à ce que je me cogne à la porte. Il prend ma tête entre ses mains, elle est coincée. Il me regarde, ses lèvres sont à quelques centimètres des miennes, nos nez se touchent presque.

Je ne respire plus. Je ne bouge plus. Je regarde ses lèvres charnues, ses yeux perçants qui me désirent, me désirent, me désirent. Je prends soudain conscience de sa taille, comme si je ne m'en étais jamais rendu compte auparavant. Ses mains, ses bras, ses épaules, sa poitrine, sa taille. Il est si grand et moi si petite, si facilement ravagée.

J'ai envie d'être ravagée.

Il avance d'un millimètre afin que le bout de son nez effleure doucement l'aile du mien.

– Cet instant, dit-il avec la voix qui chavire, et il ferme les yeux. Cet instant.

Avant que je puisse réfléchir à quel genre d'instant il s'agit pour lui, il se penche et m'embrasse. C'est très doux, léger comme une plume. C'est une esquisse de baiser, une simple mise en bouche. Et pourtant, toute cette chaleur et cette douceur, la façon dont ses lèvres s'attardent langoureusement sur les miennes, tout ça me fait fondre. C'est comme si j'étais ficelée et que ce baiser était le couteau qui me libérait lentement. Je suis sur le point d'ouvrir la bouche, pour mieux le goûter, quand il recule.

Il murmure :

– Je veux y aller lentement. J'ai bien trop attendu ce moment pour que ce soit terminé en une minute.

Il glisse sa main derrière mon cou et m'attrape.

– Je vais savourer chaque centimètre de ton corps jusqu'à ce que tu me supplies d'arrêter. Ensuite, je vais te baiser tellement fort, tellement bien, que tu me sentiras encore à l'intérieur de toi dans plusieurs jours.

Je suis toute faible, toute molle. Je perds la tête et le contrôle. Je ne suis plus qu'un être de chair et de sang, et de désir aussi. Il se penche et me prend dans ses bras. Il m'emporte comme si je ne pesais rien. Je suis une enfant dans ses bras puissants.

Dans sa chambre, la lumière des réverbères traverse les rideaux et illumine le lit. On dirait une aire d'atterrissage.

Il me dépose doucement sur la couverture immaculée et les draps noirs, et reste debout au pied du lit. Il passe sa chemise par-dessus sa tête et la jette sur le sol derrière lui.

J'ai déjà vu Linden torse nu auparavant, mais c'est la première fois que je m'autorise à le regarder en toute liberté. Comment résister ? Je me demande vraiment comment j'ai réussi à ne pas le caresser partout, à ne pas le lécher de la tête aux pieds.

Dans la pénombre, sa poitrine est large et ferme, bien découpée, avec des poils à la Hugh Jackman, ses épaules sont rondes et sculptées et ses bras de véritables troncs d'arbres musculeux. Ses abdos sont parfaitement dessinés – une véritable tablette de chocolat –, ils mènent à ces os de la hanche, tellement sexy, qui forment un angle aigu jusqu'à son bassin. Je ne peux pas m'empêcher de dévorer des yeux chaque partie de son corps si massif, si masculin.

J'ai envie de sentir le poids de ce corps sur moi, j'ai envie de le toucher partout, avec mes doigts, ma langue, mes lèvres.

J'ai tellement envie de lui que je tremble comme une feuille.

Je le regarde qui me regarde avec un léger sourire sur les lèvres, et il ouvre lentement la fermeture Éclair de son jean. Celui-ci tombe sur le plancher en dévoilant ses cuisses musclées. Il porte un boxer sombre qui moule son corps et qui laisse parfaitement voir son érection.

Seigneur Jésus Marie.

Il attrape sa queue et la presse une seconde. Je suis bouche bée. Alors il baisse son slip et reste là debout devant moi, le sexe dressé.

Sa bite est parfaite. Absolument parfaite. Je ne peux pas la quitter des yeux. Elle n'est pas uniquement grosse (juste comme il faut, pas du genre à vous défoncer le vagin), mais tout à la fois lisse, épaisse et longue, et parfaitement proportionnée. C'est le pénis le plus sublime que j'aie jamais vu. Je regrette de ne pas savoir peindre parce que j'aurais consacré toute une série de tableaux à sa beauté et je suis certaine que je les aurais tous très bien vendus.

– Tu aimes ce que tu vois ? demande-t-il.

Et il me lance un sourire satisfait.

– Je ne sais pas, j'aimerais voir ça d'un peu plus près, je réponds en m'asseyant et en me penchant pour attraper ses hanches et le tirer vers moi.

Je prends sa queue dans mes deux mains. On dirait du velours de soie, je sais que j'ai l'air d'une dingue surexcitée. Difficile de comprendre que nous ayons si vite abandonné notre relation de meilleurs copains du monde pour jouer à touche-pipi, mais ça ne me semble pas du tout déplacé.

En fait, je regrette vraiment que nous ne l'ayons pas fait plus tôt.

– À toi, dit-il, et je me rends compte que pendant qu'il est nu devant moi, dans toute sa splendeur, je suis encore tout habillée.

J'apprécie la tournure que prennent les événements, mais je sais pertinemment que plus vite je serai débarrassée de mes vêtements, plus vite il se jettera sur moi. Et à en croire l'éclat dans ses yeux, c'est précisément ce dont il a envie.

Je me penche en arrière. Dieu merci, la lumière est assez tamisée pour cacher mes petits bourrelets. J'essaie d'enlever mon haut avec grâce. Mais il est plus rapide que moi. Il m'arrache ma chemise et la jette à travers la pièce, il passe exactement une seconde à admirer ma poitrine avant de dégrafer mon soutien-gorge. Mes seins jaillissent à l'air libre, ils sont lourds. Il pousse un gémissement de plaisir en voyant mes tétons se mettre à durcir.

– Exactement comme je l'imaginais, murmure-t-il.

Puis il se jette sur le lit, nu, je suis allongée sous lui. Il plonge sa tête entre mes seins jusqu'aux mamelons, que sa langue lèche et lèche et lèche en larges cercles, si chauds, si humides.

Pendant que d'une main, il serre mon sein en jouant avec mon téton jusqu'à me faire gémir de plaisir, de l'autre il ouvre la fermeture Éclair de mon pantalon et glisse sa main dans ma culotte.

– Seigneur, chuchote-t-il d'une voix rauque, tu mouilles comme une dingue.

Son doigt titille mon clitoris, et je soulève mes hanches pour qu'il continue. Il obéit en faisant glisser sa main plus bas, jusqu'à ce que deux de ses doigts me pénètrent, tandis que son pouce appuie là où il faut, en dessinant des cercles, lentement.

Je retiens ma respiration, mon corps est déjà tétanisé.

– Si tu continues comme ça, je vais jouir tout de suite.

– Eh bien, jouis alors, dit-il, en posant ses lèvres sur mon autre sein. De toute façon, je vais te faire jouir plusieurs fois.

– Tu as l'air bien sûr de toi.

Il lève la tête vers moi, mon téton entre les dents, il me regarde dans les yeux, avec un regard inébranlable. Je connais ce regard. C'est la marque de Linden – la plus parfaite et totale confiance en soi.

Moi non plus, je n'ai pas vraiment de doutes.

Il me mordille doucement le mamelon, puis plus fort, c'est un délicieux mélange de plaisir et de douleur. Ses doigts s'enfoncent plus profondément en moi, jusqu'à atteindre le renflement de mon point G. Il appuie dessus à petits coups répétés. Je ne sais plus trop ce qui se passe, mais je ne peux pas me retenir plus longtemps. Il enlève ses doigts et se contente d'effleurer mon clito pendant que je jouis.

Mon dos se cabre, et il gémit contre ma poitrine pendant que tout tourne autour de moi et que je plonge dans un grand bain de bonheur, de pur plaisir, qui irradie à travers mon corps tout entier.

– Oh mon Dieu, je gémis en agrippant les draps. Ne t'arrête surtout pas !

– Je ne vais pas m'arrêter, Bébé. Je vais continuer toute la nuit.

Les vagues se succèdent les unes aux autres, jusqu'à ce que la pièce réapparaisse enfin. Linden est toujours sur moi, sa bouche passe doucement de mes seins luisants à ma clavicule. Il me dévisage d'un air presque inquiet.

– Quoi ? je lui demande.

– Ton visage.

J'ai du mal à respirer, j'ai chaud au visage après avoir joui.

– Qu'est-ce qu'il a mon visage ?

– C'est juste que je ne t'ai jamais vue jouir. C'est encore plus beau que je l'imaginais.

Il bouge un peu en s'appuyant sur ses coudes de part et d'autre de ma tête. Il plonge les mains dans mes cheveux. Son ventre est collé au mien, sa bite est encastrée dans mon bassin. C'est si simple et si agréable pourtant.

Je n'ai pas l'habitude qu'il me fasse de tels compliments.

– Ne t'attendris pas trop quand même, lui dis-je en plaisantant à moitié.

– Bébé, répond-il en m'embrassant le menton et en faisant peser tout son poids sur moi, est-ce que tu sens comme je bande ? Je ne m'attendris pas vraiment, tu vois.

Il a complètement raison. Bien que je vienne tout juste de jouir et que je sois encore un peu dans les vaps, j'ai une envie folle d'ouvrir mes cuisses et de le sentir en moi.

Comme s'il m'avait comprise, il m'embrasse fougueusement et tend le bras vers le tiroir de la table de chevet, d'où il sort une petite boîte de capotes.

Il s'assied en contournant mes cuisses et je l'observe pendant qu'il ouvre un préservatif et le roule sur toute la longueur de sa queue. C'est un spectacle incroyablement sexy.

Même si je prends la pilule, je suis heureuse de voir qu'il a l'intelligence de prendre l'initiative. C'est quand même bizarre, mais rassurant également, d'être avec quelqu'un dont tu connais toutes les aventures et les histoires de cul.

– Tu sais quand tu as pris ma queue dans tes mains ? Recommence, guide-moi en toi, murmure-t-il.

– Ok, dis-je timidement.

Je me mords les lèvres et je lui souris pendant qu'il rentre le ventre pour que je puisse mieux l'attraper. Je saisis sa bite, j'écarte les cuisses et je la guide. Il ferme les yeux et retient sa respiration, puis il me pénètre.

Pendant un instant, j'ai l'impression d'être fendue en deux, mais dès qu'il se retire et rentre à nouveau, je baisse mes hanches, mon corps se détend et s'adapte à lui. Son sexe glisse en moi comme dans un gant, il est si gonflé, il me remplit si merveilleusement, si totalement. Il me procure un plaisir inouï.

J'ai alors parfaitement conscience que Linden est en moi. Linden. Nous sommes à poil, il est dans moi, il est vraiment en train de me baiser sur son lit.

Linden est en train de me baiser.

Et il baise super-bien.

À chaque poussée, lente et profonde, il gémit à mon oreille.

– Tu es douce comme du miel, murmure-t-il, en mordant ma lèvre avant de geindre à nouveau pendant qu'il pousse et qu'il reste au fond quelques secondes tumultueuses. Tellement chaude, parfaite. Tu es parfaite, c'est dingue. (Il recule pour me regarder dans les yeux.) Je n'arrive pas à croire que tu es à moi.

– Mais est-ce que ça n'a pas toujours été le cas ?

Voilà ce que j'ai envie de lui dire. Mais encore une fois, avant, je ne m'en rendais pas compte, moi non plus.

Il poursuit avec aisance ses mouvements de va-et-vient, sa respiration s'accélère alors que la transpiration et la chaleur augmentent entre nous. Sa bite me remplit tout entière et ses doigts savent mieux que les miens ce qui me fait du bien. Et pendant tout ce temps, Linden garde le contrôle et une allure parfaite, en alternant des coups rapides et puissants et d'autres délicieusement lents. Je suis sur le point de jouir à nouveau, je me cambre quand il se retire et se renfonce profondément. Dedans, dehors. Dedans, dehors. Puis il ralentit et se retire complètement.

– Attends, dit-il doucement en enlevant sa main de ma chatte pour la poser sur mes seins, en me mouillant avec mon propre nectar. (Il baisse la tête et lèche sa main, ainsi que mes seins.) J'aime ton goût, c'est tellement bon, Bébé. (Puis il passe une main derrière mon épaule.) Mets-toi sur le ventre. Les hanches en l'air.

Je n'ai pas l'habitude de changer de position pendant que je fais l'amour, et il doit le voir à mon expression, parce qu'il se met à sourire.

– Je t'ai dit que j'allais prendre mon temps. Tu vas jouir encore, et sacrément fort, tu peux me croire.

Je crois que ça me va. Je me retourne et il pose ses mains de chaque côté de ma taille, en soulevant mes fesses vers lui.

– C'est ça, Bébé, c'est bien ça, murmure-t-il en me serrant plus fort.

Il trouve facilement le chemin, et dans cette position, c'est très différent. Il se penche en avant, sa poitrine dure et moite appuie contre mon dos et il chuchote dans mon oreille :

– Allonge-toi sur la poitrine et garde le cul en l'air.

Et il le tire vers lui et rentre à l'intérieur.

Oh, Seigneur.

Vous vous souvenez quand je vous parlais de James, que je vous expliquais qu'une des raisons pour lesquelles j'étais restée avec lui, c'était parce qu'il faisait super-bien l'amour ? Vous savez, ce piercing magique qu'il avait qui touchait comme par miracle le bon endroit ? Eh bien, Linden n'a pas de piercing mais je commence à croire que sa queue est magique, parce qu'elle atteint un point qui me donne immédiatement envie de serrer les genoux.

– C'est ça, dit-il en se mettant à me masser le clito pendant qu'il me pénètre.

À chaque poussée, je ne peux m'empêcher de haleter ; puis mes halètements se transforment en gémissements et je n'arrive plus à contrôler ma respiration. Il pousse, pousse et s'enfonce en moi par-derrière. La pièce résonne de son souffle qui siffle et de ses gémissements de plaisir, ses cuisses giflent l'arrière des miennes.

– C'est si bon, gémit-il. Tu es si bonne. Dieu, que j'aime te sauter. Tout ton corps me demande que ça, être baisé.

Très rapidement, c'est tout juste si je ne mange pas les draps en essayant de me contrôler, moi et les mots qui ne demandent qu'à sortir de ma bouche.

Je ressens trop d'émotions et de sentiments pour pouvoir les garder pour moi.

Je dois me laisser aller.

Alors, je le fais.

Ça m'envahit comme une vague énorme qui m'attire au fond, sans répit. Je dégringole, la chute est vertigineuse, mon corps tremble et tout l'univers tremble autour, dans un immense tourbillon. Je suis relâchée, défaite, libre. Et Linden crie mon nom en m'agrippant comme s'il ne pouvait plus me lâcher.

– Putain que c'est bon, siffle-t-il derrière moi, avant de pousser un cri aigu et d'accélérer. (Je sens son corps qui frissonne contre le mien pendant qu'il jouit, sa respiration haletante, et les gouttes de sa sueur qui tombent sur mon dos.) Baise-moi, Bébé, baise-moi, baise-moi, putain.

Chaque mot qui sort de sa bouche accompagne une nouvelle poussée puissante, jusqu'à ce qu'il se mette à ramollir.

Je tourbillonne toujours, je nage, je me noie dans un orgasme comme jamais je n'en ai vécu, pendant qu'il se retire et s'effondre sur le lit. Il passe un bras sur ma poitrine et plonge son visage dans le creux de mon cou, en respirant fort.

C'est tellement tendre, tellement intime.

Alors que le désir et la passion commencent à se dissiper, un nouveau sentiment grandit en moi.

C'était tellement bon.

Mon Linden.

Je l'ai fait avec mon Linden.

Je crois que je ne serai plus jamais la même.

Non. Je le sais. C'est impossible, après ça.

Il n'existe aucun retour possible.

Et je suis soudain frappée par une évidence.

Je ne veux plus jamais être avec quelqu'un d'autre. Je ne peux pas. Je veux Linden et je le veux pour toujours. Des larmes remplissent mes yeux, je ferme les paupières en pensant, c'est toi, c'est toi, c'est toi. Tout ce temps, c'était toi.

Je ne sais pas s'il pense la même chose, parce qu'il dégage doucement mes cheveux de mon visage et il embrasse mon front, le bout de mon nez, mes lèvres, mon menton. Il dit de sa voix grave et rocailleuse :

– Neuf ans. J'ai attendu neuf ans. Neuf ans pour finir par t'avoir comme j'en ai toujours eu envie.

Je cligne des yeux et je le regarde fixement. Son regard est si intense, si sincère, que j'ai l'impression de m'enfoncer encore plus profondément dans le matelas, stupéfaite et comme désossée. Je n'arrive pas à croire qu'il est là, allongé nu à mes côtés, que mon corps palpite encore là où sa queue est entrée en moi, et qu'il est en train de me dire les choses dont j'ai toujours rêvé.

– Et maintenant que je t'ai eue, dit-il doucement, en essuyant une de mes larmes avec son doigt, je ne désire plus rien d'autre.

J'essaie d'avaler la boule que j'ai dans la gorge sans y parvenir.

– Moi non plus, je ne désire rien d'autre, dis-je d'une voix étranglée.

Il me fait un sourire très tendre et m'embrasse le front.

– Mon Baby Blue.

– Mon cow-boy.

– Je crois qu'on va bien s'amuser tous les deux.

Il a raison, je sais que c'est vrai.

Mais alors que je m'assoupis doucement, nue entre ses bras, je me rends compte à quelle vitesse les choses ont changé. Il y a une semaine, nous étions amis. Maintenant, nous sommes amants. Ça semble parfait. Presque trop bien pour être vrai. Et à cause de ça, j'ai peur. J'ai peur que ça ne soit pas si simple entre nous. J'ai peur.

CHAPITRE 15

Linden

Je me réveille et je n'en crois pas mes yeux. En fait, je suis tenté de me pincer pour m'assurer que je ne suis pas en train de rêver. Parce que, putain, si c'est un rêve, c'est le plus beau rêve de ma vie.

Mais ce n'est pas un rêve. À côté de moi, dans le désordre de mes draps froissés et de mes couvertures, il y a une femme sublime, parfaite, qui dort, dos contre moi. La ligne de son corps, le creux de sa taille et l'arrondi de ses hanches sont dignes des beautés classiques. Mais aucune de ces beautés n'a un aussi beau cul qu'elle. Aucune autre ne possède ce qu'elle a. Voilà pourquoi elle est unique.

Putain. Je n'arrive pas à croire que j'ai dormi avec elle cette nuit.

Avec Stéphanie Robson.

Je souris intérieurement. Je n'y peux rien. Je commence même à rire, juste parce que je suis tellement verni. Je suis sidéré par la chance que j'ai, d'avoir son corps parfait, tellement harmonieux et callipyge dans mon lit.

Et c'était encore mieux que ce que j'imaginais. Toutes ces années à tourner autour d'elle, à baiser d'autres filles en ne pensant qu'à elle, tous ces rêves que j'avais – ce n'était rien comparé à ce que ça a été vraiment. Son goût, sa façon d'être quand j'étais plongé profondément en elle, ses yeux qui brillaient comme un matin d'été quand elle a joui. Aucun fantasme n'arrive à la cheville de la véritable Stéphanie.

– Tu es en train de mater mon cul ? marmonne-t-elle sans bouger pour autant, et je sursaute un peu en entendant sa voix.

– Euh, oui, j'admets. Mais si tu pouvais le voir, je suis sûr que tu le materais aussi.

Elle se tourne lentement et cligne des yeux dans le soleil qui inonde la pièce par les fenêtres. Oui, c'est une sacrément belle matinée, même la météo si capricieuse de San Francisco est d'accord.

– Coucou, dit-elle la voix encore endormie.

– Coucou, je lui réponds avec un sourire idiot.

Je m'approche d'elle et je me serre contre son flanc, ma trique du matin pressée contre sa hanche.

– Quelle heure est-il ? demande-t-elle.

– On s'en fiche. (Je ne veux pas lui donner une excuse pour sortir du lit.) On est dimanche et tu es chez moi, ce qui signifie que tu ne fais rien d'autre que manger et baiser.

Elle hausse un sourcil parfaitement dessiné. Seigneur, elle est sublime, même avec le visage à moitié barbouillé de son maquillage qui a coulé.

– Ah bon ? Je ne suis pas sûre d'avoir donné mon accord.

– Si, tu l'as fait, dis-je en embrassant son épaule. Quand tu as baisé avec moi la nuit dernière, tu as signé pour un tas de choses.

– Je ne me souviens pas d'avoir signé le moindre contrat.

– Non, mais tu as dit que j'étais ton dieu du sexe et que tu ferais absolument n'importe quoi pour moi. Vraiment n'importe quoi.

Et j'agite mes sourcils.

Elle a un petit rire.

– Je ne m'en souviens pas du tout.

– Humm… Je l'ai peut-être lu dans tes pensées. (Je me presse plus fort contre elle.) Tu sais, je te connais assez bien.

Un semblant de timidité traverse son regard et elle détourne les yeux. Est-ce que je m'avance un peu trop ?

Je passe une main dans ses cheveux.

– Comment vas-tu ?

Elle semble réfléchir à sa réponse un moment en fixant le plafond.

– Je n'en sais rien.

Cette réponse me glace le cœur.

– Tu n'en sais rien ?

Elle me jette un regard contrit.

– Enfin… je suis heureuse. Je le suis, vraiment. Je suis juste abasourdie, je crois. Tout est arrivé si vite. Et je n'ai pas l'habitude de faire ça.

– De coucher avec des hommes ?

– De coucher avec mes amis. Avec mon meilleur ami.

Je comprends ce qu'elle veut dire, mais pour moi, ce n'est pas si compliqué. La nuit dernière, nous avons fait ce que j'ai toujours pensé que nous devions faire. Ça nous a simplement pris un temps fou pour y arriver. Mais après neuf ans de couilles en berne, j'étais vraiment certain que j'allais en profiter à fond.

– Je suis toujours ton ami. Ça n'a pas changé. Il y a juste une dimension supplémentaire.

– Donc, nous sommes des amis-amants maintenant ?

Je hausse les épaules, j'espérais mieux que ça.

– Oui, si tu veux. Il faut que tu saches que ces avantages vont entraîner des changements.

– Ça va devenir le bordel, dit-elle en fronçant les sourcils.

Et maintenant, je comprends ce qui la tracasse vraiment.

En fait, c'est la même chose que moi.

Elle pense à James.

– Oui, sans doute, dis-je lentement. Mais c'est comme ça dans toutes les relations, non ?

– Et James ?

Je soupire.

– Eh bien, ça va sans doute poser un problème.

Je me demande si elle le soupçonne, comme moi parfois, d'être encore amoureux d'elle.

– Pourquoi tu penses que James va poser problème ?

– Je ne pense pas qu'il en sera un en soi. Mais je ne suis pas certain d'avoir envie de tout lui raconter dès maintenant. Il peut parfois réagir… bizarrement. Comme s'il se sentait abandonné. Je sais que ça l'énerve quand on est tous les deux ensemble.

Mon cœur s'arrête de battre.

Elle hoche la tête.

– Ah bon ?

– Ouais. Mais il a ses problèmes perso, tu sais. Bien sûr qu'on l'aime tous les deux, ne te méprends pas. C'est James. Mais… je ne sais pas. Il est un peu trop sensible et je crois que si on se mettait à se bécoter ou se tripoter devant lui…

– Se tripoter ?

Elle ignore mon interruption.

– Si nous agissons différemment devant lui, si nous perturbons l'équilibre de notre trio amical…

– Il est au courant pour notre pacte. C'est complètement différent.

– Je sais, mais il croit que ce pacte, c'est du pipeau. Juste un truc que tu as inventé pour rire.

– Toi aussi, tu as pensé ça ?

Elle pince les lèvres.

– Peut-être. Mais ce n'est vrai, n'est-ce pas ?

Je secoue la tête.

– Je le pensais vraiment.

– Et tu le penses toujours ?

– Oui. Mais pour l'instant, nous ne faisons que rendre les choses possibles.

– Et ça va foutre le bordel.

Elle a raison, mais je ne veux pas l'admettre, pas maintenant. Je veux juste jouir de sa présence, c'est tout, sans avoir à craindre de fiche en l'air une amitié. Peut-être avons-nous simplement besoin d'un peu de temps.

– Et si nous gardions le secret ? je demande. C'est ce que je t'ai dit cette nuit. Faisons attention. Aux autres, et particulièrement à James. Profitons-en, pensons que nous allons pouvoir faire l'amour comme des bêtes quand bon nous semblera, plutôt que de penser que James va avoir l'impression d'être la cinquième roue du carrosse. De toute façon, il est avec Penny et ce que nous faisons ensemble ici, en privé, ne le regarde pas.

Elle semble d'accord sur ce point. Ses yeux se remettent à briller.

– Et ensuite, que va-t-il se passer ?

Je pose mes doigts sur la peau tendre de sa clavicule, puis je les descends le long de la ligne entre ses seins et je les glisse sous leur rondeur.

– Chaque chose en son temps. Pour l'instant, il ne s'agit que de toi et moi. Je te connais, Steph, mieux que tu ne le penses. Mais je ne sais pas tout de toi.

Je laisse mes doigts courir sur son ventre et je fais une pause sur son mont de Vénus.

– Je veux savoir ce qui t'excite. Et ce que tu n'aimes pas. Et tous les secrets que tu n'as jamais osé me dire. C'est comme ça que je veux te connaître. Je le veux profondément.

Sur ce, je descends mes doigts et je les fais glisser entre ses lèvres. Elle est déjà humide. Voilà qui répond à la perfection à ma trique du matin. Je lui souris.

– Tu me désires tant que ça ?

Elle me répond par un sourire.

– Est-ce que je ne t'ai pas déjà demandé de ne pas en faire trop ?

Je la regarde, comme si je réfléchissais.

– Tu veux dire, au sujet de ton désir ?

Elle se mord la lèvre. Je prends ça pour un signal m'indiquant qu'elle veut que je la morde, moi aussi. Je roule sur elle, en admirant la vue d'elle que j'ai en dessous.

Elle glisse ses mains sur mes flancs, sous mes bras et le long de mon dos. Elle s'arrête juste avant mon cul et elle palpe.

– Ouah, tu as presque des fossettes, là.

– Tu es impressionnée ?

– Très ! J'adore ça.

– Moi, c'est plutôt toi que j'adore, je lui lance à brûle-pourpoint.

Doucement, Linden. Depuis quand est-ce que je me prends pour un adolescent à peine pubère ?

– Plutôt ?

Je me mets à embrasser son cou, j'aime l'odeur de sa peau, une odeur naturellement sucrée et musquée.

– Je te kiffe. Point final.

Je recule un peu, et mes lèvres glissent de sa clavicule jusqu'à son sexe. Elle se tortille sous moi, et ma bouche en salive d'avance. J'y ai juste goûté la nuit dernière, mais immédiatement j'ai eu envie d'avoir à nouveau ses lèvres juteuses contre les miennes.

Je lèche une ligne qui part de chacune de ses hanches, avant de plonger entre ses cuisses. Son parfum musqué fait immédiatement réagir ma bite, elle ne désire qu'une chose, la pénétrer, mais je me sers d'abord de ma langue.

Elle a un goût incroyable. Je n'ai jamais dédaigné le cunnilingus, mais avec Stéphanie, c'est vraiment un cran au-dessus. Son goût induit presque immédiatement une dépendance, comme du sel sucré, et je gémis en elle pendant que ma langue tourne autour de son clito avant d'entrer.

Elle mouille de plus en plus, ses mains tordent mes cheveux et ses jambes s'écartent. Elle en redemande. Je me retire, je veux la taquiner et la titiller un peu jusqu'à ce qu'elle se mette à geindre.

– Dis s'il te plaît, je lui dis, sur un ton hargneux.

– S'il te plaît ! dit-elle, et il n'y a aucune hésitation dans sa voix.

Du coup, je me demande ce que je pourrais lui faire faire d'autre. Je me mets à gamberger, à imaginer des trucs cochons. Mais d'abord, je veux la faire jouir, puis la pénétrer, et la faire jouir à nouveau. Je l'attaque avec ma langue, en la poussant dedans et en la retirant, encore et encore, jusqu'à ce qu'elle jouisse, avec ses cuisses qui enserrent ma tête et sa chair qui palpite sous mes lèvres.

Je souris contre elle, puis je relève la tête. Elle s'agrippe désespérément aux draps, elle s'arcboute en ouvrant grand sa bouche parfaite. Putain, j'ai tellement envie de la pénétrer. Mais je ne suis pas du genre à précipiter les choses. Si elle veut me rendre la pareille, elle peut le faire.

En fait, vu la façon dont elle regardait ma bite la nuit dernière, je suis sûr qu'elle va le faire.

Vous ai-je déjà dit que j'avais une chance folle ?

Alors qu'elle est là, étendue sur le lit, à essayer de reprendre sa respiration, j'attrape un paquet de capotes sur la table de nuit, et j'en enfile une rapidement. Il va falloir que nous fassions un test pour pouvoir nous en passer. Faire l'amour avec préservatif ne me gêne pas vraiment, mais rien ne vaut de voir votre sperme qui coule entre les jambes de votre partenaire.

Je me glisse à nouveau entre ses jambes, j'attrape ses cuisses et je les passe derrière mon dos en lui soulevant les jambes en l'air. Je me positionne devant sa chatte, tellement humide et qui n'attend plus que ça. Je ne peux m'empêcher de pousser un petit gémissement.

– Je veux baiser ta chatte humide, elle est si bonne, Bébé.

Je me mords la lèvre et je l'observe pendant que je la pénètre. Surprise, elle ouvre de grands yeux. Est-ce à cause de ce que je viens de dire ou parce que je m'enfonce en elle, je ne sais pas. Je choisis les deux. Putain, elle est bonne. Je ne peux pas imaginer à quoi ça ressemblera de la sentir, si serrée, centimètre par centimètre, sur ma peau sans protection. Mais je garde ça pour plus tard, parce que suggérer maintenant que nous fassions le test serait tout sauf sexy. Je baisse les yeux sur mon sexe, sur l'endroit où je la pénètre, avec ses jambes entre mes mains, mes fesses me guidant toujours plus profondément. Il n'existe pas de spectacle plus excitant, surtout avec Stéphanie. Ses seins lourds se balancent à chacun de mes mouvements, et comme j'accélère, ils se mettent à tressauter. Ses yeux brillent, captivés, avec peut-être un tout petit fond de timidité.

J'adore lui faire cet effet-là. Mais j'aime encore mieux quand elle jouit. L'expression que je lis alors sur son visage ressemble à un véritable scintillement d'étoiles.

Je glisse mes doigts entre ses jambes. Je sais que je l'ai fait jouir en touchant son point G la nuit dernière, et si je soulève son cul sur un oreiller, je vais pouvoir remettre ça. Mes mains sont habiles et elle répond au quart de tour, d'instinct, comme si son corps m'appartenait. Je caresse doucement son joli petit clitoris. Elle est tellement sensible qu'elle se met immédiatement à se tordre sous moi, sa poitrine se soulève rapidement, ses lèvres s'entrouvrent.

Je veux être tout pour elle. Je veux être le seul et l'unique. Je veux qu'elle me désire, qu'elle hurle de désir, qu'elle se languisse de désir, tout le temps que Dieu fait. Je veux qu'elle sache ce que ça fait de la désirer et je veux savoir ce que ça fait d'être désiré par elle.

Nous grimpons doucement au septième ciel. Comparé à la nuit dernière, nous y allons plus doucement, en savourant chaque instant, notre allure, le corps de l'autre, les sensations de l'autre. Je voudrais que ça dure pour toujours, tout en crevant d'envie de jouir en elle sur-le-champ. Je veux voir son visage se transformer et cette merveilleuse vulnérabilité y apparaître. Je veux en être le seul témoin, à jamais.

Elle jouit la première. C'est merveilleux. Sa peau luisante de sueur semble briller sous mes yeux, sa bouche est grande ouverte, elle crie mon nom, mon nom qui sonne de façon incroyable avec sa voix si voilée, si lascive. Elle frissonne en lâchant prise, en chevauchant la vague, et je suis sidéré par sa beauté.

Je pense qu'il va me falloir longtemps pour réaliser vraiment.

Puis c'est mon tour de jouir, et il me semble que je me déverse tout entier en elle, que je me donne à elle d'une façon que je n'arriverai jamais à exprimer. C'est à la fois engourdissant et électrisant, et ça fait naître un immense sourire sur mon visage.

– Pourquoi tu souris ? demande-t-elle.

– À cause de toi, je réponds sans vouloir faire disparaître mon sourire. Ma réponse sera toujours la même, toi.

Elle me lance un regard timide et j'attrape l'extrémité de la capote. En m'assurant qu'elle ne glisse pas, je me retire. Je fais un nœud et je la jette avant de remonter dans le lit. Je l'attire contre moi.

– Seigneur, j'aime tellement le matin.

Elle est sans force, encore tellement chamboulée par son orgasme qu'elle est presque malléable. Je la serre contre moi, je sens ma sueur qui rafraîchit sa peau. Bien que j'aie envie de me lever pour prendre le petit déjeuner, la détente d'après l'amour est trop agréable pour que je parvienne à bouger.

Je me suis à moitié endormi quand je sens la caresse de doigts qui suivent mes tatouages sur mes bras.

– Tu sais, dit-elle doucement, tu ne m'as jamais raconté l'histoire de ces phrases. Je me souviens seulement qu'un jour tu n'en avais pas et que le lendemain, elles étaient là.

Je souris intérieurement. Tout le monde sait que j'aime Charles Bukowski, du coup personne ne m'a posé de question sur les phrases que j'avais choisies, sept ans auparavant. Ils se sont dit que je les aimais tout particulièrement, et c'est le cas. Mais ça signifie bien autre chose, et Steph, plus que toute autre, a semblé s'en rendre compte.

Je lis celle de mon bras gauche.

« Elle est folle, mais c'est une magicienne. Son feu ne ment pas. »

Puis je lis celle de droite. « L'esprit libre est rare, mais on le reconnaît toujours. » Je lui récite la suite de la phrase de mémoire. « Principalement parce qu'on se sent bien, très bien, en sa présence. »

Elle acquiesce, approuve.

– Pas mal pour un poivrot.

– Les alcoolos ont toujours été les plus grands poètes.

– Alors comme ça, ce sont tes vers préférés ?

– Ma Baby blue, si tu savais. Tous deux parlent de toi en secret. (Je me tais un instant devant son air interloqué, puis je poursuis) Tu vois, moi aussi je suis poète à mes heures.

– De moi ?

Elle est adorable. Je n'avais pas prévu de lui dire un jour la vérité, mais maintenant que je l'ai fait, je me sens comme libéré. Libre comme son esprit.

– Toi, comme je te l'ai dit, tu m'as ensorcelé depuis très longtemps.

– Je crois que je préférais quand tu faisais ton lourdingue, dit-elle en pinçant les lèvres.

Mais je m'aperçois à son regard que ça lui plaît.

– Ramène-toi par ici, lui dis-je.

Et je l'attrape. En moins de deux, nous nous endormons. Je sais que j'arbore un grand sourire.

***

Quelques heures plus tard, une fois réveillés et après avoir pris une douche un peu longue (rien de tel qu'une petite baise sous la douche pour repartir du bon pied), nous prenons finalement notre petit déjeuner.

Enfin, pour l'instant je le lui prépare – des œufs brouillés à l'huile parfumée à la truffe. Croyez-moi, c'est délicieux. Je pose son assiette devant elle avec un peu d'emphase et je lui fais un expresso à la machine.

– Ça a dû te coûter une fortune, dit-elle en admirant ma machine rutilante. (Puis elle boit une gorgée et soupire.) Le goût aussi.

En fait, ce sont mes parents qui m'ont offert cette machine à expresso. Ils ont tendance à m'offrir beaucoup de choses qui en disent long sans rien dire du tout. La machine à café disait : « Eh bien, elle coûte très cher, j'espère que cela compense le fait que nous ne t'ayons pas appelé une seule fois en un an. » Vous voyez, ce genre de truc.

– Oui, j'espérais que ça me porterait chance. Je crois que c'est le cas.

Elle plisse ses paupières et me dit avec espièglerie :

– Tu es un vrai cochon.

– Tu me l'as déjà dit.

– On dirait que tu as trouvé chaussure à ton pied.

– Les cochons ne portent pas de chaussures.

– Si, dans les dessins animés.

Elle enfourne une bouchée de ses œufs et ferme les yeux. C'est presque comme si elle jouissait à nouveau.

– Oh mon Dieu. Ce sont les meilleurs œufs que j'aie jamais mangés.

– Normal, c'est le meilleur qui les a préparés.

– Ne me dis pas que tu les as couvés !

– Je peux te dire qui a été couvé, et ce ne sont pas ces œufs, je t'assure.

Elle lève les yeux au ciel et s'écrie :

– Quel enfoiré !

Je dois dire qu'elle a raison, mais j'espérais qu'elle ne s'en rende pas compte si vite.

Après avoir fini de manger, nous nous vautrons dans le canapé, comme c'est notre habitude. Mais au lieu de nous installer chacun à une extrémité, je peux enfin me coller à elle et la sauter. Je ne connais pas vraiment le chiffre du record de baises en un jour, mais cette fille va m'épuiser. Quand elle a fini de me chevaucher et que nous avons notre compte pendant un moment, nous zappons sur les différentes chaînes de télé, sans but précis. C'est dimanche, il n'y a rien à voir.

– C'est drôle, quand même, que ce soit précisément le dimanche, quand il n'y a rien à la télé, qu'on la regarde.

Elle hausse les épaules.

– Ouais, j'imagine. Mais je ne sais plus trop ce que signifient les dimanches.

– Mais tu les prends quand même.

– Oui, elle répond avec un sourire coquin, et je me fais prendre les dimanches.

– Maligne !

– Mais non, la plupart du temps, je vais voir ma mère à Petaluma. Ou bien je bosse au magasin. Je me sens encore coupable d'avoir fermé boutique le week-end dernier.

– Ne le prends pas mal, mais je préférerais que tu te sentes coupable à cause de samedi dernier plutôt qu'à cause de nous.

Son visage se radoucit légèrement.

– Mais non, Linden, je ne me sens pas coupable, puisque c'était un gage.

– Ça n'en était pas un.

– Mais c'est pourtant ce que tout le monde croyait. Je me sens mal d'avoir hésité si longtemps avant d'oser me lancer. Et bien sûr, je me sens mal d'avoir mené Aaron en bateau.

Je me redresse.

– Mais tu ne l'as pas mené en bateau. Tu l'aimais vraiment.

Elle hoche la tête.

– Tu as raison. Je l'aimais bien. Et finalement, j'ai fait le bon choix. Sans aucun doute. C'est mieux pour lui. Mais je me sens quand même un peu coupable. Pas toi, vis-à-vis de Nadine ?

Beurk. C'est comme si on pouvait avoir oublié une merde tellement longtemps, mais quand on vous remet le nez dedans, ça fait encore plus mal.

– Oui, moi aussi je me sens vraiment coupable. Et je reconnais que j'ai été totalement égoïste, parce que je te voulais toi, Steph, et je ne pouvais penser à rien d'autre. Mais qu'est ce que j'étais censé faire ? Le fait de réaliser ce que je ressentais pour toi… Je savais que je ne pourrais plus rester avec elle plus longtemps. Je ne pouvais pas vivre dans le mensonge. J'avais beau avoir été dans le déni avec elle depuis longtemps, dès que je me suis réveillé, j'ai su que je devais tout arrêter. Je connais plein de gens qui restent ensemble juste pour les convenances, parce qu'ils ont peur d'avoir le mauvais rôle ou simplement par paresse. Dès que j'ai su la vérité, j'ai décidé d'arrêter. J'ai été nul avec Nadine, et je sais que ça va être super-dur demain au boulot, mais je m'en tiendrai à ce que j'ai dit. Elle peut me détester autant qu'elle veut, et elle va le faire, mais elle me détesterait plus encore si je restais avec elle parce que je me sentirais obligé et pas par désir.

– Tu n'as pas besoin de m'expliquer tout ça, dit-elle. Je comprends. J'étais là. J'ai tout vu.

Je soupire, je me sens très perturbé.

– Je sais. Mais je sais également que plein de gens me montrent du doigt et que c'est très désagréable. C'est parce qu'ils ne comprennent pas. Parce que ça a l'air moche.

– Mais ça ne l'est pas. Comment quelque chose te concernant pourrait être moche ?

– C'est parce que ces gens ne me connaissent pas et ne te connaissent pas vraiment non plus. Et certaines personnes vivent dans le déni. Elles pensent qu'il est honorable de s'installer dans la vie. Mais tu es différent, Linden. Tu n'es pas comme la plupart des gens. Tu es toi. Et je dois dire que je ne m'en plains pas le moins du monde.

Ça fait un bien fou d'avoir quelqu'un qui vous soutient.

– Tu sais ce que je vais faire pour toi aujourd'hui ?

– Nan. Je trouve que tu en as déjà fait plus que nécessaire.

– Je t'emmène dans les cieux.

– Les cieux ?

Je pointe mon doigt en l'air.

– L'hélicoptère. Toi. Moi. Maintenant.

– Ok, Tarzan. Tu te rappelles la dernière fois que tu as voulu m'emmener là-haut à la dernière minute ?

– Oui, mais c'était avant. Je connais un mec qui me laisserait piloter son hélico une heure ou deux.

Elle renifle.

– Tu connais un mec, répète-t-elle lentement, qui possède un hélico et qui te le prête, comme ça ?

– Oui, il s'appelle Daryl.

Elle me regarde fixement sans rien dire, quelques secondes.

– Bon d'accord.

C'est vrai que je connais un type qui s'appelle Daryl et qui possède un hélicoptère. Je ne suis pas absolument certain qu'il me le prêtera, mais j'ai beaucoup travaillé pour lui ces derniers temps, j'ai trimballé des photographes à droite et à gauche quand il était trop pris.

Je pense que je peux tenter le coup.

Je m'excuse auprès de Steph et je pars lui téléphoner de ma chambre. Dix minutes plus tard, après avoir promis de bosser pour lui gratuitement pendant mes jours de congé, je reviens annoncer que j'ai l'hélico.

Et une heure plus tard, nous décollons de San Rafael.

Stéphanie a l'air ravie. Elle est vraiment mignonne avec ses écouteurs géants sur la tête. J'enfile ma tenue de pilote, et pour la première fois depuis longtemps, je me sens parfaitement calme. Vous imaginez que piloter des hélicoptères est le job le plus cool et le plus intéressant qui soit au monde, et vous avez raison. Sauf quand vous faites ça tous les jours, depuis des années. Ça devient un boulot comme un autre. J'imagine que les pilotes de ligne ressentent exactement la même chose.

Je regarde Stéphanie derrière moi pendant le décollage et je le vis à travers ses yeux, comme si je volais pour la première fois. Je sais qu'elle est déjà venue avec moi plusieurs fois, mais là, c'est différent. C'est pour nous deux. Et elle me fait me sentir l'homme le plus puissant du monde.

En parlant de puissance…

Après avoir survolé Point Reyes jusqu'à Mendocino en lui montrant là où nous étions le week-end dernier, je lui jette un regard suggestif et j'ouvre ma fermeture Éclair.

– Linden, me demande-t-elle à travers le micro. Qu'est-ce que tu fais ?

Je lui fais mon plus beau sourire :

– Une pipe en plein ciel, Bébé. Je t'avais bien dit que ça arriverait un jour.

Je hoche la tête. Mais dès l'instant où je pose sa main sur ma bite, en repoussant le tissu épais de mon jean, je me rends compte que c'est impossible de continuer sans risquer un terrible accident.

Je serre la mâchoire, complètement allumé, mais je trouve quand même la force de lui dire :

– Tu sais, en y repensant…

Elle sourit et ôte sa main.

– C'est bien ce que je me disais.

– Tu me paralyses complètement avec ta langue, tu sais.

Elle continue de sourire, assez contente d'elle.

Mais quand je pose l'hélico sur l'emplacement de Daryl, c'est autre chose. Il n'y a personne en vue et je sais que ça ne va pas nous prendre bien longtemps.

– Monte sur le siège arrière, lui dis-je alors que les rotors vrombissent encore lentement.

Elle me jette un regard incrédule, mais en fille qui n'a pas froid aux yeux, elle y va. Ce n'est pas une pipe en plein ciel, mais ça y ressemble assez. Dès que je suis assis, elle rampe sur moi, en remuant des fesses et en me caressant à travers mon jean. Je bandais déjà pendant le vol. Alors que je vais enfin pouvoir ouvrir ma braguette, elle me tape sur la main avec un air cochon.

– Non, pas de ça. Je veux juste voir à quel point je peux t'exciter.

– Oh Baby Blue, tu me rends complètement dingue. C'est une véritable torture.

– Bien, dit-elle en la serrant encore plus fort. (Elle tressaute contre le tissu, je n'en peux plus de désir. Steph la frotte sur toute sa longueur, en appuyant là où il faut.) Je sens ta chaleur.

– Tu la sentirais mieux si tu la prenais dans ta bouche.

Finalement, après ce qui me paraît être une éternité, elle ouvre lentement ma fermeture Éclair et sort ma queue. Elle est dure comme du bois, violette et gonflée de sang. Elle sourit en voyant le fluide séminal au bout de mon gland, et elle s'en sert pour lubrifier sa main avant de la faire glisser tout du long.

Je halète, je me sens comme un môme. Je suis bourré d'adrénaline à cause du vol, et trop excité pour me retenir bien longtemps. J'ai l'impression que dès que je serai dans sa bouche humide, je vais jouir. Et je n'en éprouverai sans doute aucune honte. Hors d'haleine, je la préviens :

– Écoute, je ne veux pas éjaculer dans tes yeux, alors si tu veux faire quelque chose, fais-le maintenant.

– Ta bite est tellement parfaite, me dit-elle pendant que je me penche en arrière et que je ferme les yeux. Je pourrais lui écrire une chanson.

– Est-ce que tu peux l'écrire et me sucer en même temps ?

Alors, je sens ses lèvres envelopper mon gland, et je suis soudainement à l'intérieur de sa bouche humide, tout humide. J'éjacule presque immédiatement, en m'agrippant aux sièges en cuir et en mugissant :

– Putain, putain, putain, oh Bébé, c'est trop bon !

Elle se retire, avale poliment et sourit.

– C'était pour le tour en hélico, dit-elle doucement.

Je me mets à gémir quand j'essaie de m'asseoir, mon sexe palpite encore.

– C'est bien noté. Emmener Steph dans les airs aussi souvent que possible.

Elle essuie sa bouche dans ses mains.

– En fait, tu n'as pas besoin de m'emmener où que ce soit.

– Depuis quand est-ce que je suis aussi veinard, déjà ?

– Depuis que tu as accepté un gage.

Je lui souris.

C'est la meilleure décision que j'aie jamais prise.

Ensuite, je la ramène chez elle. Quand elle sort de la voiture, j'éprouve un sentiment doux amer. J'aime l'idée de la raccompagner, ce que ça signifie, comme si nous venions d'avoir notre premier rencard. Mais je déteste l'idée de ne plus la voir, même un instant.

– J’aimerais bien que tu n’aies pas à travailler autant.

– Mais toi aussi tu travailles.

Je soupire intérieurement. Oui. En effet. Avec Nadine. Ça ne va pas être une partie de plaisir.

– Mais je ne travaille que quelques heures par jour. Parfois plus. Toi, tu te ruines la santé avec ton boulot, même les jours chômés. Je m’inquiète pour toi, tu sais.

Elle sourit gentiment.

– Ne t’inquiète pas. C’est dur en ce moment, c’est tout. Ça va aller mieux. Il faut juste que je trouve le bon employé.

– Tu n’as jamais songé à ouvrir une boutique en ligne ? Ça serait peut-être un peu plus simple.

– Parfois. Mais tout est encore tellement nouveau, je n’ai pas assez confiance en moi.

– Si tu as besoin d’aide, quelle qu’elle soit, tu sais que je suis là.

– Merci.

– Je le pense vraiment. Et pas seulement financièrement, tu sais, si tu as besoin d’un prêt supplémentaire ou quoi que ce soit d’autre. Je veux dire… Je t’aiderai à faire des plans, je t’aiderai à rêver. Je serai toujours là pour toi.

Elle me fait un petit sourire.

– Merci, Linden.

Et elle m’embrasse, tendrement et légèrement, avant de sortir de la voiture.

– Je t’appelle demain, dit-elle.

– Tu as intérêt !

Puis elle referme la porte et s'éloigne. Merde, j'aime tant la regarder s'en aller. J'attends qu'elle soit en sécurité à l'intérieur de son immeuble avant de démarrer.

Je crois que je viens de vivre l'un des plus beaux jours de ma vie.

CHAPITRE 16

Stéphanie

Ça fait trois semaines que nous avons fait l'amour ensemble pour la première fois, Linden et moi.

Ces trois semaines ont probablement été les plus belles de ma vie.

Même la baisse d'activité de ma boutique, à cause ce temps pourri de novembre, ne m'a pas perturbée une seconde.

Je ne pense qu'à Linden. Je ne m'occupe que de Linden. Bien sûr, je vais au boulot chaque jour et j'essaie encore plus sérieusement de trouver quelqu'un à embaucher pour la boutique. Mais laissez-moi vous dire que ce n'est pas simple du tout. Je croyais naïvement que ce serait facile. Qu'il suffirait que quelqu'un ait un bon CV pour faire l'affaire.

En fait, il faut d'abord leur faire passer un entretien pour ensuite se rendre compte que la plupart sont de parfaites idiotes. Une fille m'a expliqué, par exemple, qu'elle voulait travailler avec moi parce qu'elle adorait les fringues et le shopping et qu'ainsi, elle pourrait faire les deux en même temps. Une autre m'a avoué qu'elle avait piqué des trucs sur son précédent lieu de travail, mais qu'à présent, elle avait dépassé « cette phase », et que je pouvais donc lui faire confiance.

Bref, tout ça a été assez stressant. Et cacher notre nouvelle, euh, relation aux autres n'a pas été de tout repos non plus.

Parfois je me demande si nous faisons bien. Déjà que je me sens facilement coupable pour pas grand-chose, alors le fait d'avoir régulièrement à mentir à James, même si ce sont des mensonges sans gravité, sur l'endroit où nous avons passé la soirée et ce que nous avons fait, me gêne terriblement. Je n'aime pas mentir à mes amis.

Mais je dois admettre que je préfère quand même coucher avec Linden. C'est même devenu une véritable addiction, très sérieuse, voire dangereuse. Quand je vous dis que je ne vis plus que par et pour Linden, c'est la vérité vraie.

D'une certaine façon, c'est comme si nous rattrapions tout le temps perdu. Mais ça me fait tellement de bien. Faire l'amour avec lui est tellement simple, c'est aussi naturel, aussi nécessaire que de respirer, dormir et manger. Jamais je ne me suis sentie aussi intimement liée physiquement à quelqu'un.

Et ce que je me refuse à admettre, c'est que c'est bien plus que de la baise. Ce n'est pas juste le sexe, même si je veux le faire croire si désespérément. Il ne s'agit pas d'une amitié amoureuse, nous sommes des amis qui vivons une relation dont rêvent la plupart des gens. Parfois, j'ai envie de crier sur tous les toits que nous baisons ensemble. Aussi cru et graveleux que puisse être Linden, aussi violentes et intenses que soient nos parties de jambes en l'air, un courant inquiétant d'intimité et de tendresse passe entre nous, quoi que nous fassions.

Bien sûr, j'ai toujours aimé Linden, j'aime beaucoup mes amis. Mais mon amour pour lui est en train de se transformer en quelque chose de plus profond, de plus beau, de plus lumineux. C'est comme si vous ouvriez un cadeau de Noël dont vous rêvez depuis longtemps pour découvrir quelque chose d'encore mieux à l'intérieur.

Et ça vient du cœur, pas seulement des reins. Ces derniers jours, mon cœur ressemble à une éponge qui absorbe, absorbe, absorbe jusqu'à ce qu'il se mette à fuir et à remplir mes veines d'une espèce de joie ambiguë.

Linden est dans mes pensées, dans l'air que je respire, dans mon cœur. Linden est en train de devenir la chose la plus importante dans ma vie. Je suis peut-être en train de devenir un peu dingue, mais je pense que c'est ce qu'on appelle tomber amoureuse.

Je tombe dans la folie.

Splach.

Voilà comment je vais finir.

Nous sommes jeudi après-midi et je viens de terminer l'interview d'une fille qui paraît un peu timide mais qui pourrait s'avérer être ma seule option possible, quand on frappe à la porte. Je l'avais verrouillée et j'avais accroché dessus le panneau FERMÉ pour être tranquille pendant mon rendez-vous.

Surprise totale, c'est Linden. Il devait passer la journée à transporter tout un déménagement vers un immense ranch dans le sud en profitant au maximum des heures de jour, si courtes en cette saison. Je ne m'attendais donc pas à le voir avant ce soir. Il m'avait proposé de m'emmener dans un restaurant chic et tendance, quelque part près de chez moi, où ils projettent des films classiques.

Je lui fais un petit signe, je ne peux m'empêcher de sourire. J'espère que je suis correcte et que je sens bon. Quoi qu'il en soit, il est trop tard pour y changer quoi que ce soit. La fille que je viens d'interviewer lui lance un regard enamouré. Bas les pattes, ai-je envie de lui dire. Tu n'es pas encore embauchée.

Nous nous dirigeons vers la porte et je lui annonce que je lui donnerai ma réponse rapidement. Je me doute qu'elle attendait mieux, mais je ne peux plus penser à autre chose qu'à l'homme qui est là, debout devant la porte.

Seigneur, c'est dingue comme il est beau.

Je lui ouvre et je l'accueille avec ces mots, « en voilà une bonne surprise ! », pendant que la fille passe devant nous en coup de vent. Il ne regarde même pas dans sa direction, ce que j'apprécie, vu sa réputation. Ses yeux restent rivés sur moi.

– Hé, Bébé, roucoule-t-il en entrant et en prenant mon visage entre ses mains.

Elles sont fraîches. Il faut que je m'y habitue, ces derniers temps, il me donne du Bébé plus souvent que du Baby Blue.

Il se penche et m'embrasse goulûment, sa bouche s'ouvre sur la mienne, sa langue s'enfonce lentement, j'ai soudain chaud à la poitrine, au ventre, au cœur. Je chancelle un peu, mais heureusement il me tient. Ce mec est capable de vous couper le souffle avec un baiser.

– Qu'est-ce que tu fais ici ? j'arrive à articuler quand nous nous séparons.

Il passe son bras dans mon dos et je m'appuie dessus.

– J'ai réussi à terminer tôt, dit-il avec une lueur salace dans le regard. Alors je suis venu te voir pour décoller à nouveau.

Sans attendre ma réaction à son jeu de mots foireux, il se met à me mordre le cou, jusqu'à cet endroit tellement sensible, juste sous l'oreille, qui me fait fondre chaque fois qu'il le touche.

– Je ne t'ai encore jamais parlé de mes fantasmes de baise dans ton magasin ?

– Non, je réponds, surprise d'entendre ça.

Surprise, mais également intriguée.

Il se contente de grommeler contre ma peau, et d'une main il soulève ma jupe et attrape mes fesses.

– Alors comme ça, tu portes de la lingerie coquine aujourd'hui ? chuchote-t-il en pétrissant mes fesses nues.

Et il me fesse. Fort.

Sous le coup, je sursaute mais il me retient en souriant. L'empreinte de sa main me brûle la fesse.

– Aïe, je crie.

– Je vais l'embrasser encore mieux, tu vas voir, dit-il et je comprends qu'il va rester un certain temps.

– Attends !

Je le coupe avant qu'il fasse des trucs indécents. Je baisse ma jupe et je cours fermer la porte à clé. Puis j'éteins la lumière pour que nous soyons moins visibles de l'extérieur.

Quand je me retourne, il a déjà ouvert sa braguette et tient sa bite dans ses mains. Il sourit dangereusement en se caressant.

– Alors, où as-tu imaginé me sauter ? je lui demande en regardant derrière le comptoir. Ici ?

J'attrape sa bite sublime et je la glisse dans ma bouche.

– Putain de bordel, Bébé, dit-il dans un gémissement, en s'enfonçant un peu plus. Ne t'arrête jamais, tu le fais si bien.

Je ne m'arrêterai pas si toi tu ne t'arrêtes pas, me dis-je en faisant tournoyer ma langue autour de son gland.

– Tu veux bien me faire plaisir ? me demande-t-il alors en retenant son souffle.

Je hoche la tête, en ralentissant.

– Tire sur mes couilles. Juste un peu. J'adore ça.

Putain, je ferais n'importe quoi pour faire plaisir à cet homme. En plus, il a une très jolie paire de couilles, soigneusement épilées. Pendant que je continue à le sucer, j'attrape ses couilles et je tire dessus, légèrement.

Il laisse échapper un gémissement qui me fait sursauter et me transperce le cœur, en vibrant dans mes os. Seigneur, ça me rend dingue de le rendre fou. Je tire un peu plus fort et il m'attrape par les cheveux, déclenchant en moi un éclair de douleur.

– Tu es tellement bonne, Bébé, si cochonne et si bonne. Ne t'arrête pas. Ne t'arrête pas.

Donc, je ne m'arrête pas. Mais au bout d'une minute, il lâche mes cheveux et se retire.

– Ok, j'ai menti. Arrête. J'ai besoin d'entrer en toi.

Il se débarrasse de son jean et de son slip, puis il me relève en m'ôtant ma chemise, par la même occasion.

– Aaah, je crie doucement en me cachant les seins et en observant la rue dehors.

Les passants ne peuvent pas vraiment nous voir, mais maintenant que je me lève, ils peuvent deviner quelque chose.

– La réserve, grogne-t-il avec un signe de tête. Vas-y et déshabille-toi.

J'ai à peine le temps de faire ce qu'il m'a demandé que la porte claque derrière moi. Je suis projetée contre les portants enveloppés d'un film plastique. Les cintres valdinguent sous mon poids pendant qu'il m'immobilise. Il arrache sa chemise, passe ses bras sous mes cuisses et me soulève. Il remonte ma jupe, repousse la fine dentelle de mes sous-vêtements, et j'enroule mes jambes autour de sa taille.

Quand les vêtements commencent à tomber, il me serre et nous faisons demi-tour. Il m'appuie contre une pile de cartons. En haletant, il laisse une traînée de baisers humides et désordonnés de ma bouche jusqu'à mes seins, et se met à mordiller mes tétons jusqu'à ce qu'ils deviennent durs comme du béton. Il les frappe un peu. Je halète sous le choc et il me pénètre. Je suis vraiment contente que les résultats de nos tests du sida soient négatifs, parce que sentir sa queue en moi, c'est incomparable. Il me sourit, la bouche entrouverte et le regard vague.

– Dis-moi comment tu en as envie.

– J'en ai envie, lui dis-je en descendant un peu afin qu'il puisse s'enfoncer plus profond.

– Comment ?

– Salement fort.

Il me donne une autre claque sur la poitrine, puis il la lèche, sa langue apaise la douce brûlure.

– Putain, tu as les plus beaux seins du monde. La plus belle chatte, le plus beau cul, tout est plus beau chez toi.

Il mord mon téton et je gémis, la tête contre les boîtes.

– Arrête de tergiverser.

– Je prends juste mon temps. Tu deviens gourmande.

– C'est toi qui me rends gourmande.

Il se met à remuer son pouce sur mon clito avec un sourire lubrique.

– Sale petite cochonne, grosse gourmande.

Je suis sur le point de jouir, je chancelle entre le désir de continuer encore et celui de relâcher la pression. Et il le sait. Il adore ça. Il se penche et taquine la commissure mes lèvres avec sa langue.

– Fais-moi jouir, je murmure contre sa bouche, en le suppliant presque. De toutes les façons possibles.

– De la seule façon que je peux.

Puis il prend une profonde inspiration, ses narines tremblent de désir, et il pousse violemment.

Bien que je sois mouillée, je pousse un cri avant que la douleur disparaisse et que je ressente sa chaleur.

– Tu aimes ça ? murmure-t-il dans mon cou, en le mordant, le léchant et le reniflant.

Je pleurniche un semblant de réponse. Mes jambes sont toujours enroulées autour sa taille, il me pousse de plus en plus fort contre les boîtes. Bientôt, toute l'étagère se met à trembler. Mes jambes aussi se mettent à trembler. Il me tient serrée et il m'empale à grands coups puissants qui me rendent dingue.

J'agrippe son dos. Je sens ses muscles rouler sous mes doigts. Il est tellement fort. Mes talons s'enfoncent dans ses fesses et je le tiens serré, serré, serré, aussi serré que je peux.

– Putain, il siffle entre ses dents en pétrissant ma chair. Putain, de putain, de putain, C'est tellement bon, Bébé, tu es tellement bonne.

Le rythme s'accélère. Son visage transpire le désir, la tension et le désir. J'ai l'impression que je vais être dévorée toute crue et j'adore ça.

Il pousse un cri de frustration. Il tente de se contrôler, les tendons de son cou se tétanisent.

La sueur inonde son visage et sa large poitrine qui écrase la mienne. L'orgasme n'est pas loin.

– Jouis avec moi, gronde-t-il alors en me transperçant du regard.

– Vas-y.

Son pouce me frôle. C'est le déclic. Je jouis, et je jouis intensément, follement. Une vague de jouissance sauvage, incontrôlable me traverse jusqu'à ce que j'aie l'impression de me dissoudre entièrement. Mon crâne semble avoir été ouvert en grand. En entendant l'intensité de ses cris, je comprends que lui aussi ressent la même chose.

Quand il se retire et me repose délicatement par terre, j'ai l'impression d'être dans un rêve, que la réserve est dans un nuage. Je ne suis pas vraiment là, je suis ailleurs, mais avec lui.

Mon cœur bat très fort, je ne sens plus mes jambes, je n'arrive plus à ouvrir les yeux. Tout l'intérieur de mon corps pulse et bat, il envoie des ondes de plaisir dans chacune de mes cellules. Puis peu à peu, très lentement, les vagues diminuent d'intensité. Je me rappelle soudain qu'il faut respirer. Je suis si heureuse, si incroyablement heureuse. Je suis la joie même. Il baise si *salement* bien.

***

– Tu sais ce qui est bizarre ? me demande Linden pendant que nous traversons le Golden Bridge vers le nord, en direction de Petaluma.

J'adore ce pont, mais il me fiche la trouille, alors j'essaie autant que possible de rester sur la file centrale. Jeter un seul coup d'œil à la baie, en dessous, me rend malade.

– Qu'est-ce qui est bizarre ?

– Eh bien, poursuit-il en posant sa main sur ma jambe et en caressant ma cuisse nue, de haut en bas, jusqu'à ce que je me mette à trembler, que je n'ai jamais rencontré ton père. Tu sais, depuis le temps qu'on se connaît.

Il a raison. Il a rencontré ma mère le jour de l'ouverture de mon magasin, mais bien entendu, mon père ne faisait pas partie de la fête. Il y avait pourtant eu une foule d'occasions, comme quand nous bossions au Lion ou lors ma remise de diplôme, mais ça ne s'était pas fait.

Maintenant que mon père est vaguement de retour, je dois dire que je suis un peu inquiète. C'est d'ailleurs une des raisons pour lesquelles j'ai demandé à Linden de m'accompagner, pour ne pas être seule. Le fait que mon père se soit rabiboché avec ma mère, sans pour autant se réinstaller avec elle, me semble franchement étrange, et je me demande bien où en est exactement leur relation. Linden fera tampon, ce qui est bien appréciable.

L'autre raison est tout aussi égoïste. Je veux frimer. Je veux que mon père et ma mère voient Linden et qu'ils soient impressionnés. D'ailleurs comment ne pas l'être ? Il est beau, il a réussi (je trouve qu'être pilote d'hélicoptère est une belle réussite, même si ses parents à lui ne sont pas d'accord) et il est charmant.

Je veux obtenir leur approbation. Je sais que je ne devrais pas, mais comme je n'ai pas dit un mot sur Linden à Nicola et Kayla, que Penny et James ignorent toujours tout, j'ai besoin que quelqu'un me dise que j'ai fait le bon choix.

– Je suppose que tu es toujours mal tombé, lui dis-je. Tu n'étais jamais là les fois où tu aurais pu le rencontrer.

– Je suppose qu'on pourrait dire la même chose pour nous.

Je lui jette un regard en coin.

– Qu'est-ce que tu veux dire ?

– Que pendant des années, quand j'étais avec quelqu'un, tu étais en solo, et quand tu étais avec quelqu'un, c'est moi qui étais seul.

– Il y a quand même eu quelques années où nous étions tous les deux célibataires, tu sais.

– Je sais. Je m'en souviens parfaitement. J'ai eu un mal de chien à ne pas t'avouer ce que je ressentais pour toi.

– Pourquoi tu ne l'as pas fait ?

Il réfléchit un moment avant de répondre :

– James. C'était à cause de James. Tu sais, s'il n'était pas mon meilleur ami, parfois, j'aurais l'impression qu'il me déteste.

– Qu'il te déteste ?

– Ouais. (Il tourne la tête vers moi, il a l'air inquiet.) Depuis que nous nous sommes rencontrés, il a toujours eu ce… je ne sais pas, ce ressentiment envers moi. Peut-être que je délire. Sûrement même. Mais toutes ces années, il a passé son temps à me lancer ces petites piques, à propos de la facilité avec laquelle j'obtiens tout ce que je veux, parce que je n'ai pas à travailler comme un dingue et que je suis super-privilégié.

Je crois que je comprends ce que veut dire Linden.

– Mais tu travailles dur. Tu t'es donné un mal de chien pour arriver là où tu es. Tes parents ne t'ont pas aidé pour ça.

Il me lance un regard désabusé.

– Non, mais ils ont payé pour mon école et mon appart. S'ils ne l'avaient pas fait, ça aurait été encore bien plus difficile. Je sais que j'ai du pot dans certains domaines, mais pas dans d'autres. Et ça, James ne semble pas s'en rendre compte. Il est né dans une famille de nases, mais moi aussi. Ce n'est pas parce qu'ils avaient de l'argent que c'était mieux. Quand tu es môme, tu te fiches pas mal de tout ça. Tu veux juste qu'on t'aime.

Mon cœur se serre. Je sais combien ça a été difficile pour Linden de vivre avec la famille qui est la sienne. Mais je sais aussi que la famille de James était encore pire. Je ne connais pas tous les détails, mais son enfance à Oakland a été terrible, entre un père abusif et une mère larguée. Et je sais également que James dit parfois que Linden est né avec une cuillère en argent dans la bouche.

– Il est jaloux de toi.

– Je crois qu'il est jaloux de celui qu'il pense que je suis. Tu sais… James et moi, nous ne parlons pas de ça. Pas comme nous en parlons tous les deux. Tu me connais mieux que lui, Baby Blue.

– Et je sais que ça n'a pas été facile pour toi non plus.

– Mais tant que James considère que sa vie est pire que la mienne, et qu'il la vit comme une lutte permanente, à ses yeux, c'est moi qui serai toujours le gagnant. Et il m'en veut à cause de ça. C'est la raison pour laquelle j'ai réfréné mes sentiments pour toi pendant si longtemps.

Quand il parle de ses sentiments, j'ai le ventre qui se tord. J'aimerais le questionner un peu plus à ce sujet, mais je me retiens. Je ne veux pas ressembler à « la petite amie chiante », alors que je ne le suis même pas encore officiellement.

Linden m'observe.

– Je ne voulais pas qu'il pense que je t'avais kidnappée. Il y a quelque temps…

– Quoi ?

Je secoue la tête.

– Rien. Je pensais que si je te faisais des avances, je rentrerais trop vite dans ses chaussons. Et, bien sûr, je n'avais aucune idée de ce que tu pouvais ressentir. Pendant toutes ces années, j'ai cru que tu me considérais comme un ami, voilà tout.

Silence.

– Enfin, la plupart du temps.

– La plupart du temps ?

Il sourit.

– Eh bien, il m'est arrivé de te surprendre en train de me mater.

– Ce n'est pas vrai !

Je sens le rouge me monter aux joues.

– Je crois bien que si. Je t'ai aussi vue te rendre compte que je te matais. Et j'avais l'impression que tu aimais ça. Beaucoup.

– Peu importe.

– Tu sais que c'est vrai. Mais même alors, je n'étais pas prêt à risquer notre amitié.

– Et qu'est-ce qui t'a fait changer d'avis ?

Il se mord les lèvres un moment.

– Je crois que j'ai plus de couilles qu'avant.

– Tant mieux, lui dis-je en posant la main sur son sexe. Tu sais que j'adore tes couilles.

Une heure plus tard, nous nous arrêtons devant chez mes parents. Je m'agrippe au volant sans pouvoir le lâcher.

– Tu es… nerveuse ? demande Linden, l'air étonné.

Je tourne la tête vers lui.

– Je n'ai pas revu mon père depuis qu'il a foutu sa merde.

– Mais ce sont toujours tes parents.

– Toi aussi, tes parents te rendent nerveux.

– Oui, mais moi, j'ai de bonnes raisons pour ça.

Je prends une profonde inspiration et je sors de la voiture. Linden fait le tour et me prend dans ses bras.

– Ne t'inquiète pas, dit-il en m'embrassant sur le sommet du crâne. Je suis là.

Alors, comme par magie, une bonne partie de mes angoisses s'évanouit. Je ferme les yeux en me laissant bercer un moment. Il est là, avec moi. Mon roc.

Nous nous séparons pour nous diriger vers l'entrée. D'habitude, je rentre sans prévenir, mais là, je préfère frapper avant d'entrer.

C'est mon père qui nous ouvre, et soudain, je n'ai plus trente ans, mais treize. Il n'a pas changé, il est grand, bronzé, le sourcil épais et un air très intimidant.

En me voyant, il sourit et passe en un instant du père effrayant et inquisiteur à quelqu'un qui a l'air réellement heureux de me voir.

– Ma petite fille, dit-il, et il sort pour m'embrasser.

Il me tient serrée pendant ce qui me semble être une éternité, Linden attend derrière, un peu embarrassé. Finalement il me lâche et m'examine.

– Tu es splendide.

Puis il se tourne vers Linden et lui tend la main.

– Vous êtes Linden ? J'ai beaucoup entendu parler de vous.

– En bien, j'espère, lui lance Linden de façon très classique.

– On m'a dit que vous étiez pilote, et ses yeux se mettent à briller un instant, avant qu'il les baisse et se racle la gorge.

– Allons, rentrons. Il fait un froid de canard.

Mon père fait demi-tour pour pénétrer dans la maison. Linden me lance un regard interrogateur. Je sais qu'il se demande ce que peut bien vouloir dire la réflexion de mon père sur le pilotage. Je me sens soudain idiote d'avoir oublié que c'était une des choses que mon père et mon frère adoraient faire ensemble. Quand Nate était tout petit, il l'emmenait à l'aéroport pour regarder décoller les avions et les hélicoptères. Plus tard, il lui avait offert un engin téléguidé, que Nate faisait voler. Mais ensuite, il est devenu de plus en plus malade et il n'a plus pu jouer avec comme avant. Mon père s'est remis à l'emmener à l'aéroport de temps en temps. Il ne voulait pas pour autant que Nate devienne pilote, et Nate n'en avait jamais exprimé le désir, lui qui avait tellement de rêves. Je crois que c'est ça le pire. Nate ne s'est jamais considéré comme malade, même quand il était au plus mal. Il avait cet optimisme du môme qui pense que tout va s'arranger.

– Stéphanie, chuchote Linden en m'attrapant par le bras. Est-ce que tout va bien ?

Je hoche la tête en avalant ma salive.

– Oui. Je me souviens d'un truc, c'est tout.

– De ton frère ?

Je hoche la tête à nouveau. Je n'aborde pas souvent le sujet avec Linden ni avec personne, d'ailleurs. C'est plus simple comme ça. Alors, quand parfois quelqu'un me rappelle Nate, comment il était, comment était notre vie, ça me prend totalement au dépourvu.

Aussi fort qu'on essaie d'oublier, la douleur de la perte ne disparaît jamais.

Nous entrons et, immédiatement, je me sens chez moi. Parce que c'est le cas, je suppose. C'est étonnant comme certains endroits restent bien plus importants qu'un simple toit, où que l'on habite.

Nous enlevons nos chaussures et j'attrape Linden par la main pour l'emmener à la cuisine. C'est là que se tient ma mère, tirée à quatre épingles comme à son habitude. Ses cheveux sont bouclés et relevés, elle porte un tablier sur sa robe et des ballerines en cuir verni.

Vous ai-je déjà dit que c'est ma mère qui a initié ma passion pour la mode ? Qu'elle s'occupe de Nate ou qu'elle joue avec moi, elle était toujours impeccablement coiffée et habillée. Même maintenant, alors que mes parents atteignent la soixantaine, elle pourrait encore figurer dans les pages d'un magazine féminin.

– Bonjour ma chérie, dit-elle rapidement avant de faire un grand sourire, rouge baiser et dents éclatantes, à Linden.

– Bonjour Linden, comment s'est passé le trajet ? J'espère que vous n'avez pas eu trop d'embouteillages.

– Ça s'est bien passé, je réponds pendant qu'elle fait le tour de l'îlot central et qu'elle tire les tabourets.

– Venez, asseyez-vous, dit-elle.

Comme nous ne bougeons pas, elle tape dans ses mains et dit :

– Ou allez-vous asseoir avec ton père au salon. Il vient d'ouvrir une bouteille de scotch. Linden, vous êtes qui êtes écossais, vous devez aimer le scotch.

– En effet, répond Linden en exagérant son accent, ce qui me fait craquer à chaque coup.

Ma mère nous expédie au salon, où mon père, assis dans son fauteuil en cuir préféré, sirote un verre de whisky. Il nous indique la causeuse à côté de lui. Nous nous y asseyons.

C'est assez bizarre d'être avec Linden devant mes parents, devant quiconque, en fait. Depuis que nous sommes passés à cette nouvelle étape de notre, euh… pacte, nous avons toujours été seuls. Maintenant que nous sommes sur ce sofa, serrés l'un contre l'autre, je ne sais pas quoi faire de mes mains. Je voulais que la présence de Linden facilite les choses et que mes parents l'apprécient, mais je ne sais pas vraiment comment nous sommes censés nous comporter. Nous n'en avons jamais parlé. Or, Linden passe immédiatement son bras autour de mon cou et me tient serrée contre lui. Du coup, c'est réglé. Je n'ai plus de questions à me poser.

Mon père nous regarde en haussant les sourcils.

– Ça fait longtemps que vous êtes ensemble ?

Tu n'as pas été là depuis plusieurs années, ai-je envie de lui répondre. Mais je me tais. Je ne suis pas venue pour lui chercher des noises.

Je sens que Linden me regarde, qu'il cherche la bonne réponse. Comme je me tais, il explique à mon père :

– En quelque sorte. Je me suis réveillé un matin en me disant que la vie était trop courte pour être seulement l'ami d'une fille comme la vôtre.

Mon père n'a pas l'air impressionné outre mesure et crie à ma mère, dans la cuisine.

– Eh, chérie, tu ne m'avais pas dit que Stéphanie et l'Écossais étaient en couple !

– Ils ne sont pas en couple, ils sont amis, répond ma mère en criant.

– Non, dit mon père, ils sont visiblement bien plus que ça.

Et comme pour lui donner raison, Linden pose son autre main sur ma jambe et la serre. Les talons de ma mère résonnent sur le sol, clac, clac, clac. Elle apparaît bientôt et nous lance un regard surpris.

– Et bien, Stéphanie, tu aurais pu me prévenir.

– Pourquoi donc ?

Je déteste la façon dont tout le monde accorde tellement d'importance à ça.

Elle pose une main sur sa hanche.

– C'est une chose de préparer un dîner pour ton copain et toi, c'en est une autre de cuisiner pour ton amoureux et toi.

– Il n'est pas… je commence, mais je m'arrête.

Linden est juste à côté de moi, il me regarde, il attend ce que je vais dire. Mais je ne peux pas. Je sais qu'il n'est pas mon petit ami. Mais d'une certaine façon, il est bien plus que ça. Je me retourne vers ma mère.

– Je suis désolée de ne pas t'avoir prévenue. Mais Linden sera ravi de manger ce que tu as préparé. Vraiment.

Je l'entends pouffer de rire derrière moi et je lui donne un léger coup de coude dans le ventre. Le reste de la soirée se déroule normalement. Nous sommes assis ensemble, à discuter de l'actualité, et quand Linden mentionne sa famille, une discussion politique animée commence au sujet de la Grande-Bretagne et tout le bordel habituel. Je sais que Linden déteste ça, mais quand les gens apprennent que son père a été ambassadeur, ils le regardent d'un autre œil, avec un peu plus de respect. C'est débile, moi je respecte bien plus Linden pour ce qu'il fait que pour sa famille. Je le respecte parce qu'il veut s'en détacher et être lui-même.

En attendant, je m'efforce pendant tout le dîner de comprendre ce qui peut bien se passer entre mes parents. Ils agissent comme des ados, ils se matent comme des fous, l'un comme l'autre. Je devrais, je pense, être plus mûre et me dire que c'est vraiment mignon, mais je n'y arrive pas.

C'est seulement après le dîner, quand mon père propose à Linden d'aller fumer un cigare dans la véranda avec lui – ce qui est un bon signe, puisque ça signifie qu'il l'apprécie – que je peux enfin être seule avec ma mère.

Mais avant que je puisse dire quoi que ce soit, elle se met à me questionner à propos de Linden.

– Mais depuis quand est-ce que vous êtes ensemble ? me demande-t-elle en emportant le reste de la vaisselle.

Ma mère nettoie comme elle cuisine, il est absolument impossible de l'aider.

– Quelques semaines, je réponds en faisant tourner mon verre de vin.

Je n'ai pas vraiment envie de lui en dire plus.

Elle croise ses bras et s'appuie contre le comptoir.

– Et tu crois que c'est sérieux ?

– Écoute, je n'en sais rien.

Elle m'observe un moment.

– Si, tu le sais. Pourquoi est-ce que tu n'oses pas me le dire ?

Les mots qu'elle emploie me font sourire.

– Je ne te cache rien, maman. C'est juste que c'est tout nouveau. Et c'est compliqué. Et je ne sais pas ce que nous sommes l'un pour l'autre.

– Vous dormez ensemble.

– Maman ! je l'avertis.

– J'espère que vous vous protégez.

– Mam' ! je répète. S'il te plaît. J'ai trente ans. Je sais tout ça. Tu ne vas pas me raconter que je dois être prudente avec les garçons parce qu'ils veulent tous la même chose !

– Non, je ne vais pas te dire ça, dit-elle en ouvrant un tiroir de torchons, parce que je vois bien qu'il cherche autre chose.

Je ne réponds pas, mais une partie de moi est ravie qu'elle s'en soit rendu compte.

– Je me rends compte que vous êtes très prudents. C'est bien, mais fais attention que ça ne pervertisse pas votre relation.

– De quoi parles-tu ?

– Je sais que c'est parfois compliqué de passer du rôle d'amis à celui d'amants. Mais c'est ainsi que certaines des plus belles histoires commencent.

– D'accord. Mais ça peut aussi être comme ça que certaines des plus belles histoires se terminent.

– C'est vrai, dit-elle d'une voix chantante. Mais ça vaut toujours la peine de courir le risque. Surtout en vieillissant.

– Mais maman, j'ai trente ans.

– Je sais, je sais. Arrête de me dire quel est ton âge, ça me rappelle combien je suis vieille. (Elle ferme le tiroir en poussant un soupir.) Quand on est jeune, on voit tout en noir et blanc. En vieillissant, on se rend compte qu'il existe toujours du gris. Pareil en amour.

– Est-ce que tu parles de Linden et moi ou de papa et toi ?

Elle sourit et son visage en devient encore plus délicat.

– Ton père et moi avons traversé des moments vraiment difficiles. En réalité, ça a toujours été difficile. Si ce n'avait pas été pour ton frère et toi, surtout pour ton frère, nous aurions divorcé il y a bien longtemps. Nous avons tenu bon pour votre bien. Mais ça n'est pas comme ça que ça marche. Alors quand le temps est venu, ton père a décidé de me quitter.

C'est difficile pour moi d'assimiler cette information. Toute mon enfance, j'ai cru que mes parents étaient fous amoureux l'un de l'autre, juste parce qu'ils étaient des parents, et donc supposés être heureux ensemble. En fait, je n'avais aucune idée de ce que signifie vivre en couple. Maintenant, je le sais.

– Je sais que ça n'est pas évident pour toi de comprendre, continue-t-elle, et c'est encore plus difficile de te l'expliquer. Mais je savais que je devais le faire. Ce que j'ignorais, c'est combien ton père allait me manquer. Combien je l'aimais, en fait.

Je l'ai ignoré un moment, je ne voulais pas courir le risque à nouveau. Je pense que c'était pareil pour lui, c'est pourquoi il ne me donnait pas signe de vie. Mais quand un jour il m'a téléphoné de nulle part, juste pour me parler, je me suis dit qu'on pourrait peut – être y aller plus doucement.

– Alors… c'est toi qui y vas doucement ? C'est pour ça qu'il n'habite pas ici ?

Elle hoche la tête.

– Il me rend visite plusieurs fois par semaine. On sort ensemble. C'est… bien. Et c'est non conventionnel. Nos amis ne comprennent pas, mais ça nous va bien. Toujours les nuances de gris, tu vois.

Parfois, les choses arrivent avec quelqu'un à qui on n'aurait jamais pensé. Parfois, cette personne est votre mari. Parfois, il se trouve que c'est votre meilleur ami.

Alors que je réfléchis à tout ça, Linden et mon père rentrent en sentant le cigare, une odeur que je me surprends à bien aimer. Pendant que Linden enlève ses chaussures, mon père s'approche de ma mère et lui embrasse amoureusement la joue. Elle secoue son tablier devant lui, pour chasser son odeur.

Alors comme ça, mon père et ma mère sortent ensemble. Franchement, ce n'est finalement pas si mal.

Sur la route du retour, je ne dis pas grand-chose. Je reste perdue dans mes pensées. Je me dis que peut-être, je ne devrais plus être aussi prudente avec Linden. Peut-être que je devrais envisager les choses plus sérieusement. Tout ceci est-il une étape de notre pacte ? Est-ce que nous agissons ainsi parce que nous voulons nous marier ? Subitement, l'idée que nous allons nous marier ensemble à cause d'une promesse que nous nous sommes faite des années auparavant me semble débile.

Je veux Linden parce que je suis amoureuse de lui. C'est la seule raison qui devrait importer.

Toujours observateur, Linden coupe la station de rock que nous étions en train d'écouter et le silence s'installe dans l'habitacle. Puis il dit :

– Alors, comme ça, je suis ton petit ami.

Je lui souris vaguement.

– Désolée. Je ne savais pas quoi lui répondre.

Il se renfrogne, soudain sérieux.

– Ne sois pas désolée. J'adorerais être ça pour toi.

– Vraiment ?

– Ouaip, dit-il, même si ça sonne un peu juvénile, non ?

– Eh bien, je crois qu'on pourrait dire que nous sommes amants. C'est vrai, non ?

– Et s'exclamer dans les dîners : « Cher ami, permettez-moi de vous présenter Stéphanie, mon amante ? »

Je ris bêtement.

– Pas vraiment, non. Nous ne sommes ni assez vieux ni assez français pour ça.

– Alors finalement, je suppose que petit copain, c'est le terme qui convient.

– Je suppose.

– Et toi, tu es ma petite amie.

Il enlève ma main du levier de vitesse et embrasse tendrement mes phalanges.

– Mais en vérité, tu es tout pour moi. Et rien n'y pourra changer.

J'espère de tout cœur qu'il dit vrai.

CHAPITRE 17

Linden

– Mais c'est quoi, cette tenue ?

Je suis devant la boutique de Stéphanie, qui me dévisage comme si j'étais un extraterrestre.

Si c'était le cas, je viendrais de la Planète Requins. Comme les San Jose Sharks[24]. J'ai décidé que ça serait sympa de l'emmener voir un match des Sharks, puisqu'elle m'a dit qu'elle ne les avait jamais vus et que d'habitude, j'y vais toujours avec James. Je me suis dit que ce serait une sacrée surprise pour elle.

Mais, pour l'instant, elle est simplement très gênée de me voir accoutré comme ça, en total look, avec un masque en peluche en forme de requin sur la tête.

Je lui tends les billets.

– Hockey ! Nous allons assister à un match des Sharks, Baby Blue.

Elle hausse les sourcils en me dévisageant.

---

24 Le San Jose Sharks (ou Les Requins de San José) est l'équipe de hockey professionnel de la ville de San José en Californie.

– C’est bien ce que je craignais.

– Allez, viens, lui fais-je en laissant tomber les bras. Tu m’as toujours dit que tu voulais y aller.

Elle se contente de me regarder.

Je soupire et j’enlève mon masque.

– Est-ce que c’est mieux comme ça ?

Elle me sourit et traverse le hall pour m’embrasser. Ses lèvres sont particulièrement douces aujourd’hui, sa langue est particulièrement joueuse. Elle a l’odeur et un goût de menthe sucrée.

Illico, je me mets à bander.

– Tu sais, ce masque pourrait être rigolo pour jouer à un jeu de rôles libertin.

Elle me mord la lèvre inférieure en tirant légèrement dessus.

– Le seul rôle que tu joueras, c’est celui d’esclave, ficelé à mon lit, ronronne-t-elle.

– Oui. Oui, s’il te plaît.

Soudain, le hockey me semble un jeu totalement débile.

– Tu sais quoi ? Les Sharks peuvent attendre. On ira les voir une autre fois.

Elle sourit en posant sa main sur ma poitrine, elle sent mon sexe dur pendant un moment, avant de me repousser.

– Pas question, on va à San José, s’écrie-t-elle les yeux brillants.

Elle se retourne et rentre dans l’appartement, attrape son sac à main sur le comptoir de la cuisine et referme la porte derrière elle.

– Allons-y.

Je geins de déception, mais ça n'a pas d'importance. Nous reviendrons chez elle plus tard, quoi qu'il arrive. Et peut-être même que le masque de requin pourra jouer un rôle.

Je prends l'autoroute de San José, ce qui va assez vite sauf quand on est coincé dans les embouteillages comme nous le sommes. Parfois j'ai l'impression que toute la ville migre les jours de match, d'autant que nous entrons dans la saison du hockey. Et en plus, c'est la période des fêtes. C'est comme à la fin de Thanksgiving (que j'ai passé avec Stéphanie et ses parents), quand tout le monde avait décidé de se ruer au centre commercial pour acheter des cadeaux, vingt-quatre heures sur vingt-quatre. Noël est passé depuis au moins trois semaines.

Bien des choses ont changé pendant ce dernier mois. J'ai réussi à oublier ma culpabilité vis-à-vis de Nadine, ce qui m'a permis de jouir encore plus de mon bonheur avec Stéphanie. Et Nadine m'y a aidé. Elle est finalement restée un mois complet dans l'appartement que je lui avais trouvé et elle a démissionné de son boulot de réceptionniste. Je ne sais pas exactement où elle habite ni où elle bosse, mais mon patron m'a dit que tout va bien pour elle, alors je le crois.

Ça a été une sacrée épreuve, mais je ne regrette pas une seconde. Être avec Stéphanie de cette façon, de la façon dont j'ai toujours rêvé, c'est encore mieux que tout ce que j'aurais pu imaginer.

– Tu te souviens de notre plan cul dans le cockpit ? me demande soudain Stéphanie, pendant que nous faisons du surplace. Ou du moins notre tentative ?

Je me tourne vers elle, abasourdi. C'est comme si elle avait lu dans mes pensées.

– Oui.

– Ça pourrait être une bonne manière de faire passer le temps dans les embouteillages, non ?

– Maintenant ? (Je n'arrive pas à croire que c'est moi qui hésite, mais…) On est entourés de bagnoles.

– Hé, relax, il fait sombre dehors. Mon épaule protège mon côté, la roue arrière de la jeep nous cache de la voiture derrière nous, la voiture de devant ne peut voir que nos phares, quand à celle de ton côté… on peut espérer qu'elle s'occupe de ses affaires.

Je jette un coup d'œil à la voiture à côté de nous. Ce sont deux hommes d'âge moyen, avec des maillots des Bruins, les nases contre qui nous jouons ce soir. Tout compte fait, ça ne me gêne pas de me donner en spectacle.

Elle augmente la pression de sa main et ouvre ma fermeture Éclair, baisse l'élastique de mon slip et dégage mon gland. J'aperçois un peu de liquide préséminal qui brille au bout.

– Quelle belle bite, murmure-t-elle en la prenant en main pour ensuite la caresser, tout en la serrant fort, sur toute sa longueur.

Je ferme les yeux en soufflant, et quand je les rouvre, nous sommes quasiment rentrés dans la voiture qui nous précède. Ça ne va pas être simple. Dieu merci, j'ai eu le réflexe de m'arrêter à temps.

Mais je ne proteste pas pour autant. J'ai trente ans et personne ne m'a jamais fait une pipe dans une voiture en marche. J'ai déjà conduit en branlant une fille sur le siège passager, mais c'était quand j'étais au lycée. À l'époque, j'avais trouvé ça très cool, mais ceci est beaucoup, beaucoup plus agréable. Stéphanie me caresse fort, puis elle attrape le reste de ma queue et mes couilles. Mon corps se raidit, j'attends la suite. Elle vérifie d'une main que sa ceinture de sécurité est assez lâche, puis elle se penche et prend ma queue dans sa bouche et mes couilles de l'autre main. Je dois lutter contre l'envie de fermer les paupières pour mieux profiter de la chose. C'est dangereux, mais je n'ai aucune envie qu'elle arrête. Je serre le volant comme un fou. Pour une fois, j'apprécie que la jeep ait une boîte automatique. La tête de Stéphanie monte et descend de plus en plus vite sur mon bas-ventre, je plonge ma main libre dans ses cheveux et je tire dessus.

– Tu la veux, ma bite, hein Bébé, je murmure en raffermissant ma poigne et en m'enfonçant plus profond dans sa gorge. Tu aimes ça, me sucer, tu aimes sentir mon gland qui glisse dans ta gorge. Ouais, ça, c'est mon bébé. Continue comme ça, continue.

Elle continue, ses lèvres, sa bouche, sa langue et sa main travaillent à l'unisson. Mon fluide, mêlé à sa salive, offre un lubrifiant idéal. Mon corps se raidit, et je décide de profiter de la possibilité qui s'offre à moi d'avoir un instant de répit. Toutes les voitures autour de nous sont arrêtées, c'est une marée de lumières rouges dans la nuit. Je mets rapidement la jeep en position « parking » avant d'enlever mon pied de la pédale de frein.

Ça vient.

– Suce-la, Bébé, suce-la, je siffle en tentant de respirer. Encore, c'est si bon, Bébé.

Et alors c'est comme si j'étais heurté par un camion, sauf que nous sommes là tous les deux, et que c'est le pied. Je jouis avec des spasmes violents, qui me forcent à plonger mes ongles dans son crâne et à murmurer des obscénités, la respiration haletante. Ça coule sur moi comme un bain chaud, anesthésiant et rempli d'aiguilles, et je prends conscience que je n'ai jamais été aussi vivant et en même temps aussi défoncé qu'à cet instant.

Putain de merde.

Elle retire sa bouche, en laissant une traînée de salive derrière elle, et range ma queue dans mon slip.

– Pour tout dire, c'était assez distrayant, dit-elle en essuyant sa bouche d'un revers de main tout en me lançant son sourire égrillard que j'adore.

Je n'arrive pas à trouver mes mots. Je me contente de hocher la tête. Puis la circulation reprend et j'essaie d'y prêter attention, en passant de la position « parking » à « drive ». Je regarde la voiture à côté de nous pour m'assurer que j'ai la place de passer devant, quand je me rappelle qu'il s'agit de supporter des Bruins de Boston. Et à en juger à leurs yeux écarquillés et à leur air sidéré, ils ont tout vu.

Je baisse rapidement ma vitre et je leur fais un doigt d'honneur en hurlant « Aux chiottes les Bruins ! », avant de leur faire une queue de poisson et d'accélérer maintenant que ça se remet à rouler. Quand nous arrivons au stade, je suis plein de vie, d'adrénaline et de Stéphanie. Je me contente d'une bière, mais je lui offre plusieurs verres d'un vin hors de prix et nous encourageons les Sharks comme des fous jusqu'à la troisième période. Elle ne réagit même pas quand j'enfile mon masque et que je me mets à danser après chaque but. Au contraire, elle me regarde de temps en temps de cette façon indescriptible qui me fait fondre. Ça me fait chaud au cœur. Je voudrais mettre ce regard en bouteille, le garder avec moi et l'ouvrir par une journée froide et brumeuse, pour me sentir à nouveau lumineux et vivant.

Parfois je me demande si je ne suis pas en train de tomber amoureux d'elle.

Parfois je me demande combien de temps je vais pouvoir continuer à faire semblant.

Juste après le début de la troisième période, cette putain de « Kiss Cam[25] », sponsorisée par Dentyne[26] se met en marche. Après avoir chopé deux autres couples, elle s'arrête sur nous.

Oups. Nos visages s'affichent en grand sur le Jumbotron.

Je hausse les épaules et regarde Steph qui me sourit timidement, en essayant de ne pas regarder en direction de la caméra. Je prends son visage

---

25 Tradition en Amérique du Nord. Pendant les temps morts des matchs de hockey ou de basket-ball, les caméras balaient le public (les images sont diffusées sur un écran géant, le Jumbotron), puis marquent un arrêt sur un couple pour l'inviter à s'embrasser.

26 Marque de dentifrice américain.

entre mes mains et je l'embrasse passionnément. J'y vais franchement. Si on doit faire ce truc, autant le faire à fond.

Quelques spectateurs autour de nous se mettent à applaudir, à siffler, puis le jeu reprend.

Plus tard ce soir-là, après que les Sharks ont battu les Bruins pendant les prolongations, nous allons chez elle et nous nous jetons tous les deux sur son lit Elle ne parle plus de m'attacher, mais je m'en fiche. Je ne désire qu'une chose, plonger en elle et sentir chaque centimètre de son corps si chaud et si doux. Je me noie dans ce que nous sommes, dans ce que nous faisons ressentir à l'autre, un point c'est tout. C'est si bon. Nous vivons un truc tellement fort.

– Je crois que je perds pied, je lui chuchote après l'orgasme.

Nos corps nus sont trempés de sueur, nos membres et nos mains entremêlés. Ma gorge me gêne, j'ai du mal à respirer, mes mots pèsent une tonne.

– Chaque fois que je suis en toi, avec toi, je me perds un peu plus.

Je tourne la tête de côté pour la regarder. Elle me fixe avec ses grands yeux humides remplis de tout ce que je désire chez elle.

– À la fin, tu vas me mettre en mille morceaux, lui dis-je. S'il te plaît, prends-en soin.

Je ne sais pas pourquoi je pensais que ça allait la faire rire ou qu'elle allait me traiter de lourdingue, mais elle n'en fait rien. Peut-être parce que c'est la vérité et qu'elle s'en aperçoit. Elle s'avance et caresse mes lèvres du bout des doigts. Ils sentent le sexe. Ils sentent divinement bon.

– Linden – et sa voix sonne comme la neige – s'il te plaît, sois gentil avec moi.

Quelque chose cède et se libère dans ma poitrine.

Je l'aime.

Je l'aime comme un dingue.

– Je te le promets, je lui dis en la serrant très fort.

J'écoute battre son cœur contre ma poitrine avant de m'endormir enfin. Dans mes rêves, tout est chaud.

***

Le lendemain matin, je dépose Stéphanie au boulot. Je sais déjà que quelque chose a changé entre nous, que nous avons découvert une autre couche. Il y a cette tendresse dans chacun de nos regards, dans chaque contact. Ça me rend plus fragile que je le voudrais.

Avant mon vol de l'après-midi, je passe à la salle de sport pour faire travailler mes jambes et mes bras pendant quelques heures. Quand j'ai terminé, je fais un saut au Burgundy Lion pour boire une pinte.

James est là, ainsi que Penny. Je suis particulièrement content de la voir, sans savoir vraiment pourquoi. Je n'ai pas beaucoup vu James ces dernières semaines, pas depuis Thanksgiving, en fait, et je ne suis pas allé au Lion. Évidemment, j'étais dans le lit de Steph, ou elle dans le mien. Je dois reconnaître que je commence à me sentir coupable. Au début, j'ai agi par courtoisie, ou du moins pour ne pas laisser s'installer une gêne inévitable. Je ne voulais pas que ma relation avec James change. Mais c'est pourtant le cas, et je ne dois pas être le seul à m'en rendre compte. Maintenant, le fait que je partage secrètement le lit de Stéphanie depuis six semaines me semble un peu glauque. Ça ressemble à un mensonge honteux, alors que ça ne devrait pas être le cas.

– Eh bien, regarde qui voilà, s'écrie Penny quand je rentre dans le bar.

Elle est au comptoir, à sa place habituelle. Je tire la chaise à côté d'elle et je choppe le regard de James, occupé à servir un client. Il hoche la tête mais ne sourit pas. En fait, il a plutôt l'air un peu énervé. J'espère qu'il est simplement de mauvaise humeur et que ça n'a rien à voir avec moi.

– Salut, les sucres d'orge.

– Les sucres d'orge ?

– Pourquoi pas ? Ces deux trucs-là sont délicieux, non ?

Elle pince ses lèvres rouges en me jetant un regard appuyé à travers ses lunettes.

– Tout dépend si tu es au régime ou pas. Où étais-tu passé, bel étranger ?

– Dans le coin. Comment vas-tu ? je réponds en changeant de sujet.

– Pas assez bourrée.

– Mais il n'est que cinq heures de l'après-midi, tu sais…

– Comment peux-tu dire ça, toi l'Écossais ?

– Tu marques un point. Je devrais m'y mettre.

J'attends que James ait un moment de libre pour le saluer.

– Salut, tête de nœud, je lance.

Il ne sourit même pas.

– Tête de nœud ?

– Il m'a appelé sucre d'orge, marmonne Penny dans son verre.

Je fais la grimace.

– Ne me dis pas que ton surnom est devenu offensant.

– Je ne sais pas, mec. Je ne t'ai pas vu depuis des lustres. Je me disais que tu serais peut-être un peu plus amical que ça.

Il sort une Anchor Steam du frigo et la jette devant moi, puis il repart de l'autre côté du bar.

Je demande à Penny :

– Mais qu'est-ce qui lui arrive, putain ?

Elle pousse un long sifflement.

– En réalité, je n'en sais rien. Il a été assez, hum, odieux avec moi aussi ces derniers jours.

Ça craint. J'aime beaucoup Penny. Je pose mes coudes sur le comptoir et je lui jette un regard en coin. Elle a vraiment l'air crevée, on dirait même qu'elle a pleuré.

– Tu passes un mauvais quart d'heure ?

Elle hoche la tête vite, vite, et son menton tremble un peu, mais elle se reprend.

– Ouais. J'espère que c'est juste un quart d'heure.

– Vous êtes faits l'un pour l'autre, je suis sûr que ça va s'arranger, je lui dis, et soudain je me sens mieux, comme si j'avais dit la vérité.

– Je ne sais pas, répond-elle et elle se penche un peu plus vers moi.

Elle sent le whisky. Je réalise qu'elle est déjà bourrée.

– Si je te demande un truc, tu es capable de me dire la vérité ?

Je ne suis pas sûr d'être la bonne personne. Mais j'acquiesce quand même.

– Bien sûr.

– Est-ce que James me trompe ?

Je sursaute.

– Non. Te tromper ? Non. Je veux dire, pas que je sache.

– Tu es sûr ?

– Je n'ai pas été beaucoup là ces derniers temps, tu vois, mais je peux t'assurer que James n'est pas le genre à te tromper. Il est trop sensible pour ça. Il te cracherait le morceau si ça arrivait, tellement il se sentirait coupable. En plus, il croit au karma.

– Ok, dit-elle doucement avant de reporter son attention sur son verre.

– Qu'est-ce qui te fait croire ça ? je demande, parce que maintenant, je suis intrigué.

James est un type plutôt loyal. Il est même tellement loyal qu'il vous donne l'envie de l'être avec lui, autant qu'il l'est envers vous.

– Je ne sais pas… une impression. Comme s'il y avait quelqu'un d'autre.

– Oh ?

– Ouais. Appelle ça de l'intuition féminine.

Je dois faire attention à ce que je dis. Je ne veux pas qu'elle pense ce à quoi je pense, si elle n'y pense pas déjà. Je ne veux pas qu'elle pense à Stéphanie.

– Ce n'est pas plutôt de la parano ?

Elle me regarde fixement.

– C'est comme ça. Je pense qu'il n'est plus amoureux de moi, c'est tout.

– Tu penses qu'il y a une autre fille ?

– Je n'en suis même pas sûre.

Ses yeux contemplent le plafond et je vois qu'elle se retient de pleurer, mais elle frappe son verre de whisky vide et s'écrie :

– Qu'il aille au diable ! C'est bien ce que disent les dames de la haute dans les films des années quarante, quand elles découvrent que leur amant les a trompées ? Qu'il aille au diable !

Je la regarde sans rien dire, j'ai vraiment pitié d'elle et, égoïstement, je suis inquiet. Ça ne peut pas être Stéphanie. Si James est réellement en train de quitter Penny, ce doit être pour d'autres raisons. Peut-être que finalement il n'est pas aussi loyal que je le croyais. Peut-être est-il aussi doué que moi pour mentir. Cette pensée me dégrise complètement, et je me surprends en train de taper dans mon verre pour la faire disparaître. Quand James réapparaît enfin, Penny est partie. Je ne m'en étais même pas rendu compte, tellement j'étais plongé dans mes pensées.

– Hé mec, je lui dis. (Ses yeux plongent lentement dans les miens.) Désolé de t'avoir appelé tête de nœud sans prévenir.

– C’est bon, bougonne-t-il.

– Est-ce tu vas bien ? Tu as l’air tendu.

Il me lance un regard froid, le genre de regard qui te fait comprendre que tu as intérêt à reculer de quelques pas. Pourtant, je reste rivé à mon tabouret. Il ne sera pas dit que je serai celui qui cède. Je lui montre ma bouteille.

– J’en prendrais bien une autre.

James pose ses mains sur le comptoir. Il tient toujours son torchon en se penchant vers moi.

– Tu sais quoi, Linden ? Je trouve que tu es sacrément gonflé. Tu ne donnes plus signe de vie pendant des semaines et tu te ramènes ensuite ici, comme si de rien n’était, comme si tout baignait.

– Ça n’est pas le cas ?

– Non.

– Écoute mec, tu es mon pote. Je t’ai appelé. Est-ce que tu as seulement regardé ton putain de téléphone ? Je t’ai envoyé un texto, tu m’as répondu par texto, ce n’est pas comme si on ne s’était pas parlé.

– Tu sais très bien ce que je veux dire.

Je dois jouer les idiots.

– Non, je ne vois pas. J’ai été occupé, ces derniers temps, c’est tout.

– Occupé comment ? demande-t-il d’un ton accusateur.

– Comme dans la vie, normal.

– Pas occupé par une nana ?

– Non.

– Tu sais, je t’ai vu.

Eh merde.

– Tu m'as vu ? Qu'est-ce que ça veut dire ?

Il se redresse et croise ses bras sur sa poitrine.

– Toi et Stéphanie.

C'est la douche froide. Je réussis pourtant, je ne sais pas comment, à me taire.

James poursuit.

– J'ai regardé le match des Sharks, mon pote. Et je vous ai vus vous embrasser sur la Kiss Camera.

Je déglutis. Difficilement. Puis je me recule sur mon siège et je lui fais un grand sourire.

– Et alors ?

Il fronce les sourcils.

– Alors ? éructe-t-il. Qu'est-ce que tu foutais à ce match avec elle ?

– Elle avait envie d'y aller.

– C'était notre truc, mec.

– Je sais, je réponds en me sentant légèrement soulagé. Mais elle m'a appelé, elle avait eu une mauvaise journée et j'ai pensé que ce serait une excellente façon de lui remonter le moral.

– Comme c'est gentil de ta part, dit-il avec amertume. Et tu n'as pas pensé à m'inviter ?

– Ça s'est fait à la dernière minute, tu travaillais.

– J'aurais pu m'arranger.

Je hausse les épaules.

– Ah bon, je ne savais pas.

– Et pourquoi est-ce que tu l'embrassais ?

Et voilà que ça revient sur un terrain miné. Je dois désamorcer cette bombe, et rapidement.

– C'était un baiser pour la caméra, c'est ce qu'on est censé faire. Je ne voulais pas passer pour le mec qui refuse d'embrasser sa voisine sexy.

– Parce que tu trouves que Steph est sexy ?

Je le regarde en reniflant, incrédule.

– Tu te fous de ma gueule ou quoi ? C'est une vraie bombe.

– Tu es en train de parler de mon ex, là.

Je roule de gros yeux.

– Et de mon amie. Alors quoi, on ne peut pas dire de ses amies qu'elles sont sexy ? Même toi, James, tu es super-sexy, dans le genre romantico-hipster, rat d'égout.

– Va te faire foutre !

– Allez mon pote, ne sois pas homophobe.

Il me fixe toujours, il veut ramener la conversation sur Stéphanie.

– En plus…

Je suis sur le point de lui servir un gros bobard, et j'espère que Stéphanie ne va pas me tuer pour ça.

– Elle a un petit copain.

– Quoi ?

Euh, hum, peut-être que Penny avait raison.

– Euh, enfin ce n'est pas vraiment son petit copain. Ils baisent juste ensemble, je crois. Mais ouais, elle voit quelqu'un. De temps en temps. Mais bon. Elle le voit. Enfin, il est là. Visible. Dans le champ.

– Mais c'est qui ce mec ? Elle ne m'a rien dit. Il s'appelle comment ?

Mes yeux glissent sur le néon Guiness sur le mur.

– Ireland.

– Il s’appelle Ireland ?

– Ireland Brownglass[27].

– Ireland Brownglass.

Je lève les mains au ciel.

– Je n’y peux rien, mec. C’est la vérité vraie.

– Mais où est-ce qu’elle a bien pu rencontrer cet Ireland Brownglass ?

– Dans un bar de Castro[28].

– Quoi ? Tu es sûr qu’il n’est pas pédé ?

– Je n’en sais rien. Peut-être. Je suis sûr que Stéphanie s’en rendra très vite compte. C’est une fille intelligente.

Il a l’air soudain très désemparé.

– Je n’arrive pas à croire qu’elle sorte avec quelqu’un.

– Eh bien, tu n’as qu’à demander.

Je recule presque en voyant le regard qu’il me lance en guise de réponse.

– Ben quoi ? Je veux dire, essaie de faire le premier pas. C’est tout. Je ne peux pas faire tout le boulot. Si tu m’en veux de ne pas t’appeler, tu n’as qu’à le faire. Nous allons être de plus en plus occupés en vieillissant.

Je voudrais également ajouter que ce n’est pas la fin du monde si elle sort avec quelqu’un, mais j’ai peur de ce qu’il va me répondre. J’ai peur de ce que pourrait être la vérité, parce que dès que

---

27 Jeux de mots qui signifie, en français, « Irlande verre teinté » (la couleur des bouteilles de bière).

28 Quartier gay de San Francisco.

je saurais que James est amoureux d'elle, il faudrait que je fasse des choix difficiles. Des choix qui briseront au moins une amitié.

Donc je me tais. Je me contente de boire ma bière, et quand James est à nouveau occupé ailleurs, je sors mon téléphone et j'envoie un texto à Stéphanie.

Au fait, j'ai dit à James que tu sortais avec un type qui s'appelle Ireland Brownglass. Vous vous êtes rencontrés dans un bar de Reno, il pourrait être homo, mais tu ne le sais pas encore. C'est une longue histoire, je t'expliquerai plus tard.

Elle me répond au bout d'une minute.

Tu as intérêt à ce qu'elle soit bonne.

Je ne sais pas si c'est le cas, et je ne suis pas sûr de pouvoir réussir à lui expliquer sans la mettre en colère.

On dirait bien que nous sommes en train de lentement perdre le contrôle.

Il faut que je m'accroche. Grave.

CHAPITRE 18

Stéphanie

Vous savez à quel point le karaoké peut être chiant quand les gens sont bourrés ? Eh bien, les karaokés de chants de Noël, bien éméchés, c'est encore pire. Le seul moment de salut, c'est quand quelqu'un remplace les mots « silver bells » par « silver fuck, pickup truck[29] ».

C'est précisément ce que James est en train de chanter en ce moment. Debout sur son bar, il braille la plus étrange version de « Silver Bells » que j'aie jamais entendue. Mais il est quand même plus rigolo que la plupart des gens présents ce soir.

C'est la fête de Noël du Burgundy Lion, et nous sommes tous réunis pour boire du punch de mauvaise qualité et du bouillon de poule bien costaud, et pour nous exploser les oreilles car l'alcool désinhibe même les plus timides. C'est un peu comme d'assister au premier rang à une

---

29 Jeu de mot intraduisible entre le titre d'un chant de Noël très populaire aux USA, « Les cloches d'argent », et « Branlette en camionnette ».

audition de « American Idols[30] ». Non, attendez. C'est encore pire.

Je ne sais pas chanter, je le sais, alors je rends un immense service à l'humanité en restant dans mon coin. Linden, bien entendu, sait chanter et a eu l'habitude de monter sur scène au Lion depuis longtemps. Il est le seul qui s'en soit sorti correctement ce soir. Je dis correctement parce qu'il est saoul et qu'il a quand même essayé de chanter la chanson de Led Zeppelin « Battle of Evermore ». Quiconque s'y connaît un minimum en musique sait qu'il est impensable de réussir à chanter comme Robert Plant quand on est bourré.

Noël est dans une semaine, et c'est la première fois que Linden et moi sortons ensemble en public, avec des amis. Mais nous ne nous présentons pas comme un couple. Je suis assise d'un côté avec Penny et Kayla, et Linden est avec Dan. Nous nous efforçons tous de ne pas regarder James, mais c'est comme si nous assistions à un accident de voiture, là juste devant nous.

Je me penche vers Penny.

– Tu dois être fière.

– Oh oui, très.

Mais ces derniers temps, elle est différente. Bien sûr, nous nous sommes peu vues ces derniers temps et nous n'avons pas vraiment parlé ensemble, alors je ne sais pas ce qui se passe dans sa vie.

---

30 Émission US de télé-crochet comparable à « Star Academy » ou à « Nouvelle Star ».

Mais elle est trop calme, presque morose. Je note qu'il faut que je lui demande plus tard comment elle va.

– Et toi, comme ça va avec Ireland ? me demande-t-elle. Ireland Brownglass, c'est bien ça ?

Linden me fait du pied sous la table et j'évite de le regarder. Je me souviens tout d'un coup qu'il m'a envoyé un texto à ce sujet la semaine dernière, mais après nous nous sommes jetés au lit, directement, et nous avons complètement oublié d'en parler.

– Ireland… bien, ça va bien. Ça va super-bien.

– Et tu l'as rencontré dans Castro ?

– Ouah ! s'écrie Kayla à côté de moi. Qui est-ce qui vient de me donner un coup de pied ? C'est toi, espèce de trou du cul ?

Je la vois qui pointe Linden d'un doigt accusateur. Il lève les mains en l'air, le regard vide. C'est bizarre de voir à quel point Kayla lui fait peur. Je crois qu'il se sent vraiment mal de l'avoir laissée tomber.

– Hum, dis-je lentement en détachant mon regard pour revenir à Penny, oui, dans Castro.

– Et il n'est pas homo ?

– Oh, fais-je en faisant semblant de réfléchir, si, peut-être. Je ne sais pas. On vient de rompre.

Elle fait un bruit sourd avec sa langue.

– Je suis désolée. (Silence.) Mais tu viens de dire que c'était super.

– Je voulais dire que c'était super.

– Je suis vraiment désolée.

– Ouais, dis-je en fixant mon verre de bière. Il était probablement gay.

– Mais qu'est-ce que tu racontes ? me murmure Kayla dans l'oreille.

Je l'ignore.

– Ok, dis-je en me levant, je vais chercher une tournée de shots. Qui en veut ?

– Moi ! s'écrie Linden en se levant d'un bond.

Il me suit au bar et je suis parfaitement consciente de la distance qui nous sépare. Ça me paraît si peu naturel d'être avec lui sans qu'il pose sa grande main autour de ma taille, ou son bras autour de mon épaule. On est tellement collés tous les deux que c'est très dur de ne pas pouvoir le sentir.

Comme nous atteignons le bar, il me souffle à l'oreille :

– C'était moins une.

James vient juste d'en descendre et se sert de punch de l'autre côté, du coup nous demandons à une des serveuses de nous servir deux shots de Jameson.

– Mets-en deux, dit Linden.

– Tu es déjà saoul, je dis.

– Où est passé ton sens de la fête, Bébé ? murmure-t-il en se penchant sur moi. (Ses lèvres se posent juste sous mon oreille.) Si tu me le montres, je te montrerai le mien.

– Pas maintenant, je susurre, tout en souriant à Caroline, la barman qui est en train de nous servir.

Elle me jette un drôle de regard, mais je garde mon sourire aux lèvres, comme si c'était parfaitement normal que deux amis se murmurent des choses à l'oreille.

Et maintenant, il me mordille le lobe de l'oreille. Mon corps se relâche immédiatement, dans l'attente de la suite, bien que ma tête sache pertinemment que nous ne sommes pas en sécurité et que c'est indécent.

– Linden, je l'avertis.

Il s'arrête, mais ne recule pas pour autant.

– Je t'ai dit que tu étais super-bandante, ce soir ?

Son souffle chaud me chatouille.

– Non, mais vas-y.

– Ta robe est démente.

Là, il a raison. Elle est en satin rouge, sans bretelles et m'arrive aux genoux, avec un corset qui m'affine la taille et fait ressortir outrageusement mes seins.

– On dirait une princesse de Disney.

– Une princesse de Disney ?

– Ouais, chuchote-t-il crûment. Une de ces princesses qui te font croire qu'elles vont te faire une pipe si tu joues le jeu, mais qui finissent par ne pas le faire.

Je ris.

– Je ne sais pas de quoi tu parles.

– Je vais te montrer.

– Voilà, s'écrie Caroline assez fort pour que nous nous séparions, et elle pousse les quatre shots vers nous.

– Caroline, tu es un amour, lance Linden en levant son verre. Allez, Steph, un toast pour Caroline.

– À Caroline ! nous nous écrions à l'unisson.

Elle se contente de secouer la tête et s'éloigne pendant que nous tapons nos verres sur le comptoir.

Ça brûle, mais la chaleur devient vite agréable. Ça me rappelle beaucoup ce que je ressens à l'entrejambe. Il suffit que Linden parle d'une pipe, même de cette façon bizarre, même complètement bourré, pour que je me mette à fantasmer sur sa queue. Je l'imagine si dure entre mes mains, je sens le goût salé qu'elle a quand je lèche son gland.

– Encore un, dit Linden en me tendant le deuxième shot.

Puis il descend de sa chaise et murmure :

– Rejoins-moi dans les toilettes des femmes dans une minute.

Il traverse le bar. J'adore le regarder marcher. Cette démarche fière qui est la sienne, le mouvement de ses muscles à travers ses vêtements, ses larges épaules et la forme parfaite, en V, de son torse, ces petits creux qu'il a à la taille, que j'adore caresser et lécher. Bien sûr, personne d'autre ne peut les voir sous sa chemise, mais moi je sais qu'ils sont là.

Une fois qu'il a disparu, je me lève lentement. Avec un air dégagé, je jette un coup d'œil circulaire autour de moi. Les gens rient, quelqu'un chante « Santa Baby » d'une façon abominable. Un verre tombe quelque part au loin. Kayla et Dan bavardent à une table, et près de la porte d'entrée, Penny et James sont en pleine discussion. Ça a l'air chaud, ce qui veut dire qu'ils ne font pas attention à nous, mais je me demande si ça n'est pas également la raison pour laquelle Penny a l'air si triste ces derniers temps.

Je me sens submergée par la culpabilité. Si j'avais été là plus souvent, comme avant, je saurais sans doute ce qui se passe entre eux. Mais je n'ai pas été présente. Les choses n'ont pas changé uniquement entre Linden et moi, elles ont changé avec tout le monde.

Je me secoue, je n'ai pas envie de déprimer ce soir. Pour ce que j'en sais, Penny et James s'entendent bien. Et Linden et moi ? Ça va plus que bien entre nous.

Je me dirige vers les toilettes et je frappe discrètement à la porte des femmes.

– Coucou ? je fais doucement.

– Qui est-ce ? demande Linden qu'une voix aiguë.

Ça ressemble vraiment à son imitation de Robert Plant.

– Une princesse Disney, je réponds.

J'attends un moment en sentant l'impatience poindre, et la porte s'ouvre.

Je me dépêche d'entrer, pour tomber sur Linden qui me dévisage avec un regard salace.

Il y a deux cabinets, dont un pour handicapés, mais heureusement, on peut fermer à clé tout l'espace. J'ai juste le temps de le faire avant d'être poussée en arrière avec force par Linden. Mon corps réagit instinctivement. Il le désire autant que mon cœur, mon esprit et mon âme.

Pendant qu'il se presse contre moi, la respiration sifflante, et qu'il m'embrasse, déjà toute défaite et trempée, je passe les mains autour ses épaules pour sentir ses muscles dorsaux et je l'attire à moi.

Une de ses mains se perd dans mes cheveux, il tire dessus par petits coups pendant que, de l'autre, il soulève ma robe. Quand il découvre que je ne porte pas de culotte, il pousse un profond gémissement que je sens vibrer en moi et, aussitôt, il glisse ses doigts dans ma chatte.

– Tu es toute mouillée. Mon bébé mouille tellement pour moi.

Il enfonce trois de ses longs doigts dans mon vagin. Je contracte mes muscles autour d'eux.

– Et tellement impatiente.

– Tais-toi donc et baise-moi, je lui siffle à l'oreille.

Il rit, d'un rire profond et grave. Il lâche mes cheveux et attrape l'arrière de mon cou avec ses lèvres et ses dents.

– Tu n'as aucune patience.

– Pas ici, pas maintenant, je réponds. Pas avec toi.

– J'ai fait de toi une bête.

– Alors agis, toi aussi, comme une bête.

Il fait une pause et me jette un regard en coin.

– Vraiment ?

Son accent, comme sa bite, grossissent quand il est excité et ça me donne des frissons dans le dos. Je me serre contre lui, j'ai envie qu'il enfonce ses doigts plus profondément, mais il les retire et défait sa ceinture.

J'entends le « zip » de sa fermeture Éclair et, de son bras, il me retourne contre le mur. Il flanque un coup de pied dans la porte et me pousse à l'intérieur d'une des deux cabines, jusqu'à ce que mes mains touchent le mur carrelé tout froid.

– Écarte grand les jambes, rugit-il et, avant même que j'aie pu le faire, je sens sa queue entre mes fesses.

– Plus grand, grogne-t-il.

Je les écarte le plus que je peux sans me casser la figure sur mes talons. Les positions sexuelles scabreuses ne me font pas peur, mais je dois dire que je suis heureuse que les toilettes soient vides ce soir. Je ne suis pas sûre que ce soit le cas pour les toilettes hommes, mais quoi qu'il en soit, c'est très excitant de désirer quelqu'un si fort que l'endroit où vous le faites n'a plus aucune importance.

C'est le cas en ce moment.

Linden soulève ma robe, glisse sa main entre mes fesses et m'enfonce un doigt. Je tressaille un peu – je ne m'y attendais pas – mais il l'enlève rapidement pour attraper sa queue.

– Peut-être une autre fois ?

– Peut-être.

Puis il se place à l'entrée de ma chatte et attend un instant.

Je sens sa chaleur et sa taille immense derrière moi, je ressens la brûlure de son regard. Je sais qu'il regarde mon cul et sa bite, et qu'il est sur le point de me l'enfoncer sur toute sa longueur. Avant même que je lui demande, il entre en une seule poussée, puissante.

Mes doigts s'agrippent au carrelage, je serre les coudes et les genoux pour ne pas tomber. Je ne peux retenir un cri, puis un « ohhh ! » quand il se retire horriblement lentement.

Cet homme compte plus que ma vie.

Il est toute ma vie.

C'est mon Linden.

Et il me prend par-derrière, dans des toilettes de dames.

Une main agrippée au-dessus de la cloison du cabinet, l'autre qui me maintient par la taille, il me baise profondément, violemment, à chaque coup il fait mouche.

– Je te baise, je te baise, je te baise, siffle-t-il à chaque inspiration. Bébé, je jouis, je jouis.

Avant même que je puisse essayer de le rattraper, il lâche ma taille et fait glisser son doigt sur mon clito, il le caresse deux fois et ça suffit à me déclencher un orgasme de folie.

J'explose jusqu'à sentir que plus rien n'existe, et il explose en moi. Je le sens à l'intérieur de moi, chaud et puissant, alors que je palpite autour de lui, et ensuite, je sens son bras sous mon ventre, qui me soutient quand mes jambes se mettent à flancher.

– C'était incroyable, je chuchote en essayant de reprendre ma respiration et de redescendre sur Terre.

Il embrasse mes épaules nues.

– Alors, qui est-ce qui est ringard, à présent ?

Je me retourne et je lui lance un regard ému. Il a ce regard que j'adore, embrumé, heureux et satisfait. Je l'aime parce que je suis la seule avec laquelle il est si tendre.

Il se penche et prend quelques feuilles de papier toilette qu'il passe entre mes cuisses très doucement, très tendrement.

– Les gens vont trouver ça louche s'ils voient mon sperme sur tes jambes, explique-t-il en souriant avant de jeter le papier dans la cuvette.

– Personnellement, j'aime bien.

Nous sortons du cabinet et nous nous rhabillons rapidement devant le miroir. Je suis sur le point d'ouvrir la porte pour jeter un coup d'œil à l'extérieur quand quelqu'un frappe. Je me fige. Peut-être que si je ne réponds pas, ils vont partir. Je regarde Linden en mettant un doigt sur ma bouche.

La personne frappe à nouveau et dit :

– Ohé, Steph ?

C'est Kayla. Merde. Enfin, ça pourrait être pire.

Je fais signe à Linden de se cacher dans l'autre cabinet, ce qu'il fait et j'entrouvre la porte.

– Hé, qu'est-ce qu'il y a ?

– Qu'est-ce que tu fais là-dedans, je te cherche partout.

– Euh, j'ai des problèmes intestinaux.

– C'est pour ça que tu as fermé à clé ?

– De gros problèmes intestinaux.

Elle grimace et regarde derrière mon épaule.

– C'est qui ? demande-t-elle en poussant la porte pour entrer dans la pièce principale.

– Linden ? demande-t-elle en apercevant ses chaussures.

De nos jours, pas grand monde ne porte des bottes de combat.

– Non, c'est juste un type quelconque.

– Qui, Ireland Brownquelquechose ? dit-elle en poussant la porte du cabinet. Je le savais ! s'exclame-t-elle.

Linden sort du cabinet. Il n'a pas l'air aussi penaud que je m'y attendais.

– Chuttt ! je lui fais en allant refermer la porte des toilettes. Tu gardes ça pour toi. Personne n'est au courant.

– Tu parles que personne n'est au courant, dit-elle en regardant Linden avec réprobation. Seigneur, Steph, comment peux-tu être avec ce salaud ?

– Euh, toi aussi tu as été avec ce salaud, lui rétorque Linden.

– Tais-toi, Linden, je lui dis. (Je me retourne vers Kayla et je lui lance un regard suppliant.) S'il te plaît, ne le dis à personne. Nous sommes juste en train de concrétiser et pour l'instant, nous ne voulons pas que ça se sache.

Elle croise les bras et tape du pied sur le carrelage du sol.

– Hmmm, et vous allez continuer jusqu'à quand à vous foutre du monde ?

Je regarde Linden en haussant les épaules.

– Toujours ?

Kayla laisse sortir un soupir exaspéré.

– Je savais qu'il se passait quelque chose.

– Eh bien, espérons que personne d'autre ne le saura.

– Ouais, tu sais tu ne pourras pas cacher cette merde indéfiniment. Tu ferais mieux d'aller l'annoncer à tout le monde. Pour en finir.

Je secoue la tête.

– Non. Ce n'est pas parce que deux potes baisent ensemble qu'il faut que la Terre entière le sache.

Elle me lance un regard ironique.

– Moi, je trouve que tes meilleurs potes ont le droit de le savoir.

Puis elle fait demi-tour vers la porte et me lance un regard derrière son épaule.

– Et si tu penses vraiment que vous êtes juste des amis, tu ferais mieux d'y réfléchir à deux fois.

Et elle sort. La tension reste palpable dans les toilettes.

Je lance un regard désolé à Linden.

– Pardon, mais elle est chiante.

Il hoche la tête.

– Je sais. Espérons qu'elle ne dira rien.

– Elle ne le fera pas.

Mais je commence à me demander combien de temps ce petit jeu va durer. Il faut qu'il se passe quelque chose. Nous ne pouvons pas continuer à mentir comme ça. Si c'est James le problème, c'est son problème, et pas le nôtre.

Mais là, ce n'est pas le moment idéal pour en discuter. Ce soir, il s'agit de s'amuser. Après la nouvelle année, nous repartirons à zéro. Nous demanderons à James de s'asseoir et nous lui expliquerons… Bon, nous essaierons d'expliquer ce que nous sommes l'un pour l'autre. Et alors, j'espère qu'il comprendra. Ça sera peut-être bizarre pour lui au début, mais avec le temps, je pense qu'il s'apercevra que rien n'a réellement changé entre nous trois.

Et pourtant, alors que j'embrasse Linden sur la joue et que je retourne dans le bar, en faisant comme si je n'avais jamais été avec lui dans les toilettes, je sais que tout a déjà changé.

Je ne sais absolument pas si je pourrai faire marche arrière.

***

Bien plus tard, après que la fête s'est terminée et que trop d'alcool et de gâteaux de Noël ont été engloutis, je me retrouve chez Linden. Je commence à m'y sentir chez moi. Il faut dire que l'appartement est tout neuf et ne fuit pas, ce qui aide. Bien que mon appartement ne fuie plus non plus, grâce à lui, je me sens en sécurité chez lui. Peut-être parce que je n'y suis jamais seule, que j'y suis toujours avec lui. Que nous soyons en train de préparer des œufs brouillés pour le petit déjeuner, que nous soyons vautrés devant la télé pour regarder des séries sur Netflix ou que nous prenions une douche, tout simplement, il est toujours là.

Il est solide, il est rassurant, il est mon point d'ancrage.

Il est mon Linden à moi.

Il l'a toujours été.

Il le sera toujours.

Pourtant cette nuit, après cette baise torride dans les toilettes, quand Kayla nous a surpris, ivres de Jameson et de l'ambiance joyeuse du Burgundy Lion, j'ai l'impression qu'il est bien plus que tout ça.

Il est mon amant.

Il est mon amour.

Je ne peux plus calmer ces papillons dans mon ventre plus longtemps. Je veux les laisser sortir. Je veux qu'ils le touchent, qu'ils le caressent de leurs ailes légères comme des plumes, pour qu'il sache ce que je ressens pour lui.

Nous nous déshabillons et nous nous glissons sous les draps. Nous sommes tous les deux trop fatigués et trop comblés pour faire l'amour, alors nous nous prenons dans les bras l'un de l'autre. Il dépose un baiser sur ma tempe, ses lèvres s'y attardent, et il me serre fort. Je ne veux pas qu'il parte, jamais. Il m'a dit qu'il ne le ferait pas.

– Linden, dis-je doucement, si doucement que je ne suis pas sûre d'avoir prononcé ce mot.

Tout paraît avoir plus d'importance quand il est tard et que vous êtes dans le noir.

Il y a un long silence, et il répond enfin.

– Baby Blue.

– Je…

Je commence, et subitement, ce que j'étais sur le point de lui dire, cette phrase toute simple disparaît. Je ne peux pas continuer. Je n'aime pas seulement Linden, c'est bien plus fort que ça. C'est quelque chose d'indicible, bien au-delà d'un truc quotidien tout bête. Partout on voit écrit « je t'aime », et subitement je me rends compte à quel point c'est insuffisant. Ça ne décrit pas ce que je ressens.

– Quoi ? murmure-t-il, avec ses lèvres qui caressent mon oreille. (Il me serre un peu plus.) S'il te plaît, dis-moi.

Je déglutis et je recommence.

– Linden. Il existe un endroit dans ma poitrine que je n'avais jamais remarqué auparavant. C'est comme si pendant tout ce temps, j'avais eu un cœur différent, venu d'un autre monde. Je ne l'avais pas remarqué parce qu'il était caché. Il n'avait pas été allumé. Il ne brillait pas, et donc je ne pouvais pas le voir. Mais maintenant je le vois.

Une larme coule sur mon visage, mais je ne l'essuie pas.

– Tu l'as fait briller, Linden. Ce nouveau cœur, ce nouveau monde, c'est toi tout entier. J'ai l'impression qu'il gagne chaque parcelle de mon corps, que je m'épanouis un peu plus chaque jour. Tu es en moi, et je ne peux pas le nier, l'empêcher ou le cacher. Tu m'aveugles. Tu es moi.

Je prends une profonde respiration.

– Je crois que j'essaie de te dire que je t'aime.

Silence. Un silence de mort. Je retiens ma respiration, dans l'attente de sa réponse, je me demande ce qu'il va dire. Pendant cet instant qui se prolonge, je suis remplie d'espoir et de peur à la fois. Parce qu'autant Linden me fait sentir que j'ai un amour en moi que je ne peux plus contenir, autant j'ai peur qu'il ne ressente pas la même chose. Qu'il en soit même très loin. Maintenant j'ai peur, et je crains de lui avoir fait peur.

Oh Seigneur, pourquoi ne dit-il rien ?

Je panique.

– Peut-être que je m'avance trop, peut-être…

– Chuttt, dit-il enfin, en prenant ma tête dans ses mains pour que je puisse le regarder dans les yeux.

Ils sont si profonds et indéchiffrables dans le noir. Mais il se tourne un peu et la lumière du dehors vient les éclairer. Ils sont remplis de larmes.

J'ai l'impression que je vais devenir folle.

– Stéphanie, me dit-il d'une voix douce mais étranglée. Tu sais que personne ne m'a jamais dit qu'il m'aimait ?

J'ai l'impression de recevoir un coup dans la poitrine.

– Quoi ?

– C'est la vérité. Je n'ai jamais entendu personne me dire qu'il m'aimait.

– Mais, mais… (Je réfléchis, j'essaie de rassembler mes souvenirs. Je ne lui ai jamais dit, comme à un ami ? James non plus ? Ses parents, son frère ?) Et Nadine ?

Il secoue lentement la tête.

– Personne. Nadine et moi étions très proches, mais nous n'avons jamais échangé ces mots-là. Crois-moi. Je le sais parce que je viens de t'entendre les dire à l'instant, et quelque chose comme ça, ça ne s'oublie pas.

Alors, ses parents ne lui ont jamais dit qu'ils l'aimaient. J'ai le cœur en morceaux. J'ai envie de pleurer.

Il continue calmement.

– Et comme personne ne me l'a jamais dit, je n'ai jamais pu le dire à personne. Je n'ai jamais vraiment su ce que c'était que l'amour, parce que personne ne me l'a jamais montré. Je savais seulement ce qu'il n'était pas. Mais toi, Steph, tu as toujours été différente à mes yeux. Tu m'as volé mon cœur dès le premier jour. James t'a vue en premier, mais je peux te garantir que tu avais pris mon cœur bien avant de prendre le sien. Je ne te l'ai jamais dit, parce que j'ai gardé cet amour pour moi seul. Comme personne ne voulait le partager avec moi, je ne le partagerais pas non plus. J'étais un connard en manque. (Il marque une pause.) Mais je t'aimais. Pas comme une amie. Toujours plus que ça. À la seconde où tu es entrée dans le bar, ce mot était à toi, avec tout ce qu'il pouvait signifier pour moi. Je priais et je rêvais d'être capable de te le dire un jour. Quels qu'aient pu être tes sentiments pour moi, je voulais te dire que je t'aimais et que rien n'y changerait quoi que ce soit. Que c'était à moi de t'offrir mon amour. (Il respire fort avant de poursuivre.) Et nous y voici, je t'aime, Baby Blue. Je suis amoureux de toi. Tu représentes l'amour. Et je suis tellement reconnaissant de pouvoir enfin te le dire.

Je reste sans voix. Scotchée. Et je suis tellement comblée que je peux à peine respirer. Je peux juste prendre son visage entre mes mains et l'embrasser le plus tendrement, le plus doucement et le plus sincèrement possible. Et ensuite, je me mets à rire et à lui sourire, et lui fait pareil.

– Je suppose, dit-il en essuyant une larme tout en continuant à sourire, que si j'avais eu un peu plus l'habitude, ça n'aurait pas été aussi compliqué de te le dire.

– Parle pour toi, je lui dis. On a pris tous les deux des sacrés détours pour réussir à prononcer ces trois mots.

– Parfois, ces trois mots ne suffisent pas.

– Non, c'est vrai. Mais toi, tu me suffis.

Ce tout nouveau cœur grandit en moi. Je ne crois pas que je pourrai jamais l'arrêter.

CHAPITRE 19

Linden

Il y a un problème.

Il y a un putain de problème.

Je venais juste de finir mon bol de céréales quand on a frappé à ma porte. Comme Stéphanie venait de sortir à peine trois minutes plus tôt, j'ai pensé qu'elle avait oublié quelque chose. Peut-être qu'elle veut qu'on remette ça encore une fois. J'ai ouvert la porte. J'allais m'écrier « tu n'en as pas eu assez, Bébé ? » Heureusement, je ne l'ai pas fait. C'était James.

– Euh, ai-je marmonné en cherchant mes mots.

La seule chose à laquelle je pouvais penser, c'était : Est-ce qu'il a vu Stéphanie sortir ? Est-ce qu'il suspecte quelque chose ? Pourquoi est-il là ? Est-ce que je vais pouvoir être capable de la jouer cool ? J'ai quand même essayé.

– Salut James, je lance.

– Salut, répond-il lentement.

Il n'a pas l'air en pétard, ce qui est plutôt bon signe. Mais il n'a pas l'air gêné. Même quand il baisse le regard rapidement et qu'il tressaille.

– Peut-être que tu devrais enfiler quelque chose.

Je grimace en m'apercevant que je suis en boxer. Normalement ce n'est pas franchement un problème, mais là, comme je pensais à Steph, je bande un peu.

– Désolé, dis-je en me tournant rapidement et en lui faisant signe d'entrer. Entre. Qu'est-ce qu'il y a, mec ?

Je cours dans ma chambre et je cherche des signes de la présence de Steph. Elle n'est pas du genre à laisser traîner ses affaires, je n'arrive même pas à la convaincre de laisser sa brosse à dents, elle en trimballe une dans chacun de ses milliers de sacs. Alors, j'enfile une paire de jeans et je retourne au salon.

– Tu as fait la bringue la nuit dernière ? dit James en fermant la porte d'entrée derrière lui.

Maintenant, j'essaie de déchiffrer la moindre nuance de ses intonations. Est-ce que Kayla lui a lâché le morceau ? Est-ce qu'il a vu quelque chose ?

– Ouais, je me suis bien amusé, lui dis-je en me dirigeant vers le frigo, en marchant le plus tranquillement possible. C'est juste un nouveau samedi, il n'y a rien de louche à ça.

Mes yeux scannent le salon, à la recherche d'une paire de panties rouges que j'ai arrachée à Steph l'autre jour.

– Ouais, en effet.

Je sors une bouteille de jus d'orange et je la secoue devant lui.

– Tu en veux ?

Il refuse.

En y regardant mieux, il n'a pas l'air si bien que ça. Il est plus pâle que d'habitude, et ses yeux sont cerclés de rouge.

– Ça va ?

Et j'ajoute très vite :

– Tu as la gueule de bois ?

Il hoche la tête en me regardant. Son regard est grave, très sombre.

– Ouais, j'ai la gueule de bois. J'ai bu comme un trou.

– Tu n'es pas le seul, dis-je en me servant un grand verre de jus et en l'avalant. Mais qui peut se mettre dans l'ambiance week-end sans alcool ?

James ne sourit même pas. Il se contente de me regarder fixement et je devine que des idées noires tourbillonnent dans sa tête. J'en ai les cheveux qui se dressent sur la tête.

– J'ai rompu avec Penny.

Je cligne des yeux, surpris et pas surpris à la fois.

– Quoi ? Pourquoi ?

– Ça c'est passé hier, après la fête. On s'est engueulés.

Je me mords la lèvre en réfléchissant :

– Ce n'est pas parce que vous vous êtes engueulés que vous devez rompre.

– Est-ce que tu étais amoureux de Nadine ? me demande-t-il à brûle-pourpoint.

Je suis un peu pris au dépourvu, puis je me rappelle la discussion que j'ai eue avec Stéphanie la nuit dernière. Elle m'aime. Baby Blue m'aime.

– Linden ?

– Excuse-moi. (Je secoue la tête et j'avale une gorgée de jus.) Non, je n'étais pas amoureux d'elle.

– Et du coup, tu as rompu.

– Exactement.

– Eh bien, c'est pareil. Je n'aime pas Penny.

Je ne peux m'empêcher de sentir mon visage se décomposer légèrement.

– Mais vous étiez si bien assortis. C'est une fille tellement bien. Elle est drôle. Elle t'a rendu plus marrant.

– Je sais, c'est ce qui rend les choses si difficiles. Tu sais, j'y pense depuis pas loin de six mois.

– Six mois ! Tu veux la quitter depuis six mois ?

Il hausse les épaules et détourne le regard, honteux.

– Comme toi, j'ai cru que ça allait changer. Parce qu'elle est marrante et que nous passons de bons moments ensemble, et qu'elle compte beaucoup pour moi. Beaucoup. Elle est parfaite, en fait. Mais je ne suis pas amoureux d'elle. Quand je la regarde, je n'ai pas l'impression de tomber en chute libre.

– En chute libre ?

– Ouais, fait-il doucement en plongeant ses yeux dans les miens à nouveau. C'est ça que je ressens quand j'aime vraiment quelqu'un. (Il se lèche les lèvres.) Écoute, Linden, j'ai quelque chose à te dire.

– Je t'en prie, James, ne m'annonce pas que tu es amoureux de moi. Tu n'es pas du tout mon genre.

– Tu n'es pas mon genre non plus, enfoiré.

Je souris, mais son visage se crispe, ses sourcils se froncent. Par pitié, faites qu'il ne prononce pas le prénom de la fille à laquelle je pense.

– Je suis amoureux de Stéphanie.

Non.

Non, non, non, non.

J'ai soudain un grand trou dans la poitrine. Tout ce qui y reste est sombre, sec, vide.

– Tu quoi ?

Je suis quasiment incapable de parler, mais il faudrait que je puisse le faire. J'aurais dû le prévoir. Je savais que ça allait arriver.

– Je suis amoureux d'elle, dit-il.

Plus ma voix faiblit, plus la sienne reprend de la force. Je lis une vraie détermination dans ses yeux, comme si le fait de me le dire rendait la chose plus réelle pour lui.

– Je suis surpris que tu ne t'en sois jamais rendu compte.

– Non.

Je m'éclaircis la voix, en essayant de digérer tout ça. Je ne peux pas lui faire de mal, je ne peux pas lui montrer ce putain de bloc de désespoir qui me déchire les entrailles, le genre qui vous coupe la respiration.

– Ça te va, je suppose.

– Eh bien… je bégaie. Je suis désolé. C'est simplement… Depuis quand es-tu amoureux d'elle ?

Il soupire.

– Tu sais quoi, mec ? Je me demande si j'ai jamais cessé d'être amoureux d'elle. Quand elle m'a largué, ça m'a vraiment foutu en l'air. J'étais tellement amoureux d'elle. En y repensant, je comprends pourquoi elle a fait ça. J'étais totalement immature. Nous l'étions tous les deux, mais moi j'agissais vraiment comme un môme, tu vois ? Je suppose que c'est parce que c'était mon premier véritable amour, pas juste un plan baise. Mais putain, Linden, tu n'as pas idée de ce que c'était de faire l'amour avec elle.

Je me mords les lèvres, ma mâchoire se crispe.

Il continue.

– Elle est si bonne au pieu. À l'époque déjà, et plus tard aussi.

– Qu… quoi ?

J'en ai le souffle coupé.

Il me sourit. C'en est trop, j'ai envie de lui défoncer la gueule à coups de poing.

– Ouais. Le jour de ses vingt-neuf ans. Tu te souviens, tu étais à l'hôpital avec Nadine ?

– Oui. Oui. Je me rappelle.

– Ben, je ne voulais pas que Steph passe son anniversaire toute seule. Alors je suis passé à sa boutique. On s'est un peu emballés. On a fini par baiser sur place, dans sa boutique. C'est dingue, non ?

Ma vue se brouille. Tout ce qu'il me dit semble provenir d'un rêve, un genre de cauchemar. Ce n'est pas vrai. Stéphanie n'a pas fait l'amour avec James pour ses vingt-neuf ans.

– Tu es choqué ? lance James. C'est plutôt rare que j'arrive à choquer le grand Linden McGregor. Ça doit même être la première fois.

Il me fait un sourire un peu salace avant de poursuivre.

– Quoi qu'il en soit, cette baise a été incroyable. Tu sais le genre, je te désire toujours et je dois t'avoir. Ça s'est terminé en orgie bordélique. De la bouffe partout, des bouteilles renversées. Je l'ai baisée par terre, à quatre pattes, et elle a adoré ça Linden. Elle a sacrément adoré.

Et moi, je suis gagné par la rage. Des flammes gluantes, bouillantes de rage. Une rage folle, incontrôlable qui me brûle de l'intérieur, me dévore. Je vais faire quelque chose de stupide, je le sais, je le sais. Je n'y peux rien.

C'est mon meilleur ami et j'ai envie de le tuer.

J'ai une putain d'envie de le tuer.

Mais je ne sais comment, j'arrive à ravaler ma furie, à l'engloutir jusqu'à ce qu'elle me brûle la gorge, et à esquisser un semblant de sourire.

– Ça a l'air chouette. (J'inspire, j'expire.) Juste cette fois-là ?

Ses yeux se remplissent soudain de déception.

– Ouais.

La colère me quitte doucement.

– Mais j'ai réalisé que je l'aimais toujours.

– Ça fait quand même bien long pour être accro à ta meilleure amie, lui dis-je avant de faire semblant de m'intéresser à mon jus de fruit.

J'essaie de réfléchir à la façon dont je suis censé réagir, à ce qu'il attend de moi. Est-ce que le Linden qu'il pense que je suis – celui qui considère

Stéphanie seulement comme une amie – en aurait quelque chose à faire ?

Sans doute un peu, je pense.

– Eh bien, qu'est-ce que tu comptes faire ? je demande. Tu as rompu avec Penny, mais tant que tu te contentes de cacher ces sentiments, tu ne vas pas aller bien loin. Tu n'as pas peur de perdre son amitié ? Est-ce tu sais si elle ressent la même chose pour toi ? Parce que, je ne sais pas, mec… Elle a une vie bien remplie en ce moment, et d'après ce que je sais, elle ne pense pas à toi de cette façon-là. Sans vouloir t'offenser ni rien.

Une lueur froide et calculatrice brille soudain dans les yeux de James.

– C'est du Linden typique.

– Du Linden typique ?

Il pose ses mains sur la table.

– Tu sais ce qui m'a vraiment fait chier ? C'est quand tu as passé ce pacte débile avec elle. Ce pauvre petit pacte débile.

– Et pourquoi est-ce que ça devrait te faire chier ?

Il me fusille du regard.

– Eh bien, maintenant tu sais clairement pourquoi. Et toi tu arrives, tu dis à la fille dont je suis amoureux, mon ex-petite amie, et ton amie, que tu vas l'épouser si vous êtes encore célibataires à trente ans.

– Je ne savais pas que tu étais amoureux d'elle, j'admets doucement.

– Est-ce que ça aurait fait une différence ?

– Oui, je dis. Bien sûr que oui.

Il me regarde avec prudence.

– Oh, j'en suis persuadé. Tu désires en permanence ce qui m'appartient. Tu es incapable de me laisser avoir quelque chose pour moi tout seul.

– Mais de quoi est-ce que tu me parles, bordel ! je demande en balançant la bouteille de jus de fruit dans le frigo. C'était un pacte tout à fait innocent.

– Je sais que ça ne voulait rien dire pour toi, mais ça m'a encore plus fait chier. (Il me lance un petit sourire sarcastique.) Tu sais, je bénis le Seigneur tous les jours de l'avoir rencontrée en premier. De l'avoir embauchée. De lui avoir proposé de sortir avec moi. Je n'allais pas te laisser avoir encore quelque chose de plus, dont tu n'avais pas besoin. Tu obtiens tout, tout le temps, Linden, il te suffit de lever la main. Mais elle, tu ne l'as pas eue.

Je serre les poings, avant de les rouvrir.

– Pourquoi tu ne me dis pas ce que tu te ressens vraiment ?

– Oui, pour que tu prennes ton air diabolique du mec qui n'en a rien à foutre, parce que tu n'en as rien à foutre, Linden. Tu te fous de tout, sauf de toi.

– Est-ce que tu es venu jusqu'ici pour me dire que tu es amoureux de Stéphanie ou était-ce juste une excuse pour me balancer à la gueule toute ta rancœur ?

Il se passe la langue sur les dents. Ses épaules se détendent un peu.

– Non, je suis venu pour te parler d'elle. Tout le reste m'a… échappé, en quelque sorte.

Je croise mes bras. À l'intérieur de moi, c'est un mélange intense de rage et de douleur.

– Tu as autre chose à dire ? Vas-y, je suis prêt à l'entendre. Puisqu'apparemment, je me fous de tout sauf de moi.

– Tu n'as aucune idée de ce que c'est d'être moi. D'avoir à bosser si dur pour espérer récupérer juste des miettes. Je suis né dans une famille pauvre. J'avais un sale poivrot comme père et une mère sans défense. J'ai dû me battre pour avoir ce que j'ai. Ce n'est pas facile d'être ton ami, Linden, toi qui as tout ce que tu veux à portée de main. Voilà pourquoi Stéphanie est tellement spéciale pour moi. Elle m'appartient, plus qu'à toi.

– Ça n'est pas vrai, dis-je en grinçant des dents.

– Quoi ?

J'avale ma salive et je prends une profonde inspiration.

– Elle est notre amie depuis des années.

– Mais je suis le seul qui l'ait baisée, qui la connaît vraiment.

C'est faux. Mais je reste bouche cousue. Une partie de moi veut le lui dire, veut lui faire du mal à cause de toute cette rancœur qu'il m'a jetée au visage. Mais l'autre partie comprend son ressentiment. Elle voit très bien ce qu'il veut dire. Cette partie sait que je suis coupable.

– Tu n'as pas été avec elle, n'est-ce pas Linden ?

La question me fait sursauter. Je n'aurais jamais cru qu'il me le demanderait.

– Avec Stéphanie ?

Il hoche la tête lentement.

– Hum, ça peut paraître idiot, mais vu les baisers auxquels j'ai assisté – oh, tu peux très bien prétendre que c'était un gage, ou que c'était pour les caméras – ça ne m'étonnerait pas que tu sois le genre de type à aller plus loin.

En effet, je suis ce genre de type.

Putain de merde, je suis monstrueux.

– Parce que, continue-t-il en fixant ses doigts qui pianotent lentement, si tu étais ce genre de type, j'aurais le droit de le savoir. Et je ne t'adresserais plus jamais la parole. Ce serait comme si tu n'avais jamais existé. Tu connais l'expression « frères ennemis » ? Ça a du vrai. Tu ne baises pas tes amies. Et tu ne mens pas à ce sujet, non plus. Alors dis-moi, Linden. Quel genre de type es-tu ? Un ami ? Ou pas ?

Il faut que je lui réponde. Je dois dire quelque chose. Je n'ai pas le temps de réfléchir.

– Je suis ton ami, James, je lui dis. Il ne s'est rien passé entre Steph et moi. Elle est toute à toi.

Un immense sourire apparaît sur son visage. On dirait un enfant le matin de Noël. Ça ne me soulage pas du tout. Ça me rend simplement malade.

Je viens de mentir, de faire un bobard monstrueux à mon meilleur ami. Je viens de détruire quelque chose de merveilleux avec ma meilleure amie. Parce qu'à présent, je sais que je ne peux pas rester avec Stéphanie, pas après ce que je viens de dire. Nous ne pouvons plus continuer à dormir ensemble comme avant, et nous ne pouvons plus dire la vérité non plus. Je dois cesser de la voir.

J'ai l'impression que ma poitrine est vide, comme si le fond avait disparu. Il a disparu.

Je ne peux pas rompre. Je ne peux pas. Je ne peux pas. Je ne peux pas.

– Excuse-moi si j'ai été un peu dur avec toi, dit James qui sourit toujours.

Je lui réponds avec le sourire le plus coincé, le plus bidon que j'aie jamais fait :

– Les meilleurs amis traversent parfois des moments difficiles. Je suppose que j'avais en moi d'anciennes rancunes dont je n'avais même pas idée.

Je hoche la tête. Je n'éprouve plus rien, à part un profond sentiment de perte.

– Quoi qu'il en soit, je me sens mieux. Tu n'as pas idée à quel point c'était difficile de ne pas t'en parler, de garder ce secret, mais je voulais d'abord être sûr que c'était bien réel. Ça l'est.

C'est comme s'il passait de la nuit à la lumière.

– Tu vas lui en parler ? je lui demande d'une voix un peu rauque.

Il réfléchit un moment, tête baissée.

– Je ne sais pas. Je dois choisir le bon moment.

Il relève la tête brusquement,

– Mais toi, tu ne peux pas le lui dire, Linden.

– Je ne le ferai pas.

– Non !

Et il pointe sur moi son index.

– Tu ne lui diras rien. Jamais. C'est juste entre toi et moi, entre potes, entre frères. C'est un putain de code d'honneur entre frangins, tu piges ? Tu promets ? Croix de bois, croix de fer ? Tu ne répéteras pas un mot de cette conversation à Stéphanie. Je ne veux pas qu'elle sache que tu es au courant qu'on a baisé ensemble, ok ?

Je lève lentement la main. Seule la culpabilité me pousse à croiser mon doigt avec le sien. Il le secoue une fois.

– Bien, dit-il en soufflant. Maintenant je peux respirer. Linden, mec, j'avais tellement les jetons de te raconter tout ça et que tu me prennes pour un dingue. Mais je me sens bien mieux maintenant. J'ai d'abord cru que j'allais avoir le cœur brisé à nouveau, mais à présent j'ai l'impression que peut-être, peut-être nous avons une chance que ça marche. Je veux dire, avec Penny qui est partie et Steph qui est à nouveau célibataire, et vu que nous avons fait l'amour ensemble l'année dernière… j'ai peut-être bien une chance.

J'acquiesce vaguement en marmonnant. Je suis en état de sidération et totalement désorienté. Ma cuisine tourne autour de moi et la douleur dans ma poitrine est toujours présente.

– Alors, dit James en se levant. Quels sont tes plans pour aujourd'hui ? Tu veux faire un saut à Union Square ? Je dois faire quelques courses pour Noël. On pourrait prendre un café chez Blue Bottle[31].

Je ne veux pas passer une seconde de plus avec lui. Mais je ne pense pas que je puisse rester seul

---

31 Chaîne de cafés d'un célèbre torréfacteur d'Oakland, Californie. Le logo représente une bouteille bleu turquoise.

non plus. Stéphanie est à sa boutique, je ne peux donc même pas lui en parler.

– On ne peut pas plutôt aller boire quelques bières à la place ?

Il hausse les épaules.

– Tu veux soigner le mal par le mal ? Ok.

Il se dirige vers la porte, mais s'arrête soudain et me détaille de haut en bas.

– Tu devrais quand même enfiler une chemise, sauf si tu tiens à avoir une horde de filles qui te courent après. Mais peut-être que c'est ce que tu veux ? Qui est-ce que tu as bien pu t'envoyer récemment ?

– Personne dont tu doives t'inquiéter, je réponds. Je passe une chemise et une parka, et j'arrive.

Personne dont il ait à se soucier, dorénavant.

***

Je ne sais pas comment je réussis à supporter les courses de Noël avec James, au milieu de la foule, tout particulièrement aujourd'hui, alors que le monde entier s'écroule autour de moi par ma faute. Lui semble à nouveau en pleine forme, exception faite de quelques injures qu'il balance aux autres clients en ce jour férié.

Je n'ouvre pas beaucoup la bouche. Je ne peux pas. Je n'ose pas. Je suis perdu dans mes pensées, dévoré par un sentiment de culpabilité, pas seulement parce que j'ai menti à James, mais parce que je vais devoir parler à Stéphanie. Je suis à la croisée des chemins, là où je n'aurais jamais voulu être, là où je vais devoir choisir entre deux personnes que j'aime.

James est plus mon frère que ne l'est Bram. James, malgré tous ses défauts, est loyal et je n'ai jamais connu ce genre de fidélité avant. James est resté un super-pote pendant toutes ces années, il ne m'a jamais baisé.

Mais moi, je l'ai baisé. Il ne le sait pas, mais je l'ai fait. Je l'ai fait quand j'ai dragué Stéphanie alors que je me doutais qu'il était amoureux d'elle. Je l'ai fait, parce que je la désirais et que mon désir comptait plus que le sien. Il ne m'aurait jamais fait ça. Mais moi, je l'ai fait.

Et puis, il y a Stéphanie. Quand je pense à elle, je ne trouve pas mes mots, parce que je l'aime. Elle me rend les choses tellement faciles. Elle me donne l'impression de n'avoir besoin de personne d'autre qu'elle. Elle représente tout pour moi, et je lui ai promis que je m'accrocherais, que je ne la laisserais jamais tomber.

Et me voilà en train de me diriger vers sa boutique après avoir dit au revoir à James, et sur le point de tout laisser tomber. J'espère seulement que nous réussirons à traverser tout ça, que nous n'aurons pas à nous perdre l'un pour l'autre. Le fait qu'elle ait fait l'amour avec James à son anniversaire et qu'elle ne m'en ait pas parlé est un sale coup, mais malgré ça, je sais ce qu'elle ressent pour moi. La façon dont elle me regarde. Elle m'aime. Je n'ai jamais ressenti quelque chose d'aussi vrai.

Je sais qu'elle ne retournera pas avec James. Elle ne sera pas intéressée, ce n'est pas ainsi que je la perdrai. Mais je pourrais bien la perdre quand même, à cause de lui. J'ai besoin qu'elle comprenne, mais je ne sais même pas quoi lui dire, parce que j'ai promis à James de ne pas lui parler de ses sentiments pour elle.

Ce qui signifie que je vais devoir la quitter. Je vais devoir jouer cette putain de cartes « bons copains » et espérer que ça marche à nouveau. Parce que je ne sais pas ce que je ferais si je devais la quitter pour de bon. Si elle disparaissait de ma vie. Je ne sais vraiment pas. Ce que je sais, en revanche, c'est que je ne le supporterais pas. Je n'y survivrais pas. Comment survivre, quand votre monde s'écroule autour de vous ?

Il est six heures du soir quand j'arrive à son magasin. Toutes les lumières sont éteintes, sauf celle de la réserve. Je me dis qu'elle est peut-être déjà rentrée chez elle. Et puis j'aperçois sa silhouette.

Je prends une profonde inspiration et je frappe à sa porte. Quelques instants plus tard elle arrive, en souriant comme un ange.

Je ne peux pas le faire. Je ne peux pas le faire.

Elle ouvre la porte et je rentre, accompagné par un courant d'air glacé et humide qui vient de la rue.

– Brrr, dit-elle en grelottant pendant qu'elle referme derrière moi.

– Finalement, il fait un temps de Noël.

Elle jette un œil aux sacs Nordstrom que je tiens à la main.

– Ooh, est-ce que c'est pour moi ?

En fait oui. Malgré tout, j'ai quand même fini par lui acheter quelque chose, et des cadeaux pour sa famille. J'imagine qu'un connard d'optimiste se cache quelque part en moi, qui se dit que tout va finir par s'arranger.

– Ouaip, je réponds.

– Qu'est-ce qu'il y a ? demande-t-elle en m'observant. (Elle se dresse sur la pointe des pieds et dépose un baiser sur ma joue.) Tu as l'air… sombre.

– Sombre ?

– Oui, comme si tu étais un Maure ou un truc comme ça. Tu as fait des courses toute la journée ? Ça mettrait n'importe qui de mauvaise humeur.

– Sauf toi, je fais en traversant la boutique pour planquer les sacs dans un coin pour qu'elle ne regarde pas ce qu'il y a dedans.

– Non, mais tu sais quoi, je préfère faire du shopping sur Internet. Comme ça, je n'ai pas à supporter… les autres.

Je ne peux retenir un sourire.

– C'est marrant, venant de quelqu'un qui passe ses journées à servir des clients.

– Ouais, répond-elle. Dieu merci, j'ai aussi une boutique en ligne. Tu sais, j'ai bien réfléchi. Si je me mets à mieux vendre sur Internet, je pourrai très bien fermer ce fichu magasin.

Voilà qui est nouveau pour moi, mais elle a l'air tout à fait sérieuse.

– Vraiment ? Mais tu t'es défoncée jour et nuit pour cette boutique.

Je détaille de la main toutes les touches personnelles qu'elle y a mises.

– Ton amour pour ce lieu transpire partout.

– Je sais, dit-elle. Mais j'aime aussi la boutique en ligne. C'est juste autre chose.

Je ne peux m'empêcher de la dévisager. Elle peut très bien être capable d'abandonner ce magasin de brique et de ciment pour un autre fait de bites et de pixels, mais moi, je suis incapable d'arrêter de l'aimer comme je le fais, pour l'aimer comme une amie.

Ça ne sera pas pareil. Je ne m'en remettrai pas.

– Linden ? demande-t-elle. Tu redeviens sombre. Écoute, je ne te dis pas que je suis déjà décidée. Mais je serais dingue de ne pas le faire. Je peux m'occuper toute seule de la boutique en ligne. Et si j'ai besoin d'aide, ce sera plus simple d'embaucher quelqu'un pour l'entrepôt, pour faire les paquets et les envois que de trouver une bonne vendeuse. Bien plus simple. Embaucher quelqu'un, c'est vraiment chiant. En plus, je gagnerai plus sans avoir de bail ni de loyer faramineux à payer. Tu sais, si tu ne m'avais pas poussée aux fesses, je n'aurais jamais pensé à ouvrir une boutique sur le net.

Elle s'avance et tend un doigt gracile vers moi.

– Arrête de froncer les sourcils. Si tu as un truc à me dire, dis-le moi.

Je ne peux pas. Pas ce soir. Je dois savoir ce que je vais quitter avant de le quitter.

– Je t'aime, lui dis-je. (J'attrape son visage et je plonge mon regard dans le sien.) Je t'aime tellement. Les mots n'y suffisent pas.

Ses yeux brillent dans la pénombre.

– Je t'aime moi aussi, cow-boy.

Elle prend ma main et la pose sur sa poitrine.

– C'est juste là. Deux cœurs.

Je ferme les yeux et j'appuie mon front contre le sien. Je veux tenir le coup, simplement tenir le coup.

– Faisons quelque chose de spécial de soir, je murmure. Tu as envie de quoi ?

Elle réfléchit.

– C'est moi qui choisis ?

Elle passe son bras autour de ma taille et lève les yeux vers moi.

– Et bien, tu sais que j'aime m'occuper de toi. Je pourrais te faire un truc spécial.

Je souris.

– Je n'en doute pas une seconde. Mais avant ça. En gage d'apéritif ?

Elle réfléchit en passant sa langue sur ses lèvres.

– Viens avec moi.

Je ramasse mes paquets et je la prends par la main.

Trente-cinq minutes plus tard, nous sommes sur les hauteurs de Haw's Hill, en train d'admirer la baie et le Golden Gate. J'avais l'habitude d'y amener des nanas quand j'étais plus jeune, et elles poussaient toutes des cris d'admiration devant la vue. Ce soir, il n'y a personne. Il fait froid et le vent souffle à nouveau. Il déplace la couche épaisse de brouillard au-dessous de nous. Par moments, la silhouette rouge orangé du pont réapparaît, avant de disparaître complètement à nouveau.

Je sors une bouteille de vin et deux tasses à café que j'ai achetées dans une station-service, et je nous verse un merlot très quelconque. Nous sommes assis sur les rochers, nous admirons le spectacle. La vue est impressionnante, le brouillard luit comme un nuage radioactif à cause des lumières de la ville.

– C'est très beau, dit-elle doucement.

Je me tourne pour la regarder. C'est elle qui est belle. Son nez parfait, ses lèvres si expressives et ces yeux, miroirs de son âme qui m'émerveillent toujours. Neuf ans plus tard, j'en ai encore le souffle coupé.

Je lui prends la main et je la tiens serrée.

Plus tard, nous rentrons chez elle et nous faisons l'amour. C'est lent, passionné et intense. Elle pleure en jouissant, et je me dis que je lui ai donné chaque parcelle de mon être et que je ne voudrais jamais les reprendre. C'est pour elle.

Elle se love contre moi pour que je la serre plus fort encore.

Demain matin, je lui parlerai.

CHAPITRE 20

Stéphanie

Le lendemain matin, avant même d'ouvrir les yeux, je comprends qu'il s'est passé quelque chose. J'étends le bras, mais je sais déjà que Linden n'est plus à côté de moi. La place où il a dormi, collé contre moi, n'est même plus tiède. Il l'a quittée depuis un moment déjà. Il n'est jamais parti sans me dire au revoir. Il ne m'a jamais laissée pendant que je dormais. Je commence à m'affoler. Je me dis qu'il a peut-être eu un problème, qu'il est malade, avant d'entendre le bruit de placards qu'on referme dans la cuisine.

Je respire un bon coup avant de me rallonger. Il n'est pas parti. Il est là.

Mais, bizarrement, il ne revient pas me voir dans la chambre à coucher. Je l'entends parfaitement – mes murs sont épais comme du papier à cigarette – qui farfouille dans la cuisine. Mais il n'en sort toujours pas. Je me surprends à retenir ma respiration à nouveau.

Finalement je me lève, j'enfile un peignoir que j'avais posé sur le panier à linge et je sors dans le couloir.

Vu les différents bruits que j'ai entendus, je me dis que, comme à son habitude, Linden doit être en train de nous préparer le petit déjeuner. Mais je ne trouve rien d'autre qu'un pack de lait d'amandes et un verre à moitié vide. Et Linden, tout habillé, avec un Henley noir très fin qui met en valeur les courbes de ses muscles et des jeans foncés, sourcils froncés. Il est penché sur le comptoir et fixe un point sur le mur devant lui, mâchoire crispée. L'ambiance autour de nous est soudain très lourde.

Mon intuition féminine envoie des SOS, je fais tout mon possible pour respirer normalement. Trouver Linden assis dans ma cuisine n'est pourtant ni anormal ni effrayant.

Mais quand je fais le tour du comptoir, il lève enfin les yeux vers moi. Et dans ses yeux, je lis quelque chose de terrible. Ils sont sombres, éteints et remplis de ce qui ressemble à des regrets.

Je ne suis pas sûre de pouvoir y faire face.

– Linden ?

Je le salue en souriant, en essayant de mettre de la gaieté dans ma voix, comme si ça suffisait pour que tout aille bien.

– Hé, dit-il d'une voix rauque en se raclant la gorge, bien dormi ?

Il n'y a aucune chaleur dans ses yeux. Je pense que c'est la raison pour laquelle, soudain, j'ai l'impression que mes jambes vont me lâcher.

– Bien, et toi ?

Il incline simplement la tête et remue la mâchoire en regardant dans le vague. Il respire lourdement.

Je remarque ses mains. Elles sont agrippées au comptoir, les veines de ses avant-bras sont toutes saillantes.

– Bébé ? (Je chuchote. Je peux à peine respirer.) Qu'est-ce qui ne va pas ?

Je l'observe, le souffle court. J'étudie chaque détail de son visage, chaque mouvement de son corps. Je connais cet homme depuis si longtemps. C'est facile pour moi de deviner quand quelque chose va bien ou mal. Et là, je suis sûre que quelque chose va très, très, *horriblement* mal.

Je crois que je le sais avant même qu'il me le dise. N'est-ce pas ce que redoutent tous ceux qui sont tombés amoureux ? De continuer à tomber, sans que personne ne soit là pour les rattraper ?

– Linden, s'il te plaît, que se passe-t-il ?

Il se tait pendant si longtemps que quand, soudain, il soupire violemment, je manque sursauter.

– J'ai bien réfléchi, dit-il lentement. (Il a besoin de se racler la gorge à plusieurs reprises.) Hum, à nous deux.

Non, putain.

Oh non.

Il me fait un sourire triste, tellement triste qu'on dirait qu'il me sourit à travers les lèvres d'une plaie ouverte.

– C'est devenu trop difficile, ces derniers temps, tu vois. D'avoir à nous cacher. Je ne suis pas certain qu'on puisse continuer comme ça. Ce n'est plus drôle du tout.

Je me sens vidée.

– Eh bien, est-ce qu'on ne devrait pas en parler aux autres ? Et ne plus nous cacher. Arrêter les bobards. J'aimerais vraiment arrêter de raconter des bobards.

– Je ne peux pas faire ça à James, dit-il en détournant subitement le regard.

– Tu ne peux pas faire ça à James ? (Je recule d'un pas.) Linden, James s'en remettra. Je te le promets.

Il secoue la tête.

– Non, il ne pourra pas.

– Si, je répète plus fort. (Je déteste que ce soit devenu un problème à ce point.) Et s'il n'y arrive pas, c'est son problème, pas le nôtre.

– Je ne peux pas, répète-t-il catégoriquement.

– Je ne comprends pas, je lui dis en espérant qu'il retrouve un peu de bon sens. Qu'est-ce que ça fait, ce qu'il pense ? Pourquoi ça compte tant pour toi ?

Il soupire bruyamment et passe une main dans ses cheveux.

– Tu as raison, dit-il doucement. Tu ne peux pas comprendre.

– Alors explique-moi ! je hurle en balançant les bras en l'air. Dis-moi ce qui se passe, bordel. Où veux-tu en venir, Linden ? Tu veux me quitter ?

Il déglutit à plusieurs reprises, sa pomme d'Adam fait le yo-yo dans sa gorge, mais il parvient quand même à me regarder dans les yeux.

– Je pense qu'on devrait… il faut… qu'on redevienne juste des amis.

Je suis complètement dévastée.

– Juste des amis ? je lui crache au visage. Je suis raide dingue de toi. Tu m'as dit que tu m'aimais. Mais putain, comment veux-tu qu'on redevienne juste des amis ?

– Ne t'énerve pas comme ça.

– Va te faire foutre ! Bien sûr que je m'énerve !

Je me mets à me tirer les cheveux, folle de rage. Je dois faire des efforts énormes pour ne pas pleurer.

– Juste des amis ? Je ne pourrai jamais être ta putain d'amie, Linden. Non, plus jamais.

Son regard devient plus tranchant.

– Mais tu m'avais dit que tu ne me laisserais pas tomber !

– Non, c'est toi qui l'as dit. Et tu ne tiens pas ta parole. Tu le fais avec James. Qu'il aille se faire foutre !

– Mais c'est mon ami lui aussi.

– Je me fous de savoir de qui il est l'ami ! Si c'est un véritable ami, il comprendra que ses deux potes puissent tomber amoureux l'un de l'autre. Et si tu m'aimais vraiment, tu ne me laisserais pas tomber à cause de lui.

Il hurle, en pointant un doigt sur moi :

– Ce n'est pas juste ! Tu n'as pas la moindre idée de ce par quoi je suis passé.

Je chancelle.

– Aucune idée ? Linden, je suis avec toi depuis deux mois, ne me dis pas que je n'en ai aucune idée, je l'ai vécu. Et j'ai détesté ça.

Ses yeux s'écarquillent et je continue :

– Oui, parfois j'ai détesté ça, le fait que tout soit caché, que ce soit secret, que tu aies honte de nous deux.

– C'est toi qui voulais garder le secret, jusqu'à ce que tout soit plus clair.

– Eh bien, j'ai fini par tout éclaircir. Je pensais que c'était évident, puisque je t'ai avoué que je t'aimais. Seigneur, Linden, rien d'autre ne devait avoir la moindre importance.

Il grimace.

– Et pourtant c'est le cas.

Mon visage se met à me brûler, j'ai l'impression que l'appartement est un brasero, que bientôt nous allons manquer d'air, que cet épouvantable moment, parfaitement injuste, va finir par nous consumer.

Mais mon Dieu, ça ne peut pas s'arrêter comme ça. Pas encore. Je l'empêcherai. Je l'aime, je nous aime, j'aime tout ce que nous sommes sur le point de laisser tomber si facilement.

Je reprends ma respiration, mais tout tremble encore. Moi-même, je tremble. J'essaie de me calmer en posant la main sur le comptoir.

– Linden, écoute, je sais que c'est difficile, mais parlons-en. Ok. Il y a sûrement une solution, je sais qu'il doit en exister une qui ne fera pas souffrir tout le monde.

Il secoue la tête et traverse la cuisine en passant devant moi, sans même me toucher.

– Où vas-tu ?

Il ramasse son manteau sur le canapé.

– C'est fini.

– Qu'est-ce que tu racontes ?

Je cours derrière lui et je l'attrape par le bras. Il réagit à peine. Il refuse de me regarder dans les yeux.

– Mais putain, qu'est-ce qui s'est passé entre hier soir et ce matin ? Comment as-tu pu arrêter de m'aimer pendant la nuit ? Comment est-ce que tu as pu, juste…

Mes larmes jaillissent sur mes joues. Ma bouche se remplit d'eau.

Finalement, il me regarde.

– Je t'aime toujours, Steph. Je t'aimerai toujours. Mais je fais ce que je dois faire.

Ma bouche s'ouvre en grand. Je n'arrive même plus à prononcer un mot.

– S'il te plaît, crois-moi, poursuit-il, les yeux humides à présent. Je ne voulais pas que ça se passe comme ça, mais pourtant je dois le faire. C'est pour le mieux. Toi et moi, on s'en remettra. On y arrivera.

Je secoue la tête jusqu'à ce que le sol soit mouillé de mes larmes.

– Non, non, non, on ne pourra pas. On ne pourra pas.

– Alors ne me rejette pas. Je ne t'abandonnerai pas non plus.

Il fait mine de partir, mais je l'attrape et je le retiens en fixant son image floue à travers mon regard mouillé.

– Linden, pourquoi ? Pourquoi tu ne me le dis pas ?

Il ne répond pas. Il cherche du regard le mur, la porte, tout sauf moi.

Je le secoue en hurlant.

– Dis-le moi !

– Il est amoureux de toi ! (Il se met à crier, lui aussi, d'une voix si forte, si fêlée, qu'elle me glace sur place.) James est amoureux de toi. Il a même rompu avec Penny à cause de ça. Il me l'a dit. Il m'a dit que vous aviez fait l'amour ensemble l'an dernier.

Oh non. Oh non.

– Et depuis, il ne pense qu'à toi. Et il est tellement content que tu sois la seule chose que je n'aie jamais eue.

– Quoi ? je demande stupidement.

– Je lui ai menti, grommelle-t-il entre ses dents. Je lui ai dit que nous n'avions jamais été ensemble. Il me l'a demandé. Je n'avais pas le choix.

– Tu aurais pu lui dire la vérité.

– Et quel genre d'ami aurais-je été ?

– Le genre d'ami que tu es ! (Je hurle et c'est comme si je l'avais giflé.) Jésus, putain, Linden. Écoute-toi parler. Tu me largues pour lui faire plaisir, parce qu'il est visiblement amoureux de moi ? Pourquoi, parce que tu te sens coupable, tu es désolé pour lui, tu te détestes ? Tu détestes le fait d'être sorti avec moi ? C'est quoi, Linden, c'est quoi ce merdier ?

Il ne répond rien.

– Alors, plus rien ne compte ?

– J'ai fait ce qu'il fallait faire. Il te mérite. Pas moi. J'ai tout. Pas lui.

Incrédule, je pose ma main sur mon front.

– Oh mon Dieu ! Est-ce que tu t'entends ? Vraiment ? Je n'aime pas James, je ne suis pas amoureuse de lui. C'est toi que j'aime. Toi, tout le temps toi. Comment oses-tu foutre tout ça en l'air ? Comment oses-tu ?

Voilà qu'il prend l'air désolé.

– Nous avons une… notre relation… c'est…

Je ne sais plus s'il parle de James ou de moi, mais je m'en fiche royalement.

Je suis détruite, en morceaux, je ne tiens que par la force de ma colère.

– Alors, ça se réduit à ça. James te dit qu'il est amoureux de moi. Et tu essaies de me donner à lui. Comme si tu te sacrifiais. Pour apaiser ton sentiment de culpabilité, pour qu'il ne te haïsse pas, pour que tu ne te détestes pas toi-même. C'est ça ?

– Non, murmure-t-il. S'il te plaît, Bébé…

– N'essaie surtout pas de m'appeler comme ça ! (Je recule.) Et n'essaie même plus de m'adresser la parole.

– Non, Steph.

Il essaie de m'attraper le bras, mais je me dégage.

– Fous-moi le camp, Linden. Tu es un sacré connard si tu penses pouvoir agir comme ça et rester mon ami. Tu as tout foutu en l'air, tu m'as bien baisée. Bien joué ! Félicitations. Retourne auprès de James et de ta foutue bonne conscience. Moi je ne serai plus là.

Il a vraiment l'air choqué. Non, il a plutôt l'air dévasté. Il a sincèrement cru que nous pourrions faire machine arrière. Tout ce que je sais, c'est que s'il m'aimait autant qu'il me l'a dit, il serait incapable de survivre à ça.

Je lui montre la porte du doigt.

– Fous le camp. Et la prochaine fois que tu dis à une fille que tu l'aimes, essaie de comprendre ce que ça signifie. Je pense que tu n'en as pas la moindre idée. (Je fais une pause avant l'estocade finale.) Tu aurais mieux fait de garder ça pour toi.

Sa respiration est devenue sifflante, c'est un peu comme si je pouvais voir un monde qui s'écroule dans son regard. Mais je n'en ai rien à faire. Je dois faire avec mes propres ruines, dorénavant.

Il se tourne lentement, abasourdi, s'arrête un moment puis se dirige vers la porte d'entrée. Dès qu'il l'a passée, je cours la claquer derrière lui. J'attends un instant, je ne sais pas si je dois crier, pleurer, ou quoi. Mon regard se pose sur ses cadeaux de Noël dans leurs sacs Nordstrom. Je les ramasse et les jette contre le mur en hurlant. Certains font un bruit de verre cassé, d'autres tombent par terre avec un bruit sourd. Je leur flanque un coup de pied, puis un autre, puis un autre, jusqu'à ce que je sois en nage, jusqu'à ce que les sacs soient explosés et que les paquets soient écrasés. Je tape du pied dessus, jusqu'à ce qu'ils soient dans le même état que mon cœur. Alors seulement, je tombe par terre au milieu de ce carnage et j'éclate en sanglots.

Et je pleure.

Pendant que tout ce que j'aimais le plus au monde me glisse entre les doigts.

***

Les quelques jours qui suivent, je fais un truc que je n'ai jamais fait auparavant. Je n'ouvre pas ma boutique. Le premier jour, je ne sors même pas de chez moi. Je ne prends pas de douche, je ne m'habille pas, je ne me nourris pas. Je ne recharge même pas mon téléphone et je n'allume ni mon ordi ni la télé. Je reste prostrée sur mon canapé et je pleure. Je suis ravagée par le chagrin, un chagrin qui m'a ôté toutes mes forces. J'ai l'impression d'être vidée, incapable de pouvoir me reprendre.

Et puis je crie, je tape du pied, je hurle et je maudis la Terre entière. Je ne suis plus que colère et frustration. Je suis haine brutale, mort et froidure de l'hiver. Je tourne en rond et je tombe dans le désespoir, là où n'existent aucune chaleur, aucune lumière, aucune terre d'asile, aucun cœur.

Je me dis que je suis morte. Mais la mort devrait m'apporter la paix. Je ne ressens aucune paix. Je ne suis même pas anesthésiée. Je suis coincée dans cette vie qui n'a rien à voir avec celle que je vivais il y a seulement quelques jours. Dans cette vie, j'ai tout perdu.

Le deuxième jour, je ne vais toujours pas travailler, je ne recharge pas mon téléphone et je n'ouvre pas mon ordinateur. Je ne me lave pas, mais j'enfile quelques vêtements. Je nettoie un peu mon appartement. Je jette ses cadeaux, mais saisie par la curiosité, je vais les repêcher dans la poubelle. Je m'assieds par terre et j'ouvre les paquets tout écrasés.

Dans l'un d'entre eux, il y a un bol en céramique orné de citrons, comme ceux que ma mère collectionne. Voilà ce que Linden voulait lui offrir. Dans un autre, il y a un coupe-cigares en acier inoxydable. Un cadeau pour mon père. Et puis il y a une petite boîte à bijoux. J'ai un mal de chien à l'ouvrir. J'ai trop peur, c'est comme s'il m'épiait, comme si ça allait me faire encore plus mal.

Mais je finis par l'ouvrir. C'est un bracelet en argent, entièrement cerclé de diamants en forme de crânes. C'est très cher et très beau.

Et il y a une inscription à l'intérieur.

Merci de m'avoir dévoilé ton âme.

Je.

T' M'.

Plus tard, quand je commence à en avoir soupé de rester seule avec mes pensées, après avoir rangé le bracelet loin, loin, tout au fond de mon placard, je prends ma voiture et je pars pour Pétaluma. Lorsque je traverse le pont, je n'ai plus peur de tomber, mais j'ai les yeux remplis de larmes. Je laisse sur ma droite Hawk's Hill, l'endroit où nous avons passé notre dernière soirée ensemble, la dernière fois que nous nous sommes aimés.

Que s'est-il passé ? Je ne le comprends toujours pas. Peut-être que je n'ai jamais compris la relation qu'avaient James et Linden, peut-être ai-je sous estimé le complexe de culpabilité que se trimballe Linden. Peut-être que ses parents l'ont bien plus démoli encore que ce que je croyais. Mais je sais au moins quelque chose. Il ne m'aime pas. Il ne sait pas ce que c'est d'aimer. Ce n'est pas de sa faute, si on ne lui a jamais appris et qu'il ne l'a jamais ressenti lui-même.

Mais ça me fait toujours aussi mal, comme des coups de poignard dans le ventre, comme si j'avais reçu une balle dans la poitrine. Mon cœur est pris dans les griffes acérées d'un piège que je n'arrive pas à écarter.

Quand j'arrive à la maison, maman m'attend dehors. On dirait qu'elle est déjà au courant. La voiture de mon père n'est pas là, je suppose que ce n'est pas un de leurs jours de rendez-vous, enfin une connerie de ce genre. C'est bien dommage. J'aime bien parler avec mon père dans ce genre de situation. Il est plein de bon sens et il analyse les choses du point de vue masculin.

Maman me prend dans ses bras et je me mets immédiatement à sangloter. Je me laisse aller pendant que nous montons les escaliers et qu'elle me fait asseoir dans le canapé du salon. Elle me sert un verre de scotch de papa. Elle m'écoute, pendant que j'essaie de tout lui expliquer, malgré mes hoquets, entre deux sanglots.

Ça ne me paraît pas plus clair ni moins douloureux pour autant. Ma mère a l'air aussi triste que moi. Quand je finis par me calmer, elle s'assied à côté de moi et me caresse le genou.

– Il souffre, lui aussi, tu sais, dit-elle.

Je secoue la tête.

– Pas autant que moi.

– Tu n'en sais rien, ma douce. J'ai rencontré ce garçon assez souvent pour savoir qu'il t'aime. Vraiment. Mais parfois, quand les gens n'ont pas l'habitude de laisser parler leur cœur, ils peuvent s'y perdre très facilement. On dirait bien que sa relation avec James était beaucoup plus compliquée que ce que tu croyais.

Je bois mon scotch à petites gorgées, la brûlure de l'alcool me procure un semblant de consolation.

– Ils avaient l'air bien ensemble. Linden avait parfois l'impression que James lui en voulait…

– Et s'il a ressenti ça et que James était plus proche de lui que sa propre famille, il a pu ressentir le besoin de faire ce qu'il fallait pour que ça ne soit pas vrai. Toi aussi, tu peux être comme ça, parfois.

Je lui jette un coup d'œil courroucé.

– Comme quoi ?

– Désireuse de plaire. À la recherche d'une approbation. De la nôtre.

Je fronce les sourcils, mais ma mère me fait un grand sourire.

– Je sais. Je ne t'en veux pas. Je suppose que c'est de notre faute. Avec ton frère… Il nous a demandé trop d'attention.

– Il était malade, maman.

– Je sais. Nate avait besoin qu'on s'occupe de lui. Mais parfois, on t'a un peu laissée de côté. Nous ne faisions pas exprès. Mais on l'a vu venir, en espérant que tu serais assez grande pour comprendre.

– Je le comprends très bien.

– Ce n'est pas parce que tu le comprends que ça s'arrête. La vie laisse des cicatrices. Parfois, on ne s'en aperçoit qu'après. Parfois, elles disparaissent devant nos yeux. Mais le monde laisse son empreinte sur nous. Linden ne le comprend peut-être pas encore.

Je soupire et je me renfonce dans le canapé.

– Mais qu'est-ce que ça veut dire ? Que dois-je faire ?

– J'aimerais le savoir, ma chérie. J'ai l'impression qu'il a besoin d'une amie. Est-ce que tu penses que tu peux être cette amie ?

– J'aimerais bien, je commence, le cœur noyé de chagrin. Mais je ne peux pas. Je sais que c'est égoïste de ma part, mais je ne peux pas. Je suis amoureuse de lui. Je ne pourrai jamais plus être son amie. Il m'a marquée bien trop profondément.

– Il faut parfois savoir être égoïste, assure-t-elle. Tu veux rester dîner ?

– Bien sûr, dis-je, et mon estomac se met à gargouiller. Depuis hier matin, je n'ai mangé qu'un paquet de galettes de riz.

– Où est papa ?

– Il doit être en train de faire la sieste.

– La sieste ?

Elle tourne la tête dans la direction de sa chambre.

– Je ne te l'ai pas dit ? Il s'est installé ici la semaine dernière.

– Quoi ? Mais je n'ai pas vu sa voiture dehors.

– Elle est au garage.

– Alors tout est redevenu normal ?

Elle me sourit tendrement en plissant les paupières.

– Dans ce monde, oui.

CHAPITRE 21

Linden

Un mort ambulant. Voilà à quoi ça ressemble. C'est à ça que ressemble cette peine immense, ce cœur broyé, ce cœur en ruine.

Je n'ai jamais éprouvé ça auparavant. J'espère que ça ne recommencera jamais.

Le plus drôle, c'est que je sais que ça n'arrivera jamais plus. Parce que je n'offrirai plus jamais mon cœur à quiconque. Il appartient à Stéphanie. Pour toujours.

Et comme il lui appartient, moi, je n'en ai plus.

Au plus profond de moi, oui, peut-être. Mais j'éprouve un tel chagrin, je suis au fond d'un trou si profond que je ne le sens plus. Il y a simplement un puits à l'intérieur de moi qui se creuse un peu plus à chaque instant. Sans aucun répit.

On dit que c'est la nuit le pire moment. Moi, je trouve que c'est le matin. Le matin quand je me réveille, que je veux la prendre dans mes bras et que je n'attrape que du vent. Le matin, quand personne ne me sermonne plus parce que je bois mon jus d'orange à même la bouteille. Le matin, quand je prépare des œufs brouillés pour une seule personne, quand je n'ai plus aucune raison d'aller faire un tour dans le quartier de Mission, quand je fais trop de café parce que je ne sais plus en faire moins.

Le matin, quand je ne peux pas l'embrasser pour lui souhaiter une bonne journée.

Je ne peux plus jamais l'embrasser.

Je l'ai perdue pour de bon. Une bonne fois pour toutes.

Tout ça pour apaiser ma conscience. Pour avoir l'impression de n'avoir rien fait de mal.

J'ai concédé quelque chose à James pour la première fois de ma vie, et je commence à croire que ce n'était surtout pas la chose à faire.

De toute façon, tout ça m'est retombé dessus.

Plusieurs jours après avoir rompu avec Steph, je ne pouvais toujours pas supporter la présence de James. Si, d'une certaine façon, il m'en avait voulu jadis, maintenant c'était moi qui commençais à lui en vouloir. Je commençais à l'accuser de tous les maux.

Mais voilà que la veille de Noël, il m'invite chez lui. Il ne travaille pas. Il veut boire un verre, mais pas au Lion. Alors j'y vais. J'apporte un pack de 12, parce que c'est ce que font les potes, en général.

La porte est ouverte. James habite dans un quartier pourri, mais il a fait une super-déco chez lui. Le voisinage craint quand même.

– Salut ! Tu devrais quand même fermer ta porte, lui dis-je en entrant et en la refermant à clé derrière moi.

Il est assis bien calé dans son canapé et me regarde, comme s'il m'avait attendu tout le temps.

– Quoi de neuf ? je lui demande en posant le pack de bière sur la table de la cuisine. (La pièce sent la beuh, mais je ne sais pas s'il est défoncé ou pas.) Pourquoi est-ce que tu as ta gueule des mauvais jours, mon frère ?

– Je n'arrive pas à croire que tu m'as menti.

Son visage et blanc comme la craie, et je comprends alors que je suis foutu. C'est presque un soulagement.

Malgré tout, je dois essayer.

– Qu'est-ce que tu racontes ?

– Stéphanie, poursuit-il.

Et ma première pensée est, putain de merde, est-ce qu'elle lui a parlé ? Est-ce qu'elle lui a dit qu'elle savait qu'il était amoureux d'elle ? Qu'est-ce qu'elle lui a dit d'autre ?

Est-ce qu'elle va bien ?

Bien sûr que non, elle ne va pas bien. Je lui ai brisé le cœur.

– Qu'est-ce qu'elle a ? je demande, avec un reste d'espoir.

– Tu baises avec elle. Depuis des mois.

Et voilà. La foutue vérité.

Je lève le menton en signe de défi.

– Qui te l'a dit ?

– Kayla, sa copine. Elle dit que tu lui as brisé le cœur. Je suppose que ça a un rapport avec moi, non ?

Je ne sais pas quoi répondre, alors je me tais. Il n'y a rien à dire.

– Tu ne t’excuses pas ? me demande-t-il amèrement.

D’accord. Je suppose qu’il le faut ? Mais ça ne changera rien.

– Je suis désolé de t’avoir menti.

– Bien sûr, dit-il en hochant la tête. Ok, tu m’as menti. En plein dans la gueule. Tu m’as dit que tu n’étais jamais sorti avec elle.

– Je suis sorti avec elle.

– Pendant des mois.

– Pendant des mois. J’avoue.

– Depuis quand es-tu amoureux d’elle ?

– Depuis aussi longtemps que toi.

Il secoue la tête en riant tristement.

– Et, bien entendu, tu finis par être celui dont elle tombe amoureuse. Il fallait que ce soit toi, n’est-ce pas ?

Je n’arrive pas à avaler la boule que j’ai dans la gorge. Il ne fallait pas que ça se passe ainsi. Mais je ne suis pas mécontent que ça ait eu lieu.

Je fais une pause avant de poursuivre :

– Mais j’ai rompu avec elle parce que je ne voulais pas que tu sois malheureux. Je ne savais pas que tu l’aimais, James. Allez.

Il me lance un regard glacé, un regard de vipère.

– Mais tu t’en doutais quand même ? Tu m’as dit que non, mais tu me mentais, de toute façon. As-tu au moins pensé que je ressentais quelque chose pour elle ?

– Oui, peut-être, mais pas comme ça…

Sa langue claque.

– Typique. On ne peut pas dire que ça me surprend. Je l'ai vue en premier, mais je suppose qu'elle t'était destinée à toi, de toute façon.

– Elle n'appartient plus à personne.

Il hausse les épaules.

– Qu'est-ce que tu veux que ça me fasse ?

Je suis abasourdi.

– Mais j'ai renoncé à elle pour toi. Ça compte, quand même.

Il se met soudain à me hurler dessus :

– Tu as renoncé à elle pour toi tout seul ! Pas pour moi. C'était pour te débarrasser de ta culpabilité, pour te sentir mieux, plus noble, meilleur, alors que tu n'es qu'un enfoiré d'égocentriste. Tu en as toujours été un et tu en resteras toujours un. (Il reprend sa respiration.) Mais au moins, maintenant, tu sauras ce que c'est de perdre quelque chose. Tu l'as perdue. Et maintenant, tu m'as perdu moi aussi.

Inutile de protester. Je n'ai pas besoin qu'il me dise d'aller me faire foutre, comme l'a fait Stéphanie. Je me contente de hocher la tête, de faire demi-tour et de quitter l'appartement.

Je laisse James et le pack de bière derrière moi.

***

C'est étonnant ce que les gens sont prêts à faire le jour de Noël, si vous les payez suffisamment bien. À 9 heures tapantes, me voilà qui traîne mes valises dans l'aéroport de San Francisco. Mon appartement est entièrement vide, tout ce qu'il contenait a été chargé dans un camion de déménagement. J'ai non seulement trouvé des gens d'accord, contre une bonne rétribution, pour bosser toute la journée à charger mes merdes, mais aussi un chauffeur geignard prêt à leur faire traverser tout le pays.

J'ai d'abord pensé m'en occuper moi-même. Mais quand j'ai appelé mon père la nuit dernière pour lui annoncer que j'acceptais son offre concernant l'appartement dans Manhattan, il a insisté pour que j'arrive à temps pour Noël. Qui est, comme vous le savez, demain.

Ce sera mon premier Noël en famille depuis dix ans. Je ne sais plus vraiment quoi espérer ni qui est ma famille. Mais je sais que ce sera mieux que de rester à San Francisco où je n'ai plus rien à faire. Mon père avait raison. À quoi bon tenter de m'enraciner quelque part si je n'ai nulle part où pousser ?

Il n'y a plus de Stéphanie. Il n'y a plus de James. Et même si j'aimais passionnément mon boulot, il y en existe des tas d'autres. Manhattan regorge d'hélicoptères à piloter.

Manhattan est plein de nouvelles opportunités.

Je monte dans l'avion, et pendant que nous faisons la course avec un autre vol qui décolle en même temps, je regarde les arêtes du Transamericana Pyramid[32] et le Golden Gate qui disparaissent dans le brouillard à travers le hublot.

Je laisse mon cœur à San Francisco.

---

32 Bâtiment de forme triangulaire, 600 Montgomery Street, à San Francisco.

CHAPITRE 22
Trois mois plus tard
Stéphanie

– Je suis si heureux que tu m'offres une deuxième chance !

Je hoche la tête en repoussant un morceau de brocoli plein de beurre avec ma fourchette. Pour être honnête, je n'écoute pas vraiment. Je devrais pourtant, puisque c'est mon ex qui est assis en face de moi, dans l'un des meilleurs restaurants de la ville et que je ne le déteste pas.

Mais mon esprit est ailleurs. Il est tout le temps ailleurs depuis que Linden est parti. Je ne sais pas vraiment ce qui m'a pris de donner une autre chance à Owen. La solitude, j'imagine. C'est une façon soft de décrire ce qu'a été ma vie ces derniers temps. Une solitude violente, douloureuse, qui me détruit un peu plus chaque jour. Quand Owen m'a appelée, qu'il m'a dit qu'il pensait toujours à moi et qu'il aimerait repartir du bon pied, j'ai senti céder toutes mes défenses. Bien sûr, il m'avait trompée bien des années auparavant. Mais j'avais tellement besoin que quelqu'un me dise qu'il avait envie de moi.

J'ai envie, j'ai besoin de Linden. Mais ce n'est pas lui qui est là.

Linden vit à Manhattan, dans un bel appartement que lui ont offert ses parents. Enfin, c'est ce que suppose. Je ne sais plus rien de lui, j'ignore s'il est toujours pilote d'hélicoptère, s'il est entré en politique, s'il fait partie de la jet-set ou s'il est devenu un play-boy comme son frère aîné.

Je ne lui ai plus parlé depuis qu'il est parti la veille de Noël. Tout s'est passé si vite. À un moment, nous nous sommes engueulés à mort et, l'instant suivant, il avait disparu. C'est comme s'il avait emporté avec lui toutes les pièces brisées d'un puzzle et que moi, j'étais restée là avec les contours de ce que fut son amour pour moi.

Ou avec les traces de ce que *je croyais* être son amour.

Nous sommes fin mars. À San Francisco, il fait à nouveau beau et étonnamment chaud. Mon business en ligne prospère, je projette de fermer ma boutique à la fin de mon bail en octobre. Tout semble aller pour le mieux, mais je n'arrive pas à voir les choses ainsi. Pour moi, elles allaient bien mieux avant.

Mes copines Kayla et Nicola ont été formidables, elles m'ont vraiment aidée, mais j'ai l'impression qu'elles commencent à en avoir marre. Elles me répètent que je dois oublier Linden, elles me disent que je suis belle et encore jeune, et que je pourrais avoir la ville entière qui me mange dans la main.

Ce n'est pas vrai, mais je m'en fiche, de toute façon. Je ne désire rien d'autre que ce que j'avais et que je n'ai plus.

Et je ne veux certainement pas d'Owen. Mais d'un point de vue purement égoïste, je suis contente de sortir avec lui. J'en avais tellement assez d'être seule. Ça finit par vous bouffer au bout d'un moment. Je suis partisan de l'indépendance, mais un peu de contact humain – un peu d'affection – m'est vraiment nécessaire.

– Stéphanie ? demande Owen.

Je lève les yeux. Il a maintenant une calvitie naissante et ses oreilles ressemblent à celles d'un elfe. À cinquante ans, il sera le sosie de Legolas vieux. Il gagne encore mieux sa vie, maintenant qu'il dirige son propre cabinet d'expertise comptable. Il a pour clients certaines des plus grosses firmes de la Silicon Valley. Mais je dois reconnaître qu'il n'a pas beaucoup changé pour autant.

– Désolée, je réponds rapidement. (Je finis de mâcher mon morceau de brocoli, lentement, pour gagner du temps, pour pouvoir réfléchir.) Je suis contente que tu m'aies contactée.

Voilà. C'est dit avec autant de diplomatie que possible. Je ne veux pas, même si je suis toute seule, lui laisser croire qu'il puisse s'agir d'autre chose.

Il sourit, il a l'air content de cette réponse.

– Bien. C'est marrant comment va la vie, parfois, n'est-ce pas ? Certaines personnes apparaissent et disparaissent, d'autres disparaissent et réapparaissent.

Oui. Mais pas celles qu'on voudrait.

Soudain, mon téléphone vibre dans mon sac. D'habitude, je n'y réponds pas quand j'ai un rendez-vous, mais cette fois, ça n'a pas d'importance. C'est ça qui est bien avec les ex, on se sent parfaitement à l'aise avec eux. Je sors mon téléphone, je m'attends à ce que ce soit Nicola qui me demande comment ça se passe et si j'ai besoin d'un plan de secours, mais il me faut bien une seconde pour reconnaître le numéro.

En parlant d'ex, c'est James. Je ne lui ai pas parlé depuis décembre non plus. Je n'ai pas pu supporter d'apprendre qu'il était amoureux de moi et qu'il avait été le déclencheur de ce cataclysme. Je l'ai perdu, lui comme Linden.

Je jette un regard navré à Owen.

– Désolée, je dois répondre.

Parce qu'il le faut. Parce que James ne m'appellerait jamais sans raison. Ça doit être important.

– Allô ?

– Stéphanie ? dit James. Tu as vu les nouvelles ?

Sa voix est si grave et si triste qu'elle me fait froid dans le dos.

– Quoi ? Non, désolée, je suis en train de dîner.

Bon. J'espère qu'il va se taire, mais il continue.

– Je suis désolé de te déranger comme ça, mais il faut que tu saches. Il y a eu un accident.

Bing. Bing. Bing. Mon cœur hésite avant de repartir.

Mon Dieu.

C'est impossible.

– Quoi ? je chuchote.

Je n'ai pas envie qu'il me réponde.

– C'est Linden. Il a eu un accident d'hélicoptère.

– Quoi ?

Je hurle. Le restaurant tout entier se met à me dévisager, mais je m'en fiche complètement. Mon esprit se transforme en un bloc de glace sombre d'où a disparu le soleil. Je manque d'air, j'ai peur de respirer, de faire le moindre mouvement. J'ai l'impression que plus je resterai sans bouger, plus longtemps durera cet instant pendant lequel je n'aurai pas à apprendre une nouvelle qui va me détruire à nouveau.

– Je ne sais pas ce qui s'est passé exactement, dit James, mais je pensais que tu devais être mise au courant.

– Il est vivant ? je murmure frénétiquement.

Je suis totalement paniquée.

– Oui, répond-il.

Je suis tellement soulagée que je manque tomber de ma chaise. Je m'aperçois alors qu'Owen est à côté de moi, qu'il me soutient et que tout le monde me regarde toujours.

– Oui, je crois qu'il est sain et sauf. Enfin, il est quand même salement amoché. Une jambe cassée, des côtes, un bras. Des contusions, des lacérations. Mais il est vivant.

– Comment l'as-tu appris ?

– Par Bram, son frère, il m'a appelé. Je pense qu'il croyait qu'on était encore…

Amis, c'est ce qu'il veut dire.

– Ouais, je dis doucement, je comprends, pendant qu'Owen me masse les épaules et me demande si je vais bien.

Je l'ignore complètement, absorbée que je suis par ce coup de fil, ce fil d'Ariane fragile vers Linden, vers ma vie d'avant.

– Tu veux aller le voir ? me demande James.

– Quoi ?

Il éclaircit sa voix.

– Tu veux aller le voir. À l'hôpital. À New York.

– Quoi ? Quand ?

– Ce soir. Avec un vol de nuit. Je… j'ai regardé sur le net dès que j'ai appris la nouvelle, il y a plusieurs vols. Bram dit que ce serait bien, que Linden n'a pas vraiment d'amis là-bas. Il m'a dit de lui envoyer un texto dès notre arrivée.

– Tu vas y aller ?

Mon cœur bat plus fort, maintenant.

Est-ce que je dois venir ?

Attends. Quelle question débile.

– Ouais. J'ai réalisé qu'il fallait que je m'excuse auprès de lui. Pour des tas de choses.

J'avale ma salive en acquiesçant.

– Ouais. Moi aussi.

– Alors tu viendras si je nous réserve des billets ? Rendez-vous à vingt-trois heures à SFO[33]. Compagnie Virgin America. Je t'attendrai.

---

33 L'aéroport de San Francisco.

– Oui. Je rentre tout de suite préparer ma valise. À tout à l'heure. (Je fais une pause.) Merci James, de m'avoir appelée.

– Pas de problème.

Je raccroche, je regarde Owen. Heureusement, les autres clients sont à nouveau occupés avec leurs plats, mais lui a l'air très préoccupé. Je ne peux pas lui en vouloir.

– Qu'est-ce qui s'est passé ? demande-t-il.

– Tu te souviens de mon ami Linden ?

Il tressaille légèrement. Je sais qu'il s'en souvient.

– Ouais.

– Il a eu un grave accident. Il vit à New York maintenant, et il est à l'hôpital. Je vais choper un vol de nuit pour aller le voir. Je suis désolée, lui dis-je en me levant. Ça ne veut pas dire pour autant qu'on doive arrêter de sortir ensemble.

– Tu sais, si tu ne voulais pas me voir, il suffisait que tu me le dises. Tu n'avais pas besoin de me monter tout un bobard.

Je lui prends le bras.

– Je t'en prie. Ce n'est pas un mensonge. Je dois y aller.

Il hoche la tête.

– Je paie et je te raccompagne chez toi. (Il se tourne et fait signe au serveur.) Tu sais, me lance-t-il en se retournant vers moi, tu es une sacrément bonne amie.

Ça ne me fait même pas sourire. Je ne sais plus ce que je suis pour lui, maintenant. Mais je sais que j'ai besoin de le voir. Il arrive qu'on ait une seconde chance.

***

Même si ça ne fait que quelques mois que je n'ai pas vu James, je trouve très étrange de le revoir. Pourtant, quand je le rejoins devant le comptoir d'embarquement de Virgin, je lui tombe dans les bras. Je pousse un gros soupir et nous nous étreignons. On dirait presque le bon vieux temps. Je réalise qu'après tout ce qu'on a traversé, il me manque vraiment.

– Hey, dis-je en reculant un peu.

– Hey, répond-il en me jaugeant. Tu as bonne mine.

Je lui fais un petit sourire. J'ai les cheveux un peu plus courts, aux épaules, dégradés et à nouveau teints en noir.

– Merci, toi aussi.

Et je ne dis pas ça uniquement pour être polie. Il a bonne mine. Ses cheveux sont un peu plus courts, et il est moins pâle que d'habitude.

– Tu es parti en vacances ?

– Je suis allé au Mexique quelques semaines en février.

– C'est chouette. Ça a dû te faire du bien de partir un peu. (Et comme je suis curieuse, je demande.) Tu es parti avec qui ?

Il prend un instant avant de me répondre :

– Avec Penny.

Je lui fais un grand sourire.

– C'est chouette. Vous êtes ensemble à nouveau ?

Mais c'est un peu embarrassant, parce que je sais pourquoi ils avaient rompu. Il le sait, lui aussi, mais sa façon de me regarder m'indique qu'il ne sait pas exactement ce qu'on m'a raconté.

– Ouais, répond-il. On a juste fait un break un petit moment. Ça nous a fait du bien.

– C'est génial. Je suis heureuse pour vous !

Et c'est la vérité. Après tout ce qui s'est passé, je ne lui veux aucun mal. Ça s'est passé comme ça, c'est tout. Et en plus, j'adore Penny.

Rapidement, nous nous mettons à papoter de sujets sans danger, de hockey, de boulot et des potins de San Francisco, et avant de nous en rendre compte, on a décollé et on traverse le continent américain par une nuit sans étoiles. Malheureusement, je n'arrive pas à dormir en avion et ce vol est assez plein. Mon siège est côté hublot, James est installé à côté de moi, et une dame asiatique qui ronfle, côté couloir.

Alors j'écoute de la musique, jusqu'à ce que la batterie de mon téléphone soit vide. Je le range et j'attends que le temps passe. Je plonge mon regard dans le vide sidéral qui nous entoure et dans la couverture de nuages en dessous de nous.

– Steph, chuchote James. Tu dors ?

Je tourne la tête vers lui.

– Visiblement, tu m'as vue ranger mon téléphone.

Il me donne un coup d'épaule.

– Tu pourrais très bien être une de ces personnes qui tombent endormies comme ça, en un instant.

– Tu veux dire des narcoleptiques.

Il incline la tête, une lueur dans le regard.

– Au fait, désolé de ne pas avoir pris de classes affaires. Je m'étais toujours dit que quand je serais plus vieux, je ne voyagerais plus que comme ça.

– C'est pratique quand on a une boîte qui paie tous ces trucs. Nous sommes plus ou moins des petits patrons de PME. Je ne sais pas ce qu'il en est pour toi, mais moi, je n'ai pas beaucoup de trésorerie.

– Je sais. Mais tout de même.

– Bof. On va juste voir un ami en urgence. La façon d'y aller n'a pas vraiment d'importance, du moment que c'est rapide.

J'aimerais que cet avion aille trois fois plus vite. Mais quand je serai en présence de Linden… qu'est-ce que je vais bien pouvoir lui dire ?

– Ouais, répond-il doucement. Écoute, il y a quelque chose que je veux te dire depuis longtemps. Un truc dont je ne suis pas fier.

Oh Seigneur ! S'il vous plaît, ne me dites pas qu'il veut m'avouer qu'il est encore amoureux de moi. Je me rends bien compte que j'ai l'air très égoïste en disant ça, mais je ne supporterai pas ce genre de connerie, juste après qu'il m'a annoncé qu'il a renoué avec Penny.

Je réalise que même si je me tais, il va me le dire, de toute façon. Alors je lui lance,

– C'est quoi ?

– Je sais pourquoi Linden a rompu avec toi.

Une vague d'émotions me submerge tout à coup. J'arrive à lui demander :

– Pourquoi ?

– À cause de moi. Je l'ai forcé à le faire.

Je ne sais pas quoi répondre, parce que même si je suis au courant de certaines choses alors que je ne suis pas censée l'être, ceci est complètement nouveau pour moi.

– Tu l'as forcé ?

– Tu sais, je croyais être amoureux de toi.

J'écarquille les yeux. Pas à cause du choc, mais parce qu'il a enfin les couilles de me l'avouer.

– Euhhh !

Il esquisse un sourire.

– Tout va bien. J'ai bien dit *je croyais*. Je ne le suis pas. Et je ne l'étais pas. J'avais envie de l'être, parce que toi et moi avions été ensemble et pas Linden.

Ok, mais ce n'est que le début.

– Tu sais, j'ai dit à Linden, après que vous avez rompu, que je savais que vous couchiez ensemble.

Il savait ?

– Je lui ai dit que ta copine Kayla me l'avait dit, et c'était vrai. Elle était bourrée, ce soir-là au Lion, ce n'est pas de sa faute. C'est moi qui lui ai servi des shots pour la faire parler. En réalité, je l'ai toujours su. Dès que je vous ai vus vous embrasser à Sea Ranch, j'ai compris. J'avais même compris le week-end précédent, quand je vous ai surpris dans le couloir. Et quand vous avez fait ce pacte débile. En fait, je pense que je me rendais mieux compte que vous de ce que vous ressentiez l'un pour l'autre. Pendant tout ce temps, j'ai observé la scène qui se déroulait sous mes yeux.

J'ai peine à croire ce que j'entends.

– Tu le savais depuis toujours ? je crie, avant de baisser la voix en me rendant compte que j'ai sans doute réveillé tout l'avion.

– C'était assez évident, vu de l'extérieur. Et putain, j'ai détesté Linden à cause de ça. Toi aussi, un peu.

– Mais pourquoi ?

– Je te détestais parce que je me rendais compte que tu aimais Linden depuis le début et que tu avais dû te contenter de moi. Et Linden, parce que… il obtient toujours tout ce qu'il désire. Et pas moi. Et j'en avais marre.

– Mais tu sais que ce n'est pas vrai.

– Je sais. Mais j'étais jaloux comme un tigre et totalement dans le déni. J'avais besoin d'un bouc émissaire, alors pourquoi pas mon meilleur ami, hein ? Et je savais que vous sortiez ensemble. C'était tellement évident. La Kiss Camera. Votre soudaine disparition. La façon que vous aviez de vous toucher, c'était hypersexuel. Vraiment. Plus tard, j'ai compris qu'il s'agissait d'autre chose. Je préférais me dire que j'aurais enfin quelque chose que lui n'aurait pas. Alors je t'ai arrachée à lui, juste pour qu'il sache ce que ça fait de perdre quelque chose.

Je suis écœurée par ce que j'entends.

– C'est horrible, dis-je en me reculant le plus possible contre le hublot. Vraiment, c'est une belle saloperie, ce que tu as fait.

Ces yeux brillent presque comme s'il avait de la fièvre dans la cabine à peine éclairée.

– Je sais. J'ai été horrible. Je suis un connard. J'étais celui que je l'accusais d'être. Et j'ai foutu en l'air notre relation à tous les trois. Mais le pire, c'est que j'ai ruiné votre histoire à tous les deux. Quelque chose que j'avais toujours désiré pour moi. Et je ne peux pas me le pardonner.

– Alors tu viens à New York parce que tu te sens mal ?

– Je viens à New York, parce que j'ai besoin de lui demander pardon. Quand j'ai appris qu'on avait failli le perdre aujourd'hui, j'ai compris que je devais le lui dire en face. Que je suis tellement désolé. Et que je l'aime, et qu'il me manque. Et que je voudrais redevenir son ami.

Même si je déteste James à cet instant, je ne peux m'empêcher d'être remuée en voyant une larme couler sur sa joue. Il a vraiment merdé, mais il est sincère. Et il souffre autant que moi. Il s'essuie rapidement le visage, l'air un peu honteux.

– Et j'aimerais plus que tout vous voir ensemble à nouveau. Vous êtes faits l'un pour l'autre. Il faut absolument que vous soyez ensemble.

Je soupire tristement en me renfonçant dans mon siège.

– Ouais, mais tu ne crois pas qu'il aurait pu se battre pour me garder, non ? Il ne l'a pas fait.

– Je ne crois pas que Linden sache se battre pour ça, dit-il.

– Peut-être pas. Peut-être que si. Mais je crois que je le mérite, pourtant. Quelqu'un qui se batte pour moi. Qui croie en moi. Et qui ait confiance en l'amour. Ça a l'air ringard, mais… on doit y croire. Je ne crois pas qu'il sache le faire. Moi j'ai besoin de quelqu'un qui le fasse.

Il hoche la tête.

– Ouais. Je comprends. Écoute… Je sais que mes excuses n'arrangeront pas tout. Mais je vais tenter le coup. Je sais que j'ai agi de façon dégueulasse, et j'étais juste tellement en colère de n'être… n'être rien, comparé à lui.

– Mais tu sais bien que ça n'est pas la faute de Linden. Ça vient de l'intérieur de toi, pas de lui. Il a été un vrai ami. Peut-être pas toujours le meilleur, mais rien n'est tout noir ou tout blanc. La vie est grise. L'amour aussi. Il est juste… je l'aimais, James. Je l'aime encore. Et j'aime me dire qu'il a au moins essayé de m'aimer, le plus qu'il pouvait. Il n'a vraiment jamais voulu te faire de peine. Il pensait toujours à toi, il s'inquiétait toujours pour toi. Il a vraiment essayé de toutes ses forces d'être un véritable ami, mais nous merdons tous à certains moments et nous devons parfois faire des choix difficiles.

Il suce sa lèvre inférieure sans rien dire pendant un bon moment. Il finit par soupirer pitoyablement.

– Je sais. Je me sens tellement… un… un…

– Un gros bébé tout merdeux ? je suggère.

Il me fait un petit sourire.

– Tu sais, je me plains tout le temps d'avoir été obligé de grandir trop vite… En fait, je n'en suis pas si sûr que ça.

Je ne peux pas argumenter avec lui, mais je lui jette un os à ronger.

– Je suppose que parfois, en vieillissant, nos relations amicales n'évoluent pas comme elles le devraient.

Je pourrais sans doute ajouter « ne sois pas trop dur avec toi-même », mais c'est précisément ce que je veux qu'il soit. Je crois que moi aussi, parfois, je peux être un peu immature.

– Quel sacré bordel, dit-il.

– Ouais. Quel sacré bordel.

***

Je ne sais pas comment, mais j'arrive à m'assoupir une heure ou deux parce que quand les roues touchent le tarmac de JFK[34], je me réveille en sursaut. Et je me rappelle soudain où je suis, avec qui et qui nous allons voir.

Linden. Mon cœur se serre en pensant à lui dans un lit d'hôpital.

Je me demande si ses parents seront là – son frère a téléphoné à James, ce qui est bon signe –, mais je sais également qu'ils ne lui donneront pas l'amour et le soutien dont il a besoin. Je me demande s'il a eu très peur quand c'est arrivé,

34 John Fitzgerald Kennedy est l'un des aéroports de New York.

comment c'est arrivé, s'il aura des séquelles définitives. Je me demande s'il voudra me voir, voir James. Je me demande si c'est le début d'une seconde chance ou l'occasion de se dire adieu définitivement.

Dès que nous nous sommes posés, James envoie un texto à Bram. Il me lance un petit sourire plein d'espoir lorsque nous prenons nos sacs et que nous nous extirpons de nos sièges, dans le couloir central.

– Tu es prête ? demande-t-il.

Je hoche la tête. Il m'attrape le bras et le serre un instant, mais c'est un geste amical. Ça me réconforte. Ça me donne un peu de force.

C'est étrange de se retrouver subitement dans Manhattan. Les célèbres gratte-ciel, les rues sans fin qui ressemblent à des tunnels, les vibrations et la vie de cet endroit. Je suis déjà venue une fois avec Kayla pour un week-end entre filles, mais ça n'était pas assez long. J'aime passionnément San Francisco, mais si je devais lui trouver une concurrente, ce serait New York.

Notre taxi nous dépose devant un hôpital en briques et nous descendons. J'ai pris des affaires pour un jour seulement, mon sac est léger et facile à transporter. Nous attendons dehors un moment à nous geler pendant que James renvoie un texto à Bram pour lui dire que nous sommes arrivés. Heureusement, Bram nous rejoint rapidement, il accourt vers nous à grandes enjambées. C'est presque le portrait craché de Linden. Il est juste légèrement plus grand et plus mince, avec de splendides yeux gris, pas bleus. Il a d'épais cheveux noirs, exactement comme Linden, mais la dernière fois que je l'ai vu, ils étaient pleins de gel et de divers produits coiffants. Là, ils sont tout en bataille. Il a l'air inquiet. Ce qui m'inquiète.

– Salut ! dit Bram, avec un accent plus fort que celui de son frère.

Pendant un moment étrange, on dirait qu'il hésite à nous serrer la main. Il finit par me prendre dans ses bras.

– Merci d'être venue, Stéphanie. (Puis il fait un signe de tête à James.) Merci de l'avoir amenée.

– Pas de problème, répond rapidement James. Comment va-t-il ?

Bram soupire en se dirigeant vers la porte d'entrée.

– Il va mieux. Son traumatisme se résorbe, mais il est toujours dans les vapes. Il plane aussi haut qu'un putain de cerf-volant. C'est à cause de la morphine qu'on lui injecte pour la douleur.

– Mon Dieu !

– Ouais. Il n'est pas très beau à voir. Ce qui nous change, pour une fois.

Bien sûr, c'est une vanne, mais je ne suis pas d'humeur à rire. Je ne connais pas assez bien Bram, et je n'aime pas ce que je sais de lui, mais il semble plus affecté que je l'aurais cru. C'est une bonne chose, ça signifie que Linden peut compter sur lui plus qu'il ne le pense.

– Et vos parents, ils sont là ? je demande pendant que nous montons dans un ascenseur en compagnie d'une infirmière.

– Ouais, ils sont passés. Maman est rentrée à la maison pour, euh, se reposer, mais papa est dans le coin. Je ne sais pas s'il a rendez-vous avec quelqu'un ou s'il est allé chercher autre chose que ces trucs dégueulasses qu'ils lui donnent à manger ici… (il jette un regard à l'infirmière) sans vouloir vous offenser, chérie. (Il me regarde et me fait un léger sourire.) Mais il est là.

Nous descendons à un étage qui semble bien plus agréable que les autres. Bram nous guide à travers les couloirs. Vu que je suis curieuse comme une fouine, je ne peux m'empêcher de jeter un coup d'œil à travers chaque porte ouverte. Ce sont des chambres individuelles qui doivent coûter une fortune, mais au moins l'argent des McGregor est bien utilisé.

Finalement, nous arrivons devant une porte fermée. Bram prend une profonde inspiration avant de l'ouvrir. J'ai immédiatement envie de pleurer.

Linden est difficilement reconnaissable. Pas parce qu'il est atrocement défiguré, mais parce qu'il a un énorme bandage autour de la tête, son visage est plein de plaies et de coupures, son bras et sa jambe gauche sont plâtrés. Il paraît si minuscule dans ce lit que j'ai du mal à croire que c'est bien lui. Mais si. Ses yeux sont clos, il semble dormir. Je me demande si nous ne devrions pas revenir plus tard, quand il sera réveillé.

James a posé sa main sur mon coude, il me pousse doucement en avant. C'est comme si j'avais oublié comment on fait pour marcher.

– Linden, dit Bram en passant de l'autre côté du lit, tu as des invités, mon frère.

La tête de Linden tombe sur le côté, ses yeux vacillent, il respire difficilement.

– Ah ouais ? marmonne-t-il.

Il ne lève toujours pas la tête ni n'ouvre les yeux.

Bram me regarde avec espoir.

Je me racle la gorge et je fais un pas en avant. Je pose ma main sur celle de Linden en me demandant quoi dire. Mais finalement, je n'ai rien besoin de dire. Il tourne lentement, précautionneusement, sa tête vers moi et ouvre les yeux. Ses yeux si beaux qu'ils déclenchent immédiatement un tourbillon dans mon cœur.

– Steph ? chuchote-t-il, en plissant le front dans ses vapeurs de morphine. C'est bien toi ?

Je souris. Ça doit être le sourire le plus triste que j'aie jamais fait de ma vie.

– Oui. Je suis venue dès que j'ai su. On est venus tous les deux.

Je me déplace un peu pour qu'il puisse voir James debout derrière moi.

– Salut mon pote, dit doucement James.

Linden à l'air encore plus surpris. Nous étions réellement les deux personnes qu'il s'attendait le moins à voir.

– Salut.

– Bon, je vous abandonne un moment, dit Bram en se dirigeant vers la porte.

Mais James le suit de près.

– J'y vais aussi. Je reviendrai plus tard. Laissons-les un peu tranquilles tous les deux.

Voilà qui rend la situation encore plus étrange. Je les regarde, par la porte entrouverte, disparaître dans le couloir. Je me retourne vers Linden, vers son regard vitreux, ma main toujours posée sur la sienne. Il glisse ses doigts tremblants entre les miens et les serre. D'un geste si familier.

– Je me demande encore si je rêve ou pas.

– Non, je lui réponds doucement. Tu ne rêves pas. James m'a prévenue, et nous avons pris le vol de nuit. Tu as l'air… Que s'est-il passé ?

Il me fixe toujours et ses yeux clignent sans cesse. Je m'aperçois qu'il fait des efforts pour tenter de se souvenir, malgré les calmants.

– Il y a eu une panne, je crois qu'ils ont parlé d'un court-circuit électrique, mais je ne sais pas. Heureusement j'étais seul à bord. Je devais embarquer des passagers pour faire un tour. Je travaille pour une entreprise de vols touristiques maintenant, et c'était un nouvel hélicoptère. Donc je l'ai pris juste pour voir comment il marchait. Je me souviens que les voyants se sont allumés, puis éteints, pas loin de l'aéroport. Je devais le poser. Je me souviens… j'étais presque au sol. Peut-être à trente pieds. Et je suis tombé. Je savais que j'étais en train de tomber… Mais je ne me souviens pas du crash. Je me suis réveillé ici. J'ai vu les nouvelles.

On aurait dit une épave en feu. Je ne sais vraiment pas comment je m'en suis sorti, même dans cet état. J'ai eu de la chance.

Je suis absolument horrifiée. Il me serre la main.

– Je n'arrive pas à croire que tu es là.

– Tu peux le croire, cow-boy.

Il sourit, mais ferme les yeux tout à coup, à cause de la douleur.

– Tu veux que je te laisse te reposer ?

– Non, répond-il très vite, en gardant les yeux fermés. J'ai juste la tête qui tourne. J'ai eu un traumatisme crânien et les médicaments sont… ces drogues sont fabuleuses… mais j'ai l'impression d'être sous l'eau. (Il ouvre les yeux.) S'il te plaît, ne t'en va pas. Raconte-moi quelque chose. Dis-moi comment tu vas. (Il prend une très, très profonde inspiration.) Putain, tu m'as tellement manqué, Steph.

Mes yeux se remplissent de larmes. Je ne veux pas craquer.

– Tu m'as manqué, toi aussi. Ça a été… ça a été dur. Ce n'est vraiment pas drôle sans toi.

– Je suis vraiment désolé, dit-il, en hachant ses mots. Je le suis vraiment… j'ai… j'ai tout fait foirer… foirer. Je… (Il s'arrête et serre les mâchoires en expirant profondément.) Putain, ça fait un mal de chien.

Je cherche le bouton pour appeler l'infirmière.

– Tu veux d'autres calmants ?

– Non, dit-il avec un éclair dans les yeux, l'air soudain bien réveillé. Non, pas cette douleur-là. La douleur que je t'ai causée quand je suis parti.

Tu m'avais donné ton amour et je l'ai rejeté, comme s'il ne valait rien, alors qu'il valait tout, au contraire. J'ai eu le cœur brisé, et j'ai brisé le tien. Chaque jour, j'ai l'impression que quelque chose de nouveau craque en moi, et même si je refuse d'y prêter attention, ça ne guérit jamais. Ça ne va pas mieux du tout. Steph… Baby Blue… je te demande pardon. J'ai tout foutu en l'air entre nous. (Il ferme les yeux et dodeline de la tête.) Je mérite ce qui m'est arrivé.

– Ne dis pas ça. Sérieusement, arrête. Oui, ça a merdé, mais personne ne mérite de se retrouver dans un putain d'hélico en flammes, qui se crashe. Personne, et surtout pas toi. On se trompe parfois dans la vie, je le sais. Nous n'étions simplement pas ce que j'espérais que nous serions l'un pour l'autre.

– Non, nous ne l'étions pas. Nous étions mieux que ça. (Et en souriant à moitié, il précise.) Tous les deux ensemble nous étions les meilleurs. Voilà pourquoi ça fait tellement mal.

Quelqu'un frappe à la porte, c'est James qui entre. Pour la deuxième fois en vingt-quatre heures, j'ai envie de l'étriper.

– Désolé, dit-il et il en a effectivement l'air. Une infirmière m'a dit que l'heure des visites était presque passée. Je voulais juste lui dire quelques mots.

J'acquiesce, mais Linden me serre la main plus fort.

– S'il te plaît, ne t'en va pas, dit-il d'une voix rauque en essayant de me retenir. J'ai besoin de toi.

Vraiment ? Ou bien est-il défoncé, trop secoué émotionnellement parce qu'il a vu la mort en face, ou simplement complètement désorienté ? J'oublie qu'il vit ici maintenant. J'oublie à quel point tout est devenu différent.

– Ça va aller, lui dis-je.

Puis je lâche sa main à contrecœur, afin que James puisse venir faire la paix avec lui. Quand je le croise au milieu de la pièce, je lui jette un regard dur en guise d'avertissement. J'ignore ce que va dire James, s'il va tout prendre sur lui comme il l'a fait avec moi dans l'avion, mais je ne sais pas si Linden pourra le supporter.

James hoche la tête comme s'il avait compris. Je me retourne pour voir Linden qui me regarde, l'air encore plus triste qu'avant. Je sors dans le couloir et je tombe sur Bram et un homme plus âgé, très chic, qui le suit, quelques pas derrière lui.

– Vous devez être Stéphanie, lance l'homme en me tendant la main, avec un accent écossais ridiculeusement snob. Je suis le père de Linden.

– Oh, bonjour, lui dis-je, finalement contente de rencontrer ce sinistre personnage.

Son père est grand et bel homme, il a les cheveux poivre et sel et le regard pétillant. Je vois très clairement de qui ses fils tiennent leur physique. Je lui serre la main aussi fermement que possible, je veux l'impressionner.

– Ravie de faire enfin votre connaissance.

– Oui, dit-il. Ravi de faire enfin la connaissance de la fameuse Stéphanie Robson.

Je renifle. Ça n'est pas très distingué de sa part.

– Fameuse ?

Il échange un regard avec Bram.

– Linden nous a beaucoup parlé de vous depuis toutes ces années.

– Ah bon ?

Linden ne parlait pratiquement pas à ses parents.

– Oui. Il vous mentionnait toujours à un moment ou un autre. Et depuis qu'il a déménagé ici, eh bien… encore plus souvent. C'est agréable de mettre un aussi joli visage sur le nom d'une personne tant aimée.

Linden aurait parlé de moi à son père, même depuis qu'il habite ici ? Pendant que j'y réfléchis, il pose sa main sur l'épaule de Bram et dit :

– Je vais chercher ta mère à la maison. Je reviens très vite. (Puis il me fait un petit salut.) Ravi d'avoir fait votre connaissance. J'espère vous revoir.

– Bien sûr, oui, certainement, lui dis-je.

Je le regarde s'éloigner.

– Hé, me dit Bram, je ne sais pas combien de temps tu comptes rester à New York, mais est-ce que tu veux prendre un café en attendant James ? Il y a un endroit sympa juste à côté.

J'accepte en me disant que ce sera toujours plus agréable que d'attendre dans un couloir d'hôpital. Le problème, c'est que je dois vite rentrer à San Francisco pour ouvrir la boutique – je ne peux pas me permettre de la fermer en ce moment.

En sortant de l'hôpital, je me demande si j'aurai quand même la possibilité de lui dire au revoir.

CHAPITRE 23

Linden

Je me souviens qu'une fois, quand j'étais encore petit, j'étais allé aider ma mère aux écuries. Enfin, je ne l'aidais pas vraiment, je traînais autour d'elle. Ma nurse était en congé, du coup ma pauvre mère était obligée de d'occuper de moi et de Bram. Enfants, nous étions vraiment des sales gosses. Bram adorait grimper dans le grenier à foin et sauter sur les balles en dessous. Moi, je me faufilais dans chaque stalle. Ce jour-là, j'espionnais ma mère. Je savais qu'elle détestait nous voir jouer autour d'elle quand elle essayait de travailler, alors je me tenais à carreau. Je me rappelle que je l'observais en me demandant ce que pouvaient bien avoir les chevaux pour qu'elle les aime tellement plus que moi.

Ce jour-là, elle bichonnait un yearling qu'elle voulait vendre, je crois. Je me souviens que c'était une pouliche et que j'avais imaginé qu'elle me l'offrirait peut-être. Maman semblait tellement s'intéresser à elle.

Quand elle est partie voir un autre cheval, je me suis glissé dans la stalle de la pouliche. Je crois bien qu'elle s'appelait Appelton, même si je réalise à présent que c'est le nom d'une marque de rhum. Ce qui ne m'étonne pas, finalement.

Je caressais le cheval, exactement comme maman l'avait fait, quand Bram a jeté quelque chose dans la grange. La jument a sursauté, s'est mise à ruer et m'a donné un coup de sabot en pleine tête. Bien sûr, je n'étais pas censé être là.

Tout ce dont je me souviens, c'est d'une explosion sourde dans mon crâne, et tout est devenu noir, entièrement noir. Je me suis réveillé plus tard. Un vétérinaire m'examinait. Apparemment, c'était plus simple de l'appeler que de faire venir un médecin.

Pratiquement toute ma vie, j'ai pensé que c'était l'événement le plus effrayant qui me soit arrivé. Mais maintenant, c'est différent. Complètement.

Survivre à ce crash d'hélicoptère est le truc le plus flippant qui me soit jamais arrivé. C'est une des expériences les plus traumatisantes qui existent et, heureusement, c'est assez rare. Mais ce n'est pas le crash en lui-même qui m'a fiché une telle frousse. Ça n'a rien à voir avec ça. C'est après, quand je me suis réveillé seul à l'hôpital, sans personne qui compte pour moi sur cette Terre. J'étais seul – peut-être pas physiquement, heureusement, mon père et mon frère étaient là – mais j'étais seul en pensées. Mon cœur appartenait toujours à quelqu'un d'autre et j'avais failli mourir sans la revoir.

C'est à ce moment-là que la perte de ces deux derniers mois, le désespoir et le changement, tout est venu valdinguer et me broyer au point que je n'avais plus d'autre choix que de rendre les armes. Accepter le deuil. Accepter les choix de merde que j'avais faits. Tout était de ma faute.

J'ai pleuré. J'ai pleuré comme un môme cette première nuit. Tous les calmants qu'ils m'injectaient pour soulager la douleur n'arrivaient pas à calmer cette douleur-là, bien trop profonde pour être atteinte. L'accident était terminé, mais je me brisais encore et encore à l'intérieur.

À cause de Stéphanie, la femme que j'avais perdue, la femme que j'avais rejetée.

Et pourquoi ? Pour avoir meilleure conscience ? Par fierté ? Pour rien. C'était pour rien du tout. Le mot « rien » sonne tellement creux.

Quand Stéphanie est apparue à côté de mon lit, j'ai cru que je faisais un rêve. C'était impossible qu'il me suffise de souffrir ainsi et de désirer follement sa présence pour qu'elle soit là, dès le lendemain. Je ne suis pas magicien.

Mais ce n'était pas un rêve.

Je suis en train de regarder James, mais ce n'est pas lui, la personne que j'ai envie de voir. Cette personne-là est repartie. Cette personne-là m'a pris mon cœur.

– Est-ce que Steph était vraiment là ? je lui demande.

Ma gorge est tellement enflammée que j'ai l'impression d'avoir avalé du papier de verre. La pièce tourne toujours, comme si j'étais dans une machine à laver sur cycle linge délicat, alors peut-être était-ce vraiment un rêve. Comment savoir ?

Mais il hoche la tête.

– Ouais, elle était bien là.

Alors pourquoi est-ce que j'ai encore mal ?

– Écoute, je sais bien que tu n'as aucune envie de me voir.

Je ne peux pas m'empêcher de froncer les sourcils, bien que ça me fasse mal à la tête.

– En réalité, je pensais que c'est moi la dernière personne que tu aurais envie de voir.

Vu la façon dont les choses se sont passées entre nous, je suis même choqué par sa présence.

Je suis choqué que Steph soit venue, elle aussi. Et, tout à coup, je me mets à penser à quelque chose que j'espère être faux. Est-ce qu'ils sont ensemble ? Est-ce que James a été au bout de ses intentions la concernant ? Est-elle à nouveau tombée amoureuse de lui ?

Était-ce de ma faute ?

Mon cœur bat la chamade. Il n'existe pas de morphine assez puissante pour ça.

James se gratte la tête en soupirant. Il s'assied sur la chaise en plastique à côté de mon lit.

– Linden, je veux te dire un truc, et ce n'est pas facile.

Oh bordel de merde. J'avais raison.

– Ok.

Mon sang bat dans mes oreilles, j'arrive à grand-peine à sortir un son audible.

– Tu vas m'en vouloir à mort.

– Ça sonne merveilleusement bien.

– Et sans doute n'est-ce pas le meilleur moment pour te le dire, mais si je ne le fais pas, tu ne retourneras jamais là où tu devrais être. Et tu sais où tu as besoin de vivre, non ? Tu as besoin de revenir à San Francisco. Et tu as besoin de vivre avec elle.

D'accord. Je mets un certain temps à assimiler ce qu'il me raconte, mais ce n'est pas du tout ce que à quoi je m'attendais.

Il déglutit avec peine.

– Je t'ai dit que j'étais amoureux de Stéphanie, et tu sais quoi ? Je l'étais. Quand on était ensemble, je l'étais. Et après qu'on avait rompu… Ouais, j'ai eu un mal de chien à m'en détacher. Faire à nouveau l'amour avec elle ne m'a pas aidé, je dois dire. Ce n'est pas comme si je t'avais menti, mais… quand je t'ai dit que j'avais rompu avec Penny parce que j'étais toujours amoureux de Steph, je ne savais vraiment pas ce que je disais.

– C'est un peu confus, lui dis-je. Tu dois être au courant que j'ai eu un traumatisme crânien.

Il me regarde bien en face, comme s'il allait se lancer.

– Je la désirais plus que je n'étais amoureux d'elle. Je voulais qu'elle me désire. Et je voulais te la prendre. Parce que je savais. Depuis toujours, je savais ce qui se passait entre vous deux. Je savais que vous me mentiez, que vous me cachiez des trucs, que vous faisiez vos coups en douce. Je n'aimais pas ça. Et plus encore, je ne trouvais pas ça juste.

(Il fait une pause.) C'est difficile à admettre pour moi, mais j'étais jaloux. Je voulais que tu saches ce que ça faisait de perdre quelqu'un, de se sacrifier. Je ne voulais plus que tu aies tout, tout le temps.

Je ne réalise pas à quel point je serre les dents avant que ma tête se mette à me faire vraiment mal. Mais ça n'est rien, en comparaison de la rage intérieure que je ressens.

– Qu'est-ce que tu me chantes, bordel ? (C'est la seule phrase que j'arrive à prononcer.) Pourquoi tu m'as fait ça ?

Il a un sourire glacé.

– Parce que tu me le faisais à moi. Et parce que j'étais un ami minable qui ne pouvait s'empêcher de t'en vouloir. Je n'en suis pas fier, mais c'est la vérité.

Je me mets à jurer.

– Putain, tu vas me faire péter un câble. Si cette saleté de bras n'était pas en compote, je te casserais la gueule. Et merde, je parie que je peux y arriver d'une seule main !

Et j'essaie de l'attraper, mais je suis arrêté dans mon élan par ma perf.

– Je suis désolé, dit-il, sans bouger, comme s'il voulait que je le tue. J'ai tout foutu en l'air. J'ai pourri notre relation, et celle que tu avais avec Steph. Tout. Même mon histoire avec Penny ! Juste parce que j'étais trop minable, trop aveuglé et trop en colère pour me rendre compte de ce que je faisais.

J'arrive à peine à parler.

– Pourquoi est-ce que tu me racontes tout ça maintenant ? je hurle. Je suis à moitié mort, dans ce putain d'hôpital. Tu m'as raconté toute cette merde pour apaiser ta pauvre petite conscience ?

Il secoue la tête.

– Non, parce que je ne me sens pas mieux pour autant, et je ne crois pas que ça va s'arranger. Je te raconte ça maintenant parce que Stéphanie est là. Parce que tu n'as pas à t'en faire concernant mes sentiments. Parce que tu ne devrais pas te sentir coupable. Je te dis ça pour que tu te battes pour la récupérer. Elle le mérite. Quelqu'un qui se batte pour elle. Chacun de nous a été avec elle un moment, et on a eu tous les deux beaucoup de chance. Mais c'est toi qui peux l'avoir à nouveau, c'est toi qui devrais l'avoir. C'est avec toi qu'elle veut être. Ça a toujours été toi.

Je ferme les yeux pour essayer de reprendre ma respiration.

– Je lui ai brisé le cœur.

– Et alors ? Rien à foutre, rattrape le coup, c'est tout.

J'ouvre un œil pour m'apercevoir qu'il s'est levé et qu'il me regarde d'un air menaçant.

– On a tous les deux merdé, mais tu es celui qui a le plus de chances de réparer. Récupère-la. Regagne son cœur.

– Elle ne veut plus de moi.

– Putain, mais elle est toujours raide dingue de toi ! s'écrie James, exaspéré.

J'ai tellement envie de le croire, mais je ne vois pas comment elle pourrait encore m'aimer après ça. L'amour est si inconstant, si précieux, si fragile. C'est impossible qu'elle s'y soit tenue. Elle ne pourra jamais me pardonner après ce que je lui ai fait.

– Tu l'aimes encore ? me demande-t-il calmement.

Je ne réfléchis même pas, je hoche la tête.

– Oui. Plus que jamais. Je l'aime plus que tout.

Et ma poitrine s'affaisse un peu plus à chaque mot qui sort de ma bouche. Peut-être que c'est une de mes côtes cassées, je ne sais pas.

– Excusez-moi, lance l'infirmière sur le pas de la porte – elle s'appelle Andie, je crois – les heures de visite sont terminées. Il faut qu'il se repose maintenant.

Je jette un regard paniqué à James.

– Où est Steph ?

– Avec Bram, je crois, répond James qui demande à l'infirmière dans la foulée : Il n'y a personne dehors dans le couloir ? Une fille avec un pull gris et des cheveux noirs ?

Elle secoue la tête.

– Non, personne. S'il vous plaît, Monsieur, allez. Vous pourrez revenir demain.

James se retourne pour me jeter un regard.

– Désolé, mec. Je vais voir si on peut rester un jour de plus. Elle a dit qu'elle ne pouvait pas se permettre de ne pas ouvrir sa boutique, alors…

Alors elle va rentrer chez elle. C'est déjà un sacré miracle qu'elle soit venue.

– Tu veux que je lui dise quelque chose ? demande James.

Je secoue doucement la tête.

– Non.

Parce que ce que j'ai à lui dire, il faut que je puisse lui dire de vive voix. Mais j'en suis incapable, pour l'instant.

– Je te le répète, je suis désolé, dit-il. Je ne voulais pas te déverser toute cette merde. Mais je voulais que tu saches que j'avais merdé et que je vais essayer de redevenir un vrai pote. Tu me manques un max, frangin. Ce n'est plus pareil sans toi.

Je ne sais pas quoi penser ni quoi dire, je me contente de hocher la tête.

– Dis à Steph… (Quoi lui dire ?) Dis-lui que je suis heureux qu'elle ait pu venir.

– Bien sûr mon pote.

Mais même comme ça, je n'arrive plus vraiment appeler James « mon pote ». Je ressens un autre pincement au cœur quand il sort.

***

– Linden… (J'entends une voix féminine qui m'appelle.) Mon chéri, est-ce que tu m'entends ?

Ce n'est pas la voix féminine que j'espérais.

J'entrouvre lentement les paupières. Le soleil inonde ma chambre d'hôpital. Ma mère est à mes côtés, assise sur une chaise. Sa main, sa petite main pâle à la peau fine comme du papier à cigarette, est posée sur mon avant-bras. Il n'y a personne d'autre dans la chambre. Nous sommes seuls. Je ne me rappelle pas la dernière fois que j'ai été seul avec elle.

– M'man, dis-je avec peine.

Je me redresse pour m'asseoir.

– Chuttt ! me dit-elle en pressant sa main sur mon bras. Ne bouge pas.

Son haleine sent l'alcool, bien sûr, mais elle a le regard clair. Du moins je crois. Elle a l'air préoccupée, également. C'est très bizarre. J'arrive à lui demander :

– Qu'est-ce que tu fais là ?

– Je suis venue voir mon garçon. (Elle n'a l'air ni triste ni offensée par ma question. C'est comme si elle savait que c'est un peu étrange qu'elle soit là, à prendre soin de son fils à l'hôpital.) Comment te sens-tu ?

– Comme après un crash d'hélicoptère.

Elle sourit. C'est une ligne mince et dure, mais qui atteint tout de même ses yeux. Elle est habillée très simplement, avec un pull blanc à col roulé et un pantalon beige. Elle ne porte aucun bijou. On dirait aussi qu'elle n'a pas dormi depuis plusieurs jours, mais ça pourrait très bien être les traces d'une cuite.

– Ton père veut attaquer cette compagnie d'hélicoptères en justice.

– Ça ne m'étonne pas.

– Tu t'y opposes ?

Je soupire. Je ne sais pas si ça aura la moindre utilité.

– Nous n'avons pas besoin de cet argent, n'est-ce pas ?

– Bien sûr que non, dit-elle. Mais je crois que c'est pour le principe. Les gens qui créent des dégâts doivent payer pour ça.

– Mais je ne sais pas ce qui s'est réellement passé, de qui c'était la faute.

– Ils ont dit que c'était une panne électrique.

– Je suis certain qu'un meilleur pilote aurait réussi à se poser.

– Linden, dit-elle alors d'une voix plus forte, tu es l'un des meilleurs pilotes qui existent.

Je dois admettre que je suis scié. J'en bave un peu, mais je ressens une étrange chaleur dans les côtes.

– Ce n'était pas ta faute, ajoute-t-elle. Nous le savons tous. L'entreprise est dans son tort.

Je soupire lourdement.

– Mais ce sont des choses qui arrivent. C'est un risque à courir. Je sais que je cours un risque chaque fois que je décolle. Je sais ce que je fais. C'est une machine complexe, sophistiquée, composée de rotors, d'arbres de transmission et de câbles, qui vole à la verticale. Et tu sais à quoi t'attendre chaque fois que tu entres dans ce genre d'engin. Tu peux faire tout ce que tu peux pour être en sécurité, tu ne le seras jamais vraiment, parce que c'est impossible. Mais c'est la vie.

– C'est la vie, répète-t-elle. Ce qui veut dire que tu vas voler à nouveau ?

– Bien sûr, je dis sans peur et sans hésiter. Je ne sais pas si je retournerai dans la même boîte, mais je ne vais pas m'arrêter de voler à cause d'un accident. Je sais que ce n'est pas exactement ce que tu voudrais entendre, mais je suis fait pour ça.

Elle soupire délicatement.

– Je sais, fils. Ton père et moi n'avons pas été vraiment… enthousiastes… quand tu as choisi cette carrière. Et c'était exactement pour cette raison. Personne n'a envie de voir son enfant se blesser.

J'essaie de l'interrompre, de lui dire que je suis surpris qu'elle se rappelle qu'elle a des enfants, mais je la laisse continuer. C'est rare. Très rare.

Elle remonte les manches de son pull avant de poursuivre.

– Mais si tu penses que c'est ce que tu veux vraiment, et si cet accident, cette horrible, horrible chose ne t'a pas dégoûté de ta passion… eh bien, c'est que ta passion est la plus forte. Et nous n'avons rien à dire, ni personne d'ailleurs. (Elle attrape ma main.) Je sais qu'on ne le dirait pas, mais ce que nous voulons, vraiment, c'est ton bonheur.

Je pense que c'est ce qui se rapproche le plus d'un « je t'aime », alors je m'en contente.

– Bon, dit-elle en se levant lentement, est-ce que tu vas rester ici ? Ou est-ce que tu vas retourner à San Francisco ?

Je tressaille, ce qui réveille la douleur.

– Pourquoi est-ce que je retournerais à San Francisco ?

– Je crois que c'est là-bas que tu es le plus heureux.

Je déglutis.

– Je ne sais pas.

Je ne peux pas imaginer retourner là-bas sans vivre avec Stéphanie. Ma mère m'observe un moment, avec ses yeux étrangement clairs. Puis un léger sourire apparaît.

– Tu sais, ton père m'a dit qu'il avait enfin rencontré cette fille.

– Cette fille ?

– Stéphanie, dit-elle un brin cérémonieusement. Je ne veux pas te dire comment tu dois mener ta vie, Linden, et je sais que tu détesterais ça. (Elle rit un peu d'elle-même.) Mais si tu as l'intention de voler à nouveau, malgré l'accident, malgré les risques que tu cours, et tout ce qui s'ensuit, peut-être seras-tu enclin à faire d'autres choses. Peut-être que les hélicoptères et les cœurs ne sont pas si différents.

– Qui es-tu ?

Les mots sont sortis tout seuls. Elle ressemble à ma mère, mais elle n'agit pas du tout comme elle, pas comme la mère que j'ai connue toute ma vie durant.

– Je sais, je sais, dit-elle en me tapotant la main une dernière fois avant de se diriger vers la porte. Parfois, il en faut énormément pour que quelqu'un se réveille.

Puis elle me lance un gentil sourire et elle quitte la pièce.

Je reste là, à me demander si elle parlait d'elle. Ou de moi.

CHAPITRE 24

Linden

Ça fait deux semaines que je suis à l'hôpital. Deux putains de semaines d'ennui, de peau qui démange, de lumières au néon, d'infirmières irritables et de bouffe épouvantable. Deux semaines de véritable enfer.

Mais ça me donne deux semaines pour réfléchir. Pour penser à James et à ce qu'il m'a dit. De penser à ce que ma mère – qui s'est mise à me rendre visite tous les jours, parfois ivre mais toujours gentille – m'a conseillé de faire.

Deux semaines entières pour penser à Stéphanie. Pour décider de retourner à San Francisco. Et récupérer mon ancien job, et mes deux meilleurs amis.

Mais surtout, récupérer Stéphanie. Parce que je ne vois pas l'intérêt d'avoir un cœur et de ne pas s'en servir correctement. Si je suis prêt à risquer ma peau pour voler à nouveau, après tout ce qui m'est arrivé et avoir échappé de justesse à la mort, je n'ai plus aucune raison de ne pas faire la même chose pour elle, pour nous deux.

Peu m'importe qu'elle soit sur la même longueur d'onde ou pas. Ce n'est pas grave si elle ne m'aime plus, si elle ne me pardonne jamais. La seule chose qui compte, c'est que j'essaie. J'ai tout risqué auparavant, et j'ai foiré. Ça ne se reproduira pas.

Et, bien sûr, ces deux semaines merdiques m'ont rapproché de la date de mon anniversaire. Mes trente et un ans. C'est demain. Ce qui signifie qu'il ne me reste qu'un jour avant que le pacte soit rompu.

Je ne l'ai pas oublié. J'y ai pensé tout le temps. Bien sûr, c'est de la sémantique à la petite semaine, mais dans mon esprit, c'est toujours bien réel. Tant que nous sommes tous deux encore célibataires, tant que nous avons encore trente ans tous les deux, je peux épouser cette fille.

Ou du moins, je peux essayer.

J'avais planifié de traverser tout le pays en conduisant, de refaire la route dans un camion de déménagement. Mais cette fois-ci, c'est Bram qui s'y colle. Il me l'a proposé et je n'ai pas eu la force de refuser. Je crois qu'il cherche une excuse pour quitter Manhattan et je ne serais pas surpris qu'il finisse par s'installer à San Francisco, lui aussi.

Il est hors de question qu'il s'installe chez moi, bien sûr. Je me suis débrouillé pour récupérer mon ancien appartement – je n'ai pas eu la moindre offre d'achat depuis que je l'ai mis en vente. Mais s'il décide de s'installer en ville, j'avoue que ce serait sympa. Nous sommes bien plus proches l'un de l'autre depuis quelques mois. Il est bien moins abruti que ce que j'ai toujours cru.

Quand j'arrive à l'aéroport à San Francisco, je ne sais pas encore très bien comment agir. Pourtant, j'aurais eu tout le temps d'y réfléchir pendant le vol, mais ils proposaient une flopée de bons films que j'avais envie de voir.

Me voilà qui arrête un taxi. Je suis obligé de marcher avec des béquilles, ma jambe est toujours dans le plâtre. Je ne peux pas non plus me pencher trop en avant à cause de mes côtes et je ne peux pas vraiment non plus me servir de mon bras. Heureusement, le chauffeur de taxi est sympa, il sort pour me filer un coup de main. Je déteste me sentir si handicapé.

Quand il me demande où je veux aller, c'est le trou noir. Je n'ai pas parlé à James ni à Stéphanie depuis qu'ils ont quitté New York, du coup je n'ai pas la moindre idée d'où ils peuvent être et s'ils savent que je suis revenu.

Je demande au taxi de me déposer d'abord chez Stéphanie et de m'attendre en bas. Ça risque de prendre un moment. Soudain la bague que j'ai achetée pour elle chez Tiffany me brûle la peau à travers la poche de mon jean. Je n'ai pas le début d'une idée de ce que je vais pouvoir lui dire ou faire, et je ne sais pas combien de temps le taxi va devoir m'attendre si jamais elle est chez elle.

Mais elle n'est pas là. Je sonne quatre ou cinq fois, elle ne répond pas. Finalement, je fais marche arrière en boitant et je demande au taxi de m'emmener chez James. Je me dis qu'il saura sûrement où elle est, ou qu'il en aura au moins une vague idée. Je ne sais pas s'ils sont restés amis après tous ces événements, mais ils sont quand même venus ensemble pour me voir à New York. Ça n'a pas d'importance, puisque James non plus n'est pas chez lui. Il doit être au Lion.

Alors, le malheureux chauffeur de taxi n'a plus qu'à m'y emmener. Là au moins, je peux enfin le libérer avec un gros pourboire pour le temps passé et toute l'aide qu'il m'a apportée pour monter et descendre de sa voiture.

Je me traîne avec difficulté jusqu'à la porte d'entrée dans un brouillard fantomatique. Cet endroit est tellement chargé de souvenirs. En entendant tous ces bruits assourdis et en voyant la lumière chaude du bar, c'est un peu comme si je faisais un voyage dans le passé.

J'ouvre la porte d'entrée et je suis assailli par tout ce que j'aime, tout ce qui m'a tant manqué. Cet endroit possède une odeur particulière. Une odeur de bière éventée, d'eau de Cologne et de tabac qui s'est incrustée dans les murs depuis des décennies, avec celles d'huile de friture et des rondelles de citron. C'est une odeur franchement prégnante, mais je l'adore, réellement.

La première personne que je vois, c'est James. Il est au comptoir, il l'essuie. J'ai soudain l'impression d'être dans un épisode de *Cheers*, parce que Dan s'avance vers moi, un verre à la main et s'écrie « Linden ! », avant de poursuivre :

– Putain, mec, t'es dans un sale état !

Je lui file une tape dans le dos et je continue à avancer, jusqu'à ce que James me voie. Il manque de faire tomber son torchon. Il reste sans voix. Mais Penny, – Penny ! – est assise au bar à sa place habituelle et elle suit du regard celui, que James, hébété, lance sur moi.

– Hé ! (Elle crie joyeusement, en descendant de son tabouret pour venir me prendre gentiment dans ses bras.) Qu'est-ce que tu fais là ? (Elle me dévisage de haut en bas. Ses doigts effleurent les cicatrices sur mes pommettes.) Mon Dieu, tu es dans un état épouvantable. Mais c'est assez sexy.

J'ai envie de lui demander ce qu'elle fait là, elle aussi, mais il me semble évident que quelles que soient les raisons véritables pour lesquelles James avait rompu avec elle, elles font maintenant partie du passé.

– Je suis revenu, lui dis-je tout en regardant James. Je crois que je vais finir ma convalescence ici.

Il écarquille les yeux un peu plus et finit par me demander :

– Tu es sérieux ?

– Ouaip. En ce moment, Bram est en route avec tout mon déménagement.

– Pourquoi tu n'es pas venu avec lui ? demande-t-il. Tu aurais été bien plus à ton aise que tout secoué dans un avion.

Je souffle un bon coup.

– Oui, mais demain c'est mon anniversaire.

– Je sais, dit-il avec un sourire désabusé.

– Tes trente et un ans, ajoute Penny, d'un air excité.

– Oui. Et je suis revenu à temps pour terminer quelque chose. (Je jette un coup d'œil autour de moi.) Vous savez où est Stéphanie ?

– Oh, dit Penny, en baissant d'un ton.

Elle échange un regard avec James.

– Quoi ?

– Euh, bégaye James en se grattant le cou. Elle est ici, mais, euh, elle a un rencard.

Merde. Pourquoi ai-je imaginé qu'elle serait encore seule ?

– Un rencard ?

– Ouais. (Mais une lueur d'espoir brille soudain dans ses yeux quand il poursuit.) La bonne nouvelle, c'est que je crois que c'est seulement la deuxième fois qu'elle sort avec lui. Je veux dire, cette fois-ci. C'est son ex.

– Qui, le surfeur ?

– Aaron ? Non. Le comptable.

– Le buveur de vodka foireux qui l'a trompée ? je demande, incrédule. « Capitaine Hashtag je suis chiant comme la pluie ? »

– Yep.

– Putain. Qu'est-ce qu'elle fout avec lui ? Où est-elle ?

James tourne la tête en direction du fond du bar, du côté des toilettes. La dernière fois que j'y ai mis les pieds, j'y ai sauté Stéphanie contre le mur. Cette fois, j'ai une envie folle d'y traîner Owen et de lui enfoncer la tête dans la cuvette des chiottes. Qu'est-ce qu'elle peut bien foutre avec ce type qui l'a traitée comme une merde ?

Du coup, je n'éprouve plus aucune honte à agir comme je vais le faire. Je contourne le bar. James sur mes talons me demande :

– Linden, qu'est-ce que tu vas faire ?

Mais je l'ignore.

Là, dans l'alcôve du coin, il y a Stéphanie et Owen. Il est en train de couper sa salade avec sa fourchette (quel genre de mec faut-il être pour commander une salade dans un pub ?) tout en blablatant. Il porte un costume et des lunettes à présent, et il est presque chauve. Ses oreilles ressemblent de plus en plus à celles de Bilbo le Hobbit.

Steph est assise en face de lui. Elle fait tourner son verre de martini bien corsé entre ses mains, elle a l'air de s'emmerder. Elle est tellement belle que j'ai l'impression d'être à nouveau sous morphine. C'est quand même surréaliste de penser que je la connais depuis si longtemps, que j'ai fait l'amour avec elle, qu'elle m'a dit qu'elle m'aimait. À cet instant, je ne suis pas certain de pouvoir m'en remettre un jour.

Elle porte des boots, des jeans et un haut à manches longues. Aucune partie de sa peau n'est apparente, à l'exception de sa clavicule, cet endroit que j'aime tant mordiller et lécher. Ses cheveux sont relevés en queue-de-cheval et elle n'est quasiment pas maquillée. Ça me fait du bien de me dire qu'elle ne s'est pas pomponnée pour lui, qu'elle n'essaie pas de l'impressionner. Mais la vérité, c'est qu'elle n'en a pas besoin. Elle est encore plus incroyable quand elle est naturelle. Elle est belle à en mourir. Mais voilà qu'Owen lève les yeux sur moi en fronçant les sourcils. Il se souvient de moi. Il me déteste. Bientôt, il va me détester encore plus.

Stéphanie tourne la tête et dès qu'elle m'aperçoit, elle ouvre grand la bouche. Elle est tellement mignonne que je suis heureux de la surprendre. Elle n'a pas l'air fâchée, ce qui est plutôt bon signe.

Elle regarde Owen, puis moi à nouveau. On dirait qu'elle est sur le point de paniquer.

Je vais lui faciliter les choses.

Je m'avance vers eux en essayant d'avoir l'air aussi cool que possible malgré mes béquilles.

Et je m'arrête devant eux.

– Désolé d'interrompre votre charmante soirée, je leur fais, pendant qu'ils me dévisagent d'un air complètement ahuri. Mais j'ai quelque chose d'important à demander à Stéphanie. (Je jette un regard à Owen.) Tu veux bien nous laisser un moment.

Owen s'essuie la bouche avec sa serviette et la jette sur la table. Il se racle la gorge.

– Quoi que tu aies à lui dire, tu devras le faire devant moi.

Ah vraiment ? Pas de pitié pour l'infirme ? Je n'avais pas prévu d'avoir un auditoire, mais je ne m'arrête pas à ça, je ne veux pas laisser passer ma chance.

En me retournant, je m'aperçois que James, Penny et Dan sont accoudés au bar, une bière à la main, et qu'ils nous fixent comme si nous étions en train de jouer une pièce de théâtre. Je leur envoie un clin d'œil et je retourne à mes affaires.

– D'accord, dis-je à Owen, reste, si tu y tiens. Mais si tu prononces un mot, je t'écrase tes oreilles de Hobbit à coups de béquille, pigé ?

Il déglutit, l'air indigné, mais ne répond rien. Je jette un coup d'œil à Stéphanie et je vois qu'elle gamberge. Elle n'a pas la moindre idée de ce que je vais faire. Mais je sais qu'avec une seule phrase, je peux la mettre sur la bonne voie.

– Stéphanie, dis-je en me hissant vers elle, demain, c'est mon anniversaire. Trente et un ans.

Maintenant elle a compris. Dans ses grands yeux bleus se mêlent de la surprise, de la crainte et ce que j'espère être un sentiment un peu plus positif.

– Je sais, répond-elle doucement, prudemment.

– Alors tu sais qu'autrefois, nous nous sommes fait une promesse l'un à l'autre. (Ma poitrine m'oppresse, mais je poursuis quand même.) Et je suis conscient d'avoir gâché cette promesse. De l'avoir détruite. Par ma seule faute. Mais je ne peux me résoudre à ce que ce soit fini. À ce que ça n'existe plus. Je veux pouvoir me dire qu'il nous reste du temps. Je veux une autre chance de t'offrir mon cœur. Et bien entendu, bien d'autres choses en plus.

Owen pousse un cri rageur, mais je me tourne vers lui, béquille en avant, et je lui lance un regard assassin. Heureusement, il se tait.

Je reviens vers elle, je me penche le plus possible pour attraper sa main. Elle est si petite, si douce. Elle m'appartient.

– J'ai fait quelque chose d'épouvantable. La pire des choses. Tu m'aimais – de toutes tes forces – et j'ai rejeté ton amour. Parce que j'étais un idiot. Parce que j'avais peur. Parce que je craignais de faire le mauvais choix et de passer pour un sale type. Et c'est à ce moment-là que je suis devenu ce que je craignais, et que j'ai perdu ce qui comptait le plus pour moi. Je ne sais pas si je pourrai un jour me pardonner de t'avoir abandonnée alors que je t'avais promis de ne jamais le faire. Mais j'espère et je prie pour que toi tu puisses le faire. Pour que tu me donnes une deuxième chance. Parce que j'ai entraperçu ton âme, Bébé, et je sais qu'elle est pure et vraie. Et qu'il y a longtemps, tu as eu la bonté de me l'offrir. Je te veux encore. Je veux ce qui est vrai. (J'inspire avec peine.) Notre histoire est vraie. Elle l'a toujours été. J'espère qu'elle le sera toujours.

J'attrape sa main, je sens son pouls qui bat et, alors qu'elle lance un regard ému, je tente de me mettre à genoux devant elle.

Mais bien sûr, avec mes béquilles, j'en suis incapable. Je vacille pendant un instant, je manque de tomber avant qu'Owen ne me rattrape. C'était sympa de sa part.

Crétin.

– Normalement, je me mettrais sur un genou, je lui explique en rougissant. Mais je ne pourrais plus me relever. Alors faisons comme si. (Je glisse ma main dans ma poche.) Mais je peux quand même te donner ça.

Tout le monde dans le bar est scié. Quelqu'un pousse un cri aigu. Penny, sans doute.

Mais Stéphanie ne semble pas étonnée outre mesure. Elle laisse simplement couler une larme en pressant une main sur sa poitrine, mais elle n'a pas l'air surprise. Je crois qu'elle me connaît mieux que je ne le pense. Ou bien a-t-elle pité de moi ? Il est vrai que c'est rare de faire sa demande en mariage sur des béquilles.

Je continue à la dévorer des yeux, en essayant de faire passer tout ce que je n'arrive pas à lui dire.

– Pendant neuf ans, j'ai été ton meilleur ami. Je veux être tout pour toi pendant au moins encore quatre-vingt-dix ans. Tu es tout ce que j'ai jamais désiré – une amie, un amour, ma famille – le tout enveloppé dans le plus sexy des paquets-cadeaux. (Je lui souris, et c'est elle qui se met à rougir.) J'ai appris tant de choses avec toi, pendant tout ce temps, je veux continuer à en apprendre plus encore. Je veux grandir avec toi, évoluer avec toi, rire avec toi, te rendre heureuse jusqu'à ce que je sois vieux, jusqu'à ce que je ne puisse plus parler ni entendre, jusqu'à ce que la dernière chose que je puisse faire soit de t'aimer. C'est la seule chose qui ne mourra jamais – mon amour pour toi.

L'intérieur de mes narines se met à me chauffer et je lui tends la bague à travers un brouillard. Elle est en platine, avec un gros solitaire entouré par d'autres petits diamants. Elle est belle, d'un design très pointu, à son image.

Elle retient un sanglot en la voyant et laisse échapper un petit « Oh Mon Dieu ! » en se mettant à trembler.

Je m'éclaircis la voix, bien déterminé à ne pas craquer.

– Stéphanie Robson, Baby Blue, toi ma meilleure amie et l'amour de ma vie, me feras-tu l'honneur de devenir ma femme ? (Je prends un temps pour me composer une attitude.) Veux-tu m'épouser ?

La salle entière semble retenir sa respiration avec moi.

Ça me paraît durer une éternité.

Elle me regarde fixement, regarde la bague, puis moi à nouveau. Les secondes s'égrainent. On peut quasiment entendre les gens déglutir à l'autre bout de la pièce. J'ai l'impression que je vais mourir. Mon cœur se prépare à dégringoler.

Mais elle se met à rire. Fort. Un grand, un magnifique sourire illumine son visage.

– Oui ! s'écrie-t-elle. Oui, oui, oui !

Mon cœur éclate de joie. Je suis presque incapable de lui passer la bague au doigt, tellement je suis heureux. C'est seulement à cet instant que sa manche remonte un peu et que je me rends compte qu'elle porte le bracelet que je lui avais offert pour Noël. Elle l'avait quand même ouvert, elle l'avait quand même apprécié. Elle m'aime encore.

Je ne pourrais pas être plus heureux. Elle se jette doucement à mon cou, elle rit, elle pleure, elle me serre fort. Ça me fait un peu mal à la poitrine, mais ça m'est égal. Derrière nous, Owen s'esquive en bougonnant et disparaît. Soudain, les bouchons de champagne sautent à travers le bar, et les gens se congratulent en riant autour de nous. Mais je n'ai d'yeux que pour elle. Je n'ai jamais vu qu'elle. J'attrape délicatement son visage.

– Je t'aime, lui dis-je avec ferveur. Je t'aime, je t'aime, je t'aime. Je n'ai jamais cessé de t'aimer.

– Et moi, j'ai à peine commencé, répond-elle. Merci de m'être revenu.

Je la serre contre moi et je dépose un baiser sur son front.

– Merci d'avoir dit oui. À notre pacte. À ça. À moi. Merci.

– De rien. Tu sais, j'ai vraiment hâte de jouer les infirmières avec toi.

Elle m'embrasse sur la bouche. C'est doux, tendre, mouillé de larmes. Je lui rends son baiser, je m'y perds, je me perds en elle, je me perds de joie.

Soudain, James et Penny arrivent derrière nous avec quatre coupes de champagne.

– Je sais qu'on avait déjà porté un toast il y a cinq ans, nous dit James en souriant, mais recommençons quand même aujourd'hui.

Je me redresse et lui lance un regard reconnaissant en prenant une des coupes. Même si notre amitié en a pris un coup et que ça n'est plus comme avant, je suis sûr que nous allons réussir à dépasser ça et qu'il en sortira quelque chose de positif. Peut-être est-ce le destin de toute amitié, d'évoluer, de s'adapter, de se transformer. Exactement comme la vie.

Nous levons nos verres tous les quatre.

– À Steph et Linden, lance Penny.

– À l'amitié, dit Stéphanie.

– À l'amour, dit James.

– À nous !

ÉPILOGUE
31 ans

Stéphanie

Vous savez ce qu'on raconte ? Que si le futur marié voit sa fiancée avant la cérémonie du mariage, ça porte malheur. Moi je pense qu'une bonne partie de jambes en l'air avant le mariage, ça porte bonheur. Mais les yeux bandés, comme ça, on ne transgresse pas les règles.

Bon d'accord, c'est Linden qui a eu cette idée, mais je n'étais pas contre. C'est la raison pour laquelle je suis plantée là, au sous-sol du Corinthian Yacht Club à Tiburon, devant le vestiaire, en robe de mariée et avec un bandeau à la main.

Je frappe à la porte et j'attends en vérifiant, un brin nerveuse, qu'aucun des invités ne m'a repérée. La cérémonie va bientôt commencer, mais nous nous sommes juré de le faire. Croix de bois, croix de fer, si je mens je vais en enfer.

– Qui est là ? demande Linden de l'autre côté de la porte.

– La princesse de Disney, je réponds, avant d'ajouter : la jeune mariée.

Je l'entends qui glousse.

– Très bien, Baby Blue. Tu as intérêt à mettre ton bandeau. Il ne faut pas qu'on puisse se voir, tu te rappelles ?

– Attends.

Je repère les environs, à quelle distance est la poignée de porte, puis je passe le bandeau et je le noue derrière ma tête.

– J'aurais préféré que tu me noues ce truc toi-même. Ça aurait été bien plus sexy.

Tout devient subitement noir autour de moi. Je pose la main à tâtons sur la poignée de la porte. Je la tourne lentement, puis j'entre dans la pièce avec précaution.

Ça sent le cuir, le pot-pourri et la sauge. La sauge, c'est le parfum de Linden. De grandes mains puissantes m'attrapent par le bras et me tirent à l'intérieur. Une respiration lourde remplit l'espace pendant que la porte se referme derrière moi.

– Tu me promets que toi aussi tu portes un bandeau ? je lui demande. (Je me sens vulnérable et un peu décalée, comme ça, dans le noir.) Ou alors c'est ridicule.

Une main se pose sur mon épaule, une autre sur ma taille. C'est étrange, comme si en même temps il n'était pas sûr de lui et confiant.

– Je n'y vois que dalle, dit-il. Et j'ai allumé la lumière, simplement au cas où. Ne t'inquiète pas, je prends toute cette connerie de *je ne dois pas voir la mariée avant le mariage* très au sérieux.

– Ça n'est pas des conneries.

Et voilà que ses lèvres trouvent mon cou et que ses mains se posent tour à tour sur mes seins, mes hanches, mes cuisses.

– Je peux déjà te dire que tu es très belle et que ta robe est splendide, dit-il d'une voix rauque et basse dans l'obscurité.

Je souris. J'ai fait faire ma robe de mariée sur mesure. Elle est à bretelles, elle moule mes hanches puis s'évase comme une robe de sirène. Elle est blanche, mais ses extrémités sont rose vif, comme si on l'avait plongée dans la teinture. Je reconnais volontiers que je me suis inspirée de la robe que portait Gwen Stephani pour son mariage.

– Tu la verras bien assez tôt, je lui promets. Mais redis-moi pourquoi nous nous donnons rendez-vous comme ça ?

– Parce que je ne peux pas passer vingt-quatre heures sans baiser avec toi, murmure-t-il, maintenant que sa bouche a trouvé mon cou et qu'il suce mon point sensible.

Je gémis doucement en succombant à ces baisers.

– Bon. Je pensais que peut-être tu étais un peu nerveux, que tu avais besoin qu'on te rappelle avec qui tu allais te marier.

– Oui, ça aussi, dit-il en approchant sa bouche de la mienne.

– Ça aussi.

Et il m'embrasse à pleine bouche, c'est chaud et intense. Ses baisers proclament que je suis à lui, et même si, au plus profond de moi, j'ai toujours eu l'impression de l'être, dans une heure je serai officiellement son épouse.

Mari et femme. Après notre pacte, après toutes ces années, nous y voici, finalement. Je n'y crois toujours pas, et d'une certaine façon, je n'ai pas envie d'y croire. J'aime me réveiller chaque matin dans ses bras en me disant que je vis un rêve. Maintenant, je vais me marier, toujours dans un rêve. Je suis une sacrée veinarde.

Comme d'habitude, ses baisers me donnent envie d'aller plus loin. Il me prend par la taille et me retourne. C'est si bon de sentir sa poigne si masculine me manipuler si aisément. Je jette mes mains en avant et je m'agrippe aux portemanteaux. Ça me rappelle les fois où nous avons fait l'amour dans la réserve de ma boutique. Maintenant que Fog & Cloth est complètement en ligne, je n'ai plus de boutique, mais la bonne nouvelle, c'est que les affaires marchent de mieux en mieux et que je travaille moins. J'ai encore des choses à apprendre sur l'univers «.com », mais je suis en train de faire mon trou.

Vous savez ce que c'est ma spécialité, aujourd'hui ? Les têtes de mort. Les bottes en caoutchouc avec des têtes de mort, les écharpes avec des têtes de mort, les jupes à têtes de mort, les chapeaux à têtes de mort, les lampes avec des têtes de mort, les poêles à frire avec des têtes de mort. Parfois je me dis que je devrais changer le nom de ma boutique en Fog & SKull[35], mais je n'en suis pas encore là. Nous verrons plus tard.

Linden gémit de désir et il se baisse, ses mains remontent le long de mes jambes en soulevant ma robe. Il s'arrête un instant à mon porte-jarretelles.

– C'est un truc bleu, je lui explique pendant qu'il fait claquer le bandeau de dentelle sur ma cuisse. C'est ta mère qui me l'a donné, ce qui peut sembler un peu bizarre. Mais elle m'a expliqué que c'était le tartan de votre clan, à Deeside. Rouge et bleu.

– Yiaip, dit-il, en sonnant plus écossais que jamais. Ça m'excite comme un fou.

– Que ce soit ta mère qui me l'ait donné ?

– Ne me parle pas de ma mère, s'il te plaît, me prévient-il. Non, je veux dire le tartan. C'est très important pour moi que tu le portes. Je sais bien que de nos jours, notre nom s'écrit sans A, mais nous sommes toujours les MacGregor.

En entendant ça, je fonds.

– C'est toi qui es très important pour moi. Et j'adopterai n'importe quel nom pour toi.

Je sens son souffle chaud dans mon cou.

– Est-ce qu'on va se laisser aller à devenir sentimentaux ? Je croyais qu'on était là pour baiser ?

– Hé, tu y vas fort, lui dis-je.

J'entends la fermeture Éclair de son pantalon s'ouvrir, et l'instant d'après, je sens sa queue chaude contre mes cuisses.

---

35 Jeu de mot intraduisible. Mot à mot : Brouillard et Crâne, à la place de Brouillard et Fringue.

– Attends un peu, tu vas voir si j'y vais fort.

Il pose sa main entre mes omoplates et me pousse en avant. Heureusement, mes cheveux sont attachés et bien protégés par de la laque, mais je penche la tête en arrière pour ne pas être décoiffée. Et quand bien même, qu'est-ce que ça fait ?

Il peut me décoiffer autant qu'il veut.

Linden me taquine avec son doigt, doucement, tendrement, avec insistance, avant de me pénétrer. Dans le noir, sans la vue, mes autres sens sont comme aiguisés. Je sens chaque centimètre de sa peau pendant qu'il s'enfonce, doucement, de toute la longueur de son sexe. Et puis, je sens chaque centimètre quand il se retire pour me titiller. Son souffle est rauque dans cette obscurité et ses grognements sont assez bestiaux. J'ai l'impression d'être baisée par un étranger, mais un étranger que j'aime.

Parce que je l'aime, plus que je ne saurais le dire. En jouissant, j'étouffe mes cris dans les manteaux des invités. Puis il se retire. J'éprouve le vague espoir que sa graine s'enracine en moi, après tout, il m'a baisée si fort et si profondément que j'ai cru qu'il n'allait jamais arriver à jouir. Je ne veux pas d'enfant dans l'immédiat, mais j'en voudrai un jour. Nous en voulons tous les deux.

– Je suppose que tu ne peux pas me dire de quoi j'ai l'air, dis-je en reprenant mon souffle, alors que les dernières vagues de plaisir s'estompent.

Je me tâte le crâne en espérant que mon chignon est resté à peu près intact.

– Tu es sublime, me répond-il en déposant un tendre baiser sur mes joues. Je n'ai pas besoin de te voir pour le savoir. (Il me prend la main.) Alors, Baby Blue, tu es fin prête pour ton mariage ?

– Oui, cow-boy. Et si je savais où t'embrasser, je le ferais.

– Tu me trouveras toujours, fait-il. (Et en posant délicatement ses doigts sur mes joues, il guide ma bouche jusqu'à la sienne.) Même dans le noir.

Je lui rends son baiser, lentement. Je voudrais que ça ne se termine jamais. Mais l'horloge tourne, et je sais que la foule de nos invités commence à s'impatienter.

– Bon…

– Je suppose que je dois y aller en premier, soupire-t-il.

– Juste une heure, et on sera de nouveau ensemble.

La partie la plus difficile de ce mariage, ça n'a pas été le choix de la robe ou le plan de table, mais bien de ne pas pouvoir voir Linden pendant un ou deux jours. Vu qu'il n'est pas seulement mon fiancé mais aussi mon meilleur ami, ça a été pénible pour moi de ne pas l'avoir à mes côtés à chaque étape. Voilà pourquoi j'étais sûre que notre rendez-vous dans le vestiaire, yeux bandés, allait me rassurer plus que toute autre chose. D'ailleurs, nous faisons aussi plein de trucs cochons chez nous.

Je crois entendre Linden sourire dans le noir. Il dépose un baiser sur mon front, me serre les mains et sort. Je sens le courant d'air dans ce petit espace et j'entends la porte se refermer. J'attends un peu pour lui laisser le temps de partir avant d'enlever mon bandeau et de sortir à mon tour.

Quelqu'un, je crois que c'est une des cousines plus âgées de mon père, m'aperçoit de l'autre bout du couloir. Elle a l'air sidérée de voir d'où je sors. Je hausse les épaules.

– Je cherche les toilettes, dis-je en désignant le vestiaire avec un air faussement étonné.

Elle poursuit son chemin, l'air franchement horrifiée.

En soupirant, je vais faire un tour dans les vraies toilettes de l'étage, pour m'assurer que je suis aussi parfaite qu'en sortant des mains du coiffeur et de la maquilleuse. L'image que me renvoie le miroir est celle d'une fille légèrement empourprée, mais rayonnante. Qui a l'air heureuse.

Avant que Linden me demande en mariage, j'avais l'impression que toute ma vie était en suspens. Quand je l'ai quitté à New York pour retourner à mon triste train-train quotidien, j'ai fait une des choses les plus difficiles qui soit. Mais il fallait bien que je gagne ma vie et que je me protège. Je n'avais pas vraiment le choix. Bien sûr, j'ai envoyé quelques SMS à Linden pour prendre de ses nouvelles, mais sachant qu'il était toujours à l'hôpital, je n'ai pas été surprise de ne pas recevoir de réponse.

C'est Bram qui m'a répondu. Il m'a tenue au courant des progrès que faisait Linden, mais il ne m'a jamais dit qu'il allait revenir et qu'il allait l'aider à le faire. J'ignorais absolument tout avant de voir Linden apparaître sur ses béquilles au Burgundy Lion, tout cabossé et couturé.

L'ironie de la chose, c'est que je sortais ce jour-là avec Owen. C'était notre deuxième rencard. Je n'en avais aucune envie, mais je me sentais mal de l'avoir laissé tomber la première fois. Le second rendez-vous ne s'est finalement pas mieux terminé. C'est assez rare qu'un dîner en tête à tête aboutisse à une demande en mariage – faite par quelqu'un d'autre. Mais c'était sans doute le karma d'Owen.

À la minute où j'ai vu mon Linden, tout cassé, s'avancer vers moi et m'ouvrir son cœur, j'ai compris qu'il avait décidé de se battre. Il se battait pour moi. Et j'ai cru en son amour. Il était véritable, puissant, vivant. Certaines auraient pu en douter, après ce qui s'était passé entre nous, mais je savais que la récompense serait trop belle pour ne pas courir le risque.

Et elle l'est. Je vais l'épouser. Je suis sur le point d'épouser mon meilleur ami, mon amant, et bien plus encore. Cette année passée avec lui a été plus belle que le plus beau de mes rêves, et maintenant que nous passons à l'étape suivante, je sais que mes rêves vont encore grandir. Ce n'est pas toujours facile – à cause des contraintes de mon boulot, et parce que Linden ne vole pas beaucoup en dehors de la saison touristique. Parfois, nos familles nous font braire, parfois ce sont nos amis. Parfois aussi, il m'arrive d'avoir vraiment envie de gifler Linden.

Mais malgré tout, j'apprends peu à peu à apprécier le gris entre le noir et le blanc. Et ce gris peut être splendide, autant que le brouillard qui s'étend sur la baie de San Francisco.

La cérémonie a finalement été rapide et tendre, exactement comme nous le voulions. Pas de niaiseries sentimentales, directement aux choses sérieuses.

C'est mon père qui m'a conduite à l'autel. J'ai choisi Nicola et Kayla comme demoiselles d'honneur. James et Bram sont les garçons d'honneur de Linden. Notre maître de cérémonie est un type avec qui Linden a travaillé. Il sort des vannes incroyables les unes après les autres. Certaines d'entre elles sont franchement nulles, mais elles ont le mérite de faire rire l'assemblée et de détendre l'atmosphère.

Même Aaron, mon ex, est là. Nous ne nous en sommes jamais voulu l'un à l'autre, contrairement à Owen. En fin de soirée, quand tout le monde est bourré, qu'on casse des verres et qu'on danse comme des fous sur de la musique des années quatre-vingt, je surprends Aaron en pleine drague avec Nicola, qui est à nouveau célibataire. Je ne suis pas sûre que ça fonctionne entre eux, mais c'est un type bien et elle mérite vraiment de tomber sur quelqu'un comme lui… même s'il prend encore son pied à jouer au paintball.

Cela dit, Linden et moi ne sommes pas vraiment plus matures, nous qui dansons des slows toute la nuit à côté de James et Penny, de ses parents et des miens. Je sais parfaitement que bien que nous ayons passé trente ans, nous ne sommes toujours pas devenus adultes. Je ne sais pas si le fait de porter une alliance et de passer devant monsieur le maire y changera quelque chose. Mais ça me va. Parce qu'au fur et à mesure du temps qui passe, je réalise que la vie n'est pas un long fleuve tranquille. Parfois on recule d'un pas, parfois on avance de deux, et puis on fait un pas de côté. C'est un peu comme *Time Warp*[36], quand on y pense.

La vie prend de multiples directions et, avec un peu de chance, votre esprit, votre corps, votre vie et votre amour s'y entremêlent.

Je sais que ça ira pour moi, quelle que soit la direction que prendra ma vie – surtout avec Linden à mes côtés.

Les étoiles s'allument sur la baie. Je serre la main de mon mari, plus fort, en souriant.

Avec Linden à mes côtés, j'ai l'âme en paix et le restant de ma vie… Car le restant de ma vie ne fait que commencer.

FIN

---

36 Mot à mot, distorsion temporelle. Titre d'un célèbre passage du film *The Rocky Horror Picture show*.

REMERCIEMENTS

Je n'avais pas prévu l'existence du *Pacte*. Je veux dire qu'avec mon agenda surbooké, ce livre n'était pas dans mes priorités. J'avais d'autres livres à écrire, prévus depuis un certain temps. Mais le 19 novembre, mon mari et moi attendions un avion pour partir en vacances à Kauai. Je feuilletais un numéro de *Glamour* – l'une des rares occasions où j'achète un magazine féminin, c'est quand je prends l'avion – et j'ai lu un article qui m'a fait réfléchir. Cela dit, je ne saurais vous dire ce qui a attiré mon attention, car après tout, ce n'était qu'un marronnier classique, du genre « Quoi faire et à ne pas faire lors d'un rendez-vous amoureux » et « Quand lui parler », bref tous ces trucs qui s'adressent aux filles qui sortent avec des garçons.

Ça m'a fait prendre conscience de la distance qui existe entre moi et ce genre de bêtises. Je suis mariée à présent et j'oublie parfois qu'il existe des gens autour de moi qui continuent à sortir, à chercher le partenaire idéal, à rencontrer de nouveaux partenaires chaque week-end. Quand j'étais célibataire, j'adorais ça et du coup je me suis souvenue à quel point cette période de notre vie est amusante et passionnante. Alors je me suis mise à réfléchir à ce que représentait le fait d'être célibataire à trente ans, et je me suis demandé pourquoi il n'existait pas de livres traitant de cette époque particulière de la vie. On écrit du « young adult » non-stop, ce qui est super, mais rien qui concerne les adultes tout court. Les adultes n'ont-ils pas, eux aussi, des problèmes de rendez-vous amoureux ?

D'accord, avoir trente ans ne signifie pas grand-chose pour moi, parce que je ne me sens pas vieille et que je n'agis pas du tout comme une vieille. Je suis sûre que vous l'avez compris en faisant la connaissance de mes personnages habituels. Mais ça m'a quand même donné l'idée d'écrire sur les trentenaires en milieu urbain, qui sortent ensemble et se coltinent à ce que la vie leur renvoie. Ensuite, je me suis mise à réfléchir au nombre de mes amis qui avaient signé un pacte de mariage, « pour rire », quand ils étaient plus jeunes, à combien la trentaine semblait être un âge idéal pour ça, et tout d'un coup, je tenais mon histoire.

J'ai rangé le magazine dans mon sac de voyage et je me suis mise à écrire en montant dans l'avion pour Lihue. Mon mari et moi avons écrit chaque jour pendant nos vacances à Hawaï. (Il écrit autre chose, rassurez-vous.) Nous avions trois semaines devant nous pour profiter du soleil et du surf, et pourtant, j'ai utilisé tout mon « temps libre » pour rédiger ce livre. Quand j'ai commencé à parler de Linden et Stéphanie, la suite est venue tout naturellement, très facilement. Je ne pouvais plus m'arrêter. J'y prenais vraiment un plaisir dingue.

Je savais que ce serait un nouveau départ pour moi, parce que mes lecteurs s'attendent à avoir des sensations fortes en me lisant. Je savais qu'il serait plus difficile à vendre, parce que les gens veulent, avant tout, ou bien être tout émoustillés ou bien avoir le cœur brisé et pleurer comme des Madeleine tellement ils sont bouleversés. Je savais que ce livre ne serait pas comme ça – qu'il serait sexy et amusant, d'une lecture facile et, j'espère, agréable. Je voulais que les gens, en refermant leur livre (ou leur liseuse) aient le sourire en songeant aux cinq heures de lecture qu'ils venaient de passer.

Je voulais les rendre heureux.

J'espère que *Le pacte* vous a rendu heureux ! Si vous êtes en train de sourire, c'est que j'ai fait du bon boulot.

Comme d'habitude, j'ai une foule de remerciements à faire, d'autant plus que ce livre a été publié très rapidement.

À Scott pour m'avoir encouragée à écrire alors que nous étions en vacances. (À certains égards, ces sessions d'écriture sous la véranda, agrémentées d'ahi poke[37] et de Kona Longboards[38] comptent parmi mes meilleurs souvenirs.) À Laura, Shawna, Amanda, Kelly, Stéphanie, sans qui je n'aurais pas pu mener à bien ce travail. Hang Le, je n'aurais pas intéressé autant de monde sans ta formidable, incroyable couverture, alors merci à toi !

À Danielle Sanchez, pour son obstination à promouvoir cet objet : D.

Merci à Mollie Caselli, Marc Paschke, Mike Patton (ah !), Bill Gould, Tami McColgan, Helen Gordon, pour tout votre amour pour San Francisco.

---

37 Tartare de thon hawaïen.

38 Marque de bière hawaïenne.

C'est une de mes villes préférées et j'ai vraiment de la veine de pouvoir y aller aussi souvent. Enfin à Nadine Colling, qui ne ressemble absolument pas à la Nadine de ce livre.

Vous voulez me contacter ? Je lis tous mes mails (du moins tous ceux qui sont sympas) et je fais de mon mieux pour y répondre :

authorkarinahalle@gmail.com

Je suis également sur Facebook.

Twitter : @metalblonde

Et je suis accro à Instagram (Sérieusement, je poste beaucoup de vidéos !) : @authorhalle

Composition et mise en pages
Nord Compo à Villeneuve-d'Ascq